श्री महाकवित्रिविक्रमभट्टविरचित

नलचम्पू

(प्रथम उच्छ्वास)

(संस्कृत-हिन्दी व्याख्या सहित)

सम्पादक, व्याख्याकार, अनुवादक

श्री धारादत्त शास्त्री

साहित्य-वेदान्ताचार्य साहित्यरत्न

मोतीलाल बनारसीदास

दिल्ली, मुम्बई, चेन्नई, कोलकाता,

बंगलूरू, वाराणसी, पटना

*द्वितीय पुनर्मुद्रण: दिल्ली, **2016***

प्रथम संस्करण: वाराणसी, 1976

ISBN: 978-81-208-2522-2

मोतीलाल बनारसीदास

41 यू.ए. बंग्लो रोड, जवाहर नगर, दिल्ली 110 007

236, नाइंथ मेन, III ब्लॉक, जयनगर, बंगलूरू 560 011

8 महालक्ष्मी चैम्बर, 22, भुलाभाई देसाई रोड, मुम्बई 400 026

203 रायपेट्टा हाई रोड, मैलापुर, चेन्नई 600 004

8 कैमेक स्ट्रीट, कोलकाता 700 017

अशोक राजपथ, पटना 800 004

चौक, वाराणसी 221 001

आर.पी. जैन के द्वारा एन ए बी प्रिंटिंग यूनिट,

ए-44, नारायणा, फेज़-1, नई दिल्ली 110 028 में मुद्रित

एवं जे.पी. जैन द्वारा मोतीलाल बनारसीदास

41 यू.ए., बंगलो रोड, जवाहर नगर, दिल्ली-110 007, के लिए प्रकाशित

आमुख

"कविर्मनीषी परिभूः स्वयम्भूः" तथा "कवेः कर्म काव्यम्" इन वाक्यों के अनुसार समग्र वाङ्मय काव्य की परिभाषा के अन्दर आना चाहिए। क्योंकि किसी भी तरह के वाङ्मय की रचना करने वाला मनीषी कवि होगा और उसकी रचना काव्य कहलाने की अधिकारिणी होगी, किन्तु व्यवहार में यह देखने में नहीं आता। स्मृति या विभिन्न विषयों पर रचे गये बड़े-बड़े ग्रन्थ भी न तो काव्य शब्द से व्यवहृत होते हैं, न उनके रचयिता ही कवि कहे जाते हैं। ऐसा क्यों? इसका उत्तर श्रीराजशेखर ने दिया है, उनका कथन है कि वाङ्मय दो प्रकार का होता है–शास्त्र और काव्य,[1] जिसमें केवल ज्ञानात्मकता होती है उसे शास्त्र कहते हैं और जिसमें रसात्मकता भी होती है वह काव्य कहलाता है। इसीलिए लक्षण ग्रन्थकारों ने "वाक्यं रसात्मकं काव्यम्" यह काव्य का लक्षण किया है। जो केवल शब्दार्थ को काव्य मानते हैं वे भी उन शब्दार्थों का दोष रहित होना, गुण सहित होना तथा अलङ्कार आदि से युक्त होना आवश्यक कहते हैं। दूसरे शब्दों में हम कह सकते हैं कि जिसके रचयिता की प्रवृति केवल ज्ञानात्मिका हो उसे शास्त्र और जिसके रचयिता की प्रवृत्ति रागात्मिका भी हो उसे काव्य कहा जाता है।

काव्य के भेद

यह काव्य मूलतः दो प्रकार का होता है–दृश्य और श्रव्य। जिसका रंगमंच पर अभिनय किया जा सके और सहृदय व्यक्ति आँखों से उसे देखकर रसास्वादन कर सकें वह दृश्यकाव्य कहलाता है और जिसका रंगमंच पर मंचन नहीं होता केवल जिसे पढ़कर या सुनकर रसास्वादन होता है उसे श्रव्य काव्य कहते हैं।

इन काव्यों की रचना तीन प्रकार से होती है–गद्य में, पद्य में और गद्य-पद्य मिश्रित, गद्यकाव्य जैसे–वासवदत्ता, कादम्बरी, दशकुमारचरित आदि।

---

१. इह हि वाङ्मयमुभयथा शास्त्रं काव्यं च. (काव्यमीमांसा अ. २)

पद्यकाव्य–रघुवंश, किरातार्जुनीय, माघ, नैषध आदि। मिश्रितकाव्य–नलचम्पू आदि।

चम्पूकाव्य

'गद्यपद्यमयं काव्यं चम्पूरित्यभिधीयते" यह साहित्यदर्पणकार ने चम्पू का लक्षण किया है। हेमचंद्र ने इसमें इतना और जोड़ दिया है–"गद्यपद्यमयी साङ्का सोच्छ्वासा चम्पूः" अर्थात् गद्यपद्यमयी वह रचना चम्पू कहलाती है जो साङ्क और सोच्छ्वास हो। दर्पणकार का लक्षण तो एक सामान्य लक्षण है क्योंकि प्रायः सभी दृश्यकाव्य नाटक आदि भी गद्यपद्यमय ही होते हैं किन्तु वे चम्पू नहीं कहे जाते। हेमचन्द्र ने जो लक्षण किया है वह तो प्रतीत होता है केवल नलचम्पू को देखकर ही किया गया है, क्योंकि अन्य चम्पू न तो साङ्क हैं न केवल उच्छ्वासों में विभक्त ही हैं। वे स्तवक, उल्लास, सर्ग, काण्ड, तरंग, विलास आदि कई रूपों में विभक्त पाये जाते हैं। अतः हमारे विचार से "चम्पूकाव्य वह श्रव्यकाव्य है जो किसी प्रसिद्ध विषय को लेकर रसालंकारादि युक्त प्रबन्धात्मक रूप से गद्यपद्य को मिश्रित करके रचा गया हो।"

इस लक्षण में इसकी प्रबन्धात्मकता इसे दृश्यकाव्य से पृथक् कर देती है। चम्पूकाव्य में गद्य और पद्य किस अनुपात में हों इसके लिए कोई नियम नहीं है। यह कवि की अपनी इच्छा और नैपुण्य पर निर्भर करता है कि वह इस वर्णनात्मकता–प्रधान काव्य में पाठक की आस्वाद्यमानता को कहां और किस मात्रा में बदल दे।

चम्पूकाव्यों की परम्परा

यद्यपि गद्यपद्य मिश्रित रचना की परम्परा हमें वैदिक उपाख्यानों से ही मिलनी प्रारम्भ हो जाती है किन्तु चम्पूकाव्य के रूप में आजतक जितने भी ग्रन्थ उपलब्ध हुए हैं उनमें काल की दृष्टि से प्रस्तुत नलचम्पू ही सबसे प्रथम है और इसके रचयिता त्रिविक्रमभट्ट ही सबसे पहले चम्पूकार हैं। चौथी शताब्दी की हरिषेणलिखित समुद्रगुप्त की प्रशस्ति आदि कई प्रशस्तियां भी गद्यपद्य मिश्रित हैं जिनमें चम्पूकाव्य का स्वरूप निर्देश है परन्तु वे ग्रन्थ रूप में न होने से चम्पू नहीं कही जातीं। प्रशस्ति, विरुद, घोषणा, करम्भक आदि चम्पूकाव्य के ही अंग कहे जा सकते हैं। जैसे राजाओं या देवताओं से संबद्ध

चम्पुओं में स्तुतिपरक गद्यपद्य पाये ही जाते हैं। त्रिविक्रम भट्ट द्वारा नलचम्पू के प्रणयन के बाद लोगों ने इस नवीन शैली को अधिक पसन्द किया और कई चम्पूकाव्यों का निर्माण हुआ जिनमें त्रिविक्रम का ही दूसरा **मदालसाचम्पू**, प्रसिद्ध जैनकवि सोमदेव (सोमप्रभ) सूरि का **यशस्तिलकचम्पू**, हरिचन्द्र का **जीवन्धरचम्पू**, राजाभोज का **रामायणचम्पू** (या चम्पूरामायण), सोड्ढल कवि का **उदयसुन्दरीकथाचम्पू**: अभिनव कालिदास का **भागवतचम्पू**, अनन्तभट्ट का **भारतचम्पू**, (या चम्पूभारतम्), अमोघराघव का **बसन्तोत्सवचम्पू**, कविकर्णपूर का **आनन्दवृन्दावनचम्पू**, जीवराज का **गोपालचम्पू**, राजमहिषी तिरुमलाम्बा का **वरदाम्बिकापरिणयचम्पू**, श्री रामानुजाचार्य का **रामानुजचम्पू**, शेषकृष्ण का **पारिजातहरणचम्पू**, समरपुंगव का **तीर्थयात्राप्रबन्धचम्पू**, सूर्यदैवज्ञ का **नृसिंहचम्पू**, श्रीकृष्णकविका **मन्दारमरन्दचम्पू**, चिरंजीवभट्टाचार्य का **माधवचम्पू**, पद्मनाभमिश्रका **वीरभद्रचम्पू**, नारायण का **स्वाहा-सुधाकरचम्पू**, इन्हींका **कोटिविरहचम्पू**, श्रीमित्रमिश्र का **आदन्दकन्दचम्पू**, केशवभट्ट का **प्रह्लादचम्पू**, वैंकटाध्वरि का **विश्वगुणादर्शचम्पू**, वैंकटाध्वरिका ही **उत्तररामचरितचम्पू**, नीलकंठका **नीलकण्ठविजयचम्पू**, वैंकटाध्वरिका **श्रीनिवासचम्पू**, विरूपाक्षकवि का **चोलचम्पू**, श्रीरामवर्मा का **कार्तवीर्यप्रबन्धचम्पू**, वाणेश्वर विद्यालंकार का **चित्रचम्पू**,श्रीनिवास कवि का **आनन्दविजयचम्पू**, अच्युतशर्मा का **भागीरथीचम्पू**, कृष्णकवि का **रघुनाथविजयचम्पू**, तंजौरनरेश महाराजा शरफोजी (द्वितीय) का **कुमारसंभवचम्पू**, श्रीकण्ठशास्त्रीका **जगद्गुरुविजयचम्पू**, दत्तात्रेय कवि का **गङ्गागुणादर्शचम्पू**, त्रिविक्रमका **कुवलयाश्वविलासचम्पू** अभी तक प्रकाशित हो चुके हैं इनके अतिरिक्त सरस्वतीमहल तंजौर तथा मद्रास यूनि० की हस्तलिखित ग्रन्थसूचियों में बहुत से अप्रकाशित चम्पूकाव्यों के नाम मिलते हैं। फलतः त्रिविक्रम भट्ट से लेकर आजतक चम्पूकाव्यों की यह परम्परा चलती आ रही है। इनमें कुछ ऐतिहासिक दृष्टि से लिखे गये हैं, कुछ धार्मिक दृष्टि से, कुछ केवल राजाओं के प्रशस्तिपरक हैं, कुछ पौराणिक आख्यानों के आधार पर लिखे गये हैं तो कुछ केवल काल्पनिक कथाओं पर भी आश्रित हैं, कुछ में तीर्थयात्रावर्णन के प्रसङ्ग

से भौगोलिक दृष्टिकोण अधिक अपनाया गया है। इस प्रकार चम्पूकाव्यों से संस्कृत वाङ्मय का भण्डार भरा है।

त्रिविक्रम भट्ट

नलचम्पू के रचयिता त्रिविक्रम भट्ट का इतिवृत्त संस्कृत के प्राचीन कवियों की भांति सर्वथा अज्ञात नहीं है। कुछ तो इन्होंने स्वयं अपने ग्रंथों में दिग्दर्शन किया है तथा कुछ अन्य साक्ष्यों से भी उपलब्ध हो जाता है, जैसाकि नलचम्पू प्रथम उच्छ्वास के पद्य में वर्णित है—श्री त्रिविक्रम भट्ट शाण्डिल्य गोत्र में उत्पन्न हुए थे, इनके पिता का नाम नेमादित्य (देवादित्य किन्हीं संस्करणों में पाठान्तर है) तथा पितामह का नाम श्रीधर था। इनकी परम्परा विद्वानों की थी और ये मानखेट के राष्ट्रकूट वंशी राजा इन्द्रराज तृतीय के प्रमुख सभापण्डित थे। इन्द्रराज तृतीय का राज्याभिषेक ९१५ ई० में हुआ था उन्होंने उसके बाद स्वर्णतुलादान तथा कई ग्राम आदि का दान किया था, यह सूचना नौसारी (बड़ौदा) में प्राप्त एक ताम्रपत्र से उपलब्ध होती है। उस ताम्रपत्र पर उट्टङ्कित इन्द्रराज प्रशस्ति की रचना त्रिविक्रम भट्ट ने ही की थी जैसा कि निम्नश्लोक से स्पष्ट है—

श्रीत्रिविक्रमभट्टेन नेमादित्यस्य सूनुना।
कृता शस्ता प्रशस्तेयमिन्द्रराजाङ्घ्रिसेविना॥

यहां यह भी ज्ञातव्य है कि इन्द्रराज की अल्पवय में ही उनके पिता का देहावसान हो चुका था और उन्हें राज्य का उतराधिकार अपने पितामह कृष्णराज (द्वितीय) से प्राप्त हुआ था। इससे यह सुतरां अनुमान किया जा सकता है कि त्रिविक्रम भट्ट श्री कृष्णराज की सभा के भी प्रमुख पण्डित रहे होंगे इसीलिये इन्द्रराज के राज्याभिषेक तथा दानादि के प्रशस्तिपत्र उन्होंने लिखे, तात्पर्य यह हुआ कि दशवीं शताब्दी के प्रारम्भ में श्री त्रिविक्रम भट्ट विद्यमान थे। इन्द्रराज तृतीय के राज्याभिषेक तथा शासन के संबन्ध में धारावाड़ के ताम्रपत्र तथा अन्य भी बहुत सी ऐतिहासिक सामग्री उपलब्ध है जिसमें उनका काल निश्चितरूप से तय है।

त्रिविक्रम भट्ट की रचनाएँ

नलचम्पू के अतिरिक्त इनकी एक रचना है **मदालसाचंपू**। इसमें मदालसा तथा कुवलयाश्व की प्रणय कथा का वर्णन है जो मारकण्डेयपुराण की एक कथा पर आधृत है। इसमें कवि के उस उत्कृष्ट काव्य सौष्ठव का दर्शन नहीं होता जैसा कि नलचम्पू में, फिर भी कथानक की प्रणयन चातुरी पाठक को प्रिय लगती है। यह चम्पू उच्छ्वासों में विभक्त न होकर उल्लासों में विभक्त है और साङ्क भी नहीं है।

इन्द्रराज प्रशस्ति—यह कोई ग्रन्थ नहीं है प्रत्युत अपने आश्रयदाता वैंकटाधीश इन्द्रराज तृतीय के राज्याभिषेक तथा उसके बाद उनके किये हुए दान आदि की प्रशस्तियां हैं जो ताम्रपत्रों के रूप में प्राप्त हुई हैं। इन प्रशस्तियों में रचयिता के रूप में त्रिविक्रम भट्ट का नाम लिया गया है और इनकी रचना भी गद्यपद्यमय, श्लेष प्रचुर तथा काव्यगुणों से प्रपूर्ण है।

प्रतीत होता है कि गद्यपद्यमय प्रशस्तियों की रचना करने से ही कविको उत्कृष्ट चम्पू काव्य रचना की प्रेरणा हुई और उसने इस सर्वप्रथमचम्पूकाव्य काव्य का निर्माण किया।

नलचम्पू

इसका दूसरा नाम 'दमयन्ती कथा' भी है, कवि ने प्रत्येक उच्छ्वास की समाप्ति पर पुष्पिका में इसी नाम का उल्लेख किया है। इसका कथानक महाभारत के वनपर्व से लिया गया है। वनपर्व में यह कथा २७ अध्यायों में वर्णित है और नलचम्पू में इसके चार प्रारम्भिक अध्यायों की कथा आती है। इसमें भी कवि ने अपनी कल्पना का पर्याप्त आश्रय लिया है। वस्तुतः यहीं कवि अपने काव्य-कला के चरम उत्कर्ष को दिखा सकता है। जैसे कालिदास का शाकुन्तल नाटक भी महाभारत की कथा पर आश्रित है किन्तु इस नाटक में दुर्वासा के शाप से राजा का स्मृतिभ्रंश और अंगूठी के दर्शन मात्र से पुनः सारी घटना का स्मरण रूप अभिज्ञान प्रकरण कवि की अपनी कल्पना है और यही इस नाटक की जान है। इसीप्रकार त्रिविक्रम भट्ट ने भी इस काव्य के कथानक में पर्याप्तमात्रा में कल्पना का संमिश्रण किया है

जिससे कवि में उत्कृष्ट काव्यरचना की प्रतिभा और उसके काव्य में अनुपम सौन्दर्य का प्रत्यक्ष दर्शन होता है।

यह काव्य सात उच्छ्वासों में विभक्त है जिनमें राजा नल द्वारा दमयन्ती के समीप जाकर इन्द्रादि लोकपालों का सन्देश पहुँचाने तक की कथा आई है। दमयन्ती का स्वयंवर, राजा नल का दमयन्ती के साथ सुखोपभोग, कलि की ईर्ष्या, पुष्कर से द्यूतक्रीड़ा, राज्यभङ्ग, दमयन्तीपरित्याग, ऋतुपर्ण से संपर्क आदि मार्मिक प्रकरण इसमें वर्णित नहीं हैं। इसी आधार पर विद्वानों ने यह भी कल्पना की है कि त्रिविक्रम इस रचना को पूरी न कर सके। इसकी अपूर्णता को लेकर कई किंवदन्तियां भी गढ़ी गई हैं। वस्तुस्थिति क्या है यह तो कवि ही जाने, किन्तु हमारे विचार से यह काव्य इतने में ही पूर्ण है, क्योंकि गद्यपद्यमिश्रित शैली में काव्य का निर्माण और सभंग श्लेष के चमत्कार का उपन्यास, ये दोनों उद्देश्य कवि के इसमें पूर्ण हो जाते हैं और उसका काव्य-कौशल या रचनानैपुण्य पाठक को मुग्ध कर लेता है। चम्पू काव्यों में सर्वप्रथम गणनीय इस रचना के नायक रूप में कवि ने राजा नल को चुना है क्योंकि नल का भारतीय संस्कृति में महत्त्वपूर्ण स्थान है—

पुण्यश्लोको नलो राजा पुण्यश्लोको युधिष्ठिरः।
पुण्यश्लोका च वैदेही पुण्यश्लोको जनार्दनः॥

यह प्रसिद्ध है। नायिका दमयन्ती है। प्रधान रस शृङ्गार है। कवि और काव्य के संबन्ध में त्रिविक्रम भट्ट का अपना एक आदर्श है जिसे उन्होंने नलचम्पू के इन पद्यों में स्पष्ट कर दिया है—

१. **"तदनु च विजयन्ते कीर्तिभाजां कवीना-**
मसकृदमृतबिन्दुस्यन्दिनो वाग्विलासाः।" (१.१)

२. **अगाधान्तःपरिस्पन्दं विबुधानन्दमन्दिरम्**
वन्दे रसान्तरप्रौढं स्रोतः सारस्वतं वहत्॥ (१.३)

३. **प्रसन्नाः कान्तिहारिण्यो नानाश्लेषविचक्षणाः**
भवन्ति कस्यचित्पुण्यैर्मुखे वाचो गृहे स्त्रियः॥ (१.४)

४. किं कवेस्तेन काव्येन किं काण्डेन धनुष्मतः।
परस्य हृदये लग्नं न घूर्णयति यच्छिरः॥ (१.५)

५. अप्रगल्भाः पदन्यासे जननीरागहेतवः
सन्त्येके बहुलालापाः कवयो बालका इव॥ (१.६)

अर्थात्—

१—कवि की वाणी निरन्तर अमृत की बूँदों को चुआने वाली होनी चाहिए।

२—कवि की वाणी का प्रवाह अन्तःकरण में अत्यन्त चमत्कार उत्पन्न करने वाला विद्वानों को आनन्द देनेवाला तथा रसों के वैशिष्ट्य से प्रगल्भ होना चाहिये।

३—कवि की वाणी प्रसाद सम्पन्न, कान्ति (औज्ज्वल्य तथा दीर्घ रसत्व) से मनोहर, विभिन्न प्रकार के श्लेषों से विलक्षण होनी चाहिए।

४—वह कवि का काव्य ही क्या जो दूसरे के हृदय में पहुँचते ही माथा न चकरा दे (अर्थात् भावना न बदल दें)।

५—वे कवि प्रौढ़ नहीं कहे जा सकते जो काव्य में प्रत्येक पदका न्यास करते समय उसके औचित्य पर ध्यान नहीं देते।

यह है त्रिविक्रमभट्ट का आदर्श, जिसका उन्होंने नलचम्पू में अक्षरशः पालन करने की चेष्टा की है, इतना ही नहीं उन्होंने वाल्मीकि व्यास और बाण की कविताओं से क्या-क्या प्रेरणा ली है यह भी उन्हीं की वन्दना के बहाने व्यक्त किया है (द्रष्टव्य नलचम्पू १.१० से १४)।

इस काव्य में कवि का मुख्य उद्देश्य विभिन्न प्रकार के श्लेषों की रचना है। श्लेष की दुरूहता के कारण पाठक ऊबने न लगें इसलिए वे पहले ही सचेत कर देते हैं—

वाचः काठिन्यमायान्ति भङ्गश्लेषविशेषतः।
नोद्वेगस्तत्र कर्तव्यो यस्मान्नैको रसः कवेः॥ (१.१६)

श्लेष के (विशेषतः सभङ्गश्लेष के) कारण वाणी में कठोरता आ जाती है इसलिए उससे उद्विग्न नहीं होना चाहिए क्योंकि कवि किसी एक ही रस पर निर्भर नहीं करता।

इस चम्पू में जीवन के मधुर पक्ष की ओर ही कवि की अभिरुचि अधिक दीखती है फलतः शृङ्गार और प्रकृति के रमणीय दृश्यों का इसमें पर्याप्त अङ्कन हुआ है, कवि ने गद्य और पद्य दोनों में समान रूप से अपने कौशल का प्रदर्शन किया है।

छन्दों और अलङ्कारों के प्रयोग में त्रिविक्रम भट्ट अत्यन्त निपुण हैं एक श्लोक में भी श्लेष का निर्वाह करना दुरूह होता है पूरे काव्य की श्लेषमय रचना करना उसमें भी कथाप्रवाह और लालित्य का कहीं विच्छिन्न न होना इनकी उद्भट प्रतिभा का परिचायक है। इनका शब्दभण्डार अक्षय और अकल्पनीय है, कहीं भी व्याकरण के नियमों का उल्लंघन नहीं होने पाता और बाण या सुबन्धु की तरह श्लेष में इतनी दुरूहता नहीं आने पाती कि पाठक ऊबने लगे।

श्लेष के साथ शिलष्टोरमा, विरोधाभास, परिसंख्या, रूपक, उत्प्रेक्षा, भ्रान्तिमान् आदि अलङ्कारों के मिश्रण की छटा भी इस काव्य में देखते ही बनती है, विरोधाभास का यह उदाहरण कितना चमत्कारी है—

ब्रह्मण्योऽपि ब्रह्मवित्तापहारी स्त्रीयुक्तोऽपि प्रायशो विप्रयुक्तः।
सद्द्वेषोऽपि द्वेषनिर्मुक्तचेताः को वा तादृग् दृश्यते श्रूयते वा ॥
१.३९

इसी प्रकार अन्य अलङ्कारों के भी पर्याप्त उदाहरण इस काव्य में उपलब्ध होते हैं, श्लेष के वचन श्लेष, विभक्तिश्लेष, लिङ्गश्लेप आदि जितने भी भेद हो सकते हैं सबका प्रयोग इन्होंने खुलकर किया है। सात उच्छ्वासों के इस काव्य में कुल ६३ पात्रों का उल्लेख है और आश्चर्य यह है कि कवि ने सभी पात्रों द्वारा श्लेष का प्रयोग कराया है। यमक और अनुप्रास तो जैसे इनके बांधे हुए हैं जब चाहें तब खोल दें। इसका भी एक ललित उदाहरण देखिए—

धुतकदम्बकदम्बकनिष्पतन्नवपरागपरागतमन्थराः।
हृततुषारतुषा रतिरंगिणां प्रियतमा मरुतो मरुतो ववुः ॥ १.४३

त्रिविक्रम वस्तु का स्वाभाविक चित्रण करने में जितने पटु हैं उतने ही वृत्त का वर्णन करने में भी, प्रथम उच्छ्वास में ही शूकर, पथिक, मृगया

आदि का वर्णन इसके चमत्कार कारी उदाहरण हैं, कविका प्रकृति प्रेम भी अपना सानी नहीं रखता और उसमें प्रयुक्त स्वभावोक्ति हृदय पटलपर अमिट रूप से अङ्कित हो जाती है, पात्रों का उपयुक्त चरित्र-चित्रण भी इनकी अपनी विशेषता है।

इस प्रकार श्री त्रिविक्रम के इस चम्पू काव्य का अनुशीलन अपनी सजीवता और रमणीयता से संस्कृतवाङ्मय की एक विशिष्ट शैली का अवबोधक है।

नलचम्पू की रचनाए और प्रस्तुतसंस्करण

इसकी प्राचीन टीकाओं में—गुणविजयगणि की– दमयंतीकथावृत्ति, चण्डपाल की--विषमपदप्रकाशिका, ये दो टीकाएँ प्रकाशित हैं, निर्णयसागर प्रेस से मुद्रित संस्करण की भूमिका में५ और टीकाओं का भी उल्लेख है। नलचम्पू की कमनीयता से आकृष्ट हुए प्रायः सभी विश्वविद्यालयों ने इसे अपने पाठ्यक्रम में सन्निविष्ट किया है किन्तु ऐसी कोई व्याख्या उपलब्ध न थी जो प्रत्येक पद की व्युत्पत्ति का बोध कराती हुई आधुनिक ढंग से छात्रों को कवि का अभिप्राय समझा सके। इसलिए हरदेवदास श्रीलाल गोयनका सं० महाविद्यालय के प्राचार्य पं० धारादत्त शास्त्री जी ने हिन्दी अनुवाद सहित इस नवीन व्याख्या का प्रारम्भ किया किन्तु दुर्भाग्य से मृगयावर्णन तक ही करके वे दिवंगत हो गये। अवशिष्ट अंश का प्रायः उन्हीं की शैली में व्याख्या कर पूर्ण किया गया है, यह ध्यान रखा गया है कि कवि का भाव सरल और सरस भाषा में छात्र हृदयंगम कर सकें और प्रत्येक पद की व्युत्पत्ति का उन्हें ज्ञान हो सके। इससे छात्रों तथा जिज्ञासु पाठकों का कुछ भी उपकार हुआ तो हम अपना श्रम सफल समझेंगे और आगे इस पूरे ग्रन्थ की व्याख्या का प्रयास करेंगे। मानव स्वभाव की चपलता, तथा व्यस्तता के कारण जो त्रुटियां हों उनके लिये विद्वज्जनों से क्षमा की करबद्ध प्रार्थना करते हैं। इति शम्।

सरस्वतीभवनम् **विद्वच्चरणचञ्चरीकः**

ज्येष्ठ शुक्ला १५ सं. २०३३ **जनार्दनशास्त्री पाण्डेयः**

प्रथम उच्छ्वास का कथासार

आर्यावर्त नाम का एक देश है जो समस्त पृथ्वीमण्डल के मस्तक पर उज्ज्वल तिलक जैसा लगता है, उस आर्यावर्त में निषधनामका जनपद और उसमें निषधा नाम की प्रसिद्ध नगरी है जो साक्षात् पुरुषोत्तम भगवान् के निवास योग्य प्रतीत होती है। उस नगरी में समस्तशत्रुओं का संहारक, युद्धकुशल, प्रतापी, तेजस्वी, नीतिमान्, प्रजानुरञ्जक, पुण्यात्मा और उपकारपरायण राजा नल राज्य करता था जो वीरसेन का पुत्र था, उसकी कीर्तिपताका सम्पूर्ण विश्व में फहराई थी, उसका श्रुतशील नामक मंत्री था जो सालंकायन का पुत्र, विद्वान् और गुणवान् था। राजा उसे प्राणों से भी अधिक प्रिम मानता था, वह भी राजा के लिये अपना सर्वस्व देने को तत्पर रहता था, सेव्य सेवक भाव नहीं उन दोनों में इतना मैत्री भाव था कि जैसे एक ही आत्मा दो शरीरों में विभक्त हो, राजा उस योग्य मन्त्री पर राज्य का सारा भार सोंपकर निश्चिन्त था और विविध ऐश्वर्य का उपभोग करते हुए उसके दिन बीत रहे थे।

एक बार मेघों से जल बरसाकर सारे विश्व को आप्लुत करती हुई वर्षा ऋतु आई। मानो सम्पूर्ण जगत् में जिसके गुण गाये जा रहे हैं और अनुपम रूपराशि से जो संपन्न हैं उस राजानल का दर्शन करने आई हो। इसी वर्षा काल में आखेट बन के रक्षक ने आकर राजा से निवेदन किया—देव ! एक पर्वताकार शूकर कहीं से आखेटबन में आ गया है जो आपके क्रीडावन के रक्षकों को डराता हुआ, कन्द कसेरू आदि से युक्त सुन्दर स्थलों, फूले हुए लताकुञ्जों, लीलासरोवरों को इस प्रकार रोंद रहा है जैसे मन्दराचल ने समुद्र को मथ डाला। यह सुनकर राजा सोचने लगा—इस वर्षाकाल में चारों ओर हरियाली छा जाती है, मोर नाचने लगते हैं। पोखरों का पानी भी दूध की तरह सफेद होकर उछलने लगता है, केतकी की सुगन्ध से भरी वायु बहने लगती है जिससे सूअर उन्मत्त हो जाते हैं। अतः शिकार करने के लिये यह उपयुक्त समय है, इसलिये उसने बाहुक नामक सेनापति को बुलाकर आदेश दिया—शीघ्र आखेट के लिये प्रस्थान की तैयारी करो, सशक्त पैदलों

मनोगामी घोड़ों, वायु वेग से दौड़ने वाले कुत्तों, धनुषादि आयुधों और पाश आदि मृगया के उपयुक्त उपकरणों को सुसज्जित करो।

सेनापति द्वारा सब तैयारी होने पर राजा स्वयं भी सम्पूर्ण गुणों से युक्त घोड़े पर सवार होकर यमदूतों जैसे शिकारियों के साथ वहाँ जा पहुँचा। क्षणभर में उन्होंने वन को घेरलिया और हाथियों के बच्चों, गैंड़ों, शरभों और तरक्षुओं को मारने लगे। तत्काल मोटे-मोटे सूअर गिरने लगे, हाथी चिग्घाड़ने लगे, मृग चीखने लगे और भय से पहाड़ो की ओर भागने लगे वाणों से छलनी हुए जंगली भैंसे लुढ़कने लगे, चीते गुफाओं में छिपने लगे। चारों ओर ऐसा कोलाहल व्याप्त हो गया मानो ब्रह्माण्ड फट जायगा। राजा नल ने एक ही बाण में अनायास विविध बन्यपशुओं का वध करते हुए सहसा उस उत्पाती शूकर को देखा जिसके रोंगटे खड़े हो गये थे, जो राजा के घोड़ों को घूरती नजर से देख रहा था, थुथने फुलाकर घर्घरध्वनि कर रहा था, गुच्छाकार पूंछ को ऊपर उठाये था, उसे देखते ही राजा ने इतनी शीघ्रता से धनुष पर बाण चढ़ाकर बरसाना शुरू किया मानो राम रावण पर बाण बरसा रहे हों। उन दोनों का ऐसा घोर द्वन्द्व युद्ध होने लगा जिससे पृथ्वी कांपने लगी, पर्वत हिल उठे, क्षणभर के लिये मध्याह्न का सूर्य भी जैसे ठिठक गया, यह निर्णय करना कठिन हो गया कि फुर्ती से बाण बरसाने वाला राजा प्रशंसनीय है या उछल उछलकर बगल काटनेवाला घोड़ा अथवा राजा और घोड़े से अपने को बचा कर निकाल ले जाने वाला शूकर।

कुछ देर बाद उस शूकरराज को जीतकर थका हुआ राजा एक शाल वृक्ष के नीचे बैठकर आराम करने लगा। शीतल-मन्द-सुगन्धित पवन उसे आनन्दित करने लगे। इसी समय वहाँ सहसा कहीं से एक विचित्र वेषवाला पथिक आया और राजा को देखकर आश्चर्य से सोचने लगा कि लक्षणों से तथा तेजस्विता से तो प्रतीत होता है कि यह कोई समुद्रपर्यन्त पृथ्वी का स्वामी है। इसके बाद उसके समीप जाकर बोला—"अपनी कान्ति से कामदेव को भी जीतने वाले आपका कल्याण हो"। राजा ने भी आश्चर्य से गर्दन उठाकर उसका स्वागत किया और कहा—हे तीर्थयात्री! कहो कहां से

आ रहे हो, कहां जाओगे, बैठो, कुछ अपूर्व कथा सुनाओ, क्योंकि अनेक देशों में घूमनेवाले लोग कई कौतूहलपूर्ण दृश्यों को देखते हैं। पथिक ने कहा— यदि ऐसी बात है तो सुनो—

दक्षिण दिशा में एक विदर्भ नाम का देश है जहां के प्रदेश प्रत्येक प्राणी को उत्कण्ठित किए रहते हैं, जहां के श्रीशैल पर्वत पर कैलाश को छोड़कर शिवजी वास करते हैं, जहां कावेरी के किनारे धान की क्यारियां लहलहाती हुई स्वर्ग का सा आनन्द प्रदान करती हैं। वहां की स्त्रियां सुख की आगार, मृगनयनी और रसिक होती हैं। मैं गन्धमादन पर्वत पर स्कन्द भगवान् का दर्शन करने वहां गया था। लौटते समय थका हुआ एक वट वृक्ष के नीचे विश्राम कर रहा था इतने ही में एक अनिन्द्य सुन्दरी राजकुमारी अपनी प्रौढ़ा सखियों के साथ वहीं पर आकर ठहरी, उसके सौन्दर्य को देखकर मुझे लगा कि क्या साक्षाल्लक्ष्मी विष्णु को छोड़कर यहां आ गई है ? या पार्वती शिवजी से झगड़ा करके कैलाश छोड़ आई है, हे विधाता मेरे हजारों नेत्र क्यों न हुए जिनसे मैं इसकी रूपराशि को इच्छाभर पीता। उसके लावण्य का वर्णन वही कर सकता है जिसके मुख में शेषनाग की भांति दो हजार जिह्वायें हों।

उसी समय वहां एक उत्तरवासी पथिक आया जो दक्षिण दिशा को जा रहा था, जैसे आपने मुझसे कोई अपूर्व कथा सुनाने को कहा है ऐसे ही उस राजकन्या ने भी उस पथिक से कोई अद्भुत वार्ता सुनाने का आग्रह किया। मैंने उन दोनों के वार्तालाप का अन्तिम अंश सुना जो इस प्रकार था—

"मुस्कराते वदनवाले, लम्बी भुजाओं वाले, कामदेव सदृश उस युवक को जिन्होंने देखा है उनकी आंखें धन्य हैं, तुम साक्षात्कामवल्लरी हो और वह युवक उसके उचित भौंरा है, यदि विधाता तुम दोनों का समागम करा देता तो उसकी विचित्र रचना कौशल का संकल्प पूरा हो जाता"।

मैं नहीं जानता कि वह भाग्यशाली युवक कौन है जिसकी उसने ऐसी प्रशंसा की, उस राजपुत्री के सौन्दर्य से लुब्ध हुआ मैं इस प्रकार अपना विवेक खो चुका था कि मैंने उसके विषय में यह भी नहीं पूछा कि वह कौन है कहां से आई है और कहां जा रही है। आपने अद्भुत कथा सुनाने को कहा सो मैंने

सुना दी, वहां उस राजकुमारी को और यहां आपको देखकर मेरा जन्म सफल हो गया अब मुझे अपने देश जाने की आज्ञा दीजिए।

इतना कहकर वह चल दिया और राजा ने उसे अपने सर्वांग से आभूषण उतार कर पुरस्कार दिया। उसके जाने के बाद राजा सोचने लगा

"विदर्भ देश स्त्रीरत्नों की खान ही है, यह पथिक झूठ नहीं बोलेगा। विधाता की सृष्टि में क्या संभव नहीं है? किन्तु आश्चर्य तो यह है कि मैंने उस राजकुमारी को कभी आँख से नहीं देखा, उसके वंशादि का मुझे पता नहीं फिर भी वह अत्यन्त सुन्दरी है यह सुनते ही मेरा चित्त चुम्बक की भांति उसकी ओर आकृष्ट होकर अपना धैर्य खो रहा है।

इसी समय उसकी सेना के शिकारियों का दल वहां आ गया और राज उनके साथ अपनी राजधानी को लौट आया। तबसे निरन्तर उसी के प्रति उत्कण्ठित रहता है और उस दिशा से आनेवाले प्रत्येक पथिक से उसका समाचार पूछता है और शिवजी के चरणों की वन्दना करते हुए उसका वर्षा-काल इसी उत्कण्ठा में बीतने लगा।

—X—

विषय-सूची

विषय	पृष्ठ
मंगलाचरणादि	१
कविवंशादिवर्णनम्	१६
आर्यावर्तवर्णनम्	२८
निषधापुरीवर्णनम्	४८
नल-वर्णनम्	६२
महामन्त्रि-वर्णनम्	८६
राज्ञो नलस्य-विलास-विर्णनम्	६१
वर्षावर्णनम्	१०१
शूकरोत्पात-वर्णनम्	११७
आखेट-विहार-वर्णनम्	११६
मृगया-वर्णनम्	१२३
शूकर-दर्शनम्	१३२
शरवर्षणं द्वन्द्वयुद्धं च	१३४
शूकरजयो राज्ञो विश्रामश्च	१३६
राज्ञः कुतूहलम्	१४५
विदर्भ-वर्णनम्	१४६
राजपुत्रीवृत्तवर्णनम्	१५३
राज्ञश्चिन्ता	१६३
पथिक-विसर्जनम्	
राजदशा-वर्णनम्	

नलचम्पूः

(दमयन्तीकथा)

प्रथम उच्छ्वासः

शंकरं शंकरं ध्यात्वा शंकरं पितरं तथा ।
करोति शांकरिर्व्याख्यां नलचम्प्वर्थबोधिकाम् ।।१।।
जानकीवल्लभो रामः पवनात्मजसेवितः ।
स्मर्यते सततं भक्त्या धारादत्तेन शास्त्रिणा ।।२।।

इह खलु सरसश्लिष्टपदवाक्यरचनाचातुरीचुञ्चुः महाकविः श्रीत्रिविक्रमभट्टः, 'काव्यं यशसेऽर्थकृते व्यवहारविदे शिवेतरक्षतये" इत्याद्यालंकारिकवचनप्रामाण्यात् काव्यस्यानेकश्रेयःसाधनत्वं, परमपुरुषार्थमोक्षोपयोगिवेदान्तवाक्ये व्युत्पत्त्याधायकत्वञ्च विभाव्य, काव्यालापांश्च वर्जयेदिति निषेधशास्त्रस्यासत्काव्यविषयकत्वं च विचारयन् 'नलचम्पू' नामकं काव्यं चिकीर्षुः चिकीर्षितस्यातिसरसश्लिष्टगुणालंकृतस्य काव्यस्य निर्विघ्नं समाप्तिकामः सर्वरसात्मकं परमेश्वरमाशुतोषं चन्द्रमौलिं स्मरति—

जयति गिरिसुतायाः कामसन्तापवाहि-
न्युरसि रसनिषेकश्चान्दनश्चन्द्रमौलिः ।
तदनु च विजयन्ते कीर्तिभाजां कवीना-
मसकृदमृतबिन्दुस्यन्दिनो वाग्विलासाः ।।१।।

अन्वयः—गिरिसुतायाः कामसन्तापवाहिनि उरसि चान्दनः रसनिषेकः चन्द्रमौलिः जयति । तदनु च कीर्तिभाजां कवीनाम् असकृत् अमृतबिन्दुस्यन्दिनः वाग्विलासाः विजयन्ते ।

व्याख्या—गिरेः=हिमालयस्य सुता=पुत्री तस्याः गिरिसुतायाः पार्वत्याः इत्यर्थः । कामस्य=कन्दर्पस्य सन्तापः=पीडा इति कामसन्तापस्तं वहति=धार-

यतीति तत् कामसन्तापवाहि, तस्मिन् कामसन्तापवाहिनि, उरसि=वक्षःस्थले चन्दनस्यायं चान्दनः=मलयजद्रवः, रसस्य=द्रवस्य, निषेकः=अभिषेक इव इति रसनिषेकः-चन्दनरसलेप इव चन्द्रः मौलौ यस्य सः चन्द्रमौलिः=शिवः जयति=सर्वोत्कर्षेण वर्तते, सर्वोत्कृष्टश्च सर्वेषां प्रणम्य इति नमस्कारः प्रतीयते। तदनु=तत्पश्चात् रसाधारस्य चन्द्रमौलेः पश्चादित्यर्थः। कीर्तिं भजन्ति ते कीर्तिभाजस्तेषां कीर्तिभाजां==यशःशालिनां कवीनां==काव्यकर्तॄणां। शृङ्गारादिरसाभिव्यक्तिनिमित्तानां वाल्मीकिव्यासकालिदासादीनामित्यर्थः। असकृत्=निरन्तरम् अमृतस्य=पीयूषस्य विन्दवः=कणास्तान् स्यन्दयन्ति=वर्षन्तीति असकृदमृतविन्दुस्यन्दिनः=निरन्तररसवर्षिण इत्यर्थः। वाचां=वाणीनां कविवाणीनामिति यावत् विलासाः=विभ्रमाः इति वाग्विलासाः, चमत्कारवैचित्र्याणीत्यर्थः। विजयन्ते=सर्वोत्कर्षेण वर्तन्ते। अतस्तेऽपि नमस्याः। रसनिषेक इति। रसाः=शृंगारादिनवसंख्याकाः निषिच्यन्ते येषु ते रसनिषेका इति रीत्या कवीनां वाग्विलासा अपि ग्राह्याः। यतो हि शृंगारादीन् रसान् कवय एव प्रकटीकर्तुं प्रभवन्तीति भावः। अत्र पूर्वार्धेन वक्ष्यमाणप्रबन्धोऽपि सूचितो भवति। गिरिसुतेति। "गिरिर्भीमनृपे सूर्ये स्वभावे पर्वते जले" इति वचनात् गिरेः=भीमनृपस्य सुता=दमयन्ती तस्याः मदनसन्तापेन सन्तप्ते उरसि चन्द्रमौलिः=चन्द्रवंशीयानां मौलिः=भूषणं नलः चन्दनरसनिषेको भविष्यतीति। अत्र पद्ये मालिनीच्छन्दः। रूपकालङ्कारः।

हिन्दी—हिमालय की पुत्री पार्वती के कामपीड़ा को धारण करने वाले हृदय पर चन्दनरस के सिंचन के समान (ठण्डक पहुँचाने वाले) तथा मस्तक पर चन्द्रमा को धारण करने वाले भगवान शंकर सब से उत्कृष्ट हैं। अतः उन्हें प्रणाम करता हूँ। और इसके पश्चात् यशस्वी कवियों के निरन्तर अमृत की बून्दों की वर्षा करने वाले वाणी के विलास (अद्भुत् चमत्कारपूर्ण काव्य) भी सबसे उत्कृष्ट हैं। अतः उन्हें भी नमस्कार है। चन्द्रमौलि पद से शिव को कहने का तात्पर्य यह है कि चन्द्र के सुधाकर नाम होने से अमृत की स्थिति चन्द्र में है उस अमृत में शीतलता रहती है जो ग्रीष्मसंताप को हरती है उसका सम्बन्ध शिव जी से होने से शिव जी के शरीर के आलिङ्गन

से ठण्ढक अवश्य पार्वती को मिलेगी। और चन्द्र के प्रकाश से अन्धकार का जैसे विनाश होता है वैसे ही इस ग्रन्थ के प्रकाश से अज्ञानान्धकार का विनाश होता है। 'ज्ञानमिच्छेन्महेश्वरात्' इस उक्ति के अनुसार पढ़ने वालों के तथा अपने लिये ज्ञान को मांगने वाले कवि त्रिविक्रम शिव जी ही की स्तुति करते हैं।

विशेष—इस श्लोक के पूर्वार्ध में आगे वर्णनीय काव्यार्थ को भी कवि ने सूचित किया है। यथा—"गिरिर्भीमनृपे सूर्ये स्वभावे पर्वते जले" इस वचन के अनुसार गिरि का भीम राजा और चन्द्रमौलि का चन्द्रवंशियों में श्रेष्ठ राजा नल द्वितीयार्थ हुआ। इस प्रकार भीमराजा की पुत्री दमयन्ती के कामदेव से पीड़ित मन पर चन्दनरसतुल्य अतिशीतल प्रतीत होने वाले नल की जय हो। पुराणों के अनुसार नल और दमयन्ती भी पुण्यश्लोक हैं ॥१॥

जयति मधुसहायः सर्वसंसारवल्ली-
जननजरठकन्दः कोऽपि कन्दर्पदेवः।
तदनु पुनरपाङ्गोत्सङ्गसञ्चारितानां
जयति तरुणयोषिल्लोचनानां विलासः ॥ २ ॥

अन्वय—मधुसहायः सर्वसंसारवल्लीजननजरठकन्दः कोऽपि कन्दर्पदेवः जयति। तदनु पुनः अपाङ्गोत्संगसंचारितानाम् तरुणयोषिल्लोचनानां विलासः जयति ॥

व्याख्या—मधुः=वसन्तः सहायः=सहचरः यस्य स मधुसहायः 'मधु क्षौद्रे जले क्षीरे मद्ये पुष्परसे मधुः। दैत्ये चैत्रे वसन्ते च जीवशोके मधुद्रुमे"। इति विश्वः। सर्वः=अखिलःसंसार एव वल्ली=वल्लरी=लता इत्यर्थः,'वल्ली तु व्रततिर्लता 'इत्यमरः। कन्दः=मूलम् यथा 'भगवान् चतुर्दशलोकवल्लिकन्दः' इत्युक्तः। इति सर्वसंसारवल्ली, तस्याः जननम्=उत्पादनम् तत्र जरठः=कर्कशः=कठिनः कन्दः=वीजमिव, इति सर्वसंसारवल्लीजरठकन्दः, संसारोत्पादने प्रौढ़मूलरूपः इत्यर्थः। एवंभूतः कोऽपि=अपूर्वः अद्भुतसामर्थ्यशाली, कमिति अव्ययं कुत्सायां, कुत्सितः दर्पः यस्य सः कन्दर्पः। कं=सुखं तत्र तेन व दृप्यति, इति कन्दर्पः स चासौ देवः इति कन्दर्पदेवः जयति सर्वोत्कर्षेण वर्तते। वसन्तं सहायकं प्राप्य लोकोत्तरं महत् कार्यं कर्तुं यः प्रभवति स सर्वोत्कृष्टोऽतएव

नमस्कार्यः। तदनु पुनः=कन्दर्पस्तुत्यनन्तरं पुनः अपकृष्टानि अंगानि येभ्यस्ते अपाङ्गाः=नेत्रान्ताः "अपांगौ नेत्रयोरन्तौ" इत्यमरः। अपांगानाम् उत्संगः= क्रोडस्तत्र संचारितानि=कामिजनं लक्ष्यीकर्तुं प्रवर्तितानि प्रक्षिप्तानीत्यर्थः तेषाम् अपांगोत्संगसंचारितानां तरुण्यः=नवयुवत्यश्च ताः योषितः=सुन्दर्यः तासां लोचनानि=नेत्राणि तेषां तथोक्तानाम्, विलासः=शृंगारभावजः, कटाक्षादिविभ्रमो जयति। अतः सोऽपि स्तुत्यः। वसन्तसहायः नवयुवतिकटाक्षोपकरणः कन्दर्पः सर्वविजयीति सर्वोत्कृष्ट इत्यर्थः। कन्दर्पे कन्दत्वारोपे संसारे वल्लीत्वारोपः कारणमिति अत्र परम्परितरूपकालंकारो वाच्यः। 'ननमयययुतेयं मालिनी भोगिलोकैः' इति लक्षणलक्षितं मालिनीच्छन्दः॥ २॥

हिन्दी—वसन्त जैसे मित्र की सहायता पाकर सारे संसाररूपी लता को उत्पन्न करने में जरठ=कठिन ठोस (परिपक्व) के तुल्य अद्भुत दिव्य सामर्थ्य वाला कामदेव सबसे उत्कष्ट है। और इसके बाद अपांग (आखों की कोर, कोना) में खेलने वाले सुन्दरियों के तिरछी चितवन के विलास की जय हो। अतः ये दोनों स्तुत्य तथा नमस्कार्य्य हैं।

विशेष—पका हुआ ठोस मूल या बीज मिट्टी-पानी पाकर होनहार-सुन्दर लता को पैदा करता है। वैसे ही कामदेव, वसन्त तथा तरुणियों की तिरछी चितवन को पाकर होनहार विचित्र संसार पैदा करता है, अतः सर्वोत्कृष्ट है॥

कवीनां वाग्विलासा जयन्तीत्युक्तं, तद्गुणान् श्लोकत्रयेण वर्णयति—

अगाधान्तःपरिष्पन्दं विबुधानन्दमन्दिरम्।
वन्दे रसान्तरप्रौढं स्रोतः सारस्वतं वहत्॥३॥

अन्वयः—अगाधान्तःपरिष्पन्दं रसान्तरप्रौढं विबुधानन्दमन्दिरं वहत् सारस्वतं स्रोतः वन्दे। अहमिति शेषः॥

व्याख्या—अत्र सारस्वतमिति श्लिष्टं पदं तेन सरस्वती वाणी, नदी च गृह्यते तथा च वाणीपक्षे नास्ति गाधः=स्थितिरत्र सोऽगाधः=अर्थगौरवादलब्धमध्यः अन्तः=मध्ये परिष्पन्दः=चारु-चमत्कारपूर्णः स्फूर्तिविशेषो यस्य तत् अगाधपरि-

च्छन्दम्, विशेषेण बुध्यन्ते इति विबुधाः=पण्डिताः देवाश्च तेषाम्–आनन्दः= हर्षः, तस्य मन्दिरं=स्थानमिति तत्। कविभारतीविलासेन देवा अपि प्रमुदिताः भवन्ति। रस्यन्ते=आस्वाद्यन्ते इति रसाः। रसानां=शृङ्गारादीनाम् अन्तरेण= विशेषेण प्रौढम् प्रकृष्टम् प्रगल्भमित्यर्थः। अन्तरं व्यवधानं सत्ता वा तेन प्रौढम् "अन्तरमवकाशावधि परिधानान्तर्धिभेद तादर्थ्ये" इत्यमरः। तत् रसान्तरप्रौढं वहत्=प्रवर्तमानम् एवंभूतम्–सरतीति सरः, सरो ज्ञानमस्ति अस्याः सा सरस्वती, तस्याः इदं सारस्वतं=सरस्वतीसंबन्धि, वाणीसंबन्धीत्यर्थः। स्रोतः =प्रवाहं,चारुचमत्कारिकाव्यप्रवाहमित्यर्थः। अहं वन्दे=प्रणमामि, स्तौमि वा। नदीपक्षे च–अगाधः=अतलस्पर्शः, गभीर इत्यर्थः अन्तः=मध्ये परि=समन्तात् स्पन्दः=संचलनं (आवर्तविशेषः) यस्य तत् अगाधान्तःपरिष्पन्दम्, वीनां=पक्षिणां मध्ये बुधाः=पण्डिताः। पण्डिता नदीतटे सन्ध्यावन्दनादि नित्यकर्मणा प्रसन्ना जायन्ते। बुधाः=राजहंसाः तेषाम् आनन्दस्य मन्दिरं=स्थानं सरस्वतीनदीतीर- मित्यर्थः। रसायाः=पृथिव्याः अन्तरे=मध्ये प्रौढं=प्रकर्षेण वहत्, इति तत् रसा- न्तरप्रौढम्। सरिद्वरा सरस्वती खलु म्लेच्छदेशे भूमौ गुप्ता सती प्रवर्तते, अन्यत्र प्रयागादौ च पुनरुद्भवतीति लोकप्रसिद्धिः। एवंभूतं सरस्वतीसंबन्धि स्रोतः=प्रवाहं धारामित्यर्थः वन्दे=स्तौमीति। पद्येऽस्मिन् शब्दशक्तिमूलक- ध्वनिना सरस्वतीनदीपरोऽर्थः सूचितः सन् उभयोः वाणीनद्योरुपमानोपमेय- भावमभिव्यनक्ति। अनुष्टुब्छन्दः॥

हिन्दी—वाणीपक्ष–अर्थगौरव के कारण हृदय में विशेष चमत्कार को पैदा करने वाले, तथा पण्डितों और देवताओं के आह्लाद (आनन्द) का स्थान, और शृङ्गारादि नव (नौ) रसों की विशेषताओं से बढ़ा-चढ़ा सरस्वती (वाणी) सम्बन्धी विकसनशील प्रवाह को मैं नमस्कार करता हूँ।

नदीपक्ष–अथाह गहरे जल में तरंगित, भँवर वाले, तथा देवताओं एवं पक्षियों में श्रेष्ठ राजहंसों के आनन्दस्थल (सरस्वती नदी, देवता तथा हंस पक्षियों को विशेष आनन्द देने वाली और पृथिवी के भीतर ही भीतर प्रगल्भता से बहने वाली सरस्वती नदी के प्रवाह को नमस्कार करता हूँ।

विशेष–सरस्वती नदी प्रायः सर्वत्र पृथिवी के भीतर ही गुप्त रूप से बहती है। वह पवित्रस्थान प्रयागादि में प्रकट होती है। ऐसी लोक में प्रसिद्धि है। इस पद्य में नदीपक्ष में तो प्रवाह नदी का धर्म है अतः विशेषण ठीक घटते हैं। और वाणीपक्ष में दूसरे के धर्म का दूसरे में आरोप होने से लक्षणा से वाणी के निरन्तर निस्सरण में भी स्रोतः शब्द है।

"वाग्विलासाः" इत्यत्र वाचः कीदृश्यः इत्याह—

प्रसन्नाः कान्तिहारिण्यो नानाश्लेषविचक्षणाः।
भवन्ति कस्यचित्पुण्यैर्मुखे वाचो गृहे स्त्रियः॥ ४॥

अन्वयः—कस्यचित् मुखे पुण्यैः प्रसन्नाः कान्तिहारिण्यः नानाश्लेषविचक्षणाः वाचः भवन्ति, तथा कस्यचित् गृहे प्रसन्नाः कान्तिहारिण्यः नानाश्लेषविचक्षणाः स्त्रियः पुण्यैः भवन्ति॥

व्याख्या—कस्यचित्=पुण्यशालिनः धन्यस्य जनस्य मुखे=आनने पुण्यैः=सुकृतैः पावनकर्मभिरित्यर्थः, प्रसन्नाः=ओजोमिश्रितशैथिल्यरूपशब्दगुणोपेताः, समासरहिताश्च, तथा अर्थगुणोपेताः, शब्दार्थगुणोपेता इत्यर्थः। तथा औज्ज्वल्यरूपकान्तिगुणेन हर्तुं=चित्तं वशीकर्तुं शीलं यासां ताः कान्तिहारिण्यः। औज्ज्वल्यरूपशब्दगुणेन दीप्तरसत्वरूपार्थगुणेन च मनोहराः इति यावत्। नाना=बहुविधं, शब्दगुणार्थगुणार्थालंकारशब्दालंकाररूपं चतुर्विधं श्लेषं=श्लेषालंकारं विशेषेण चक्षते=प्रकथयन्ति इति नानाश्लेषविचक्षणाः। वाचः=सूक्तयः भवन्ति। तथा प्रसन्नाः=प्रसन्नचिताः कान्त्या=शरीरसौन्दर्येण लावण्येन च मनः हर्तुं शीलं यासां ताः कान्तिहारिण्यः, मनोज्ञा इत्यर्थः तथा नानाविधे=द्वादशप्रकारके स्पृष्टक-विद्धक-उद्घृष्ट-पीडन-लतावेष्टक-वृक्षाधिरूढ-तिलतण्डुल-क्षीरनीर-अरूपगूढ-जघनोपश्लेष-स्तनालिंगन-लालाटिकरूपे द्वादशात्मके) आश्लेषे=आलिंगने विचक्षणाः=कुशलाः। स्त्रियः=रमण्यः कस्यचित् पुण्यवतो धन्यस्य गृहे=भवने भवन्ति। नतु सर्वसाधारणस्य मुखे एतादृश्यो वाचः गृहे च स्त्रियो जायन्ते इत्यर्थः।

पद्येऽस्मिन्ननुष्टुप्छन्दः। श्लेषालङ्कारश्च। अत्र वाचः स्त्रिय इव, स्त्रियो वाच इवेति परस्परमुपमानोपमेयभावोऽपि वर्तते।

हिन्दी—वाणीपक्ष—प्रसन्न—प्रसादगुण युक्त, तथा, औज्ज्वल्य रूप कान्ति गुण के कारण मनोहर सुन्दर, और अनेक प्रकार के श्लेषालङ्कारों को प्रकट करने वाली सुन्दर वाणी किसी धन्य व्यक्ति के मुख में बडे ही पुण्यों से आती है।

स्त्रीपक्ष में—प्रसन्न सदा प्रमुदित खिली रहने वाली और सुन्दरता से मनोहर एवं बारह प्रकार के आलिंगनों में चतुर रमणियां किसी अलौकिक पुण्य से ही पुण्यात्मा के घर आती हैं।

विशेष—प्रसाद-शब्दगुण, अर्थगुण होता है। कान्ति औज्ज्वल्यरूप शब्दगुण, तथा दीप्तरसत्वरूप अर्थगुण होता है श्लेष चार प्रकार का है शब्द-श्लेष, अर्थश्लेष, शब्दालंकार और अर्थालंकार। आलिंगन बारह प्रकार का है।

किं कवेस्तेन काव्येन किं काण्डेन धनुष्मतः।
परस्य हृदये लग्नं न घूर्णयति यच्छिरः॥ ५॥

अन्वयः—कवेः तेन काव्येन किम्? धनुष्मतः तेन काण्डेन च किम्? यत् परस्य हृदये लग्नं सत् शिरः न घूर्णयति॥

व्याख्या—काव्येन बाणेन च कीदृशेन भाव्यमित्याह—किं कवेरिति।

कवते=सर्वं जानाति, श्लोकान् ग्रथते, वर्णयति वा कविः तस्य कवेः=काव्यकर्तुः तेन=तथाभूतेन कवेरिदं कर्म वा काव्यं=रसात्मकं वाक्यं तेन काव्येन किं=किम्प्रयोजनम् अर्थात् व्यर्थं, न किमपि प्रयोजनमित्यर्थः। यत्काव्यं परस्य=अन्यस्य श्रोतुः हृदये=अन्तःकरणे लग्नं=संबद्धं सत् शिरः=मस्तकं न घूर्णयति=न चालयति, अद्भुतचमत्कारेण न चमत्करोतीत्यर्थः। तथा धनुरस्यास्तीति धनुष्मान् तस्य धनुष्मतः=धनुर्धरस्य तेन=तथाविधेन, कनतीति काण्डं तेन काण्डेन=वाणेन "काण्डः स्तम्भे तरुस्कन्धे बाणेऽवसरनीरयो" इति मेदिनी। किं=किम्प्रयोजनम्? यत्=काण्डं परस्य=शत्रोः=वध्यस्येत्यर्थः। हृदये=वक्षःस्थले लग्नं=विद्धं ताडितमित्यर्थः। सत् श्रीयते उष्णीषादिना इति शिरः=मस्तकं न घूर्णयति=न संचालयति। असह्यपीडया नरस्य शिरःप्रकम्पो जायते इत्यभिप्रायः। अत्रानुष्टुप् छन्दः। परस्यात्र श्लेषः।

हिन्दी—कवि के उस काव्य से (कविता से) क्या लाभ, जो कविता दूसरे श्रोताओं के हृदय पर लगकर (आनन्दातिरेक-अद्भुत चमत्कार से) शिर को न कँपा देती हो और धनुर्धारी के उस बाण से क्या लाभ जो बाण शत्रु के हृदय में लगकर (पीडा से) शत्रु के शिर को न हिला दे ! अर्थात् असह्य पीड़ा से मस्तक को भन्ना न दे ॥ ५ ॥

अप्रगल्भाः पदन्यासे जननीरागहेतवः ।
सन्त्येके बहुलालापाः कवयो बालका इव ॥ ६ ॥

अन्वय—**एके कवयः पदन्यासे अप्रगल्भाः जननीरागहेतवः बहुलालापाः बालकाः इव सन्ति ॥ ६ ॥**

व्याख्या—कुकविनिन्दाद्वारा तेषामग्राह्यत्वमाह—एके=केचन कवयः =काव्यनिर्मातारः, पदानां=सुप्तिङन्तानां न्यासः=प्रयोगस्तस्मिन् पदन्यासे-शब्दप्रयोगकरणे इत्यर्थः । प्रगल्भन्ते इति प्रगल्भाः=प्रत्युत्पन्नमतयः, न प्रगल्भा इति अप्रगल्भाः=अचतुराः प्रतिभाशून्या इति यावत् । तथा जनानां=विद्वज्जनानां नीरागे=रागाभावे हेतवः=कारणमिति जननीरागहेतवः=नहि चारुचमत्कारशून्यकाव्यमाकर्ण्य रसिकानां केषामपि कश्चित्त्चमत्कारो जायते, अतो नीरागहेतुत्वमेवेति भावः । बहून् लातीति बहुलम् । बहुलः=प्रचुरः आलापः= निःसारप्रलापो येषां ते बहुलालापाः (कवयः) पदानां=चरणानां न्यासः=स्थापनं =चलनं तस्मिन् पदन्यासे पादविक्षेपे इत्यर्थः । अप्रगल्भाः=असमर्थाः । जनयति या सा जननी तस्या जनन्याः=मातुः रागः=अनुरागः तस्य हेतवः=कारणमिति जननीरागहेतवः, एतादृशशिशून् दृष्ट्वा माता अनुरागवती भवतीति स्वभावः । तथा बह्वीः=प्रचुराः लालाः=स्यन्दिनीः पिबन्तीति बहुलालापाः अथवा बह्व्यः= लाला=अप्स्वरूपा (जलस्वरूपा) येषु ते बहुलालापाः, बहुल आलापो येषां ते बहुलालापान्निस्सारवक्तार इत्यर्थः । बाला एव बालकाः=शिशवः मन्दा इति यावत् इव=यथा सन्ति=वर्तन्ते । पूर्वोक्तविशेषणविशिष्टाः कवयः बालका इव मन्दा भवन्तीत्यतो न तेषां काव्यं ग्राह्यमिति भावः । अत्रालंकारः श्लिष्टोपमा । अनुष्टुप् छन्दः ॥

हिन्दी—कुछ कवि शब्दों के प्रयोग करने में चतुर नहीं होते अतः वे काव्य को सुनने वाले सहृदय लोगों में कविता के प्रति वैराग्य उत्पन्न करने

वाले, और बहुत सी व्यर्थ बातों को कहने वाले ठीक उसी प्रकार के होते हैं जैसे कि पैर रखने में (सँभलने में) अनिपुण, और मां के अनुराग (प्रेम) को बढ़ाने वाले, तथा तुतली बातें कहने वाले या लार पीने वाले बालक होते हैं। अर्थात् उन बच्चों के समान वे व्यक्ति भी मन्दमति ही होते हैं। ऐसों के काव्य भी मात्र, अग्राह्य ही हैं ॥ ६ ॥

अक्षमालापवृत्तिज्ञा कुशासनपरिग्रहा।
ब्राह्मीव दौर्जनी संसद् वन्दनीया समेखला ॥ ७ ॥

अन्वयः—अक्षमालापवृत्तिज्ञा कुशासनपरिग्रहा समेखला दौर्जनी संसद् ब्राह्मी इव वन्दनीया ॥ ७ ॥

व्याख्या—अकारणमेव द्वेषदारुणान् क्षुद्रान् शब्दमात्रेण प्रशंसयन्नाह—न क्षमा अक्षमा, तया अक्षमया=असहनशीलतया क्रोधेनेत्यर्थः य आलापः =संभाषणं तस्य वृत्ति=व्यवहारं जानाति=वेत्तीति या सा अक्षमालापवृत्तिज्ञा, कुशासनस्य=कुत्सितस्य शिक्षणस्य परिग्रहः=स्वीकारः यस्याः सा कुशासन-परिग्रहा, (खलति या सा, खं=छिद्रं लातीति वा खला) तथा समे=सज्जने साधौ(अपि)खला=दुर्जना इति समेखला, दुष्टानां जनानां=दुर्जनानामियमिति दौर्जनी=दुर्जनसम्बन्धिनी संसीदन्त्यस्यां सा संसद्=सभा=दुर्जनगोष्ठीत्यर्थः, वन्दनीया=नमस्करणीयेत्युपहासवाक्यम्। का इवेत्याह—ब्रह्मणां=ब्राह्मणा-नामियं ब्राह्मी=ब्राह्मणसभा इव=यथा। सापि,अक्षाणां=रुद्राक्षाणां माला=स्रक् तस्याः अपवृत्ति=भ्रमणं=करे संचालनं जपं कर्तुमित्यर्थः जानातीति अक्षमा-लापवृत्तिज्ञा, कुशानां=दर्भाणाम् आसनानि=पीठानि तेषां परिग्रहः=स्वीकारो यस्याः सा कुशासनपरिग्रहा, मखं=गतिं लातीति मेखला, मेखलया=मौञ्ज्या सहिता=युक्ता इति समेखला, एवंभूता ब्राह्मी संसद् वन्दनीया=नमस्कार्या, स्तोतव्येत्यर्थः। अत्रानुष्टुब् छन्दः। श्लिष्टोपमालङ्कारः ॥

हिन्दी—न सहने योग्य उद्विग्नतापूर्ण बातों (व्यवहारों) को जानने वाली एवं दुष्टजनों के शासन को मानने वाली (खराब बातों को ही अच्छा स्वीकार करने वाली) तथा सम (सज्जन) साधु के प्रति भी दुष्टता करने वाली दुर्जन लोगों की गोष्ठी उसी प्रकार नमस्कार करने योग्य है, जैसे कि

रुद्राक्ष की माला के जपने के व्यवहार को जानने वाली, और कुशा के आसन को स्वीकार करने वाली (कुशासन पर बैठने वाली), एवं मूँज की मेखला (तगड़ी) धारण करने वाली ब्राह्मणों की सभा प्रणाम करने योग्य है। अर्थात् अकारण ही दूसरे सज्जनों से द्वेष करने वालों की गोष्ठी को दूर से ही नमस्कार कर देना चाहिये। यहाँ पर केवल शब्दों की समानता दिखलाई गई है ॥ ७ ॥

रोहणं सूक्तरत्नानां वृन्दं वन्दे विपश्चिताम् ।
यन्मध्यपतितो नीचः काचोऽप्युच्चैर्मणीयते ॥ ८ ॥

अन्वयः—सूक्तरत्नानां रोहणं विपश्चितां वृन्दम् (अहं) वन्दे, यन्मध्यपतित नीचः काचः अपि उच्चैः मणीयते ॥

व्याख्या—सहृदयान् विदुषः नमस्करोति—रमयन्ति=हर्षयन्तीति रत्नानि =मुक्तादिमणयः, सूक्तानि=सुभाषितानि एव रत्नानीति तेषां सूक्तरत्नानां= सुभाषितरत्नानां, हीरकादिमणीनां वा, रोहत्यस्मिन्निति रोहणं=जन्मस्थानं विदुराद्रि वा, विशेषं पश्यन्ति, विप्रकृष्टं चेतसि चिन्वयन्ति वा विपश्चितः पण्डिताः तेषां विपश्चितां=कवीनाम्, वृन्दं=समूहं समाजं वन्दे=प्रणामामि,प्रशंसामि च। अहमिति शेषः। येषां=पण्डितानां मध्यं=अन्तरालं पतितः=प्राप्तः =गतः इति यन्मध्यपतितः। कच्यन्ते=वध्यन्ते ग्रथ्यन्ते अनेनास्मिन् वा काचः =प्रबन्धः=काव्यमित्यर्थः। काचः=क्षारमृत्तिकाविशेषः आकारत्वेनास्यास्तीति स काचः=क्षारमृद्विकारश्च नीचः=तुच्छः, उत्कृष्टगुणरहितः अपि उच्चैः =उत्कृष्टो मणीयते==मणिरिवाचरति। सहृदयकविसमाजगतं गुणादिरहितमनुत्कृष्टमपि काव्यं सुव्याख्यानेन समालोचनया चोत्कर्षं प्राप्नोति तथा यथा हीरकादिमध्यगतः तुच्छोऽपि काचः उत्कृष्टमणितां प्राप्नोतीत्यर्थः। अस्मिन् पद्ये विद्वद्रोहणपर्वतयोः उपमानोपमेयभावो व्यज्यते। वृत्तञ्चानुष्टुप्।

हिन्दी—सुन्दर मनोहारी सुभाषित रत्नों के उत्पत्तिस्थान उन विद्वानों के समाज (समूह) को मैं प्रणाम करता हूँ। जिस समाज के बीच में गया हुआ, सामान्य काव्य (प्रबन्ध) भी उनकी सुन्दर व्याख्या एवं आलोचना से उत्कृष्ट हो जाता है। जैसे अच्छे रत्नों को उत्पन्न करने वाले, रोहणाद्रि

पर्वत की मैं प्रशंसा करता हूँ, जिसके बीच में पड़कर तुच्छ काँच भी उत्कृष्ट मणि के समान दीखता है ॥८॥

अत्रिजातस्य या मूर्तिः शशिनः सज्जनस्य च ।
क्व सा वै रात्रिजातस्य तमसो दुर्जनस्य च ॥ ९ ॥

अन्वयः—अत्रिजातस्य शशिनः अत्रिजातस्य सज्जनस्य च या मूर्तिः (भवति) सा वैरात्रिजातस्य तमसः त्रिजातस्य दुर्जनस्य च क्व ?

व्याख्या— सज्जनदुर्जनपुरुषयोर्महदन्तरमिति निरूपयति—अत्रेः=अत्रिनाममहर्षेः जातः=उत्पन्नस्तस्य अत्रिजातस्य==अत्रिनेत्रोत्पन्नस्येत्यर्थः। शशिनः=चन्द्रस्य त्रिभिः जातः=उत्पन्नस्त्रिजातः न त्रिभिः जातः अत्रिजातस्तस्य अत्रिजातस्य=एकेनैव पित्रा उत्पन्नस्य कुलीनस्येत्यर्थः। सज्जनस्य=सत्पुरुषस्य या=अवैरा, प्रसन्ना, कल्याणस्वरूपा मूर्तिः=शरीरं भवति सा=प्रसन्ना मूर्तिः रात्रौ=निशायां जातः उत्पन्नः तस्य रात्रिजातस्य तमसः=अन्धकारस्य त्रिभिः जातस्तस्य त्रिजातस्य=अनिश्चितपितुः, जारजस्येत्यर्थः। दुष्टो जनः दुर्जनस्तस्य दुर्जनस्य=खलस्य "पिशुनो दुर्जनः खलः" इत्यमरः। असज्जनस्येत्यर्थः। क्व=कुत्र भवतीति शेषः। यतः दुर्जनस्य मूर्तिः वैरा=वैरप्रधाना भवति। चन्द्रस्य वैरमस्या अस्तीति वैरा, अर्श आदिभ्योऽजिति सूत्रेणाच् प्रत्ययः, साधोश्च सा मूर्तिः अवैरा प्रसन्ना वात्सल्यपूर्णा च भवति इति महदन्तरमनयोरिति भावः।

अत्रानुष्टुब्छन्दः। चन्द्रसाध्वोः, तमोदुर्जनयोश्च परस्परमुपमानोपमेयभावो व्यज्यते ॥ ९ ॥

हिन्दी—महर्षि अत्रि के नेत्र से उत्पन्न चन्द्रमा, तथा तीन से न उत्पन्न होने वाले (अत्रिजात) सत्कुलीन सज्जन की प्रसन्न एवं वात्सल्यपूर्ण मूर्ति कहां, और रात में उत्पन्न होने वाले अन्धकार तथा वैरप्रधान तमोगुणी एवं तीन से (जार से) उत्पन्न होने वाले (त्रिजात) दुर्जन की असौम्य क्रूर मूर्ति कहां ! अर्थात् सत्कुलीन तथा वर्णसंकर में बड़ा ही भेद है, इनके स्वरूपों में भिन्नता है और गुणों में महान् भेद होता है। अतः दुर्जन मेरे काव्य में भी दोष देखेगें ॥ ९ ॥

निश्चितं ससुरः कोऽपि न कुलीनः समेऽमतिः।
सर्वथासुरसम्बद्धं काव्यं यो नाभिनन्दति ॥ १० ॥

अन्वयः—यः सर्वथा सुरसंबद्धं काव्यं न अभिनन्दति, सः निश्चितम् (एव) कोऽपि ससुरः, न कुलीनः समे अमतिः, (भवति)। (पक्षान्तरे)—यः सर्वथा असुरसंबद्धं काव्यं न अभिनन्दति, सः कोऽपि निश्चितमेव न कुलीनः समेमतिः भवतीति ।

व्याख्या—यो हि सरसं रमणीयार्थप्रतिपादकमपि काव्यं नाभिनन्दति, स मद्यपमिवोपेक्षणीय इत्याह—यः=जनः सर्वथा=सर्वप्रकारेण रस्यन्ते=आस्वाद्यन्ते इति रसाः सु=शोभनाः रसाः=शृङ्गारादयो यत्र काव्ये तत् सुरसं तत्, बद्धं=रचितं काव्यं=कविकर्म, ग्रन्थमित्यर्थः। न अभिनन्दति=नहि प्रशंसति सः=जनः निश्चितं=नियतम्, निश्चितरूपेणेत्यर्थः। कोऽपि=कश्चन सुरया=मद्येन सहितः ससुरः=मद्यपः, कुलस्यापत्यं कुलीनः न=नहि सत्कुलोत्पन्नः समे=साधुपुरुषे न मतिर्यस्य सः अमतिः=बुद्धिशून्यः, विरुद्धमतिर्भवतीत्यर्थः। **अपरपक्षे**—यो जनः=पुरुषः सर्वप्रकारेणेति सर्वथा न सुराः असुराः, असुरैः=दैत्यैः संबद्धं=संबन्धिनं=मिलितं कवेः अपत्यं काव्यस्तं काव्यं=शुक्राचार्यं 'शुक्रो दैत्यगुरुः काव्य उशना भार्गवः कविः' इत्यमरः। न अभिनन्दति=न स्तौति निश्चितमेव स कोऽपि=कश्चन अपूर्वः जनः कौ=पृथिव्यां लीनः=आश्रितः इति कुलीनः=पृथिवीनिवासी न, अपितु स्वर्गस्थ एवेत्यर्थः। तथा मा=लक्ष्मीः इः=कामस्ताभ्यां सहितः=युक्तः समेः=विष्णुस्तस्मिन् मतिः=भक्तिर्बुद्धिर्यस्य स समेमतिः=विष्णुभक्तः स सुरः=देवः भवति। अर्थात् अकुलीनो मद्यप एव सरसं रमणीयं काव्यं प्रशंसति तथा कुलीनो विष्णुपक्षीयः सदा शुक्राचार्यं (काव्यं) नाभिनन्दतीति भावः। अत्रानुष्टुप् छन्दः ॥

हिन्दी—सुन्दर शृङ्गारादि रसों से परिपूर्ण काव्यबन्ध (कवि की रचना) की प्रशंसा जो मनुष्य नहीं करता है, वह निश्चित ही अकुलीन (वर्णसंकर) तथा शराबी है और सत्पुरुषों से प्रेम नहीं करता है। यह तो काव्यपक्ष हुआ।

शुक्राचार्यपक्ष—जो सर्वदा असुर दैत्यों से संबद्ध **कवि**पुत्र शुक्राचार्य का अभिनन्दन नहीं करता वह निश्चय ही कोई देवता है और वह पृथिवी

में लीन (आश्रित) नहीं रहता, अर्थात् वह स्वर्ग में रहता है। लक्ष्मी (मा) कामदेव (इ) के साथ रहने वाले भगवान् विष्णु में बुद्धि विश्वास रखता है। विष्णु की लक्ष्मी पत्नी है, तथा कामदेव (प्रद्युम्न) पुत्र है। अतः साथ रहना उचित है ॥१०॥

सदूषणापि निर्दोषा सखरापि सुकोमला।
नमस्तस्मै कृता येन रम्या रामायणी कथा ॥११॥

अन्वयः—येन सदूषणापि निर्दोषा, सखरा अपि सुकोमला, रम्या रामायणी कथा कृता, तस्मै नमः ॥

व्याख्या—आदिकविं भगवन्तं प्राचेतसं नमस्कुर्वन्नाह—दूषयतीति दूषणः, तेन दूषणेन=दोषेण सहिता सदूषणा=सदोषा अपि=विरोधे दोषेभ्यो निर्गता इति निर्दोषा, सदोषा निर्दोषा इति विरोधः। दूषणेन=रावणभ्रात्रा, राक्षसेन सहिता, इति परिहारः। रामायणे दूषणः खरसेनापतिरासीदिति कथा। खं=मुखकुहरं=छिद्रमतिशयेनास्यास्तीति खरः=कठिनं राक्षसश्च, खरेण=कठिनार्थकेन सहिता सखरा=काठिन्यार्थदोषयुक्ता अपि सुष्ठु कोमला=मृदुला इति सुकोमला कठोरतापूर्णापि सुकोमला इति विरोधः। खरेण=एतन्नामकराक्षसेन सहिता सखरा इति परिहारः। खरोऽपि जनस्थानरक्षकः सेनापतिरिति। एवंभूता रम्या=रमणीया अतिमनोहरा, रामस्य चरितान्वितं (काव्यं शास्त्रं) रामायणं तस्येयं रामायणी=रामचरितसंबन्धिनी, कथा=प्रबन्धरचना रामायणनाम्नीत्यर्थः कृता=विरचिता, निर्मिता येन=आदिकविना प्राचेतसा वाल्मीकिना, तस्मै=आदिकवये नमः=नमस्कुर्वे। अहं ग्रन्थकारः इति शेषः। अत्र विशिष्ट-विशेषणवशात् अनुक्तमपि वाल्मीकिनाम प्रतीयते। अत्रालंकारो विरोधाभासः, अनुष्टुब् छन्दश्च।

हिन्दी—जिस महाकवि ने दोषवाली होने पर भी दोषरहित तथा कठिन रूक्ष होने पर भी सरल कोमल मनोहर रमणीय रामायण की कथा बनायी, उस (महाकवि वाल्मीकि) को मैं प्रणाम करता हूँ। यहाँ पर दोषयुक्त एवं निर्दोष का तथा खर=कठोर एवं कोमल का आपाततः विरोध है। **परिहारपक्ष**—दूषण तथा खर शब्द से दूषणनामक राक्षस रावण का

भाई तथा खरनामक राक्षस से तात्पर्य है। अर्थात् इस कथा में खरदूषण राक्षसों का वर्णन है। जिसने ऐसे घोर भयंकर राक्षसों के उग्र तथा अनौचित्य प्रचुर चरित्रों के चित्रण करने में भी काव्य की रमणीयता अक्षुण्ण रखी वे महाकवि अवश्यमेव प्रणम्य हैं ॥ ११ ॥

व्यासः क्षमाभृतां श्रेष्ठो वन्द्यः स हिमवानिव।
सृष्टा गौरीदृशी येन भवे विस्तारिभारता ॥१२॥

अन्वयः—हिमवान् इव क्षमाभृतां श्रेष्ठः सः व्यासः वन्द्यः, येन भवे ईदृशी विस्तारिभारता गौः सृष्टा ॥

व्याख्या—महाभारतप्रणेतारं भगवन्तं वेदव्यासं स्तौति—हिममस्यास्तीति हिमवान्=हिमालय इव=यथा क्षमणं सहनं क्षमा, क्षमते क्षम्यते वा क्षमा, क्षमां=पृथिवीं, तितिक्षां=शान्ति बिभ्रति इति क्षमाभृतः तेषां क्षमाभृतां=पर्वतानां, तितिक्षावतां च श्रेष्ठः=उत्तमः "क्षमा तितिक्षा चेति" धरणिकोषः। सः=अष्टादशपुराणकर्तृत्वेन प्रसिद्धः, व्यस्यति वेदानिति व्यासः=सत्यवतीसुतः कृष्णद्वैपायनः वन्द्यः=वन्दनीयः नमस्करणीय इत्यर्थः। येन=हिमवता भगवता व्यासेन च भवति, भवन्ते वा प्राप्नोति सर्वमिति भवः तस्मिन्, भवे=संसारे शिवे च "भवः क्षेमेशसंसारे सत्तायां प्राप्तिजन्मनोः" इति कोषः। ईदृशी=लोकोत्तरा, विलक्षणा च विस्तारिणी=विस्तरणशीला, भा=कान्तिस्तेजो यस्याः सा विस्तारिभा शिवेरता=अनुरक्ता च, (गौरी) विस्तारि=प्रसरणशीलं भारतं=महाभारतनामकग्रन्थः यस्याः सा इति विस्तारिमहाभारता गौः=वाणी, गौरी=पार्वती च सृष्टा=रचिता, उत्पादिता। हिमवता पार्वती उत्पादिता, व्यासेन च महाभारतरूपा वाक् रचिता, इति भावः। अत्रालंकारः श्लिष्टोपमा। वृत्तं पूर्ववत्।

हिन्दी—जैसे पर्वतों में उत्तम हिमालय वन्दनीय है। वैसे ही क्षमा तितिक्षाशील पुरुषों में उत्तम वेदव्यास जी भी प्रणाम एवं स्तुति के योग्य हैं। हिमालय ने संसार में विकसनशील विशालकान्ति वाली तथा शिव में अनुरागवाली गौरी को पैदा किया। एवं व्यास जी ने भी संसार में विशाल महाभारतरूपी वाणी की रचना की (महाभारतकथा लिखी) है॥ १२॥

कर्णान्तविभ्रमभ्रान्तकृष्णार्जुनविलोचना।
करोति कस्य नाह्लादं कथा कान्तेव भारती ।। १३ ।।

अन्वयः—कर्णान्तविभ्रमभ्रान्तकृष्णार्जुनविलोचना, कान्ता इव, भारती कथा कस्य आह्लादं न करोति ।।

व्याख्या—व्यासस्य महाभारतीया कथा सर्वानाह्लादयतीत्याह—कृष्णं=नीलञ्च अर्जुनं=धवलञ्चेति कृष्णार्जुने विशिष्टे लोचने विलोचने। कर्णयोः अन्ते कर्णान्ते, तयोः कर्णान्तयोः=श्रोत्रप्रान्तयोः विभ्रमेण=विलासेन भ्रान्ते=चञ्चले=परिस्फुरिते कृष्णार्जुने=नीलधवलकान्ती विलोचने नेत्रे यस्याः सा कर्णान्तविभ्रमभ्रान्तकृष्णार्जुनविलोचना कम्पते स्म इति कान्ता=अंगना इव=यथा, वि=पक्षी गरुडः। विगते=नष्टे लोचने=नेत्रे यस्य विलोचनः=अन्धो धृतराष्ट्रः। कृष्णः=वासुदेवश्च अर्जुनः मध्यमपाण्डवश्च विलोचनः=धृतराष्ट्रश्चेति ते=तथोक्ताः। कर्णस्य=राधेयस्य अन्तः=नाशस्तस्मिन् कर्णान्ते=कर्णविनाशे सति विभ्रमेण=आश्चर्येण वेः=गरुडस्य भ्रमः=भ्रमणं वेगस्तेन विभ्रमेण=गरुडवेगेन वा भ्रान्ताः=इतस्ततश्चलितुं प्रवृत्ताः कृष्णार्जुनविलोचना यस्यां सा कर्णान्तविभ्रमभ्रान्तकृष्णार्जुनविलोचना, कर्णान्ते सति विभ्रमेण भ्रान्ते कृष्णार्जुनविलोचने यस्यां सा इति वा। एवंभूता भारतस्य इयं भारती =महाभारतसंबन्धिनी कथा कस्य=जनस्य आह्लादं=हर्षातिरेकम् आनन्दमित्यर्थः न करोति=न विदधाति। अपितु सर्वस्यापि जनस्य हर्षं करोतीत्यर्थः। अत्र श्लिष्टोपमालंकारः। छन्दस्तु पूर्ववत् ।।१३।।

हिन्दी—कानों तक फैले, तथा कटाक्षादि (तिरछी नजर) विलासपूर्वक नीले तथा सफेद (चमकते) नेत्रों को घुमाने वाली ललना किस पुरुष को आनन्दित नहीं करती ? अर्थात् सभी को आनन्दित करती है। उसी प्रकार (योद्धा) कर्ण के मारे जाने पर आश्चर्य से या गरुड़वेग से कृष्ण तथा अर्जुन (आनन्द से) घूम फिर रहे हैं और धृतराष्ट्र शोक से चक्कर खा रहा है—ऐसे वर्णन वाली महाभारत की कथा किसको आनन्दित नहीं करती ? अपितु सबको आह्लादित करती है ।। १३ ।।

शश्वद्बाणद्वितीयेन नमदाकारधारिणा।
धनुषेव गुणाढ्येन निःशेषो रञ्जितो जनः ।। १४ ।।

अन्वयः— धनुषा इव शाश्वत् बाणद्वितीयेन नमदाकारधारिणा गुणाढ्-येन निःशेषः जनः रञ्जितः ॥

व्याख्या—महाकविबाणभट्ट बृहत्कथाकारं गुणाढ्यञ्च प्रशंसतीत्याह—धनुषा=चापेन इव=यथा शश्वत्=निरन्तरं सर्वदा इत्यर्थः । द्वाभ्यां पूरणः द्वितीयः । बाणः=महाकविबाणभट्टः द्वितीयः=द्वित्वसंख्यापूरकः यस्य स तेन शश्वद्बाणद्वितीयेन=बाणभट्टसहितेनेत्यर्थः । मदस्य आकारः मदाकारः, मदाकारं=गर्विताकारं धरति तच्छीलः मदाकारधारी, न मदाकारधारी, तेन नमदाकारधारिणा=गर्वशून्यसौम्याकृतिधारिणेत्यर्थः । गुणैः आढ्यस्तेन गुणाढ्येन एतन्नामकेन बृहत्कथाकारेण कविना निःशेषः=सम्पूर्णजनः=लोकः रञ्जितः आह्लादितः । कथंभूतेन धनुषा ? इत्याह–शश्वद् बाणः=शरः द्वितीयः=सहायकः यस्य तत्तेन शश्वद्बाणद्वितीयेन, सशरेणेत्यर्थः । नमत्=वक्रम् आकारम्=आकृति धरति तच्छीलं तेन नमदाकारधारिणा, गुणेन=ज्यागुणेन आढ्यं=सहितं तेन गुणाढ्येन मौर्वीसहितेनेत्यर्थः धनुषा निःशेषः=समग्रः जनः=लोकः अरिवर्गः इत्यर्थः । **धनुःपक्षे**—अरम्=अत्यर्थं जितः=पराभूतः निःशेषः जनः अरंजितः । **कविपक्षे तु**–निःशेषः जनः रञ्जित इति पदच्छेदः ॥ अलंकारो वृत्तश्च पूर्ववदेव ॥

हिन्दी—महाकवि बाणभट्ट सहित, तथा गर्वशून्य आकृति वाले (सरल सौम्य स्वरूपवाले) बृहत्कथाकार गुणाढ्य कवि ने सर्वजनों को सदा आह्लादित (मनोरञ्जन) किया है । जैसे कि सदा बाण (तीर) द्वितीय, बाण से युक्त होकर झुके हुये आकार वाला, डोरी चढा हुआ धनुष सम्पूर्ण शत्रु को पूर्ण रूप से जीत लेता है । अर्थात् महाकवि बाणभट्ट ने और त्रिविक्रम भट्ट ने अपनी सरस-कथाओं से सभी लोगों का अनुरञ्जन किया है ॥ १४ ॥

इत्थं काव्यकथाकथानकरसैरेषां कवीनाममी,
विद्वांसः परिपूर्णकर्णहृदयाः कुम्भाः पयोभिर्यथा ।
वाचो वाच्यविवेकविक्लवधियामीदृग्विधा मादृशां,
लप्स्यन्ते क्व किलावकाशमथवा सर्वंसहाः सूरयः ॥१५॥

अन्वयः—इत्थम् अमी विद्वांसः, पयोभिः कुम्भा यथा, एषां कवीनां काव्यकथाकथानकरसैः परिपूर्णकर्णहृदयाः (सन्ति) (अतः) मादृशां वाच्य-

२

वेकविक्लवधियाम् ईदृक्विधाः वाचः क्व किल अवकाशं लप्स्यन्ते, अथवा सूरयः सर्वसहाः भवन्तीति शेषः ।

व्याख्याः—एवं पूर्ववर्तिकवीनां सरसं मनोहारि काव्यमास्वाद्य विद्वांसो मदीयकाव्येऽपि कथंचन रुचिं करिष्यन्तीत्याह—इत्थम्=पूर्वोक्तप्रकारेण अमी=एते वर्तमानाः सामयिकाः विद्वांसः=पण्डिताः पयोभिः=क्षीरैः "पयः क्षीरे च नीरे चेति" हैमः । कुम्=भुवम् उम्भतीति कुम्भाः=कलशाः इव=यथा, एषाम्=पूर्वोक्तानां महाकवीनां वाल्मीकिव्यासादीनां काव्यकर्तॄणां काव्यानि=नाटकादीनि कथाः=कादम्बर्यादयः कथानकानि=आख्यानकानि चेति काव्यकथाकथानकानि तेषां रसाः=शृङ्गारादयस्तैः तथोक्तैः । कर्णाः=श्रोत्राणि हृदयानि=मानसानि चेति कर्णहृदयानि, परितः पूर्णानि=पूरितानि कर्णहृदयानि येषां ते परिपूर्णकर्णहृदयाः सन्ति । अतः अहमिव दृश्यन्ते इति मादृशस्तेषां मादृशाम्=मद्विधानां वाच्यस्य=मुख्यार्थस्य विवेकः=विवेचनं विचारः इत्यर्थः, तत्र विक्लवा=विह्वला असमर्था इत्यर्थः, धीः=बुद्धिर्येषां ते, तेषां वाच्यविवेकविक्लवधियाम्, मुख्यार्थावधारणेऽपि असमर्थानामित्यर्थः । अयमिव दृश्यते इति ईदृक्, ईदृशी विधा यासां ताः ईदृग्विधाः=एवं प्रकारा वक्ष्यमाणाः वाचः=वाण्यः क्व=कुत्र किल=खलु अवकाशं=स्थानं लप्स्यन्ते=प्राप्स्यन्ति ? अथवा=यद्वा सूरयः=विपश्चितः-पण्डिताः सर्वम्=अखिलं सुन्दरमसुन्दरं शुभाशुभं वा सहन्ते=मर्षयन्तीति सर्वंसहाः भवन्ति । विद्वांसः सर्वं समादरिष्यन्तीत्यर्थः । अतो मे वाचोऽपि आरम्भणीया इति । अत्र शार्दूलविक्रीडितं छन्दः ॥

हिन्दी—इस प्रकार पूर्वोक्त वाल्मीकिव्यासादि महाकवियों की काव्य-नाटक-कथा एवं आख्यानों के रसों से इन सामयिकविद्वानों के कान और हृदय, दूध से भरे कलश की तरह परिपूर्ण हैं । तो फिर ऐसी स्थिति में मुख्य अर्थ का भी निश्चय करने में कुण्ठित बुद्धि वाले मेरे जैसे-अल्प-बुद्धि वालों की रचना कहां स्थान पा सकेगी ? (किन्तु फिर भी निराश नहीं हूँ) क्योंकि विद्वान् लोग सबको सहन करते हैं । अर्थात् सबका समादर करते हैं । मेरे काव्यको भी देखेंगे सुनेंगे ॥ १५ ॥

वाचः काठिन्यमायान्ति भङ्गश्लेषविशेषतः ।
नोद्वेगस्तत्र कर्तव्यो यस्मान्नैको रसः कवेः ॥ १६ ॥

समंगश्लेषस्य वैशिष्टयं दर्शयति—

अन्वयः—वाचः भङ्गश्लेषविशेषतः काठिन्यं यान्ति तत्र उद्वेगः न कर्तव्यः, यस्मात् कवेः एकः रसः न "भवति' ॥

व्याख्या:—वाचः=काव्यवाण्यः भज्यन्ते शब्दाः यत्र स भङ्गः, विशेषादिति विशेषतः भंगश्चासौ श्लेषः भङ्गश्लेषः,भंगश्लेषस्य=सभंगश्लेषालंकारस्य विशेषतः वैशिष्टचात् इति भंगश्लेषविशेषतः । कठिनस्य भावः काठिन्यं=कठिनत्वं दुर्बोधताम् आयान्ति=प्राप्नुवन्ति । 'अतः' तत्र=तस्मिन् काठिन्यपूर्णकाव्ये उद्वेजनमुद्वेगः=खेदः न कर्तव्यः=विधेयः यस्मात्=यतः कारणात् कवेः =काव्यकर्तुः एकः=एकप्रकारः रसो न=रुचिर्न जायते । भिन्नरुचिर्हि लोक इति न्यायात् । कविर्हि स्वकाव्ये क्वचित्सरलां मधुरां च सरणिमवलम्बते, क्वचिच्च कठिनां वक्रां सरणिं स्वीकरोतीति तत्र खेदो न कर्तव्यः इति ।

हिन्दी—सभंगश्लेष की विशेषता से (श्लेषालङ्कार की छटा से) काव्य कठिन हो जाता है । किन्तु फिर भी उससे घबड़ाना नहीं चाहिये, क्योंकि कवि को एक-रस रुचिकर नहीं होता । नलचम्पूकार त्रिविक्रमभट्ट को श्लेषालङ्कार में अधिक रुचि एवं रसानुभूति प्रतीत होती है ॥१६॥

ननु विशदमार्गेणैव कोमलं काव्यं विरच्यतां किमपरेण विशिष्टमार्गेणैव भंगश्लेषकृतेन खेदजनकेनेत्याह—

काव्यस्याम्रफलस्येव कोमलस्येतरस्य च ।
बन्धच्छायाविशेषेण रसोऽप्यन्यादृशो भवेत् ॥ १७ ॥

अन्वयः—आम्रफलस्य इव कोमलस्य इतरस्य च काव्यस्य बन्धछायाविशेषेण रसः अपि अन्यादृशः भवेत् ।

व्याख्या—अम्यते इति आम्रः=रसालः, आम्रस्य फलमिति आम्रफलं तस्य आम्रफलस्य इव=यथा कोमलस्य=सुकुमारस्य प्रसादगुणयुक्तस्येत्यर्थः । इतरस्य=कोमलादन्यस्य कठिनस्य श्लिष्टस्येत्यर्थः । च काव्यस्य=कविग्रन्थस्य वध्यतेऽनेनेति बन्धः=वृन्तं पुष्पपत्रफलस्य बन्धमित्यर्थः । बन्धस्य=पदरचनानैपुण्यस्य छायायाः=व्यंग्यार्थस्य च विशेषः=वैशिष्ट्यं तेन बन्धच्छायाविशेषेण,

प्रौढकोमलादिरचनया व्यंग्यार्थादिना चेत्यर्थः। रस्यते इति रसः=शृंगारादिरसः अपि, अन्य इव दृश्यते इति अन्यादृशः=अन्यरूपः=भिन्नरूपः भवेत्=जायेत। आम्रपक्षे तु कोमलस्य=मृदुलस्य परिपक्वस्येत्यर्थः, इतरस्य=कठोरस्य अपक्वस्य आम्रफलस्य पि बन्धस्य=पुष्पफलपत्रवृन्तस्य छायायाः=रक्तपीतादिवर्णस्य च विशेषेण=भेदेन रसः अपि=रसपदार्थः अपि अन्यादृशः=मधुराम्लतिक्तादिरूपः भवेदिति। अत्रश्लिष्टोपमालंकारः, अनुष्टुप् छन्दः।

हिन्दी—कोमल तथा कठोर (कड़े) आम के फल की तरह कोमल प्रसाद गुण सम्पन्न तथा कठोर श्लिष्टकाव्य का भी, पदरचना एवं व्यंग्यार्थ की विशेषता से रसास्वाद भिन्न-भिन्न प्रकार का हो जाता है।

जिस प्रकार आम के फल को बन्द स्थान में घास कागज आदि से ढक कर पकाने से वह अत्यन्त मधुर हो जाता है। तथा खुली वायु में रखकर या वृक्ष पर ही धूल छायादि के कारण वह कड़ा एवं खटमिठा हो जाता है। वैसे ही प्रसादगुणयुक्त सरल काव्य में और श्लिष्टव्यंग्यार्थपूर्ण काव्य में भी पदरचना नैपुण्य से पर्याप्त विचित्रता आ जाती है। रसास्वाद भी भिन्न हो जाता है। अर्थात् सहृदयविद्वान् प्रसादगुण युक्त सरल काव्य में वैसा ही रसास्वादन लेता है जैसा कि श्लिष्टप्रौढ़ व्यंग्यार्थपूर्ण रचना में ॥१७॥

कविवंशादिवर्णनम्

अस्ति समस्तमुनिमनुजवृन्दवृन्दारकवन्दनीयपादारविन्दस्य भगवतो विधेर्विश्वव्यापिव्यापारवशादवतीर्णस्य संसारचक्रे क्रतुक्रियाकाण्डशौण्डस्य शाण्डिल्यनाम्नो महर्षेर्वंशः।

तत्र कविवंशं वर्णयति अस्तीत्यादिना। प्रशस्तं वृन्दं येषां ते वृन्दारकाः। पादौ अरविन्दे इवेति पादारविन्दे। मुनयः=ऋषयः मनुजाः=मानुषाश्चेति मुनिमनुजास्तेषां वृन्दम्=समाजः इति मुनिमनुजवृन्दम्, समस्तः=समग्रः यो मुनिमनुजवृन्दः स समस्तमुनिमनुजवृन्दः, तेन वृन्दारकैः=देवैश्च वन्दनीये=पूज्ये पादारविन्दे=चरणकमले यस्य स तस्य तथोक्तस्य। भगं=माहात्म्यमस्ति अस्यासौ भगवान् तस्य भगवतः=ऐश्वर्यसम्पन्नस्य। विधत्ते

इति विधिस्तस्य विधेः=स्रष्टुः विश्वं व्याप्नोति तच्छीलः विश्वव्यापी=ब्राह्माण्डव्यापी यो व्यापारः=क्रिया तस्य पारवश्यं=पारतन्त्र्यं तस्मात् विश्व-व्यापिव्यापारपारतन्त्र्यात् । संसरति अस्मादिति संसारः, क्रियतेऽनेनेति चक्रम्, संसारः चक्रमिव इति संसारचक्रं तस्मिन् संसारचक्रे=भुवनमण्डले अवतीर्णस्य =अवतरितस्य क्रतूनां=यज्ञानां क्रिया=करणं-कर्म तस्याः काण्डः=विषयस्तत्र शौण्डः=कुशलस्तस्य क्रतुक्रियाकाण्डशौण्डस्य । शौण्डशब्दः समासे दक्षार्थकः । शण्डिलस्य मुनेर्गोत्रापत्यं पुमान् शाण्डिल्यः नाम यस्य स तस्य शाण्डिल्यनाम्नः महांश्चासौ ऋषिस्तस्य महर्षेः=मुनेः वंशः=कुलम् अस्ति=विद्यते ॥

हिन्दी–समस्त मुनियों मानवसमाजों तथा श्रेष्ठदेवताओं के समूह से वन्दना के योग्य चरणकमलवाले, भगवान् विधाता (ब्रह्मा) के संसारव्यापी व्यापार (सृष्टिरक्षणादि) की परतंत्रता (पराधीनता) से इस संसारचक्र में अवतीर्ण हुए, और यज्ञादि कर्मकाण्ड में निष्णात-परमकुशल शाण्डिल्य नामक महर्षि का वंश है ।

श्रूयन्ते च यत्र श्रवणोचिताश्चन्दनपल्लवा इव केचिदनूचानाः शुचयः सत्यवाचो विरञ्चिवर्चसोऽर्चनीयाचारा ब्रह्मविदो ब्राह्मणाः । पुण्यजनाश्च न च ये लङ्कापुरुषाः, ससूत्राश्च न च ये लम्पटाः, प्रसिद्धाश्च नच ये लम्पाकाः, कामवर्षाश्च न च ये लङ्घनाः सन्मार्गस्य, नववयसोऽपि न च ये लम्बालकाः, महाभारतिकाश्च न च ये रङ्गोपजीविनः, सेविताप्सरसोऽपि न च ये रम्भयान्विताः ।

यत्र=महर्षिशाण्डिल्यस्य वंशे, श्रवणे=आकर्णने उचिताः=अभ्यस्ताः इति-श्रवणोचिताः अन्वबोचन्निति अनूचानाः=सांगवेदाध्येतारः शुचयः=शुद्धाः, सत्याः=तथ्याः वाचः=वाण्यः येषां ते सत्यवाचः । विरंचेः=परमेष्ठिनः वर्चः इव वर्चः=तेजः येषां ते विरंचि-वर्चसः । अर्चनीयः=पूजनीयः आचारः=आचरणं येषां ते अर्चनीयाचाराः ब्रह्म=वेदम्, आत्मानं च विदन्तीति ब्रह्मविदः । ब्रह्मणः अपत्यानि, जातयः (**ब्रह्म जानन्तीति वा**) ब्राह्मणाः=विप्राः श्रूयन्ते=आकर्ण्यन्ते । ये च=ब्राह्मणाः, जनाः विरुद्धलक्षणया पापिनश्च पूयन्ते एभिस्ते पुण्यजनाः=यातुधानाः राक्षसाः, न च, रमन्तेऽस्यां सा लंका

तस्याः पुरुषाः इति विरोधः। पुण्यजनाः=शुद्धाचरणपुरुषाः अलम्=अत्यर्थं कापुरुषाः=कुत्सितपुरुषा न इति परिहारः। अलं कापुरुषाःइतिच्छेदः। "अथ पुण्यजनो यक्षे राक्षसे सज्जनेऽपि च" इति कोषः। सूत्रैः=यज्ञसूत्रैः सह वर्तमानाः ससूत्राः=यज्ञोपवीतधारिणः सन्ति परं ये अलम्=अत्यन्तं पटाः=वासांसि नेति विरोधः। यज्ञोपवीतिनः न च लम्पटाः=धूर्ताः सन्तीतिपरिहारः। येऽलं पटा इति छेदः। प्रकर्षेण सिद्धाः=वह्निना परिपक्वाः येऽलम्=अत्यन्तं पाकाः=पक्वाः नेति विरोधः। प्रसिद्धाः=विख्याताः न च ये लम्पाकाः=लम्पटाः सन्तीति परिहारः। कामं=यथेष्टं वर्षन्तीति कामवर्षाः=अभिलषितप्रदातारः सन्ति, न च ये लंघनाः=सदाचारस्य, नीतिमार्गस्य च। कामवर्षाः=यथेष्टं वर्षणशीलाः येऽलम्=अत्यर्थं घनाः=मेघाः नेति विरोधः। यथेच्छं दातारोऽपि सन्मार्गस्य=सतां मार्गस्य=पथः 'लंघनाः' नेति परिहारः। नवं=नूतनं वयः=अवस्था येषां ते नववयसोऽपि=शिशवोऽपि येऽलं बालकाः नेति विरोधः। नववयसः=तरुणाः अपि ये लम्बालकाःलम्बाः=दीर्घाः अलकाः=केशा येषां ते लम्बालकाः अनुष्ठाने स्थितत्वात्। नेति परिहारः। भरतस्य राज्ञ इदं भारतम्। भरतान्=भरतवंशीयानधिकृत्य कृतो ग्रन्थः भारतम्। यद्वा भारम्=चतुर्वेदादिशास्त्रेभ्योऽपि सारं तनोतीति भारतम्। भरतस्य=मुनेरपत्यं भारतः=नटः महाभारतस्य इमे महाभारतिकाः=महान्तो नटाः सन्ति न च रङ्गेन=नृत्यगायनादिना उपजीवन्तीति रङ्गोपजीविनः=नटाः इति विरोधः। महाभारतेन=महाभारतकथावाचनेन जीवन्तोऽपि महाभारतिकाः=महाभारतकथावाचकाः ये न च अरम्=अत्यर्थं गां=पृथिवीं पातीति गोपस्तस्मात् गोपात्=भूमिपालात् जीवन्ति, इति गोजीविनः=राजप्रदत्तान्नादिकं न गृह्णन्ति दोषश्रवणात् इति परिहारः। सेविताः=भुक्ताः अप्सरसः=देवांगनाः यैस्ते सेविताप्सरसोऽपि रम्भया=तन्नामाप्सरसा अन्विताः=युक्ताः नेति विरोधः। सेवितानि अपाम्=जलानां सरांसि=तडागाः यैस्ते सेविताप्सरसः, ये अरम्=अत्यर्थं भयेन=भीत्या अन्विताः नेतिपरिहारः अत्र गद्ये श्लेषानुप्राणितविरोधाभासः।

हिन्दी—उस शाण्डिल्य महर्षि के वंश में कानों में चन्दन के पत्तों के समान मनोहर दीखने वाले, सुनने (पाठ) के अभ्यासों, अंगों के सहित वेद

के अध्येता, शुद्ध पवित्र, सत्यवक्ता, ब्रह्मा के समान तेजस्वी वन्दनीय आचरण वाले ब्रह्मज्ञानी कुछ ब्राह्मण सुने जाते हैं। (इस गद्यखण्ड में सभङ्गश्लेष की छटा दर्शनीय है) वे पुण्यजन-राक्षस हैं किन्तु लंका पुरुष-निवासी नहीं हैं। वि०। पवित्र जन हैं किन्तु कायर डरपोक नहीं, परि०। वे पर्याप्त सूत्र-सूत वाले हैं। किन्तु उनके पास अधिक वस्त्र नहीं वि०। यज्ञोपवीतधारी हैं किन्तु धूर्त नहीं हैं। परि०। वे पूर्णरूप से सिद्ध-पके होते हुए भी पूरे पके नहीं हैं वि०। प्रसिद्ध-विख्यात हैं किन्तु लम्पाक धूर्त नहीं हैं। परि ०। खूब बरसने वाले हैं पर पूर्णमेघ नहीं हैं। वि०। अभिलषित वस्तु देने वाले हैं 'फिर भी' सम्मार्ग का उल्लंघन करने वाले नहीं हैं। परि०। नई अवस्था वाले हैं किन्तु लम्बे केश वाले नहीं (बच्चों तथा तरुण जनों के बाल लम्बे होने चाहिये) वि०। अथ च नूतन अवस्था वाले हैं किन्तु पूर्ण बालक नहीं हैं। वि०। अग्निहोत्री होने के कारण जवान लोग भी मुण्डन कराते हैं अतः लम्बे-लम्बे केश नहीं रखते। परि०। भरतमुनि (नट) के वंश के हैं किन्तु नाचगाना-रंग-मञ्च से जीविका का उपार्जन नहीं करते। वि०। महाभारत की कथा कहने वाले हैं किन्तु गो=पृथिवी का पालन करने वाले राजा से जीविका नहीं लेते। यतः राजा का अन्न खाने से तप क्षीण होता है। परि०। देवांगना-अप्स-राओं का उपभोग करने वाले हैं किन्तु रम्भा नाम की अप्सरा से सम्बन्ध नहीं करते। वि०। अप्=जल सरः=तलाब, सरोवरों का सेवन करते हैं किन्तु निर्भय हैं। अर्थात् तपस्वी हैं अतः निर्भयता पूर्वक जल में स्नान समाधि करते हैं शीतादि से डरते नहीं। परिहार ॥

किं बहुना।

> **जानन्ति हि गुणान्वक्तुं तद्विधा एव तादृशाम्।**
> **वेत्ति विश्वंभरा भारं गिरीणां गरिमाश्रयम् ॥ १८ ॥**

अन्वयः—तद्विधा एव तादृशां गुणान् वक्तुं जानन्ति। 'यतः' गिरीणां गरिमाश्रयं भारं विश्वंभरा 'एव' वेत्ति ॥ १८ ॥

व्याख्या— किं बहुना=अधिककथनेन किम्, यतः-तेषां=शाण्डिल्यकुलोद्भव-ब्राह्मणानां विधा इव विधा=प्रकारः येषां ते तद्विधाः=तत्तुल्याः एव ते इव दृश्यन्ते इति तादृशस्तेषां तादृशाम्=तद्विधानां समस्तगुणगणशीलानामित्यर्थः

गुण्यन्ते इति गुणास्तान् गुणान्=दयादाक्षिण्यादीन् वक्तुं=कथयितुं वर्णनं कर्तुमित्यर्थः हि=किल जानन्ति=विदन्ति। यतः गिरीणां=पर्वतानां गुरोः भावः गरिमा=गुरुत्वं तस्य आश्रयः=हेतुस्तं गरिमाश्रयं=गुरुताधीनं भारम्=भरम् विश्वम्=संसारं बिभर्तीति विश्वंभरा=पृथिवी एव वेत्ति=जानाति। अत्रानुष्टुब्छन्दः प्रतिवस्तूपमालंकारश्च ॥ १८ ॥

हिन्दी—अधिक कहने से क्या लाभ—उस प्रकार के (विशिष्ट) लोग ही, वैसे गुणशाली लोगों के गुणों को कह सकते हैं। 'क्योंकि'—विश्व (समस्त संसार) को धारण करने वाली पृथिवी ही पर्वतों की गुरुता के हेतु भार (बोझ) को जानती है, दूसरा कोई नहीं ॥

तेषां वंशे विशदयशसां श्रीधरस्यात्मजोऽभूद्,
देवादित्यः स्वमतिविकसद्वेदविद्याविवेकः।
उत्कल्लोलां दिशि दिशि जनाः कीर्तिपीयूषसिन्धुं,
यस्याद्यापि श्रवणपुटकैः कूणिताक्षाः पिबन्ति ॥ १९ ॥

अन्वयः—विशदयशसां तेषां वंशे स्वमतिविकसद्वेदविद्याविवेकः श्रीधरस्य आत्मजः देवादित्यः अभूत्। यस्य दिशि दिशि उत्कल्लोलां कीर्तिपीयूषसिन्धुम् अद्यापि जनाः सुखात् कूणिताक्षाः सन्तः श्रवणपुटकैः पिबन्ति ॥

व्याख्या—विशदम्=धवलं निर्मलं यशः=कीर्तिः येषां ते विशदयशसस्तेषां विशदयशसां तेषां==शाण्डिल्यवंशीयब्राह्मणानां वंशे=कुले, वेदस्य विद्या वेदविद्या। स्वस्य=निजस्य मतिः=बुद्धिः स्वमतिस्तस्यां विकसन्=प्रकाशमानः वेदविद्यया=श्रुतिज्ञानेन विवेकः=सदसद्वस्तुज्ञानं यस्य स स्वमतिविकसद्वेदविद्याविवेकः श्रीधरस्य=एतन्नामकस्य ब्राह्मणस्य आत्मनः जातः आत्मजः =पुत्रः देवादित्यः=देवादित्यनामा अभूत्=उत्पन्नः। यस्य=देवादित्यस्य दिशिदिशि=प्रतिदिशम्, कं=जलं तस्य लोलः=उन्मादः कल्लोलः। उद्गताः=कल्लोलाः=तरंगाःयस्यां सा ताम् उत्कल्लोलाम्। पीयते इति पीयूषम्=अमृतम्। कीर्तिः=यशः एव पीयूषम्=अमृतमिति कीर्तिपीयूषम्,। कीर्तिः पीयूषमिवेति वा। कीर्तिपीयूषस्य=यशःसुधायाः सिन्धुः=सागरस्तं कीर्तिपीयूषसिन्धुम् "देशे नदविशेषेऽब्धौ सिन्धुर्ना सरितिस्त्रियाम्" इत्यमरः। अद्यापि=अधुनापि

जनाः=लोकाः सुखात्=आनन्दात् कूणितानि=संकुचितानि अक्षीणि=नेत्राणि येषां ते कूणिताक्षाः=ईषदामीलितनयनाः सन्तः श्रवणानि=श्रोत्राणि एव पुटकानि=चषकाः, पानपात्राणीत्यर्थः, तैः श्रवणपुटकैः पिबन्ति=आस्वादयन्ति अत्र मन्दाक्रान्ताच्छन्दः, रूपकालंकारः ॥

हिन्दी—निर्मल कीर्ति वाले उन्हीं शाण्डिल्यगोत्रीय ब्राह्मणों के वंश में श्रीधर के पुत्र देवादित्य हुए। जो कि अपनी बुद्धि (प्रतिभा) से ही प्रकाशमान जो वेद ज्ञान, उसके द्वारा सत् असत् के विवेकी थे। अर्थात् स्वयं की प्रतिभा से उन्हें वेद के संबन्ध में पूर्ण विशेष ज्ञान प्राप्त था। और जिसके उमड़ते हुए, यशरूपी अमृतसागर को लोग आज भी प्रत्येक दिशा में आनन्द से आँखें बन्द करके कान रूपी प्याले (अंजली) से पान करते हैं ॥ १९ ॥

देवादित्यस्य पुत्रस्त्रिविक्रम इत्याह—

तैस्तैरात्मगुणैर्येन त्रिलोक्यास्तिलकायितम् ।
तस्मादस्मि सुतो जातो जाड्यपात्रं त्रिविक्रमः ॥ २० ॥

अन्वयः—येन तैः तैः आत्मगुणैः त्रिलोक्याः तिलकायितम् । तस्मात् अहं जाड्यपात्रं त्रिविक्रमः सुतः जातः अस्मि ॥

व्याख्या—येन=देवादित्येन तैः तैः=प्रसिद्धि गतैः आत्मनः=स्वस्य गुणाः तैः=दयादाक्षिण्यवैदुष्यादिभिः त्रयाणां लोकानां समाहारः त्रिलोकी तस्याः त्रिलोक्याः=त्रिभुवनस्य तिलकायितम्=तिलकवदाचरितम्, तस्मात्=देवादित्यात् अहम्=जडस्य भावः कर्म वा जाड्यम्=मान्द्यं तस्य पात्रं=भाजनमिति जाड्यपात्रम्=मन्दबुद्धिः त्रिविक्रमः=एतन्नामकः सुतः=पुत्रः जातः=उत्पन्नः अस्तीति। अत्र (धर्मलुप्तोपमालंकारः अनुष्टुब् छन्दः ॥)

हिन्दी—जो देवादित्य उन-उन अलौकिक अपने गुणों से तीनों लोकों में तिलक की तरह थे। अर्थात् त्रिलोको तिलक-उत्तम भूषण रूप थे। उन्हीं देवादित्य से मैं सारी मन्दताओं का पात्र (अर्थात् मन्दबुद्धि) त्रिविक्रम नाम का पुत्र पैदा हुआ ॥२०॥

कविः स्वाभिमानं परिहरति—

सोऽहं हंसायितुं मोहाद् बकः पङ्गुर्यथेच्छति ।
मन्दधीस्तद्वदिच्छामि कविवृन्दारकायितुम् ॥२१॥

अन्वयः—सः अहम् (मन्दधीः) यथा पंगुः बकः मोहात् हंसायितुम् इच्छति, तद्वत् कविवृन्दारकायितुम् इच्छामि ॥

व्याख्या—सः=जाड्यपात्रत्वेन प्रसिद्धः अहम्, मन्दा=मूर्खा-जडा धीः=बुद्धिर्यस्य स मन्दधीः। पनते इति पंगुः=जंघाहीनः बकः=दीर्घजंघः, बकपक्षीत्यर्थः। मोहात्=अज्ञानात्। हंसायितुम्=हंस इवाचरितुम् इच्छति=वाञ्छति। तेन तुल्यं तद्वत्=तथैव कविषु=काव्यकर्तृषु वृन्दारकाः=संमाननीयाः=उत्तमाः इति कविवृन्दारकाः, तेषामिव (वृन्दारक नाग कुञ्जरैः पूज्यमानमिति समासः) आचरितुं कविवृन्दारकायितुम्=कविश्रेष्ठ आचरितुम् इच्छामि=अभिलषामि। बकः खलु स्वभावसुन्दरगमनशीलस्य हंसस्यापेक्षया पंगुः, यदि च भाग्यात् भग्नपादत्वे पंगुः इति। अत्रोपमालङ्कारोऽनुष्टुब्छन्दः ॥

हिन्दी—जिस प्रकार लँगड़ा बकुला हंस की चाल चलता है। अर्थात् हंस बनना चाहता है, उसी प्रकार जड़ बुद्धि मैं मूर्खता से कवियों में उत्तम संमाननीय बनना चाहता हूँ ॥२१॥

भङ्गश्लेषकथाबन्धं दुष्करं कुर्वता मया।
दुर्गस्तरीतुमारब्धो बाहुभ्यामम्भसां पतिः ॥२२॥

अन्वयः—मया दुष्करं भङ्गश्लेषकथाबन्धम् कुर्वता, दुर्गः अम्भसां पतिः बाहुभ्याम् तरीतुम् आरब्धः ॥

व्याख्या—सभंगाभंगश्लेषेण काव्यनिर्माणमतिकठिनमित्याह-मया==त्रिविक्रमभट्टेन दुःखेन कर्तुं शक्यम् दुष्करम्=कठिनम्। भज्यते इति भङ्गः, श्लिष्यन्ति=भिन्नं स्वरूपमपह्नुवते, एकस्वरूपतया भाषन्ते शब्दाः यत्र स श्लेषः भंगश्चासौ श्लेषः भंगश्लेषः, भंगश्लेषेण,=संभंगश्लेषेण कथायाः बन्धः=रचना तं भंगश्लेषकथाबन्धम् कुर्वता विरचयता, दुर्गः=दुर्गमः-दुःखेन गन्तुं शक्यः इत्यर्थः। अम्भसाम्=जलानां पतिः=स्वामी समुद्रः बाहुभ्याम्=भुजाभ्यां तरीतुम्=तर्तुं पारं गन्तुमित्यर्थः। आरब्धः=उपक्रान्तः। यथा भुजाभ्यां सागरसन्तरणं परिहासास्पदं तथैव भंगश्लेषेण नलदमयन्तीकथावर्णनं मम परिहासास्पदमिति भावः। अत्रासंभवद्वस्तुसंबन्धरूपत्वान् निदर्शनालंकारश्छन्दस्तु अनुष्टुब्।

हिन्दी—सभंगश्लेष युक्त कथाकाव्य की रचना करना अत्यन्त कठिन है। इस रचना को करना मेरे लिये ऐसा है जैसे कि कोई अगाध सागर को हाथों से तैर कर पार करना चाहे। अर्थात् जैसे समुद्र हाथों से तैर कर पार करना असम्भव है वैसे ही मेरे द्वारा भंगश्लेष पूर्ण कथा की रचना है ॥२२॥

उत्फुल्लगल्लैरालापाः क्रियन्ते दुर्मुखैः सुखम्।
जानाति हि पुनः सम्यक् कविरेव कवेः श्रमम् ॥२३॥

अन्वय—दुर्मुखैः उत्फुल्लगल्लैः 'जनैः' सुखम् आलापाः क्रियन्ते (किन्तु) कविः एव पुनः हि कवेः श्रमं सम्यक् जानाति ॥

व्याख्या—दुर्=निन्दितानि दुष्टानि मुखानि=आननानि येषां ते तैः दुर्मुखैः उत्फुल्लाः=विस्तारिताः गल्लाः=कपोलाः येषां ते तैः उत्फुल्लगल्लैः सद्भिः जनैः आलापाः, दुष्टमुखैः क्रियमाणत्वात् तेषाभालापाःअपि निन्दात्मकाः निन्दारूपाः सुखम्=स्वच्छन्दं क्रियन्ते=विधीयन्ते। किन्तु कविः=काव्यनिर्माता मनीषी एव पुनः हि=निश्चयेन कवेः=काव्यनिर्मातुः श्रमम्=प्रयासं जानाति=वेत्ति, अवगच्छतीत्यर्थः। कविरेव कवेः योग्यतां परिश्रमं च विजानातीति भावः।

हिन्दी—निन्दक 'दुष्टमुख' लोग बड़े आनन्द तथा उत्साहपूर्वक गाल फुलाकर (गलाफाड़कर) निन्दात्मक व्यंग्य (आलोचना) करते हैं। किन्तु फिर भी कवि के (प्रशंसनीय) परिश्रम को तो केवल (सम्यग्रूप से) कवि ही जानपाता है इस पद्य में गल्ल शब्द ग्राम्य है। अतः इसका प्रयोग नहीं करना चाहिए, किन्तु दुर्मुख कवि की निन्दा कथन के लिए इस का प्रयोग किया गया है ॥२३॥

संगता सुरसार्थेन रम्या मे रुचिराश्रया।
नन्दनोद्यानमालेव स्वस्थैरालोक्यतां कथा ॥२४॥

अन्वयः—सुरसार्थेन संगता रम्या रुचिराश्रया मे कथा, नन्दनोद्यान माला इव स्वस्थैः आलोक्यताम् ॥

व्याख्या—शोभनः रसः यस्य स सुरसः=शोभनशृंगारादियुक्तः यः अर्थः इति सुरसार्थस्तेन सुरसार्थेन संगता=युक्ता उचिता इत्यर्थः, औचित्यं च रसस्य परमरहस्यमिति यावत्। सुन्दरशृंगारादिरसपरिपूर्णार्थेन सहिता इत्यर्थः।

रम्या=सभंगश्लेषोक्त्या मनोहरा रुचिरः=सुन्दरः आश्रयः=नलदमयन्तीकथा रूपः आधारो यस्याः सा रुचिराश्रया मे=मम त्रिविक्रमस्य कथा=वर्णनीया वक्ष्यमाणा, सुराणाम्=देवानां सार्थः=समूहः तेन सुरसार्थेन संगता, रम्या= रमणीया मेरौ सुमेरौ पर्वते सुरालये इत्यर्थः। चिरं=चिरात् चिरकालात् आश्रयः=निवासः यस्याः सा मेरुचिराश्रया। नन्दयतीति नन्दनम्, नन्दनं च तत् उद्यानमिति नन्दनोद्यानम्, नन्दनोद्यानस्य=इन्द्रवनस्य माला=पङ्क्तिः इति नन्दनोद्यानमाला इव=यथा स्वस्थैः=स्वस्थचित्तैः जनैः स्वर्गस्थदेवैश्च आलोक्य-ताम्=विचार्य्यताम्, दृश्यतां च। यथा स्वर्गे देवा इन्द्रोद्यानस्य मालां पश्यन्ति चिरं तथैव मे कथाम् अपि सावधानाः सन्तु अवलोकयन्तु विचारयन्तु चेत्यर्थः। अत्र श्लिष्टोपमालंकारः, अनुष्टुब्छन्दः॥

हिन्दी—सुन्दर (शृङ्गारादि) रस से परिपूर्ण अर्थों से युक्त (औचित्य-सम्पन्न) एवं रमणीय (नलदमयन्ती) की कथा पर आधारित, मेरी इस कथा को इन्द्र के उद्यानों की पंक्ति के सदृश, स्वस्थचित्त होकर (सावधान होकर) लोग सुनें, विचारें। वनपंक्तिपक्ष में देवताओं के समूह से युक्त, सुमेरुपर्वत पर बहुत समय से स्थित मनोहारिणी नन्दन वन की पंक्ति को स्वर्गस्थ जन जैसे देखते हैं, वैसे ही मेरी कथा को देखें॥ २४॥

उदात्तनायकोपेता गुणवद्‌वृत्तमुक्तका।
चम्पूश्च हारयष्टिश्च केन न क्रियते हृदि॥ २५॥

अन्वय—उदात्तनायकोपेता गुणवद्‌वृत्तमुक्तका चम्पूः च, उदात्तनायको-पेता गुणवद्‌वृत्तमुक्तका हारयष्टिः च केन हृदि न क्रियते॥

व्याख्या—उत्=उच्चैः आदीयते=उच्चार्यते, इति उदात्तः=धीरोदात्तः। नयतीति नायकः=नेता, हारमध्यमणिश्च। उदात्तश्चासौ नायकस्तेन उपेता =युक्ता, इति उदात्तनायकोपेता, धीरोदात्तनलनायकेन सहिता इत्यर्थः। "नायको नेतरि श्रेष्ठे हारमध्यमणावपि" इति विश्वः। मुच्यते स्म इति मुक्तकम्=काव्यविशेषः, यथोक्तम्–"वृत्तगन्धोज्झितं गद्यं मुक्तकं वृत्तगन्धि" इति। गुणाः=प्रसादादयः सन्ति येषु तानि गुणवन्ति, वृत्तानि=पद्यानि मुक्तकानि=गद्यानि च यस्यां सा गुणवद्‌वृत्तमुक्तका। चमत्कृत्य पुनाति=

सहृदयान् विस्मितीकृत्य प्रसादयतीति, चम्पूः=गद्यपद्यमयं काव्यम् चम्पूरिति पृषोदरादित्वात् साधुः। तथा उदात्तेन=श्रेष्ठेन नायकेन=मध्यमणिना उपेता =सहिता इति उदात्तनायकोपेता, गुणवत्यः=सूत्रप्रोताः वृत्ताः=वर्तुलाः मुक्तकाः=मौक्तिकानि यस्यां सा गुणवद्वृत्तमुक्तका ह्रियते मनः अनेन इति, हारयति मनः इति वा हारः=हारस्य=मुक्तावल्याः यष्टिः इति हारयष्टिः= हारावली च केन=जनेन सहृदयेन हृदि=मनसि वक्षस्थले च न क्रियते=न धार्यते, सर्वैर्धार्यते इतिभावः। अतः मया त्रिविक्रमेण विरचितां नलचम्पूमपि मौक्तिकमालाम् (हारश्चासौ यष्टिरिति हारयष्टिः रूपकालङ्कारः हारस्य यष्टिरिति न सुन्दरम्) इव सर्वे सहृदया हृदये धारयिष्यन्तीति भावः। अत्र प्रस्तुताप्रस्तुतयोः एकधर्मसंबन्धवर्णनात् दीपकालंकारः, अनुष्टुब् छन्दः।

हिन्दी—धीरोदात्त (अविकत्थन क्षमावान् इत्यादि गुणवाला) नायक से युक्त और प्रसाद ओज माधुर्यादि गुणों से एवं गद्य-पद्यों से युक्त चम्पू (सहृदय विद्वानों को आश्चर्य विस्मय में डालकर आश्चर्य चकित=विस्मित करके) प्रसन्न करने वाला गद्य-पद्यमय काव्य, और उदात्त=उज्ज्वल (चमचमाती) नायकउत्तम मध्यमणि वाली (लाकिट, पेण्डुलम) तथा सूत्र (धागे) में पिरोई हुई गोलमटोल मोतियों के हार की लड़ी को कौन (बुद्धिमान) हृदय में धारण नहीं करता। अर्थात् सभी लोग मोतियों की लड़ी एवं ऐसी चम्पू रचना को धारण करते हैं॥ २५ ॥

(क) कथारम्भं कुर्वन् आर्यावर्तनामकं देशं वर्णयति—

आर्यावर्तवर्णनम्

अस्ति समस्तविश्वंभराभोगभास्वल्ललामलीलायमानः, समानः सेव्यतया नाकलोकस्य, ग्राम्यकविकथाबन्ध इव नीरसस्य मनोहरः, भीम इव भारतालङ्कारभूतः, कान्ताकुचमण्डलस्पर्श इवाग्रणीः सर्वविषयाणाम्, अनधीतव्याकरण इवादृष्टप्रकृतिनिपातोपसर्गलोपवर्णविकारः, पशुपतिजटाबन्ध इव विकसितकनककमलकुवलयोच्छलितरजःपुञ्जपिञ्जरितहंसावतंसया प्रचुरचलच्चकोरचक्रवाककारण्डवमण्डलीमण्डिततीरया भगीरथभूपालकीर्तिपताकया स्वर्गगमनसोपान-

वीथीयमानरिङ्गत्तरङ्गया गङ्गया पुण्यसलिलैः प्लावितश्चन्द्रभागालंकृतैकदेशश्च, सारः सकलसंसारचक्रस्य, शरण्यः पुण्यकारिणाम्, आरामो रामणीयककदलीवनस्य, धाम धर्मस्य, आस्पदं संपदाम्, आश्रयः श्रेयसाम्, आकरः साधुव्यवहाररत्नानाम्, आचार्यभवनमार्यमर्यादोपदेशानामार्यावर्तो नाम देशः ॥

व्याख्या—अतु योग्या आर्याः=सज्जनाः, ते आ=समन्तात् वर्तन्ते यत्र सः आर्यावर्तः, नाम देशः=विषयः अस्ति=वर्तते तथाचोक्तम् मनुना "आसमुद्रात्तु वै पूर्वात् आसमुद्राच्च पश्चिमात् । तयोरेवान्तरं गिर्योरार्यावर्तं विदुर्बुधाः" । इत्युक्तलक्षणः देशः । कर्तव्यमाचरन् काममकर्तव्यमनाचरन् । तिष्ठति प्रकृताचारे स तु आर्य इति स्मृतः ॥ इत्युक्तलक्षणश्चार्यः । कथं भूतः देशः, इत्याह-समस्तेति विश्वं बिभर्तीति विश्वंभरा, लडनं ललम्, ललम् अमतीति ललामम्, समस्ता=संपूर्णा चासौ विश्वम्भरा=पृथिवी तस्याः आभोगः मण्डलं तस्मिन् भास्वत्=दीप्यमानं यत् ललामम्=तिलकं तस्य लीलां=श्रृङ्गारभावम् आचरतीति समस्तविश्वम्भराभोगभास्वल्ललामलीलायमानः, सेव्यस्य भावः सेव्यता, तया सेव्यतया=भोग्यत्वेन, कम्=सुखं तद्विरुद्धम् अकम्=दुःखं नास्ति यत्र स नाकः स चासौ लोक इति नाकलोकस्तस्य नाकलोकस्य=स्वर्गलोकस्य समानः=सदृशः । ग्रामे भवः ग्राम्यः, ग्राम्यस्य=ग्रामीणस्य कवेः=काव्यकर्तुः कथायाः बन्धः=प्रबन्धः इति ग्राम्यकविकथाबन्धः इव—यथा निर्गतः रसः=श्रृङ्गारादिः यस्मात् स तस्य नीरसस्य=असहृदयस्य मनोहरः=कमनीयः (देशे) नीरेण=जलेन सस्येन=धान्येन च मनोहरः=मनोहारी रमणीयः । भीमः=पाण्डुपुत्रः वृकोदरः इव=यथा भारतस्य=भारतवर्षस्य अलंकारभूतः=आभूषणरूपः, पक्षे-भारतस्य=व्यासप्रणीतमहाभारतस्य अलंकारभूतः । मण्डम्=भूषां लातीति मण्डलम् । कान्तानाम्=रमणीनां कुचाः=स्तनास्तेषां मण्डलम्=चक्रवालं प्रदेश इत्यर्थः । इति कान्ताकुचमण्डलं तस्य स्पर्शः=संपर्कः इव=यथा सर्वे=समस्ताश्च ते विषयाः=देशास्तेषाम् अग्रणीः=प्रमुखः । पक्षे-सर्वे च ते विषयाः=भोगाः=कामभोगाः तेषाम् अग्रणीः प्रधानः । न अधीतम्=न पठितम् व्याकरणम्=शब्दशास्त्रं येन सः अनधीतव्याकरणः इव=यथा, उभयं विशेष-

यन्नाह-अदृष्टेति । न दृष्टः अदृष्टः=अनवलोकितः प्रकृतीनाम्=जनानां निपातः =अधःपतनम् उपसर्गः=उत्पातः=उपद्रव इत्यर्थः । लोपः=चौर्यं वर्णेषु= ब्राह्मणादिचातुर्वर्ण्येषु विकारः=मर्यादाभंगः च यस्मिन् सः अदृष्टप्रकृतिनिपातोपसर्गलोपवर्णविकारः । पक्षे-अदृष्टा प्रकृतयः=भूवादयो धात्वादयः निपाताः=निपातसंज्ञका वर्णाः चादयः उपसर्गाः=प्रादयः लोपाः=वर्णविनाशाः वर्णानाम्=अक्षराणां विकाराः=विकृतयश्च येन सः तथोक्तः ।

पशूनाम्=जीवानां प्रमथादिगणानां वा पतिः=स्वामी इति पशुपतिः= शंकरः तस्य जटानाम्=सटानां बन्धः=जूटः इति पशुपतिजटाबन्धः इव=यथा उभयं विशिनष्टि—पुण्यानि=पवित्राणि यानि सलिलानि=जलानि तैः पुण्यसलिलैः गंगया प्लावितः=सिक्तः कथंभूतया गंगया कम्=जलम् अलन्ति= भूषयन्तीति कमलानि । कोः पृथिव्याः वलयानीव कुवलयानि । विकसितानि =प्रफुल्लानि यानि कनकस्य=सुवर्णस्य कमलानि=पंकजानि कुवलयानि =नीलोत्पलानि चेति विकसितकनककमलकुवलयानि तेभ्यः उच्छलितः= उद्गतः यः रजसः=परागस्य पुञ्जः=पटलं समूह इत्यर्थः, तेन पिञ्जरिताः= पिंगलवर्णतां नीताः हंसाः=कादम्बाः एव अवतंसाः=कर्णाभरणानि यस्याः सा तया तथोक्तया । ईषत् रण्डः कारण्डः, 'ईषदर्थे कोः कादेशः" । कारण्डं वान्तीति कारण्डवाः=हंसविशेषाः । चकन्ते=चन्द्रकिरणैः तृप्यन्तीति चकोराः =चन्द्रिकापायिनः । चक्रः इत्याख्यया उच्यन्ते ये ते चक्रवाकाः=चक्रांगाः । प्रचुरम्=भृशं चलन्तः इतस्ततः भ्रमन्तः ये चकोराः चक्रवाकाः कारण्डवाः च ते प्रचुरचलचकोरचक्रवाककारण्डवाः, तेषां मण्डली=समूहः, तया मण्डितम्= भूषितं तीरम्=तटं यस्याः सा तया तथोक्तया । भम्=ज्योतिष्कमण्डलं गीर्वाङ्मयं तत्र रथः=इन्द्रियाणि रथः इवास्य स भगीरथः=राज्ञो दिलीपस्य पुत्रः । पच्यते=ज्ञायते कस्यचिद् भेदः अनया सा पताका=ध्वजम् । भगीरथश्चासौ भूपालः भगीरथभूपालः, भगीरथभूपालस्य कीर्तिः=यशः तस्याः पताका इति भगीरथभूपालकीर्तिपताका तया भगीरथभूपालकीर्तिपताकया । सत्=विद्यमानः उप=उपरि आनः=गमनम् अनेन तत् सोपानम्=आरोहणम् । स्वर्गे=स्वर्गलोके गमनम्=आरोहणमिति स्वर्गगमनम् तस्मै सोपानानि तेषां वीथी=पदवी इव आचरन्तः, रिङ्गन्तः=चंचलाः तरंगाः=ऊर्मयः यस्याः सा तथा स्वर्गगमनसो-

पानवीथीयमानरिङ्गत्तरंगया गंगया पवित्रजलैः प्लावित इत्यन्वयः। पुनः कथं भूतः चन्द्रभागालंकृतैकदेशे चन्द्रभागयोः पर्वतयोः इयमिति चन्द्रभागा= एतन्नाम्नी नदी, चन्द्रभागया=नद्या अलंकृतः=सुशोभितः एकदेशः=प्रान्त-विशेषः दक्षिणभारतस्थः यस्य स तथोक्तः। जटाजूटपक्षे—चन्द्रस्य भागेन=कलया अलंकृतः=विभूषितः एकदेशः मस्तकमित्यर्थः यस्य स एवं भूतः। संसारस्य= जगतः चक्रम्=मण्डलमिति संसारचक्रम्, सकलम्=सम्पूर्णं च तत् संसारचक्र-मिति सकलसंसारचक्रम् तस्य सकलसंसारचक्रस्य सारः=तत्वम्। पुण्यम्= सुकृतं कर्तुं शीलं येषां ते पुण्यकारिणः तेषां पुण्यकारिणाम्=पुण्यात्मनां शरणे= रक्षणे साधुः शरण्यः। केन=वायुना दल्यन्ते इति कदल्यः, कदलीनाम्=रम्भानां वनमिति कदलीवनम्, रामणीयकम्=सौन्दर्यम् एव कदलीवनमिति तस्य रामणीयककदलीवनस्य आ=समन्तात् रमन्ते जनाः यत्र सः आरामः== उपवनम्। धर्मस्य=सुकृतस्य सदाचारस्येत्यर्थः धाम=मन्दिरम्—स्थान मित्यर्थः। सम्पदाम्=सम्पत्तीनाम् आस्पदम्=स्थानं गृहम्। श्रेयसाम्= पुण्यानां कल्याणानामित्यर्थः।आश्रयः=आधारः, साधूनाम्=सज्जनानां व्यवहाराः =आचारा एव रत्नानि=मणयः तेषां साधुव्यवहाररत्नानाम् आकीर्यन्ते धातवो यत्र सः आकरः=रत्नाद्युत्पत्तिस्थानम्। आर्याणाम्=साधुपुरुषाणां मर्यादा=धारणास्थितिरिति यावत् तस्याः उपदेशाः=शिक्षाः तेषाम् आर्यमर्यादोपदेशानाम् आचार्यस्य=गुरोः भवनम्=गृहमिति आचार्यभवनम्, गुरुकुलमित्यर्थः। आचार्यलक्षणं यथा "आचिनोतिच शास्त्रार्थमाचारे स्थापय-त्यपि। स्वयमाचरते यस्मात् आचार्यस्तेन कथ्यते" इति। अत्रगद्ये ललाम लीलायमानः अत्र ललामार्यावर्तयोः उपमानोपमेयभाववर्णनेन वयङ्गुपमा। समानः सेव्यतयेत्यत्र च पूर्णोपमा। ग्राम्यकवीनामित्यारभ्य चन्द्रभागालंकृतै-कदेश इत्यन्तं सर्वत्र श्लेषानुप्राणितोपमानां संसृष्टिः। सारः सकलेत्यत्र रूपकम्। रामणीयककदलीवनस्य आरामः=अत्र परम्परितरूपकम्। एव-माकारःआचार्यभवनस्यात्रापि। किं च सकलसंसारचक्रस्य सारः इत्यादौ रूपकोल्लेखयोरङ्गांगिभावोऽप्यस्ति एकस्यैवानेकधोल्लेखात् इति।

हिन्दी—(क) आर्यावर्त नाम का देश है। जिसमें सब ओर सज्जन (आर्य) रहते हैं, वह आर्यावर्त कहलाता है। जो सम्पूर्ण भू-मण्डल में

चमकते हुए तिलक के समान है। अर्थात् आर्यावर्त सारे भूमण्डल के मस्तक का तिलक है। और वह स्वर्गलोक की तरह सेवनीय (रहने योग्य) है। अ-रसिक जनों को जैसे ग्रामीण कवि का कथाकाव्य मनोहर होता है—लगता है। वैसे ही वह भी नीर-जल तथा सस्य-धान्य से मनोहर है। भीम सेन जैसे महाभारत का भूषण है वैसे ही आर्यावर्त, भारतवर्ष का अलंकार है। स्त्रियों के कुच-(स्तन) मण्डल का स्पर्श जैसे सभी भोग्य-विषयों में प्रधान—मुख्य है, उसी प्रकार वह भी सब देशों में मुख्य-श्रेष्ठ है। व्याकरणशास्त्र को न पढने वाले लोग, जैसे प्रकृति (धातु आदि) निपात उपसर्ग लोप. और वर्णगत विकारों के ज्ञान से शून्य होते हैं, वैसे ही 'आर्यावर्त में'—प्रजाओं का पतन, उपद्रव चोरी डकैती आदि, तथा वेद-विहित नियमों का लोप (त्याग) और चारों वर्णों की व्यवस्था में किसी प्रकार का विकार नहीं देखा जाता है। और पशुपति-भगवान् शिव का जटाजूट (जटाओं का बन्ध) जैसे एक अंश में चन्द्रमा की कला से सुशोभित है। और गंगा जी के द्वारा अपने पवित्र जलों से नहलाया गया है। जो गंगा जी में खिले सोने के कमल-पीले तथा नीले कमलों से झरते हुए पराग पुञ्ज (पुष्पों की धूलि का समूह) से (रंग जाने से) लाल पीले वर्ण वाले हंसरूपी कर्ण भूषण वाली है। और पर्याप्तमात्रा में विचरण करती हुई चकोर (तीतर जातीय पक्षी) हंस, चकवा, कारण्डव (बत्तख) पक्षियों की मण्डली से उसका तीर भाग सुशोभित हो रहा है। तथा वह गंगाजी राजा भगीरथ की कीर्ति पताका है। और जिस की उमड़ती हुई तरंगें स्वर्ग जाने वाली सीढियों की गलियों की तरह प्रतीत होती हैं। 'ऐसे ही आर्यावर्त देश भी'-एक प्रान्त (दक्षिण) में चन्द्रभागा नदी से शोभित है। और गंगा के पवित्र जल से प्लावित है। यह सारे भूमण्डल का सार है। पुण्यात्माओं का शरण्य-रक्षक है। सुन्दर कदली 'केले' के वनों का उपवन बगीचा है। धर्म का स्थान है। सम्पदाओं का घर है। और कल्याणों का आश्रय (भवन) है। सज्जनों के व्यवहार रूपी रत्नों की खान है। आर्य-सज्जनों की मर्यादाओं के उपदेशों का आचार्यभवन (गुरुकुल) है।

यस्मिन्ननवरतधर्मकर्मोपदेशशान्तसमस्तव्याधिव्यतिकराः पुरुषायुषजीविन्यः सकलसंसारसुखभाजः प्रजाः। तथा हि, कुष्ठयोगो गान्धि-

३
कापणेषु, स्फोटप्रवादो वैयाकरणेषु, संनिपातस्तालेषु, ग्रहसंक्रान्तिर्ज्योतिः शास्त्रेषु, भूतविकारवादः सांख्येषु, क्षयस्तिथिषु, गुल्मवृद्धिर्वनभूमिषु, गलग्रहो मत्स्येषु, गण्डकोत्थानं पर्वतवनभूमिषु, शूलसम्बन्धश्चण्डिकायतनेषु दृश्यते न प्रजासु।

(ख) पुनः प्रकारान्तरेण आर्यावर्तमेव वर्णयन्नाह-यस्मिन्ननवरतेत्यादि-यस्मिन्=आर्यावर्ते देशे प्रजाः=जनाः धर्मस्य=चोदनालक्षणस्य श्रुतिस्मृतिविहितस्येत्यर्थः। कर्मणाम्=कर्तव्यकार्याणां च उपदेशः=शिक्षणमिति धर्मकर्मोपदेशः। अनवरतम्=निरन्तरं सर्वदा इत्यर्थः यः धर्मकर्मोपदेशः तेन शान्ता=शान्तिमुपगताः विनष्टा इत्यर्थः समस्तानाम्=सर्वेषां व्याधीनाम्=आध्यात्मिकाधिभौतिकाधिदैविकविपत्तीनां व्यतिकराः=संबन्धाः यासां ताः अनवरत धर्मकर्मोपदेशशान्तसमस्तव्याधिव्यतिकराः सत्यः, पुरुषस्य=नरस्य आयुः=जीवितकालः, वर्षशतमिति यावत् "शतायुर्वै पुरुषः" इतिश्रुतेः। पुरुषायुषं जीवन्तीति पुरुषायुषजीविन्यः सकलम्=सम्पूर्णं संसारस्य=जगतः सुखम्=कल्याणम्=आनन्दमित्यर्थः भजन्ते=सेवन्ते याः ताः सकलसंसारसुखभाजः सन्ति। एतदेव श्लेषानुप्राणितेन परिसंख्यालंकारेण वर्णयति तथा हीति-कुष्णाति रोगम्, अंगं च इति कुष्ठम्=रोगः भेषजं च। कुष्ठस्य=ओषधविशेषस्य योगः=संबन्धः इति कुष्ठयोगः गन्धः=सुरभिद्रव्यं येषां ते गान्धिकाः, गान्धिकानाम्=सुगन्धितैलादिविक्रेतॄणाम् आ=समन्तात् यणायन्ते, यणन्ते वा येषु तेषु आपणेषु=निषधासु "आपणस्तु निषधायाम्" इत्यमरः। दृश्यते=अवलोक्यते, प्रजासु=जनेषु कुष्ठस्य=कुष्ठरोगस्य योगः=सम्पर्को न दृश्यते। 'तथा' स्फुट्यते=व्यज्यते अर्थः अनेनेति स्फोटः=शब्दव्यापारविशेषः, वर्णातिरिक्तो वर्णव्यंग्यः अर्थप्रत्यायकः नित्यः शब्दः इत्यर्थः। तस्व प्रकर्षेण वादः=कथनमिति स्फोटप्रवादः व्याक्रियन्ते=व्युत्पाद्यन्ते शब्दाः अनेनेति व्याकरणं तदधीयते विदन्ति वा वैय्याकरणास्तेषु वैय्याकरणेषु दृश्यते। स्फुटन्तीति स्फोटाः=स्फोटकाः, पिटकाः इत्यर्थः, तेषां प्रवादः=प्रकथनं प्रजासु न दृश्यते। सम्यक् निपातः=निपतनं यत्र संनिपातः=उभयोर्हस्तयोः पातः=तालभेद इति यावत् तालेषु=करतलवादनेषु दृश्यते। सम्यक् निपातः यस्मात् स संनिपातः-विकारोत्पादकमिलितदोषजः संनिपातज्वर इत्यर्थः प्रजासु न। ग्रहाणाम्=

सूर्यादीनां संक्रान्तिः=मीनमेषादिराशिषु संक्रमणम् इति ग्रहसंक्रान्तिः ज्योतिषाम् =नक्षत्राणाम् शास्त्राणि ज्योतिः शास्त्राणि तेषु ज्योतिःशास्त्रेषु=गणितफलित-ग्रन्थेषु दृश्यते न तु प्रजासु। ग्रहस्य=बन्धनस्य संक्रान्तिः=संक्रमणम्। भूतम्= प्रधानं मूलप्रकृतिः ततः विकारस्य=महदादिविकृतेः वादः=सिद्धान्तः इति भूत-विकारवादः, सांख्येषु=कपिलसिद्धान्तानुयायिषु अर्थात् प्रधानाख्यमूलप्रकृतेः महान्, महतः अहंकारः, अहंकारात् पंचतन्मात्राणि, ततः एकादशेन्द्रियाणि पंचभूतानि चेति षोड़शविकाराः, एवं मिलित्वा चतुर्विंशति तत्त्वानि, पंच-विंशः पुरुषः इत्येषां वादः कथनं विचारश्च सांख्यशास्त्रेषु दृश्यते, न तु प्रजासु भूतानाम्=प्रेतानां विकारस्य=आवेशरूपस्य वादः वर्णनमिति भावः। क्षयः=हानिः, नाशः तिथिषु=प्रतिपद्द्वितीयादिषु दृश्यते न प्रजासु क्षयः= क्षयरोगः-राजयक्ष्मा अर्थात् अत्र तिथिक्षय एव भवति न क्षयरोगः कस्यापी-त्यर्थः। गुल्मानाम्=लतावृक्षसमूहानां वृद्धि=वर्धनं वनस्य=अरण्यस्य भूमयः =स्थल्यः तासु वनभूमिषु दृश्यते, न प्रजासु गुल्मानाम्=प्लीहादिरोगाणां वृद्धिः दृश्यते। गलस्य=कण्ठस्य ग्रहः=बडिशेन ग्रहणं बन्धनमिति गलग्रहः मत्स्येषु =मीनेषु दृश्यते, मत्स्यानामेव बडिशेन कण्ठग्रहणं नात्र देशे प्रजासु-पाशेन गलग्रहणं कण्ठरोगो वा दृश्यते। गण्डकानाम्=खड्गिनाम् उत्थानम्= उत्पतनमिति गण्डकोत्थानं पर्वतस्य=शैलस्य वनानि=अरण्याणि तेषां भूमयः=स्थल्यः तासु पर्वतवनभूमिषु दृश्यते, न तु प्रजासु गण्डकानाम्= ह्रस्वस्फोटानां पिटकानाम् उत्थानं दृश्यते। शूलस्य=त्रिशूलस्य संबन्धः= योगः इति शूलसंबन्धः चण्डिकायाः=दुर्गायाः देव्याः आयतनानि=मन्दि-राणि तेषु चण्डिकायतनेषु दृश्यते। न तु प्रजासु शूलस्य=उदरादिपीडायाः संबन्धः शूलारोहणं वा दृश्यते। अत्रगद्ये कुष्ठयोग इत्यारम्भ सर्वत्र श्लेषानु-प्राणितपरिसंख्यालंकारः॥

हिन्दी— (ख) जिस देश में निरन्तर धर्म तथा कर्म (वेदोक्त धर्म कर्म मार्ग) के उपदेशों से 'प्रजा की' सब प्रकार की (आध्यात्मिक आधि-भौतिक आधिदैविक) विपत्तियां शान्त कर दी गयी हैं। और प्रजा पूरी सौ वर्ष तक की आयुतक जीवित रह कर संसार के सम्पूर्ण सुखों का उपभोग करती है। इसलिए कि-सुगन्धित इत्र तेल आदि बेचने वालों की दूकान में

हा कुष्ठ नामक जड़ी का सम्बन्ध है प्रजा में कोई कोढ़ी नहीं होता है। व्याकरण को पढ़ने पढ़ाने वाले ही स्फोट (शब्दब्रह्म) सिद्धान्त का कथन करते हैं। किन्तु प्रजा जन में फोड़ा-फु सी या झगड़ा नहीं है। संगीत के समय ताल देने में ही सन्निपात (दोनों हाथों से ताल देना) होता है। प्रजा में सन्निपात नामक ज्वर नहीं होता है। संक्रान्ति (सूर्यादिग्रहों का एक राशि से दूसरी पर जाना) ज्योतिःशास्त्र में ही होती है। कोई व्यक्ति बन्धन (जेल) से आक्रान्त नहीं होता है। सांख्यदर्शन में ही भूतों (पृथिवी, जल, अग्नि, वायु आदि) की विकृति देखी जाती है। अर्थात् प्रधान प्रकृतिमहान् तथा इन्द्रियादि विकार उत्पन्न होते हैं यह वाद सांख्य में है। जनता में किसी प्रकार भूत-प्रेत का विकार नहीं होता है। तिथियों का क्षय (घटना बढ़ना) होता है किन्तु यहाँ कोई भी प्राणी क्षयरोग यक्ष्मा से पीड़ित नहीं होता है। लता-पौधों का बढ़ना वन-भूमि में ही होता है किसी को गुल्मरोग नहीं होता। मछलियों को ही वंसी से गले फँसाया जाता है। किसी प्राणी को गलग्रह (कण्टमाला) नहीं होता है। पर्वतीय वन की भूमि में गैंडों का उछलना-कूदना होता है। किसी मनुष्य को फोड़ा-फुन्सी नहीं उटती है। त्रिशूल का संबन्ध चण्डी (दुर्गा) के मन्दिर में ही होता है। प्रजा में शूल पीड़ा नहीं होती है।

यत्र चतुरगोपशोभिताः सङ्ग्रामा इव ग्रामाः, तुङ्गसकलभवनाः सर्वत्र नगा इव नगरप्रदेशाः, सदाचरणमण्डनानि नूपुराणीव पुराणि, सदानभोगाः प्रभञ्जना इव जनाः, प्रियालपनसाराणि यौवनानीव वनानि, विटपिहिताश्चेटिका इव वाटिकाः, निर्वृतिस्थानानि सुकलत्राणीवेक्षुक्षेत्रसत्त्राणि, जलाविलक्षणाः पशुपुरुषा इवाप्रमाणास्तडागभागाः, कुपितकपिकुलाकुलिता लङ्केश्वरकिंकरा इव भग्नकुम्भकर्णघनखापाः कूपाः, पीवरोधसः सरित इव गावः, सतीव्रतापदोषाः सूर्यद्युतय इव कुलस्त्रियः।

(क) यत्र=यस्मिन् आर्यावर्तदेशे, अत्र संग्रामपक्षे 'च' इतिभिन्नपदम्। एवं च तोरणं तुरः, तुरेण= वेगेन गच्छन्तीति तुरगाः, तुरगैः = अश्वैः उप-

शोभिताः=अलंकृताः इति तुरगोपशोभिताः संग्रामाः=आहवा इव=यथा चतुरैः =निपुणैः गोपैः=गोपालकैः शोभिताः ग्रामाः=संवसथाः वर्तन्ते। "समौ संवसथग्रामौ" इत्यमरः। यत्र च सर्वत्र=सम्पूर्णेऽपि देशे नगराणाम्=पुराणां प्रदेशाः=प्रान्ताः इति नगरप्रदेशाः न गच्छन्तीति नगाः=पर्वता इव सन्ति उभयं विशिनष्टि तुङ्गानि=अत्युन्नतानि सकलानि=सर्वाणि भवनानि=गृहाणि येषु ते तुंगसकलभवनाः नगरप्रदेशाः। कलभैः=करिशावकैः सहितानि इति सकलभानि यानि वनानि=अरण्यानि इति सकलभवनानि, तुंगानाम्=पुन्नागानां सकलभवनानि येषु ते तथाभूताः नगाः=पर्वताः। तथा सदा=सर्वदा चरणानां=पदानां मण्डनानि=भूषणानि इति सदाचरणमण्डनानि नूपुराणि=मंजीराणि इव=यथा सत् च तदाचरणमिति सदाचरणम्=सदाचारः एव मण्डनं=भूषणं येषां तानि सदाचरणमण्डनानि पुराणि =नगराणि सन्ति। सदा=सर्वस्मिन् काले नभसि=आकाशे गच्छन्ति =प्रचलन्तीति सदानभोगाः प्रकृष्टं भंजन्तीति प्रभञ्जनाः=वायवः इव=यथा दानम्=त्यागश्च भोगः उपभोगश्च इति दानभोगौ ताभ्यां सहिताः=युक्ताः इति सदानभोगाः जनाः=लोकाः=नराः सन्ति। पनायति=स्तौति, सन्तोषयतीत्यर्थः देवमनुष्यादीन् इति पनसः=कण्टकीफलम्। प्रियाय हिताय अलति=पर्य्याप्नोतीति प्रियालः=तापसप्रियः, वृक्षविशेषः। यूनोः भावः यौवनं तानि यौवनानि=तारुण्यानि इव=यथा वनानि=अरण्यानि सन्ति, उभयं विशिनष्टि प्रियया=भार्यया सह आलपनम्=संभाषणं, कामक्रीडाविषयको वार्तालाप इत्यर्थः एव सारः=तत्त्वं येषु तानि प्रियालापसाराणि यौवनानि। प्रियालान्=तापसप्रियवृक्षभेदान् इयति=प्राप्नुवन्तीति प्रियालनसाराणि वनानि। तथा अत्र विटैः=धूर्तैः पिहिताः=आलिंगिताः व्याप्ता इत्यर्थः चेटिकाः=परिचारिकाः इव=यथा विटपः=शाखाविस्तारः अस्ति येषु ते विटपिनः=वृक्षाः, तेभ्यः हिताः=हितकराः वाटिकाः=उद्यानानि सन्ति। निर्वृतेः=सुखस्य स्थानानि=आस्पदानि इति निर्वृतिस्थानानि सुन्दराणि कलत्राणि=भार्याः इति सुकलत्राणि इव=यथा निर्वृत्या=वृतेरभावेन। यथेच्छं स्थीयते यत्र तादृशानि निर्वृतिस्थानानि इष्यन्ते इति इक्षवः, इक्षूणाम्=रसालानां क्षेत्रम्=स्थानं तत्र सत्राणि=दानशालाः इति इक्षुक्षेत्रसत्राणि यत्र सन्ति। "रसालश्चेक्षुचूतयोः" इति मेदिनी।

विगतम्=नष्टं लक्षणं येषां ते विलक्षणाः, न प्रमाणं येषां ते अप्रमाणाः जडाः=शून्याः बुद्धिरहिता इत्यर्थः, विलक्षणाः=लक्षणशून्याः संस्काररहिता इत्यर्थः इति जडाविलक्षणाः। कलभः करिशावकः इत्यमरः। अत्र डलयोः, अभेदात् जडा इति। अप्रमाणाः=शास्त्रादिप्रमाणरहिताः, पशवः इव पुरुषाः इति पशुपुरुषाः=पशुसमानाः मनुष्याः इव=यथा जलेन=अम्भसा आविलाः=कलुषाः क्षणाः=अवतारादितटप्रदेशाः येषां ते जलाविलक्षणाः अप्रमाणाः=अपरिमिताः अगाधाः दीर्घाश्चेत्यर्थः। तटम्=तीरम् अकन्ति, कूलं रोधश्च तीरं च तटं त्रिषु इत्यमरः। अगन्ति वा तडागाः तडागानाम् =पद्माकराणां भागाः=प्रदेशाः स्थानानीत्यर्थः। इति तडागभागाः अत्र देशे सन्ति। "पद्माकरस्तडागोऽस्त्री" इत्यमरः तथा अत्रदेशे लंकायाः ईश्वरः लंकेश्वरः लंकेश्वरस्य=रावणस्य किंकराः=सेवकाः इति लंकेश्वरकिंकरा इव कूपाः=उदपानानि सन्ति। उभयं विशिनष्टि कुपिताः=क्रुद्धाः ये कपयः=वानराः तेषां कुलानि=समूहाः, सैनिकाः तैः आकुलिताः=उद्वेजिताः=पीडिताः इति कुपितकपिकुलाकुलिताः, कुम्भौ इवकर्णौ यस्य सः कुम्भकर्णः कुम्भकर्णस्य=रावणानुजस्य घनः=प्रगाढः यः स्वापः षाण्मासिकं शयनमिति कुम्भकर्णघनस्वापः, भग्नः=नष्टः=त्रुटितः कुम्भकर्णघनस्वापः यैः ते भग्नकुम्भकर्णघनस्वापाः लंकेश्वरकिंकराः। कुपितकपिकुलैः कूपस्य उपरिभागस्थितवृक्षोपविष्टैः वानरैरित्यर्थः आकुलिताः=पत्रादिपातनेन संक्षोभिताः भग्नाः=विनाशिताः कुम्भानाम्=कलशानां कर्णाः=कण्ठाः येषु ते, तथाभूताः घनाः=प्रचुराः स्वाः=स्वकीयाः पातालभूलोत्थाः न तु इतस्ततः आनीताः आपः=जलानि येषु ते तथोक्ताः कूपाः घनस्वाः=बहुद्रव्याः आपः येषु ते इत्यपि कूपपक्षे यतः जीर्णोद्धाराय तत्र निधिः भवतीति प्रसिद्धं लोके। तथा पीवं=विशालं रोधः=तीरं यासां ताः पीवरोधसः सरितः=नद्यः इव=यथा पीवरम्=स्थूलम् ऊधः=आपीनं यासां ताः पीवरोधसः गावः=धेनवः सन्ति ऊधः स्त्री क्लीबमापीनम् इत्यमरः। तीव्रः=तीक्ष्णः तापः=आतपः एव दोषः=अपराधः=दूषणमित्यर्थः तत् सहिताः=युक्ताः इति सतीव्रतापदोषाः सुवति=प्रेरयति कर्मणि लोकान् इति सूर्यः, सूर्यस्य=आदित्यस्य द्युतयः=प्रभाः इति सूर्यद्युतयः इव

सतीनाम्=पतिव्रतानां व्रतम्=अनुष्ठानं तेन अपगताः=नष्टाः दोषाः=कलंकाः यासां ताः तथोक्ताः। एवं भूताः कुले=वंशे स्थिताः स्त्रियः=कान्ताः कुलस्त्रियः=कुलपालिकाः सन्ति=विद्यन्ते। गद्येऽस्मिन् श्लिष्टोपमालंकारः।

हिन्दी—(ख) और जिस आर्यावर्त देश में घोड़ों से सुशोभित संग्राम (युद्ध) के समान चतुर (चालाक बुद्धिवाले) गोपालकों से अलंकृत (युक्त) गांव है। और पुन्नाग (मौलश्री व जायफल) के वृक्षों तथा हाथी के बच्चों से युक्त बनवाले पर्वत के समान, आकाश को छूने वाले सम्पूर्ण भवनों वाले इसमें नगर प्रदेश हैं। अर्थात् सभी गगनचुम्बी घरवाले नगर हैं। और हमेशा चरणों को सुशोभित करने वाले नूपुर (बिछुवों) के समान, अच्छे आचरण रूप भूषण से युक्त इस में नगर हैं। और सदा आकाश की ओर जाने वाली बायु के समान, दान तथा भोग से युक्त यहाँ के लोग हैं। और प्रियतमा के साथ आलाप (बातचीत) करना मात्र जिसमें सार (श्रेष्ठ) है ऐसी युवावस्था (जवानी) के समान यहाँ के बन भी चिरौंजी (प्रियाल) कटहल (पनस) के फलों को देने वाले हैं। और धूर्त लोगों से घिरी हुई दासियों की तरह, यहाँ की बाटिकाएँ भी वृक्षों के लिये हितकारिणी हैं। अर्थात् बाटिकाएँ उत्तम हरे-हरे फूले-फले वृक्षों से भरी रहती हैं। जैसे सुन्दर पत्नी आनन्द, सुख, का स्थान होती हैं। वैसे ही ईख (गन्ने) के खेतों में, चलने वाली, दानशाला (रसपीने की शाला) भी बेरोक टोक हैं। अर्थात् रस पीने वाले इच्छानुसार जब चाहें तब रस पी सकते हैं। और जैसे पशु के समान पुरुष (मनुष्य पशु) बुद्धिरहित लक्षण शास्त्रज्ञान से शून्य तथा प्रमाणज्ञान से शून्य होते हैं। वैसे ही यहाँ के तालाब जल से कीचड़ वाले तथा गहरे एवं विशाल हैं। कुम्भकर्ण की घोर नींद को भंग करने वाले तथा क्रोधित बानरीसेना के द्वारा व्याकुल किये गए (मार मार कर भगाए गए) रावण के नौकरों के समान, यहाँ के कूवे भी हैं जो कि टूटेहुए घड़ों के मुख वाले, तथा स्वच्छ एवं सुन्दर जलवाले हैं। तथा कुए के आसपास के पेड़ों पर बैठे बन्दरों के द्वारा गिराए गये फूल-पत्तों से उनका जल व्याकुल (हिलना चंचल) है। और नदियां जैसे विशाल तीर (किनारे) वाली हैं। वैसे ही यहाँ की गउवें भी मोटे-मोटे बांक बन वाली हैं।

सूर्य की किरण (कान्ति) जैसे कड़ी धूप (ज्वाला, गरमी) रूपी दोष वाली है। अथवा तेज होने के कारण दोषा (रात्रि) को भगा देने वाली सूर्यकान्ति। वैसे ही यहाँ की कुलबधुयें भी पतिव्रता होने से निष्कलंक हैं ।।

यत्र च मनोहारिसारसद्वन्द्वास्तत्पुरुषेण द्विगुना चाधिष्ठिताः कादम्बरीगद्यबन्धा इव दृश्यमानबहुव्रीहयः केदाराः।

व्याख्या—(क) यत्रच=यस्मिन् च देशे कदम्बे जातः कादम्बः, कादम्बं रातीति कादम्बरी=महाकविबाणभट्टरचिता, तस्याः गद्यानि तेषां बन्धाः= रचनाः निर्माणानीत्यर्थः। इति कादम्बरीगद्यबन्धाः इव–यथा के=जले शिरसि वा दारः येषां ते केदाराः, केन=जलेन दीर्यन्ते इति वा केदाराः=क्षेत्राणि सन्ति। उभयं विशिनष्टि मनः हतुं शीलमस्येति मनोहारी–रमणीयः सारः= अर्थः येषु ते मनोहारिसाराः, द्वन्द्वेन=द्वन्द्वसमासेन सहिताः सद्वन्द्वाः, मनोहारि-साराः च सद्वन्द्वाः च इति मनोहारिसारसद्वन्द्वाः, तत्पुरुषेण=तत्पुरुषसमासेन द्विगुना=द्विगुसमासेन च अधिष्ठिताः=युक्ताः–परिपूर्णाः इत्यर्थः। दृश्यमानः= अवलोक्यमानः बहुव्रीहिः=एतन्नामकः समासः येषु ते तथोक्ताः गद्यबन्धाः। मनोहारिणः सारसानाम्=पक्षिविशेषाणां द्वन्द्वानि=युगलानि येषु ते मनोहारि-सारसद्वन्द्वाः, द्वौ गावौ=वृषभौ यस्य स तेन द्विगुना तस्य पुरुषः तेन तत्पुरुषेण =केदारस्वामिना अधिष्ठिताः, दृश्यमानाः=सर्वतः अवलोक्यमानाः बहवः= प्रचुराः व्रीहयः=शालयः येषु ते तथोक्ताः केदाराः।

हिन्दी—(ख) "महाकवि बाणभट्टविरचित" कादम्बरी नामक गद्य की रचना जैसे रमणीय अर्थ (कथा) एवं द्वन्द्वसमास से युक्त है। और तत्पुरुष समास तथा तत्पुरुष के ही भेद, द्विगु नामक समास से युक्त है। 'और उसमें' बहुव्रीहि समास भी देखने में (प्रचुरमात्रा में) आता है। वैसे, आर्यावर्त के खेतों की क्यारियां भी सुन्दर सारस पक्षी के जोड़े से, एवं दो बैलों वाले खेत के मालिकों से सनाथ हैं। और वहाँ प्रचुरमात्रा में धान दिखाई पड़ रहा है। यहाँ पर दो बैल उपलक्षण मात्र है अधिक बैल गायें भी लोगों के पास हैं यह जानना चाहिये ।।

किं बहुना।

नास्ति सा नगरी यत्र न वापी न पयोधरा।
दृश्यते न च यत्र स्त्री नवा पीनपयोधरा॥ २६॥

अन्वयः—यत्र सा नगरी नास्ति, यत्र न वापी न पयोधरा "भूमिः" दृश्यते। यत्र च नवा पीनपयोधरा स्त्री न दृश्यते, सा नगरी नास्तीत्यन्वयः॥

व्याख्या—किं बहुना=अधिककथनेन किं प्रयोजनमित्याह—, यत्र=आर्यावर्ते देशे सा=कापि तादृशीत्यर्थः नगाः सन्ति यत्र सा नगरी=पुरी न अस्ति=न विद्यते, यस्याम् उप्यते पद्मादि यस्यां सा वापी=दीर्घिकानिपानमित्यर्थः न=नास्ति। पयसाम्=जलानां धरा=धारयित्री सलिलवतीत्यर्थः पयोधरा भूमिः न=न विद्यते, अर्थात् सर्वा अपि नगर्य्यः वापीयुक्ताः, तथा सर्वापि भूमिः पयः प्रधाना इत्यर्थः यत्र च नवा=नूतना तरुणी धरतः इति धरौ, पयसाम्=दुग्धानां धरौ पयोधरौ, पीनौ=स्थूलौ पयोधरौ=स्तनौ यस्याः सा पीनपयोधरा स्त्री=कान्ता न दृश्यते=न अवलोक्यते। अत्रदेशे सर्वाः स्त्रियः सुन्दर्य्यस्तरुण्यश्च सन्तीति।

अत्र पद्ये नवापीनपयोधरा इति चतुर्थपादः, द्वितीयपादस्थयोः वापीपयोधरयोरपि विशेषणं भवितुमर्हति। तद्यथा—नवम्=स्तवन् आप्नुतः=प्राप्नुतः अभीक्ष्णमिति नवापिनी=स्तुत्यर्हे, नूयते=स्तूयते इति नवः "णु स्तुतौ" भावे अप्प्रत्ययः "नवः स्तवः" इति मेदिनी। इनः=प्रभुः पयः=जलं चेति इनपयसी =स्वामिजले "इनः सूर्ये प्रभौ" इत्यमरः। एवं च नवापिनी इनपयसी धरतीति नवापीनपयोधरा वापी, पक्षान्तरे तु वपन्ति अभीक्ष्णं धान्यादिकं ये ते वापिनः=कृषकाः, तेषाम् इनाः=प्रभवः जीविकाहेतुत्वात् पयोधराः=मेघाः यस्यां सा नवापीनपयोधरा न=नहि, अर्थात् कृषीवलानां पयोधराः एव वर्षणाद्धेतोः न स्वामिनः। अत्रत्याः कृषकाः न देवमातृकाः किन्तु नद्यादिमातृकाः। प्रशस्तस्वामिपयस्का वापी प्रचुरजलवती भूमिः चेति भावः। अत्र तुल्ययोगिता, पादावृत्ति यमकं चेति तयोरेकानुप्रवेशात् संकरः।

हिन्दी—यहाँ आर्यावर्त देश में कोई भी नगरी ऐसी नहीं है जहाँ पर जल से भरी बावली न हो। और यहाँ कोई युवती स्त्री ऐसी नहीं देखी

जाती जिसका स्तन विशाल (मोटा) न हो। इस पद्य के चतुर्थपाद 'नवापीनपयोधरा' को स्त्री के विशेषण के समान ही वापी और पयोधरा का भी विशेषण मानें तो इस प्रकार अर्थ करना चाहिये कि प्रशंसनीय स्वामी और जल वाली बावली हैं। तथा किसानों के मेघ ही नहीं किन्तु नदी नहर कुवें भी हैं जिनसे खेतों को सींचते हैं। अर्थात् अधिक जल वाली यहाँ की भूमि है ॥ २६ ॥

अपि च।

भवन्ति फाल्गुने मासि वृक्षशाखा विपल्लवाः।
जायन्ते न तु लोकस्य कदापि च विपल्लवाः ॥ २७ ॥

अन्वयः—फाल्गुने मासि वृक्षशाखाः विपल्लवाः भवन्ति। तु लोकस्य कदापि विपल्लवाः न च जायन्ते ॥

व्याख्या—अपि च=किं च फलति=निष्पादयतीति फाल्गुनः, फाल्गुनीभिः युक्ता पौर्णमासी फाल्गुनी, सास्यास्तीति फाल्गुनः तस्मिन् फाल्गुने मासि= तपस्ये मासि वृक्षाणाम्=पादपानां शाखाः=लताः इति वृक्षशाखाः विगताः= नष्टाः पल्लवाः=किसलयानि येषां ते विपल्लवाः पत्ररहिताः इत्यर्थः भवन्ति =जायन्ते। तु=किन्तु लोकस्य=जनस्य कदापि=जातुचित् विपदाम्=विपत्तीनां लवाः=लेशाः इति विपल्लवाः न जायन्ते=न भवन्ति। अग्रतयाः जनाः कदाचिदपि विपद्ग्रस्ताः न भवन्तीत्यर्थः। अत्र च परिसंख्यापदावृत्तियमकयोरेकाश्रयानुप्रवेशात् संकरः ॥

हिन्दी—फाल्गुन के महीने में वृक्षों की शाखायें पत्तों से रहित हो जाती हैं। पतझड़ होने के कारण विपल्लव हो जाती हैं। किन्तु यहाँ की जनता पर कभी भी विपदा का लेश (अंश) नहीं आता है। अर्थात् कभी कोई विपत्ति में नहीं पड़ता ॥ २७ ॥

यत्र सौराज्यरञ्जितमनसः सकलसमृद्धिवर्धितमहोत्सवपरम्परारम्भनिर्भराः, सततमकुलीनं कुलीनाः, प्राप्तविमानमप्राप्तविमानभङ्गाः, कतिपयवसुराजितमनेकवसवः, समुपहसन्ति स्वर्गवासिनं जनं जनाः।

यत्र=यस्मिन् देशे सु=पूजितः राजा सुराजा, तस्य भावः कर्म वा सौराज्यम्=शोभनाधिपत्यं तेन रंजितानि=प्रसादितानि मनांसि=चित्तानि येषां ते

सौराज्यरंजितमनसः, महान् चासौ उत्सवः=उद्धर्षः=महः इति महोत्सवः तस्य परम्परा=पंक्तिः इति महोत्सवपरम्परा। सकलाभिः=समग्राभिः समृद्धिभिः=ऐश्वर्यैः वर्धिता=संवद्र्धनं नीताश्चासौ महोत्सवपरम्परा इति सकलसमृद्धिवर्धितमहोत्सवपरम्परा तस्याः आरम्भः=उपक्रमः, तत्र निर्भराः अतिशयवन्तः, तथोक्ताः। जनाः=लोकाः कर्तृपदमिदम्। स्वर्गे=द्युलोके निवसति तच्छीलः स्वर्गवासी तं स्वर्गवासिनम्=स्वर्गस्थं जनम्=देवतावृन्दमित्यर्थः उपहसन्ति=उपहासं कुर्वन्ति। उपहासकारणं च व्यतिरेकालंकारेणाह-सततम्=निरन्तरम् कौ=पृथिव्यां लीनः=स्थितः इति कुलीनः न कुलीनः अकुलीनः तम् अकुलीनम् पृथिवीनिवासरहितमित्यर्थः। जनम्। कौ लीनाः कुलीनाः भूलोकस्थिताः सत्कुलीनाः जनाः। प्राप्तम्=अधिगतं विमानम्=व्योमयानं येन स तं प्राप्तविमानम्, प्राप्तः विमानेन=अपमानेन भंगः=पराजयः यैः ते प्राप्तविमानभंगाः न प्राप्तविमानभंगाः इति अप्राप्तविमानभंगाः। कतिपयैः=धरध्रुवादिभिः अष्टसंख्यकैरेव वसुभिः विराजितः=शोभितः तं कतिपयवसुविराजितम्, अनेकानि=असंख्यानि वसूनि=धनानि येषां ते अनेकवसवः। द्वितीयैकवचनान्तं स्वर्गवासिनः विशेषणम्। बहुवचनान्तं तु जनाः इत्यस्येति। अष्टौ वसवो यथा–धरो ध्रुवश्च सोमश्च विष्णुश्चैवानिलोऽनलः। प्रत्यूषश्च प्रभासश्च वसवोऽष्टौ क्रमान्मताः॥ इति॥

हिन्दी –आर्यावर्त के लोग स्वर्गनिवासी जनों (देवों) का उपहास करते हैं। यहाँ के लोग सुन्दर राज्य के कारण प्रसन्न चित्त वाले हैं तथा सब प्रकार के ऐश्वर्य से सम्पन्न होने के कारण बड़े-बड़े उत्सवों को मनाने (करने) में "सदा सानन्द" लगे रहते हैं। (उपहास का कारण) स्वर्गवासी सदा अकुलीन-पृथिवी में लीन नहीं रहते हैं। (पृथिवी में नहीं रहते) और यहाँ के लोग कुलीन-सत्कुलोत्पन्न एवं पृथिवी में रहते हैं। वे प्राप्तविमान (पुष्पक यानप्राप्त) हैं। यहाँ के लोग अपने अभिमान के भंग (नाश) को प्राप्त नहीं करते। देवों के आठ (धर, ध्रुव, सोम, विष्णु, अनिल, अग्नि, प्रत्यूष, प्रभास नामक) ही वसु हैं। और ये अनन्त वसु (ऐश्वर्य) से सुशोभित हैं।

कथं चासौ स्वर्गान्न विशिष्यते। यत्र गृहे गृहे गौर्यः स्त्रियः, महेश्वरो लोकः, सश्रीका हरयः, पदे पदे धनदाः सन्ति लोकपालाः। केवलं न सुराधिपो राजा। न च विनायकः कश्चित्।

व्याख्या—(क) कथं च=केन च कारणेन असौ=आर्यावर्तः स्वर्गात् =देवलोकात् न विशिष्यते=वैशिष्ट्ययुक्तो न भवति, गृह्णाति सर्वधान्यादिकमिति गृहं तस्मिन् गृहे-गृहे=प्रतिगृहम् गौरः वर्णः अस्ति यासां ताः गौर्य्यः=गोरांग्यः, स्त्रियः=वनिताः सन्ति। स्वर्गे तु एका एव गौरी=पार्वती। लोकः=जनः महान् ईश्वरः महेश्वरः=सम्पत्तिशाली अत्र सर्वे समृद्धिशालिनः, स्वर्गे महांश्चासौ ईश्वरः महेश्वरः=शंकरः एक एव। श्रिया=कान्त्या सहिताः सश्रीकाः=शोभना इत्यर्थः हरयः=अश्वाः, बहवः, तत्र च एक एव हरिः= विष्णुः सलक्ष्मीकः, पदे पदे=स्थाने-स्थाने धनानि ददतीति धनदाः= सम्पत्तिदातारः लोकान्=नरान् पालयन्ति=रक्षन्तीति लोकपालाः= राजानः सन्ति। स्वर्गेतु एकः कुबेरः एव धनदः।

अत्र देशे केवलम्=मात्रम् एकं वैशिष्टयम् राजा=नृपः सुरायाः=मद्यस्य अधिपः इति सुराधिपः=मद्यपायी न अस्ति। स्वर्गे तु सुराणाम्=देवानाम् अधिपः=स्वामी अस्ति। अत्र कोऽपि विगतः विरुद्धो वा नायकः=नेता इति विनायकः न, स्वर्गे तु विनायकः=गणपतिः विद्यते। व्यतिरेकालङ्कारोऽत्र। किं चात्र 'यत्र गृहे', इत्यारभ्य 'विनायकः' कश्चिदित्यन्तं सर्वोऽपि वाक्यार्थः 'कथं चासौ स्वर्गात् न विशिष्यते इत्यस्य निष्पत्तौ' हेतुत्वं गच्छन् "हेतुर्वाक्यपदार्थत्वे काव्यलिंगं निगद्यते" इति लक्षणात् काव्यलिंगमपि वर्तते। एवं च उभयोरङ्गाङ्गिभावसंकरः॥

हिन्दी—और यह देश स्वर्ग से बढ़ा-चढ़ा क्यों न हो ! क्यों कि—यहाँ घर-घर में गौर वर्ण वाली (गौरांगी) स्त्रियाँ हैं। स्वर्ग में एक ही गौरी-पार्वती है। यहाँ सारा लोक (सारी जनता) खूब ऐश्वर्य सम्पन्न है। वहाँ एक मात्र महेश्वर (शिव) है। यहाँ सारे घोड़े सुन्दर हैं। वहाँ एक ही हरि (विष्णु) लक्ष्मी युक्त है। यहाँ पद पद पर धन देने वाले राजा हैं। वहाँ एक ही कुबेर है। यहाँ सुरा का स्वामी (शराब पीनेवाला) राजा नहीं

है। वहाँ देवों का स्वामी इन्द्र ही राजा है। यहाँ कोई दुष्ट नेता या नेता रहित नहीं है। वहाँ विनायक=गणेशजी है। अर्थात् स्वर्ग में जो एक-एक हैं। यहाँ अनेक है। अतः आर्यावर्त स्वर्ग से विशिष्ट है॥

यत्र च लतासम्बन्धः कलिकोपक्रमश्च पादपेषु दृश्यते, न च पुरुषेषु। यत्र चमरकवार्ता परमहिमोपघातश्च तुहिनाचलस्थलीषु श्रूयते, न प्रजासु।

व्याख्या—यत्र च=यस्मिन्च=आर्यावर्ते लतन्ति=वेष्टंते इति लताः लतानाम्=व्रततीनां संबन्धः=योगः इति लतासम्बन्धः, "वल्ली तु व्रततिर्लता" इत्यमरः। कलिकानाम्=कोरकाणाम् उपक्रमः=आविर्भावः इति कलिकोपक्रमः च=समुच्चये पादाभ्यां पिबन्तीति पादपाः तेषु पादपेषु=वृक्षेषु दृश्यते=अवलोक्यते,पुरुषेषु=मनुष्येषु चलतायाः=चंचलतायाः सम्बन्धः इति चलतासम्बन्धः। चलता इत्येकंपदमस्मिन्पक्षे।कलेः=कलहस्य कोपस्य=क्रोधस्य च क्रमः=आविर्भावः इति कलिकोपक्रमः न दृश्यते। चमरा एव चमरकाः। यत्र=देशे चमरकाणाम् =चमरीणां गोविशेषाणामित्यर्थः वार्ता=प्रवृत्तिः इति चमरकवार्ताः परमम्= उत्कृष्टम्=अत्यधिकं च तत् हिमम्=तुहिनं तेन उपघातः=उपद्रवः, हानिरित्यर्थः इति परमहिमोपघातः तुहिनस्य=तुषारस्य अचलः=पर्वतः, तस्य स्थल्यः= स्थलानि तासु तुहिनाचलस्थलीषु=हिमालयप्रान्तेषु श्रूयते=आकर्ण्यते। न तु =नहि प्रजासु=लोकेषु अत्र 'च' इति पृथक् पदम्, मरकस्य=मृत्योः अकालमरणस्येति यावत् वार्ता=वृत्तान्तः परस्य=अपरस्य जनस्य महिम्नः=माहात्म्यस्य प्रतिष्ठाया इत्यर्थः। उपघातः=विनाशः इतिपरमहिमोपघातश्च श्रूयते॥

हिन्दी—(**ख**) और जहाँ पर लता का संबन्ध (वृक्ष पर लता का चढ़ना) तथा कलियों का निकलना वृक्ष में देखा जाता है। किन्तु पुरुषों में चंचलता का संबन्ध और, कलह (लड़ाई-झगड़ा) एवं क्रोध का होना नहीं देखा जाता है॥

और जहाँ पर चमरी गाय की चर्चा, तथा अत्यधिक बरफ से विनाश (बरफ गिरने से हानि) हिमालय की भूमि में ही सुनते हैं प्रजा में अकालमरण की बात तथा दूसरे किसी की प्रतिष्ठा की हानि (किसी का अपमान) नहीं सुना जाता है॥

यश्च नीतिमत्पुरुषाधिष्ठितोऽप्यनीतिः, सवटोऽप्यवटसंकुलः, कारूपयुतोऽप्यगतरूपशोभः।

व्याख्या—(क) यश्च=आर्यावर्तदेशः नीयन्ते=संलभ्यन्ते उपायादय ऐहिकामुष्मिकार्था वा यस्यां यथा वा सा नीतिः=नयः अस्ति येषां ते नीतिमन्तः ते च ते पुरुषाः=नराः तैः अधिष्ठितः=सेवितः इति नीतिमत्पुरुषाधिष्ठितः अपि=विरोधे न विद्यते नीतिः यस्मिन् सः अनीतिः=नयरहितः, इति विरोधः, न विद्यन्ते ईतयः=षडुपद्रवाः यस्मिन् सः अनीतिः="अतिवृष्टिरनावृष्टिर्मूषकाः शलभाः शुकाः। प्रत्यासन्नाश्च राजानः षडेता ईतयः स्मृताः"। इति षट्संख्यकोपद्रवरहित इत्यर्थः, इति परिहारः। वटेन=न्यग्रोधेन सहितः सवटः अपि अवटेन=वटवृक्षरहितेन संकुलः=व्याप्तः इति विरोधः सवटोऽपि अवटैः कूपैः संकुलः इति परिहारः।" अवटः कूपविलयोर्गर्ते" इति हैमः। कुत्सितं रूपं यस्य स कारूपः तेन कारूपेण=कुत्सितरूपेण युतः=सहितः, इति कारूपयुतः=अपि न गताः न नष्टा रूपस्य=सौन्दर्यस्य शोभा =कान्तिर्यस्य सः इति विरोधः कारुभिः=शिल्पिभिः उपयुतः=सहितः, इति कारूपयुतः नगता रूपस्य शोभा यस्य सः अगतरूपशोभः, इति परिहारः।

हिन्दी—(ख) जो आर्यावर्त नीतिमान् पुरुषों से युक्त है। फिर भी अनीति (नीति रहित) है। विरोध। नीतिवाले पुरुषों से सम्पन्न है। और छः प्रकार की ईतियों से रहित है। (अतिवर्षा, न वर्षा-सूखा पड़ना, चूहे लगना, टिड्डी आना, राजा की—दुश्मन की, चढ़ाई शुग्गों का खेत चुगजाना, ये छः ईति=उपद्रव राष्ट्र में होते हैं) बड़ के वृक्षों से युक्त है। फिर भी वटों से आकीर्ण खचाखच भरा नहीं है। विरोध। बटवृक्षों से युक्त है। और कुओं से युक्त है। परिहार। कुरूप वाला है, फिर भी उसके सौन्दर्य की छटा नष्ट नहीं हुई। विरोध। कारु=शिल्पिजन (कलाकारों) से युक्त है। अतः इसके रूप की छटा नष्ट नहीं हुई है। परिहार॥

यत्र च गुरुव्यतिक्रमं नक्षत्रराशयः, मात्राकलहं लेखशालिकाः, मित्रोदयद्वेषमुलूकाः, अपत्यत्यागं कोकिलाः, बन्धुजीवविघातं ग्रीष्मदिवसाः कुर्वन्ति, न जनाः।

व्याख्या—(क) यत्र च=यस्मिन् देशे च गुरोः=बृहस्पतेः ग्रहविशेषस्येत्यर्थः, व्यतिक्रमः=उल्लंघनमिति गुरुव्यतिक्रमः तम् गुरुव्यतिक्रमं न क्षदन्ते=हिंसन्ति, इति नक्षत्राणि=ताराः तेषां राशयः=समूहाःमेषादयः च इति नक्षत्रराशयः एवं कुर्वन्ति। जनाः गुरोः—आचार्यस्य पूज्यस्य च व्यतिक्रमम्=तिरस्कारम्, आज्ञाभंगं च न कुर्वन्ति। 'राशिः मेषादि पुञ्जयोः' इति मेदिनी। मात्रासु=वर्णगतह्रस्वदीर्घादिषु कलहम्=विवादं लेखेन=वर्णविन्यासेन शालन्ते=शोभन्ते ताः लेखशालिकाः=लेखनकर्मणि संलग्नाः एव कुर्वन्ति नतु जनाः मात्रा=जनन्या सह विवादं कुर्वन्ति। मित्रस्य=सूर्यस्य उदयः=उन्नतिः तत्र द्वेषः=द्रोहः, तं मित्रोदयद्वेषम्। 'उदयः पर्वतोन्नतयोः' इति हैमः। "मित्रो रवावपि" इत्यमरः। उलूकाः=कौशिकाः दिवान्धाः पक्षिण इत्यर्थः। कुर्वन्ति। किन्तु जनाः मित्राणाम्=सुहृदाम् उदये=अभ्युदये द्वेषं न कुर्वन्ति। अपत्यानाम्=पुत्राणां त्यागः=परित्यागः तम् अपत्यत्यागं कोकिलाः=परभृताः कुर्वन्ति वन्धूको वन्धुजीवकः इत्यमरः। कोकिलः स्वण्डं काककुलाये निक्षिप्य काकैः स्वपुत्रान् पालयन्ति, अतएव 'परभृतः कोकिलः' इति प्रसिद्धिः। जनाः स्वपुत्रान् न त्यजन्ति। बन्धुरिव जीवम् = जलमस्येति बन्धुजीवकः, बन्धुजीवकस्य=रक्तकपुष्पस्य विघातः=नाशः, तं बन्धुजीवकविघातं ग्रीष्मस्य=निदाघस्य, उष्णस्येत्यर्थः। दिवसाः=वासराः इति निदाघदिवसाः, कुर्वन्ति। जनाः वन्धूनाम्=बान्धवानां जीवस्य=प्राणानाम् जीवनस्य विघातम्=नाशं न कुर्वन्ति। अत्र शाब्दः परिसंख्यालंकारः श्लेषानुप्राणितः॥

हिन्दी—(ख) जिस आर्यावर्त देश में बृहस्पति ग्रह का उल्लंघन नक्षत्र समूह (और नक्षत्र तथा राशि मीन मेषादि) ही करते हैं। मनुष्य गुरु=(आचार्य) का तिरस्कार या आज्ञा भंग नहीं करते। ककारादि, ह्रस्वदीर्घ, वर्णों के विषय में विवाद लेखशालिका (लेखिकाएं) ही करती हैं। लोग मां के साथ लड़ाई विवाद नहीं करते। सूर्योदय से द्वेष उल्लू ही करते हैं। मनुष्य मित्रों के अभ्युदय से द्वेष नहीं करते। अपनी सन्तान का परित्याग कोकिल ही करते हैं। लोग अपनी सन्तान को नहीं छोड़ते हैं। गरमी के दिन (ग्रीष्मऋतु) ही बन्धुजीवक (उड़हलपुष्प) का विनाश करते हैं। मनुष्य अपने बन्धुओं के जीवन को नष्ट नहीं करते हैं।

कोकिल (कोयल) अण्डा पैदा करके, काक के घोसले में छोड़ देती है। काक उसे से कर बच्चा पैदा करता–पालता है और फिर बड़ा होते ही वह उड़कर कोयलों में मिल जाता है इसीसे इसे परभृत (दूसरे से पोषित) कहते हैं।

किं बहुना।

देशः पुण्यतमोद्देशः कस्यासौ न प्रियो भवेत्।
युक्तोऽनुक्रोशसंपन्नैर्यो जनैरिव योजनैः ॥ २८ ॥

अन्वयः—**यः अनुक्रोशसम्पन्नैः जनैरिव योजनैः युक्तः पुण्यतमोद्देशः असौ देशः कस्य प्रियः न भवेत्।**

व्याख्या—किं बहुना=अधिककथनेन किम्, अनुक्रोशन्ति अनेनेति अनुक्रोशः, अनुक्रोशेन=अनुकम्पया संपन्नाः=युक्ताः तैः अनुक्रोशसंपन्नैः दयार्द्रचित्तैरित्यर्थः यः जनैः=नरैः इव=यथा अनुक्रोशम्=प्रतिक्रोशं संपन्नाः=समृद्धिशालिनः तैः अनुक्रोशसंपन्नैः योजनैः=चतुष्क्रोशत्रिभिः युक्तः=समन्वितः "योजनं परमात्मानि। चतुष्क्रोश्यां च योगे च" इति मेदिनी। अतिशयेन पुण्याः इति पुण्यतमाः=पवित्रतमाः उद्देशाः=प्रान्ताः यस्य सः पुण्यतमोद्देशः असौ देशः=आर्यावर्तदेशः कस्य=जनस्य प्रियः= अभीष्टः न भवेत्=न जायेत, अपितु सर्वस्यापि जनस्य प्रियः स्यादित्यर्थः। अत्र श्लोके उत्तरार्धवाक्यार्थः पूर्वार्धवाक्यार्थस्य निष्पादने हेतुतां यातीति काव्यलिंगम्, देशः देशः योजनैः इति यमकं चेति तयोः संकरः। उत्तरार्धे श्लिष्टोपमापि च।

हिन्दी—जो आर्यावर्त देश जैसे अनुकम्पा से युक्त (दयावाले) मनुष्यों से सम्पन्न (परिपूर्ण) है वैसे ही हर एक कोस पर धनधान्य से सम्पन्न योजनों से समृद्धिशाली है। अतः अत्यन्त पवित्र तीर्थ स्थानों वाला यह देश किस मनुष्य को प्रिय नहीं होगा। अर्थात् सभी को अतीव प्रिय है।

निषधापुरीवर्णनम्

तस्य विषयस्य मध्ये निषधो नामास्ति जनपदः प्रथितः।
तत्र पुरी पुरुषोत्तमनिवासयोग्यास्ति निषधेति ॥२९॥

अन्वयः—तस्य विषयस्य मध्ये निषधः नाम प्रथितः जनपदः अस्ति, तत्र पुरुषोत्तमनिवासयोग्या निषधा इति पुरी अस्ति ॥

व्याख्या—तस्य=आर्यावर्तस्य मध्ये=अन्तरे निषधः नाम=निषधनामधेयः दशविशेषः प्रथितः=प्रख्यातः "निषधः कठिने देशे तद्राजे पर्वतान्तरे" इति विश्वः। जनः=लोकः पदम्=वस्तु यत्र स जनपदः=मण्डलम् अस्ति=विद्यते। तत्र=तस्मिन् जनपदे पुरुषाणां पुरुषेषु वा उत्तमाः=श्रेष्ठाः इति पुरुषोत्तमाः पुरुषोत्तमानाम् निवासस्य=वासस्य योग्या=उचिता इति पुरुषोत्तमनिवासयोग्या, पुरुषोतमस्य=विष्णोः निवासयोग्या वा निषधा इति=निषधानाम्नी पुरी=नगरी, राजधानी अस्ति।

अत्र निषधपुर्याः पुरुषोत्तमानां निवासयोग्यत्ववर्णनेन समालंकारः आर्या च वृत्तम् ॥

हिन्दी—आर्यावर्त देश के बीच में, प्रसिद्ध निषध नाम का जनपद (मण्डल) है। वहाँ पर पुरुषों में श्रेष्ठ व्यक्तियों के निवास योग्य निषधा नामक नगरी (राजधानी) है। पुरुषोत्ताम=भगवान् विष्णु के निवास योग्य भी है। अर्थात् वैकुण्ठ के समान है। यह भी ध्वनि निकलती है ॥ २९ ॥

जननीतिमुदितमनसा सततं सुस्वामिना कृतानन्दा।
सा नगरी नगतनया गौरीव मनोहरा भाति ॥३०॥

अन्वयः—सा नगरी जननीतिमुदितमनसा सुस्वामिना कृतानन्दा, नगतनया मनोहरा गौरी इव सततम् भाति ॥

व्याख्या—सा=प्रसिद्धा नगरी=निषधापुरी जननी=माता, इति हेतोः मुदितम्=प्रसन्नं मनः=चित्तं यस्य स तेन जननीमुदितमनसा सुष्ठु=शोभनः स्वामी=कार्तिकेयः तेन सुस्वामिना सुन्दरगौरीपुत्रेण, सुस्वामिना=सुप्रभुणा शिवेन इत्यपि। कृतः=विहितः आनन्दः=हर्षः प्रसन्नतेत्यर्थः। यस्याः साकृता-

४

नन्दा अतः एव मनोहरा मनसि=हृदये हरः=शिवः यस्याः सा मनोहरा नगस्य=हिमालयस्य तनया=पुत्री इति नगतनया गौरी=पार्वती इव=यथा सततम्=निरन्तरं भाति=शोभते। नगरीपक्षे यथा-जनानाम्=लोकानां नीतिः=नयः व्यवहार इत्यर्थः, इति जननीतिः, तया मुदितं मनः यस्य स तेन जननीतिमुदितमनसा, एवंभूतेन सुस्वामिना=शोभनप्रभुणा, कृतः आनन्दः यस्याः सा कृतानन्दा तथा न गतः=न नष्टः नयः=नीतिमार्गः, नीतिपूर्णव्यवहार इत्यर्थः, यस्यां सा नगतनया अतएव मनोहरा=रमणीया सती नगरी सततं भाति। अत्र श्लिष्टोपमालंकारः, आर्यावृत्तम् ॥

हिन्दी—वह प्रसिद्धनगरी, (वहां रहने वाले) सर्वसाधारण के सुन्दर-व्यवहार से प्रसन्न मन वाले, अच्छे राजा से आनन्द वाली है। तथा न्याय सम्पन्न अतएव मनोहर (रमणीय) है।

गौरी पक्षमें—जननी (मां) होने के कारण प्रसन्नचित्तवाले, स्वामी कार्तिकेय से आनन्दित या अच्छे स्वामी शिव से आनन्दित, और मनोहर या मनमें जिनके हर=शिव हैं। ऐसी पर्वतपुत्री (पार्वती) गौरी निरन्तर जैसे शोभायमान है ऐसे ही यह नगरी भी सदा सुशोभित है ॥ ३० ॥

यस्यामभ्रंलिहेन्द्रनीलशालशिखरसहस्रनिभृतांशुजालबालशाद्वलाङ्कुराग्रग्रासलालसाः स्खलन्तः खे खेदयन्ति मध्येदिनं सादिनं रविरथतुरङ्गमाः।

व्याख्या—(क) यस्याम्=निषधानामपुर्याम् अभ्रति=स्थैर्यं गच्छति, न भ्राजते इति वा अभ्रम्=गगनं लिहन्ति इति अभ्रंलिहानि। इन्द्रवत् नीलानि, इन्द्रनीलानि शादः=बालतृणमस्ति येषु ते शाद्वलाः, शाद्वलानाम् अंकुराणि, तेषाम् अग्राणीति शाद्वलांकुराग्राणि, बालानि=नूतनानि च यानि शाद्वलांकुराग्राणि, इति बालशाद्वलांकुराग्राणि शिखराणां सहस्राणीति शिखरसहस्राणि। इन्द्रनीलानाम्=मरकतमणीनां शिखर-सहस्राणि=अनेकशृंगाणि, इति इन्द्रनीलशिखर-सहस्राणि, अभ्रंलिहानि=आकाशचुम्बीनि यानि इन्द्रनीलशिखरसहस्राणि, इति अभ्रंलिहेन्द्रनीलाशिखरसहस्राणि तेषां निभृतानि=निश्चलानि अंशूनाम्=किरणानां जालानि=समूहाः एव बालशाद्वलांकुराग्राणि तेषां ग्रासः=कवलः

तस्मिन् लालसा=स्पृहा येषां ते तथोक्ताः, अत एव स्खलन्तः=पतन्तः रवेः=सूर्यस्य रथः=स्यन्दनः तस्य तुरंगमाः=अश्वाः दिनस्य मध्यमिति मध्येदिनम् =मध्याह्ने अपि सादिनम्=रथिनं रविं खेदयन्ति=खिन्नं कुर्वन्ति ॥ अत्र इन्द्रनीलकिरणेषु शाद्वलांकुरवर्णनात् भ्रान्तिमानलंकारः ॥

हिन्दी—(ख) जिस नगरी में गगनचुम्बी (बहुत ही ऊंची-ऊंची) मरकतमणि (पन्ने) की बनी हुई चहारदीवारी की चोटी पर शान्त फैले हुए हजारों किरण जाल-रूपी, उगते हुए नयेनये घास के अंकुरों के अग्रभाग (कोमल-कोमल) को खाने की लालसा (उत्कट इच्छा) वाले सूर्य के रथ के घोड़े दोपहर के समय में भी 'नीचे' खिसक कर रथ में बैठे सूर्य को खिन्न करते हैं। अर्थात् कष्ट देते हैं ॥

भाव—निषधा नगरी की चहारदीवारी पन्ने की बनी है। उससे निकली हरी किरणें नये हरे घास-सी प्रतीत हो रही हैं। बारह बजे दिन में भी सूर्य के घोड़े मानों किरणरूपी घास को खाने के लिये नीचे उतरने को जोर मारते हैं। इस अवस्था में सारथी उन्हें सम्भालने में बड़ा ही कष्ट का अनुभव करता है। रथ में बैठे भगवान् भी खिन्न हो जाते हैं ॥

यस्यां च स्फटिकमणिशिलानिबद्धभवनप्राङ्गणगतासु संचरद्-गृहिणीचरणालक्तकपदपंक्तिषु पतन्ति निर्मलसलिलाभ्यन्तरतरुणारुण-कमलकाङ्क्षया मुग्धमधुपपटलानि।

व्याख्या—(क) यस्यां च=नगर्याम् स्फटिकस्य=सितोपलस्य मणयः तेषां शिलाः=पाषाणाः इति स्फटिकमणिशिलाः, ताभिः निबद्धानि=जटिलानि यानि भवनानाम्=प्रासादानां प्राङ्गणानि=चत्वराणि तेषु गताः=प्रतिबिम्बिताः तासु स्फटिकमणिशिलानिबद्धभवनप्राङ्गणगतासु, पदानाम्=चरणानां पंक्तयः= चिह्नानि, इति पदपंक्तयः। संचरन्त्यः=इतस्ततः प्रचलन्त्यः याः गृहिण्यः= स्त्रियः, तासां चरणेषु=पादेषु यत् अलक्तकम्=लाक्षारागः तस्य पदपंक्तयः तासु संचरद् गृहिणीचरणालक्तकपदपंक्तिषु, मधुपिबन्तीति मधुपाः, मुग्धाः= मूढाः सुन्दराः ये मधुपाः=मधुव्रताः इति मुग्धमधुपाः तेषां पटलानि=समूहाः इति मुग्धमधुपपटलानि, निर्मलम्=स्वच्छं तत् सलिलमिति निर्मलसलिलं तस्य

अभ्यन्तरे=मध्ये तरन्ति=प्लवमानानि यानि तरुणानि=प्रत्यग्राणि अरुणकमलानि=रक्तपद्मानि इति निर्मलसलिलाभ्यन्तरतरुणारुणकमलानि तेषां कांक्षा=अभिलाषा तया यथोक्तया पतन्ति=निपतन्ति, समागच्छन्तीत्यर्थः। भ्रान्तिमानलंकारः ॥

हिन्दी—(ख) और जिसमें स्फटिकमणि की चट्टानों से बने हुए भवनों के आंगन में प्रतिबिम्बित, चलती फिरती हुई ललनाओं (सुन्दरियों) के महावर से रंगे गए चरणों की पदपंक्तियों में, साफ स्वच्छ जल के अन्दर तैरते हुए ताजे लालकमल (समझकर) की अभिलाषा से मत्त सुन्दर, मूर्ख, भ्रमरों के झुण्ड आकर पड़ रहे हैं। अर्थात् संगमरमर की शिला के बने मकानों के आँगन की भूमि को साफ जल, और उसमें सुन्दरियों के अलक्तक से रंगे पादचिह्नों को खिले हुए लाल कमल समझ कर भौंरों के समूह रस पान की अभिलाषा से उस पर मण्डरा रहे हैं ॥

यस्यां च विविधमणिनिर्मितवासभवनभव्यभित्तिषु स्वच्छासु स्वां छायामवलोकयन्त्यः कृतापरस्त्रीशङ्काः कथमपि प्रत्यानीयन्ते प्रियैः प्रियतमाः।

व्याख्या—(क) यस्यां च=नगर्याम् स्वच्छासु,=सुप्रसन्नासु "प्रसन्नोऽच्छः" इत्यमरः। विविधैः=अनेकविधैः मणिभिः=रत्नैः निर्मिताः=रचिताः वासभवनस्य=निवासप्रासादस्य याः भव्याः=रमणीयाः भित्तयः=कुड्यानि तासु विविधमणिनिर्मितवासभवनभव्यभित्तिषु स्वाम्=स्वकीयां छायाम्=प्रतिबिम्बम् अवलोकयन्त्यः=पश्यन्त्यः अत एव परा=अपरा=अन्या चासौ स्त्री तस्याः शंका=भ्रान्तिः इति अपरस्त्रीशंका, कृता=विहिता अपरस्त्रीशंका याभिस्ताः कृतापरस्त्रीशंकाः, अतिशयेन प्रियाः इति प्रियतमाः=स्निग्धतमाः भार्याः प्रियैः=स्निग्धैः पतिभिः कथमपि=केनापि प्रकारेण महता कष्टेनेत्यर्थः प्रत्यानीयन्ते=प्रसाद्यन्ते ॥

हिन्दी—(ख) और जिस नगरी में अनेक प्रकार की मणियों (रत्नों) से बने हुए, रहने के योग्य भवनों की सुन्दर एवं साफ स्वच्छ दीवारों में अपनी छाया को देखकर दूसरी स्त्री की आशंका करने वाली प्रियतमाए अपने पतियों के द्वारा बड़ी कठिनता से मनाई जाती हैं। अर्थात् छाया को

देखकर अन्य स्त्री की आशंका से मान करके बैठी अपनी स्त्रियोंको पति बड़ी कठिनता से मनाते हैं।

यस्यां च दिव्यदेवकुलालंकृताः स्वर्गा इव मार्गाः, सततमपांसुवसनाः सागरा इव नागराः, समत्तवारणानि वनानीव भवनानि, सुरसेनान्विताः स्वर्गभूपा इव कूपाः, अधिकंधरोद्देशमुद्भासयन्तो हारा इव विहाराः।

व्याख्या:—(क) यस्यां च=नगर्य्याम् सुष्ठु अर्ज्यन्ते इति स्वर्गाः=देवालयाः। मृज्यन्ते=वितृणीक्रियन्ते पादैः इति मार्गाः=पन्थानः दिवि भवाः दिव्याः, दिव्यानाम्=स्वर्गीयाणां देवानां कुलानि=समूहाः, अन्वयाः वा तैः अलंकृताः=विभूषिताः स्वर्गाः, इव=यथा दिव्यानि=रमणीयानि यानि देवानाम् =देवतानाम् कुलानि=गृहाणि मन्दिराणीत्यर्थः। तैः अलंकृताः इति दिव्यदेवकुलालंकृताः मार्गाः सन्ति। तथा सततम्=निरन्तरम् अपाम्=जलानां सु=शोभनम् वसनम्=आधारः येषां ते सुवसनाः अत्र आधारे ल्युट् प्रत्ययः। सागराः=समुद्राः इव=यथा न पांसुः=रजः येषु तानि अपांसूनि=धूलिरहितानि, शुभ्रस्वच्छानीत्यर्थः वसनानि=वस्त्राणि येषां ते अपांसुवसनाः नगरे भवाः नागराः नागरिका जनाः सन्ति। अस्मिन्पक्षे वस्यते=छाद्यंते एभिः तानि वसनानि इति करणव्युत्पत्त्या वस्त्राणि। तथा मत्ताः=मदेन उन्मत्ताः च ते वारणाः=गजाः इति मत्तवारणाः, मत्तवारणैः सहितानि=युक्तानि इति समत्तवारणानि वनानि=अरण्यानि इव=यथा मत्तं वारयतीति मत्तवारणम्=अपाश्रयः (वरण्डाः)। मत्तवारणेन=अपाश्रयेण=वरण्डेन इत्यर्थः। सहितानि समत्तवारणानि भवनानि सन्ति। "अपाश्रयः प्रांगणवारण" मिति हेमचन्द्रः। तथा सुराणाम्=देवानां सेना=सैन्यं तया अन्विताः=सहिताः इति सुरसेनान्विताः स्वर्गस्य=स्वर्लोकस्य भूपाः=नृपाः इति स्वर्गभूपाः इव=यथा सुरसेन=मधुरनिर्मलजलेन अन्विताः कूपाः उदपानि सन्ति। तथा कन्धरायाः=ग्रीवायाः उद्देशः=प्रदेशः इति कन्धरोद्देशः, कन्धरोद्देशे इति अधिकन्धरोद्देशम्=स्कन्धप्रदेशम् इत्यर्थः। उद्भासयन्तः अतिशयेन शोभयन्तः हाराः मुक्तावल्यः इव=यथा अधिकम्=अतिशयेन धरायाः=पृथिव्याः प्रदेशम्=प्रान्तम् शोभयन्तः विहाराः=सुगतालयाः, बौद्धमठाः सन्ति। अत्र श्लेषानुप्राणितः उपमालंकारः॥

हिन्दी—(ख) स्वर्गीय देव कुल (वंश) से सुशोभित स्वर्गलोक के समान इस नगर में सुन्दर दर्शनीय देवमन्दिरों से विभूषित मार्ग (सड़कें, गलियां) हैं तथा सदा सुन्दर स्वच्छ, जलों के आधार समुद्र के सदृश यहाँ के सदा निर्मल वस्त्र वाले नागरिक (निवासी) हैं। तथा मतवाले हाथियों से भरे वन के सदृश, बराण्डों से युक्त (शोभित) भवन हैं। (या यहाँ के सब भवनों में मतवाले हाथी बँधे हैं)। स्वर्ग के राजा जैसे देवताओं की सेना युक्त हैं वैसे ही यहाँ कूए स्वादिष्ट सुन्दर जल से पूर्ण हैं।

तथा कंधों (गला, कंधे,) को शोभित करने वाले मोतियों के हार (माला) के समान यहाँ के विहार (बौद्ध मंठ) भी भूतल (धरा प्रान्त) को खूब सुशोभित करते हैं ॥

विशेष—वसन शब्द करण (वस्यतेऽनेन) से वस्त्र वाचक तथा अधिकरण (वसति अस्मिन्) से आधार (जलाधार) का वाचक है। और मत्ताश्चासौ वारणः हाथी, तथा मत्तं वारयति, प्रासादवीथीनां वरण्डः (बराण्डा) कुट्टनीमत में 'मत्तवारणोपेता' का प्रासादवीथीनां वरण्डकः' टीका किया है। अतः बराण्डा, बरामदा, अर्थ ठीक है ॥

यस्यां च बहुलक्षणाः सुधावन्तो दृश्यन्तेऽन्तःप्रचुराः प्रासादा बहिश्च वारणेन्द्राः, सुशोभितरङ्गाः समालोक्यन्तेऽन्तः संगीतशाला बहिश्च क्रीडाकमलदीर्घिकाः, बहुधान्यनिरुद्धाः कथमप्यभिगम्यन्तेऽन्तः पण्यस्त्रियो बहिश्च क्षेत्रभूमयः, नानाशुकविभूषणाः शोभन्तेऽन्तः सभा बहिश्च सहकारवनराजयः, ससौगन्धिकप्रसारा विराजन्तेऽन्तर्विपणयो बहिश्च सलिलाशयाः।

व्याख्या—(क) यस्यां च=नगर्य्याम् अन्तः=अभ्यन्तरभागे बहून् लातीति बहुलाः=बहवः क्षणाः=भूमिकाः येषु ते बहुलक्षणाः, भवनखण्डा इत्यर्थः। सुधा=चूर्णलेपः अस्ति येषां ते सुधावन्तः अन्तः=मध्ये प्रगताः चुराः याः इति प्रचुराः=प्रभूताः प्रसीदति मनः येषु ते प्रासादाः=राजभवनानि दृश्यन्ते=अवलोक्यन्ते, तथा बहिश्च=बाह्यभागे च बहूनि लक्षणानि=चिह्नानि येषां ते बहुलक्षणाः प्राशस्त्यलक्षणयुक्ता इत्यर्थः। सुष्ठु धावन्तः=सुगतिमन्तः प्रचुराः=

अधिकाः वारणानाम्=गजानाम् इन्द्राः=स्वामिनः इति वारणेन्द्राः दृश्यन्ते। तथा अन्तः=नगरीमध्ये सुशोभितः=अलंकृतः रंगः=रंगस्थानम्=अभिनयशाला यासु ताः सुशोभितरंगाः संगीतस्य=प्रेक्षणार्थनृत्यगीतवाद्यस्य शालाः=इति संगीतशालाः समालोक्यन्ते=दृश्यन्ते, बहिः च=बाह्यप्रदेशे च सुशोभिनः=तरंगाः=ऊर्मयः यासु ताः सुशोभितरंगाः क्रीडार्थम्=लीलार्थं कमलानि=अरविन्दानि तेषां दीर्घिकाः वाप्यः दृश्यन्ते। तथा अन्तः=नगर्याम् बहुधा=बहुप्रकारेण अन्यैः=पुरुषैः=धूर्तपुरुषैः इत्यर्थः निरुद्धाः=आक्रान्ताः व्याप्ताः द्रव्यैः स्वायत्तीकृताः इति अन्यनिरुद्धाः पण्याः=मूल्येन लभ्याः याः स्त्रियः, पण्ये=हट्टादिस्थले स्थिताः वा इति पण्यस्त्रियः=वारांगनाः, वेश्याः कथमपि=महता कष्टेन अभिगम्यन्ते=लभ्यन्ते। अस्मिन्पक्षे बहुधा इति पृथक् पदम्। बहिश्च=बहिर्भागे च बहुभिः=प्रचुरैः=धान्यैः=सस्यैः निरुद्धाः=संबाधाः इति बहुधान्यनिरुद्धाः धान्यस्य बाहुल्यात्तत्र गमनेसंजातबाधाः। क्षेत्रस्य=केदारस्य भूमयः=पृथिव्यः भागाः इत्यर्थः, इति क्षेत्रभूमयः अभिगम्यन्ते तथा अन्तः=अभ्यन्तरे नाना=अनेके आशु=शीघ्रं कवन्ते इति आशुकवयः=तत्क्षणकविताकर्तारः भूषणम्=अलंकारः यासां ताः नानाशुकविभूषणाः सभाः=परिषदः शोभन्ते=राजन्ते। बहिश्च नाना=अनेकप्रकाराः शुकाः=कीराः पक्षिणः भूषणं यासां ताः नानाशुकविभूषणाः सहकारयति=मेलयति द्वन्द्वमिति सहकारः=अतिसौरभः। सहकाराणाम्=अतिसुगन्धाम्राणां वनानि=उद्यानानि तेषां राजयः=पंक्तयः इति सहकारवनराजयः शोभन्ते। तथा सुगन्धीनि, द्रव्याणि पण्यम्=विक्रेयं येषां ते सौगन्धिकाः सौगन्धिकानाम्=वणिजां प्रसाराः=लघ्वापणाः तैः सहिताः=युक्ताः इति ससौगन्धिकप्रसाराः विपणयः=पण्यवीथिकाः विराजन्ते=सुशोभन्ते। बहिश्च सौगन्धिकानाम्=कल्हारपुष्पाणां=श्वेतकमलानामित्यर्थः प्रसारः=विस्तारः तेन सहिताः इति ससौगन्धिकप्रसाराः सलिलस्य=जलस्य आशयाः=आश्रयाः सलिलाशयाः=तडागाः विराजन्ते। अत्र वर्णने प्रासादवारणेन्द्रादीनामुभयेषामपि प्रस्तुतत्वेन तेषां च बहुलक्षणत्वादिधर्मसम्बन्धात् सर्वत्र श्लेषानुप्राणिता तुल्ययोगिता॥

(ख) जिस नगरी में भीतर बहुल=बहुत भूमिका (खण्ड) वाले, तथा चूने से लिपे पुते बहुत से भवन हैं। और बाहरी तरफ अनेक शुभ लक्षण वाले

तथा सुन्दर दौड़ने वाले हाथी हैं। भीतरी भाग में सुन्दर रंगमंच वाली संगीत शालाएं हैं। और बाहर की ओर सुन्दर तरंग (लहरों) से युक्त तथा कमलों से युक्त विहार करने की बावलियां (सरोवर) दीख पड़ रहे हैं। भीतरी भाग में वेश्याए अधिकांश धूर्तों से घिरी रहती हैं इसलिये उनके पास किसी प्रकार ही जा सकते हैं। तथा बाहर की तरफ खेती की भूमि खूब धान (अन्न) से भरी है अतः उस जमीन में बहुत कठिनता से आना जाना होता है। भीतर अनेक आशुकवियों (तुरन्तकविता करने वालों) से सुशोभित सभाएं हैं। तथा बाहर अनेक तोतों (सुग्गों) से विभूषित आम के वनों की पंक्तियां सुशोभित हैं। अन्दर सुगन्धित द्रव्य बेचने वालों की छोटी-छोटी दूकानों से बाजार सुशोभित हैं। तथा बाहर सुगन्धि-वाले सफेद कमलों से परिपूर्ण तालाब हैं।

किं बहुना—

भूमयो बहिरन्तश्च नानारामोपशोपभिताः।
कुर्वन्ति सर्वदा यत्र विचित्रवयसां मुदम् ॥३१॥

अन्वयः—यत्र भूमयः बहिः नानारामोपशोभिताः सर्वदा विचित्रवयसां मुदं कुर्वन्ति, अन्तः च नानारामोपशोभिताः सर्वदा विचित्रवयसां मुदं कुर्वन्ति ॥

व्याख्या—किं बहुना=अधिककथनेन किं प्रयोजनम् यत्र=यस्यां निषधायां नगर्याम् भूमयः=पृथिवीप्रदेशाः बहिः=बाह्यभागेषु नाना=बहुभिः आरामैः=उद्यानैः उपशोभिताः=विभूषिताः इति नानारामोपशोभिताः सत्यः सर्वस्मिन् काले सर्वदा=सदा एव विचित्राणि=अनेकविधानि यानि वयांसि=पक्षिणः तेषां विचित्रवयसां पक्षिणामित्यर्थः मुदम्=हर्षं कुर्वन्ति=विदधति। अन्तः=अभ्यन्तरे च नानारामाभिः=अनेकाभिः सुन्दरीभिः उपशोभिताः=अलंकृताः इति नानारामोपशोभिताः भूमयः=भूमिकाः अट्टालिकाः विचित्रम्=रम्यं, नवमित्यर्थः वयः=अवस्था येषां ते तेषां विचित्रवयसां=तरुणानामित्यर्थः मुदम्=आनन्दम् कुर्वन्ति। अत्र पद्ये निषधावर्णने बहिरभ्यन्तरभूम्योः उभयोरपि प्रस्तुतत्वं, तयोश्च नानारामोपशोभितत्वरूपैकधर्मसंबन्धवर्णनात्, श्लेषानुप्राणिता तुल्ययोगिता। अनुष्टुबछन्दः ॥

हिन्दी—बहुत कहने से क्या ! इस निषधानगरी के भीतरी भाग में अनेक सुन्दरी नारियां युवावस्था वाले लोगों को सदा आनन्द देती हैं। अर्थात् नगरी की अट्टालिकाएं सुन्दरियों से सुशोभित हैं। और बाहरी भाग अनेक बाग-बगीचों से परिपर्ण होकर अनेक (विविध) पक्षियों को सदा आनन्द देते हैं ॥ ३१ ॥

यस्यां च भक्तभाजो देवतायतनेषु देवताः संनिधाना दृश्यन्ते हट्टेषु वणिग्जनाः, अक्षरसावधानाः कविगोष्ठीषु कवयो विलोक्यन्ते द्यूतस्थानेषु द्यूतकाराः, कान्तारागप्रियाः करिणो राजद्वारेषु संचरन्ति वेश्याङ्गणेषु भुजङ्गाः।

व्याख्या—(क) यास्यां च=निषधायाम् देवाः एव देवताः "देव शब्दात्तृचार्थे तल्, प्रज्ञाद्यण् च" तासां देवतानाम्=सुराणाम् आयतनानि=मन्दिराणि, तेषु देवतायतनेषु भक्तान्=भक्तिमतः स्वपूजकान् भजन्ते=सेवन्ते=अनुगृह्णन्तीत्यर्थः, इति भक्तिभाजः देवताः=देवाः संनिधानाः=सन्निकृष्टाः संनिधानमस्त्येषामिति संविधानास्समीस्थाः 'अर्शआद्यच्' प्रत्ययः दृश्यन्ते=अवलोक्यन्ते, समीपस्था दृश्यन्ते इत्यर्थः।. हटन्ति जनाः येषु ते हट्टास्तेषु हट्टेषु=आपणेषु भक्तम्=अन्नं भजन्ते=सेवन्ते, पण्यार्थं रक्षन्तीत्यर्थः इति भक्तभाजः वणिग्जनाः=सार्थवाहाः व्यापारिणो दृश्यन्ते। तथा कवीनाम्=काव्यकर्तॄणां गोष्ठ्यः=सभाः तासु कविगोष्ठीषु अक्षरेषु=अकारादिवर्णेषु सावधानाः==सचेतनाः कवयः==काव्यनिर्मातारः विलोक्यन्ते=संदृश्यन्ते। देवनं द्यूतं, द्यूतस्य=कैतवस्य स्थानानि=गृहाणि तेषु द्यूतस्थानेषु द्यूतं कारयन्ति ये ते द्यूतकाराः=सभिकाः अक्षेषु=पाशकेषु रसः=आनन्दः=द्यूतक्रीडारसः तस्मिन् अक्षरसे=द्यूतक्रीडने अवधानम=मनोयोगः येषां ते अक्षरसावधानाः द्यूतक्रीडने दत्तचित्ता इत्यर्थः विलोक्यन्ते। द्वार्यन्ते इति द्वाराणि, राज्ञाम्=भूपालानां द्वाराणि=प्रतिहाराः तेषु राजद्वारेषु "स्त्रीद्वार्द्वारं प्रतीहारः" इत्यमरः। कस्य=जलस्य, सुखस्य वा अन्तः कान्तः, कान्तमृच्छतीति कान्तारम्=दुर्गमं वर्त्म, न गच्छन्तीति अगाः=सल्लक्यादिवृक्षाः कान्तारे=दुर्गभवने अगाः प्रियाः=इष्टाः येषां ते कान्तारागप्रियाः करिणः=गजाः संचरन्ति=विहरन्ति। तथा वेश्यानाम्=गणिकानाम् अंगणानि=चत्वराणि

तेषु वेश्यांगणेषु (अंगन शब्दो णकारान्तः इति तु प्रामादिकमेव, पृषोदरादित्वे चास्य प्रमाणाभावात्, कोषेचादृष्टत्वात्) "अंगनं चत्वराजिरे" इत्यमरः। कान्तानाम्=सुन्दरीणां रागः=अनुरागः प्रियः येषां ते कान्तारागप्रियाः भुजम्=कुटिलं गच्छन्तीति भुजंगाः=कामिनः जनाः संचरन्ति। अत्रापि पूर्ववत् तुल्ययोगितालंकारः।

हिन्दी--जिस नगरी में भक्तों के ऊपर कृपा करने वाले देवता, देवमन्दिरों में पास में खड़े दिखाई देते हैं। तथा बाजार में अन्न विक्रेता व्यापारी वणिक् लोग पास ही दिखाई देते हैं। कविगोष्ठियों में कविलोग अक्षरों में सावधान दिखाई पड़ते हैं। अर्थात् बड़े ही सावधान होकर वर्णोच्चारण, लेखन, करते हैं कि कहीं अशुद्ध न हो जाय। तथा जूवाघरों में जुवाड़ी लोग जूवा खेलने में (पाशा फेंकने में) सावधान दीखते हैं। राजमहल के द्वार पर, घोर जंगल में शल्लकी आदि वृक्षों से प्यार करने वाले हाथी (अर्थात् वन के हाथी) घूम रहे हैं। और वेश्याओं के आंगनों में सुन्दरियों के अनुराग को प्रिय मानने वाले कामी विट (धूर्त) घूम रहे हैं।

यस्यां च चतुरुदधिवेलाविराजितसकलधराचक्रचूडामणौ, मणिकर्मनिर्मितरम्यहर्म्यतया सुरपतिपुरीपराभवकारिण्याम् अव्ययभावो व्याकरणोपसर्गेषु न धनिनां धनेषु, दानविच्छित्तिरुन्माद्यत्करिकपोलमण्डलेषु न त्यागिगृहेषु, भोगभङ्गो भुजङ्गेषु न विलासिलोकेषु, स्नेहक्षयो रजनिविरामविरमत्प्रदीपपात्रेषु न प्रतिपन्नजनहृदयेषु, कूटप्रयोगो गीततानविशेषेषु न व्यवहारेषु, वृत्तिकलहो वैयाकरणच्छात्रेषु न स्वामिभृत्येषु, स्थानकभेदश्चित्रकेषु न सत्पुरुषेषु।

व्याख्या—(क) उदकानि=जलानि धीयन्ते येषु ते उदधयः, चत्वारः=चतुःसंख्यकाः च ते उदधयः=समुद्राः, इति चतुरुदधयः। चोलयति, मस्तकाद्युपरि उन्नता भवतीति चूडा=शिरोभूषणं मुकुटकिरीटादिक तत्र स्थितः मणिः चूडामणिः। चतुरुदधीनां वेलाः=तटानि, ताभिः विराजितम्=शोभितं यत् सकलम्=सम्पूर्णं धरण्याः=पृथिव्याः चक्रम्=मण्डलं तस्य चूडामणिः=शिरोरत्नम् तस्यां चतुरुदधिवेलाविराजितसकलधराचक्रचूडामणौ, मणीनाम्=रत्नानां

कर्माणि=क्रियाः इति कर्म क्रिया कौशलम् मणिकर्माणि तैः निर्मितानि=रचितानि यानि रम्याणि=मनोहराणि, हर्म्याणि=प्रासादाः यस्याम्। इति मणिकर्मनिर्मितं रम्यहर्म्याणि तेषां भावः तत्ता, तया मणिकर्मनिर्मितरम्यहर्म्यतया। पराभवम्=तिरस्कारं करोति तच्छीला पराभवकारिणी, सुराणाम्=देवानां पतिः=इन्द्रः, तस्य पुरी=नगरी अमरावती तस्याः पराभवकारिणी इति सुरपतिपुरीपराभवकारिणी तस्यां तथोक्तायाम् यस्याम्=निषधायां च, न व्येति=विकारं न प्राप्नोति, यत्परैर्विभक्तिर्न तिष्ठतीति तत् अव्ययम्=स्वरादिनिपातं तस्य भावः अव्ययभावः अव्ययत्वम्। व्याक्रियन्ते=व्युत्पाद्यन्ते शब्दाः अनेन तत् व्याकरणम्, व्याकरणस्य उपसर्गाः=प्रादयः तेषु व्याकरणोपसर्गेषु वर्तते धनिनाम्=धनिकानां धनेषु =द्रव्येषु व्ययस्य=दानादिनोपयोगस्य भावः इति व्ययभावः न व्ययभावः इति अव्ययभावः=दानादिनोपयोगाभावः न वर्तते। तथा दानस्य=मदजलस्य विच्छित्तिः=शोभा इति दानविच्छित्तिः उन्माद्यन्तः=उन्मत्तीभवन्तः ये करिणः=हस्तिनः, तेषां कपोलाः=गण्डाः इति उन्माद्यत्करिकपोलाः, तेषां मण्डलानि=समूहाः स्थलानीत्यर्थः। तेषु उन्माद्यत्करिकपोलमण्डलेषु अस्ति। त्यजन्ति=दानं ददतीति त्यागिनः=दानशीलाः तेषां गृहाणि=भवनानि तेषु त्यागिगृहेषु दानस्य=त्यागस्य विच्छित्तिः=विच्छेदः इति दानविच्छित्तिः न भवति किन्तु त्यागिनो निरन्तरं ददतीत्यर्थः। भोगस्य=फणायाः भोगः सर्पशरीरं तस्येतिवा। भंगः=आमर्दनमिति भोगभंगः वहेश्च फणकामयोः 'इत्यमरः।' भङ्गो आमर्दनं वा भङ्गो विनाशः। फणाया भङ्गे विनाशे सर्पाणां मृत्युर्भवति। भुजेन=कौटिल्येन गच्छन्तीति भुजंगमाः तेषु भुजंगमेषु=सर्पेषु भवति। किन्तु भोगस्य=सुखस्य विलासस्य च भंगः=नाशः विरामः इत्यर्थः इति भोगभंगः विलासिनः=विलसनशीलाश्च ते लोकाः=जनाः तेषु विलासिलोकेषु न भवति। सुखभोगविलासविरामः न कदापि जायते, इति भावः। तथा स्नेहस्य=तैलस्य क्षणः=समाप्तिः, इति स्नेहक्षयः रजन्ति= अनुरक्ताः भवन्ति जना अस्यां सा रजनिः। प्रदीपानाम्=दीपकानां पात्राणि= भाजनानीति प्रदीपपात्राणि। रजन्याः=रात्रेः विरामः=अवसानं तस्मिन् विरमन्ति=निर्वाणं प्राप्नुवन्ति यानि प्रदीपपात्राणि, इति रजनिविरामविरम-

रत्नप्रदीपपात्राणि तेषु तथोक्तेषु वर्तते। प्रतिपद्यन्ते स्म प्रतिपन्नाः=प्रियत्वेन विश्वस्तत्वेन च अंगीकृताः प्रतिपन्नाश्च ते जनाः=लोकाः, तेषां हृदयानि=चित्तानि=मनांसि तेषु प्रतिपन्नहृदयेषु स्नेहस्य=प्रेम्णः क्षयः=नाशः इति स्नेहक्षयः न जायते। तथा कूटस्य=अस्पष्टार्थककूटशब्दस्य प्रयोगः=व्यवहारः इति कूटप्रयोगः गीतानाम्—गानानां तानविशेषाः=लयभेदाः तेषु गीततानविशेषेषु भवति, व्यवहारेषु=व्यवहरणेषु, आचरणेषु च कूटस्य=कपटस्य प्रयोगः=व्यापारः न भवति।

तथा वृत्तौ=शास्त्रविवरणे, सूत्रार्थविचारे इत्यर्थः। कलहः=विग्रहः, विवादः, इति वृत्तिकलहः, व्याकरणम् अधीयते विदन्ति वा वैय्याकरणाः, गुरोः दोषावरणं छत्रं तच्छीलं येषां ते छात्राः। वैय्याकरणाश्च ते छात्राः=विद्यार्थिनः, इति ते, तेषु वैय्याकरणछात्रेषु भवति। स्वामिनः=प्रभवः च भृत्याः=सेवकाश्चेति स्वामिभृत्याः तेषु स्वामिभृत्येषु वृत्तौ=वेतनविषये कलहः न भवति। स्थानमेव स्थानकम्। स्थानकस्य=स्थितेः भेदः=ऋजुतिरश्चीनीकरणमिति स्थानकभेदः चित्रकेषु=चित्रेषु, चित्रनिर्माणेषु एव स्थानस्य भिन्नता भवति। सन्तः=सज्जनाः च ते पुरुषाः=मनुष्याः तेषु सत्पुरुषेषु स्थानस्य=रक्षणीयनगरादेः भेदः=भेदनं हानिकरणमित्यर्थः। न भवति।। नगर्यां चूडामणित्वारोपात् रूपकम्। परतः शाब्दः श्लिष्टः परिसंख्यालंकारश्चेति।।

(ख) हिन्दी—चारों सागरों के तटों (किनारों) से सुशोभित सारे पृथिवी मण्डल की चूडामणि (अर्थात् अखिल भूमण्डल की मुकुटमणि सर्वश्रेष्ठ) तथा मणियों (स्फटिक) से कुशलतापूर्वक बने हुए सुन्दर भवनों के कारण इन्द्र की नगरी अमरावती को तिरस्कृत करने वाली, अर्थात् इन्द्रपुरी से भी अधिक सुन्दर, उस नगरी में व्याकरणशास्त्र के उपसर्गों (प्र परा आदि उपसर्ग संज्ञक वर्णों) में अव्यय का भाव (अव्ययसंज्ञा) है। धनिक लोगों के धन में खर्च न किया जाना (व्यय का अभाव) नहीं है। अर्थात् उदारता से व्यय होता है। और मतवाले हाथियों के गण्डस्थल में ही मदजल की शोभा है। किन्तु दानियों के घरों में दान का विच्छेद (दान न देना) नहीं है। सांपों में ही भोग-फण का भंग कुचलना (या टेढा-मेढा खेलना) है। विलासी लोगों में आनन्दभोग का

नाश नहीं है। और तेल की समाप्ति, रात की समाप्ति पर बुझते हुए दीपकों के पात्रों में होती है। आत्मीय विश्वस्त प्रेमीजनों के हृदयों में स्नेह-प्रेम का अभाव नहीं होता। कूट शब्द का प्रयोग गाने की तानों में होता है (उञ्चास प्रकार के संगीतशास्त्र में कुछ शब्द होते हैं उन्हें कूट (अस्पष्ट अर्थ वाले,) कहा जाता है) किन्तु कूट छल-कपट का प्रयोग व्यवहार-व्यापार में नहीं होता है। व्याकरण पढ़ने वाले छात्रों में ही वृत्ति-सूत्रार्थ विचार में कलह वाद-विवाद होता है। किन्तु वेतन के लिये झगड़ा (विवाद) स्वामी और नौकरों में नहीं होता है। और तस्वीर बनाने में ही स्थानक का भेद-किसी को सीधा, किसी का तिरछा, या ऊपर-नीचे बनाना, होता है। सत्पुरुषों में स्थानों का नाश नहीं होता है। अर्थात् नगरी के सुरम्य एवं रक्षणीय स्थानों का विनाश (तोड़-फोड़) नहीं होता है।।

किं बहुना—

त्रिदिवपुरसमृद्धिस्पर्धया भान्ति यस्यां
सुरसदनशिखाग्रेष्वाग्रहग्रन्थिनद्धाः ।
नभसि पवनवेल्लत्पल्लवैरुल्लसद्भिः
परममिह वहन्त्यो वैभवं वैजयन्त्यः ।। ३२ ।।

अन्वयः—यस्यां त्रिदिवपुरसमृद्धिस्पर्धया सुरसदनशिखाग्रेषु आग्रहग्रन्थिनद्धाः, नभसि उल्लसद्भिः पवनवेल्लत्पल्लवैः इह परमम् वैभवम् वहन्त्यः वैजयन्त्यः भान्ति ।।

व्याख्या— किम् बहुना अधिककथनेन किं प्रयोजनम् यस्याम्=निषधानगर्याम् निसृगु अपि अवस्थासु, त्रयो ब्रह्मविष्णुमहेश्वरा वा दीव्यन्ति यत्र स त्रिदिवः, यद्वा ब्राह्मवैष्णवरौद्रभेदेन सात्त्विकराजसतामसभेदेन वा त्रिविधो दीव्यति, व्यवहरति, प्रकाशते वा त्रिदिवः। त्रिदिवं च तत् पुरमिति त्रिदिवपुरम्, त्रिदिवपुरस्य=स्वर्गनगरस्य समृद्धिः=ऐश्वर्यम् तया स्पर्धा=ईर्ष्या प्रतियोगिता इत्यर्थः। तया त्रिदिवपुरसमृद्धिस्पर्धया सुराणाम्=देवानां सदनानि=मन्दिराणि विमानानि च तेषां शिखानाम्=शिखराणाम् अग्राणि=अग्रभागाः तेषु सुरसदनशिखाग्रेषु आ=समन्तात् गृह्यन्ते एभिः इति आग्रहाः=अंकुटकाः

तेषु ये ग्रन्थयः=पर्वाणि तैः नद्धाः=बद्धाः इति आग्रहग्रन्थिनद्धाः नभसि=आकाशे उल्लसद्भिः=शोभमानैः पवनेन=वायुना वेल्लन्तः=चलन्तः ये पल्लवाः=किसलयानि तैः पवनवेल्लत्पल्लवैः, पल्लवरूपवस्त्रांचलैरित्यर्थः। परम्=अत्यधिकं विभवस्य भावः कर्म वा वैभवं तत् वैभवम्=ऐश्वर्यं वहन्त्यः=धारयन्त्यः विजयते इति विजयन्तः, विजयन्तस्य इमाः वैजयन्त्यः=पताका भान्ति=शोभन्ते। अत्र आग्रहशब्दो यद्यपि वंशे न रूढः, तथापि आगृह्यन्ते एभिरिति व्युत्पत्त्या यौगिकार्थो वंशः। अस्मिन् पद्ये पताकानामचेतनत्वेन स्पर्धाया अभावेऽपि स्पर्धावर्णनात् प्रतीयमाना-उत्प्रेक्षा। मालिनीछन्दः॥

हिन्दी—और अधिक क्या कहें—उस निषधापुरी में देवताओं की नगरी (स्वर्ग) की सम्पत्ति की प्रतियोगिता (ईर्ष्या-डाह) से देवमन्दिरों के शिखरों पर आग्रह बांस की गांठों में मजबूत बन्धी हुई पताकाएं आकाश में फरफराते हुए, तथा वायु से हिलाए गए पल्लवों (वस्त्र के अंचल) से अत्यधिक-अतुल ऐश्वर्य को (सम्पत्ति की महत्ता) धारण करती, या प्रकट करती हुई यहां सुशोभित हो रही हैं। अर्थात्-इस नगरी की पताकाएं अमरावती की सम्पत्ति से प्रतिद्वन्द्विता के कारण मानो बद्धपरिकर होकर (तालठोंककर) स्वर्ग के सामने खड़ी शोभित हो रही हैं। प्रतियोधा भी सावधान होकर शत्रु के सामने खड़ा होता है॥ ३२॥

अपि च

चार्वी सदा सदाचारसज्जसज्जनसेविता।
नगरी न गरीयस्या संपदा सा विवर्जिता॥३३॥

अन्वय—अपि च-चार्वी सदा सदाचारसज्जसज्जनसेविता सा नगरी गरीयस्या सम्पदा विवर्जिता न॥

व्याख्या—अपि च=अन्यच्च चरति चित्ते या सा चार्वी=मनोज्ञा, रमणीया, सदा=सर्वदा सन् चासौ आचारः सदाचारः, सदाचारे=शुभाचरणे सज्जाः=संनद्धाः, तत्पराः च ते सज्जनाः=कुलीनाः साधवः इति सदाचार-सज्जसज्जनाः, तैः सेविता=आश्रिता, इति सदाचारसज्जसज्जनसेविता सा=प्रसिद्धा नगरी=पुरी अतिशयेन गुर्वी इति गरीयसी तया गरीयस्या=अत्यधि-

कया सम्पदा=सम्पत्त्या=परमैश्वर्य्येण इत्यर्थः विवर्जिता=रहिता न=नास्ति। अत्र च परस्परनैरपेक्ष्येण स्थितानां सदा-सदा, सज्ज-सज्ज, नगरी-नगरी इति त्रयाणां यमकानां संसृष्टिरनुष्टुब्छन्दश्च ॥

हिन्दी—और निरन्तर, सदाचार में संलग्न, (सदाचार परायण) सत्पुरुषों से सेवित, यह नगरी विशाल संपदा से शून्य नहीं है। अर्थात् यहां सज्जन सदाचरण परायण रहते हुए भी सम्पत्तिशाली हैं ॥३३॥

अथ नलवर्णनम्

तस्यामासीन्निजभुजयुगलबलविदलितसकलवैरिवृन्दसुन्दरीनेत्रनीलोत्पलगलद्बहलवाष्पपूरप्लवमानप्रतापराजहंसः, सकलजलनिधिवेलावननिखातकीर्तिस्तम्भभूषितभुवनवलयः, विश्वंभराभोग इव बहुधारणाक्षमः, प्रासाद इव नवसुधाहारी, रविरिवानेकधामाश्रयः, दनुजलोक इव सदानवः स्त्रीजनस्य, वसिष्ठ इव विश्वामित्रत्रासजननः, जनमेजय इव परीक्षितनयः, परशुराम इव परशुभासितः, राघव इवालघुकोदण्डभङ्गरञ्जितजनकः, सुमेरुरिव जातरूपसंपत्तिः, तुहिनाचल इव पुण्यभागीरथीसहितः, चिन्तामणिः प्रणयिनाम्, अग्रणीः सांग्रामिकाणाम्, उपाध्यायोऽध्ययनविदाम्, आदर्शो दर्शनानाम्, आचार्यः शौर्यशालिनाम्, उपदेशकः शस्त्रशास्त्रस्य, परिवृढो दृढप्रहारिणाम्, अग्रगण्यः पुण्यकारिणाम्, अपश्चिमो विपश्चिताम्, अपाश्चात्यस्त्यागवताम् अचरमश्चातुर्याचार्याणाम्, अपर्यन्तभूभाराधारस्तम्भभूतभुजकाण्डकीलितशालभञ्जिकायमानविजयश्रीः, श्रीवीरसेनसूनुः, समस्तजगत्प्रासादशिरःशेखरीभूतकान्तकीर्तिध्वजो राजा राज्यलक्ष्मीकरेणुकाचापलसंयमनशृङ्खलः, खलवृन्दकन्दलदावानलो नलो नाम।

(क) तस्याम्=नगर्यां नलः नाम=नलनामा वीरसेनसुतः राजा=भूपालः आसीत्=अभवदिति दूरेणान्वयः। राजानं नलमेव विशिनष्टि—निजयोः=स्वकीययोः भुजयोः=बाह्वयोः युगलम्=युग्मं द्वयम्, इति निजभुजयुगलम्। वहलः=प्रचुरः बाष्पाणाम्=अश्रूणां पूरः=प्रवाहः इति बहलबाष्पपूरः। नीलानि तानि उत्पलानि, नीलोत्पलानि, नेत्राणि=लोचनानि एव नीलोत्पलानि=नील-

कमलानि इति नेत्रनीलोत्पलानि। निजभुजयुगलस्य बलम्=पराक्रमः, तेन विदलितानि=उत्पाटितानि सकलानि=सम्पूर्णानि यानि वैरीणाम्=शत्रूणां वृन्दानि=समूहाः, तेषां सुन्दर्यः=कामिन्यः तासां नेत्रनीलोत्पलानि, इति निजभुजयुगलदलविदलितसकलवैरिवृन्दसुन्दरीनेत्रनीलोत्पलानि, तेभ्यः गलन्=स्रवन् बहलबाष्पपूरः, तस्मिन् प्लवमानः=संतरन् प्रतापः=प्रभावः एव राजहंसः=कलहंसः यस्य स तथोक्तः। तथा भवन्ति=उत्पद्यन्तेऽस्मिन् भुवनम्। भुवनम्=जगत् एव वलयम्=मण्डलानि भुवनवलयम्। यद्वा भुवनं वलयमिव। सकलाः=समस्ताः च ते जलनिधयः=समुद्राः इति सकलजलनिधयः तेषां वेलाः=तटानि तेषु वनानि=अरण्यानि, तेषु निखाताः=स्थापिताः ये कीर्तेः=यशसः स्तम्भा=यूपाः इति सकलजलनिधिवेलावननिखातकीर्तिस्तम्भाः, तैः विभूषितम्=अलंकृतं भुवनवलयं येन स सकलजलनिधिवेलावननिखातकीर्तिस्तम्भभूषितभुवनवलयः। तथा विश्वंविभर्तीति विश्वंभरा=पृथिवी तस्याः आभोगः=परिपूर्णता-विस्तार इत्यर्थः। इति विश्वम्भराभोगः इव=यथा बहुधारणक्षमः। बहूनाम्=सर्ववस्तूनां धारणे=वहने क्षमः=समर्थः, आभोगः। बहुधा=अनेकधारणे=संग्रामे क्षमः=समर्थः राजा। नवा=नूतना चासौ सुधा=लेपविशेषः इति नवसुधा तथा हारी=मनोहारी रम्यः इति नवसुधाहारी प्रसीदति मनोऽस्मिन् स प्रासादः=राजगृहम् इव=यथा वसूनि=धनानि दधातीति वसुधा। वसुधाम्=भूमिं हरति तच्छीलः इति वसुधाहारो न=नहि अस्ति। राजा कस्यापि भूमिं न हरतीति भावः, अस्मिन्पक्षे न इति पृथक् पदम्। तथा अनेकस्य=प्रचुरस्य धाम्नः=तेजसः आश्रयः=स्थानम् इति अनेकधामाश्रयः रूपते=स्तूयते रवते वा रविः=सूर्यः इव अनेकधा=मतांगत्वेन बहुधा मायाः=लक्ष्म्याः आश्रयः=स्थानम् अनेकधामाश्रयः नलः। तथा दानवैः=राक्षसैः सहितः सदानवः दनोः दनौ वा जाताः दनुजाः। दनुजानाम्=सुरद्विषां लोकः=वर्गः इति दनुजलोक इव स्त्रीजनस्य=रमणीलोकस्य सदा=सर्वदा नवः=नूतनः इति सदानवः, स्त्रीणां कृते स नलः रमणीयतया अपूर्व एवेति भावः। तथा विश्वमेव मित्रम् अस्यासौ विश्वामित्रः। विश्वामित्रस्य=कौशिकस्य मुनेः त्रासम्=भयं जनयति, इति विश्वामित्रत्रासजनकः वसिष्ठः=वसिष्ठमुनिः, अरुन्धतीजानिः इव विश्वेषाम्=सर्वेषाम् अमित्राणाम्=शत्रूणां त्रासस्य=भयस्य जनकः=उत्पादकः इति विश्वा-

मित्रत्रासजनकः नलः। विश्वामित्रनामकस्य ऋषेस्त्रासस्य जननमुत्पत्तिर्यस्मात् सः। विश्वामित्रत्रासजननः। तथा जनान्=शत्रून् एजयति=कम्पयतीति परीक्षितस्य:=अभिमन्युपुत्रस्य तनयः=पुत्रः इति परीक्षिततनयः जनमेजयः=एतन्नामा राजा त्रासजननः। इव=यथा परीक्षितः=सम्यगीक्षितः नयः=नीतिःषाड्गुण्यं येन सः परीक्षिततनयः नलः। तथा परान्=शत्रून् शृणाति=हिनस्तीति परशुः=कुठारः। परशुना=कुठारेण भासितः=सुशोभितः इति परशुभासितः, परशुना=कुठाराख्यशस्त्रेण रामः=रमणं यस्य स परशुरामः इव=यथा, भगवतः षोडशावतारः परशुशस्त्रबलेनैव दुष्टक्षत्रियवंश्यान् निहत्य आत्मानं रमयतीति भावः। परस्मिन्=उत्तमे शुभे=कल्याणे आसितः=वर्तमानः इति परशुभासितः नलः। तथा कौतीति कोः दण्डः=वंशः यस्य तत् कोदण्डम्। न लघु अलघु=विशालं यत् कोदण्डम्=धनुः तस्य भंगः=त्रोटनं तेन रंजितः=आनन्दितः जनकः=विदेहः येन सः अलघुकोदण्डभंगरंजितजनकः राघवः=श्रीरामः इव, अलघुः एव अलघुकः=गौरवार्हः दण्डस्य=वधक्लेशार्थहरणरूपस्य भंगः=मुक्तिः अनादानमित्यर्थः, इति दण्डभंगः तेन रञ्जिताः=आनन्दिताः जना एव जनकाः स्वार्थे कः। जनाः=लोकाः येन स दण्डभंगरंजितजनकः नलः। अस्मिन्पक्षे अलघुकः इति पदच्छेदः। तथा जातम्=प्रशस्तं रूपमस्येति तत् जातरूपम्=सुवर्णम् एव सम्पतिः=ऐश्वर्य्यं यस्य स जातरूपसम्पत्तिः सुष्ठुमिनोति=क्षिपति ज्योतींषि, इति सुमेरुः=हेमाद्रिः इव, जाता=समुत्पन्ना रूपस्य=सौन्दर्यस्य सम्पत्तिः=सम्पत् यस्य स जातरूपसम्पत्तिः भुवनैकसुन्दरः नलः इत्यर्थः। तथा भम्=ज्योतिष्कमण्डलं गीः=वाङ्मयं तत्र रथः इन्द्रियाणि रथः इव यस्य स भगीरथः। भगीरथस्येयम् भागीरथी, पुण्या=पवित्रा भागीरथी=गंगा तया सहितः=युक्तः इति पुण्यभागीरथीसहितः तुहिनस्य=तुषारस्य अचलः=अद्रिः इति तुहिनाचलः=हिमालयः इव पुण्यं भजति तच्छीलः पुण्यभागी=सुकृतभजनशीलः, रथः=स्यन्दनमस्ति यस्य स रथी=रथवान्, हितैः=हितेच्छुभिः सहितः, राजा नलः। पुनः किंभूतः नलः प्रणयः=याञ्चा अस्ति येषां ते प्रणयिनः तेषां प्रणयिनाम्=अर्थिनाम् जनानाम् चिन्तायां सर्वकामप्रदः मणिरिव चिन्तामणिः चिन्तया=ध्यानधारणादिना मण्यते=आहूयते, इति वा चिन्तामणिः=चिन्तिता-

५

र्थप्रदः। संग्रामे साधवः सांग्रामिकाः तेषां सांग्रामिकाणाम्=योद्धृणाम् अग्रणीः=अग्रेसरः। अध्ययनम्=गुरुमुखादानुपूर्वीश्रवणं, पठनमित्यर्थः, विदन्ति ते अध्ययनविदः, तेषाम् अध्ययनविदाम्=अध्येतृणाम् उपेत्य=समीपं गत्वा अधीयतेऽस्मादसौ उपाध्यायः=अध्यापयिता (नलः)। तथा दृश्यते यथार्थ-तत्त्वम् एभिः तानि दर्शनानि=षट्शास्त्राणि, तेषां दर्शनानाम्, आदृश्यते रूपं, तत्त्वं च यस्मिन् सः आदर्शः=दर्पणः। तथा शौर्येण=पराक्रमेण शालन्ते= शोभन्ते तच्छीलाः शौर्यशालिनः, तेषां शौर्यशालिनाम्=शूराणाम् आचार्यः= उपदेष्टा गुरुः। शस्त्राणाम्=आयुधानां शास्त्रमिति शस्त्रशास्त्रं तस्य शस्त्र-शास्त्रस्य धनुर्वेदस्येत्यर्थः उपदेशकः=उपदेशकर्ता। तथा दृढम्=शक्तं प्रगाढं प्रहर्तुं शीलम् येषां ते दृढप्रहारिणः तेषां दृढप्रहारिणां परिवर्हति, परिवृंहति वा परिवृढः=प्रभुः। परिपूर्वात् "वृह वृहि वृद्धौ" इति धातोः प्रभौ निपात्यते। पुण्यं कर्तुं शीलं येषां ते पुण्यकारिणः तेषां पुण्यकारिणाम्=पुण्यात्मनाम् अग्रे= प्रथमं गणयितुं योग्यः अग्रगण्यः=धुरिकीर्तनीयः। प्रकृष्टं निश्चिन्वन्ति, चिन्वन्ति वा विपश्चितः तेषां विपश्चिताम्=पण्डितानाम् पश्चाद्भवः पश्चिमः न पश्चिमः अपश्चिमः=प्रथमः। त्यागः=दानम् अस्ति येषां ते त्याग-वन्तः तेषां त्यागवताम्=दानशीलानाम् पश्चाद् भवः पाश्चात्त्यः=अन्तिमः न पाश्चात्यः अपाश्चात्यः=प्रथमः। चतुरस्य भावः चातुर्य्यं, चातुर्य्यस्य= कौशलस्य आचार्याः=मंत्रव्याख्याकृतः, तेषां चातुर्य्याचार्याणां परमकुशलाना-मित्यर्थः। "मंत्रव्याख्याकृदाचार्यः" इत्यमरः। न चरमः=अन्तिमः इति अचरमः=प्रथमः। परितः अन्तः पर्यन्तः=शेषसीमा न पर्यन्तः, अपर्यन्तः। शालेन भज्यते=निर्म्मीयते इति शालभञ्जिका। भुवः=पृथिव्याः भारः=भरः इति भूभारः। अपर्यन्तः=सीमारहितः यः भूभारः=पृथिवीपालनपोषणरूपः तस्य आधारः=आश्रयः तस्य स्तम्भभूतम्=स्थूणालक्षणं च तत् भुजकाण्डम्= बाहुदण्डम्, तस्मिन् कीलिता=बद्धा शालभञ्जिका=काष्ठादिनिर्मितपुत्रिका इव आचरन्ती विजयस्य=जयस्य श्रीः=लक्ष्मीः यस्य सः अपर्यन्तभूभारस्तम्भ-भूतभुजकाण्डकीलितशालभञ्जिकायमानविजयश्रीः। श्रिया युतः वीरसेनः श्रीवीरसेनः=निषधराजः तस्य सूनुः=पुत्रः इति श्री वीरसेनसूनुः=समस्तम्= अखिलं जगत्=संसारः एव प्रासादः=राजभवनं तस्य शिरः=मस्तकम्=उपरि-

भागःतस्य शेखरीभूता=मुकुटस्वरूपा कान्ता=रमणीया कीर्तिरेव=यश एव ध्वजः =पताका यस्य स समस्तजगत् प्रासादशिरःशेखरीभूतकान्तकीर्तिध्वजः। तथा के =मस्तके रेणुः=धूलिः यस्याः सा करेणुः सा एव करेणुका। राज्यस्य लक्ष्मीरिति राज्यलक्ष्मीः राज्यलक्ष्मीःएव करेणुका=हस्तिनी तस्याःचापलम्=चाञ्चल्यमिति राज्यलक्ष्मीकरेणुकाचापलम्, तस्य संयमने=नियंत्रणे शृंखलः=निगडः,लौहरज्जुः इत्यर्थः। "शृंखला। अन्दुको निगडोऽस्त्री स्यात्" इत्यमरः। तथा खलानाम्= दुष्टानां वृन्दानि=समूहाः, इति खलवृन्दानि तस्यैव कन्दलाः=नवांकुराः तेषां दावानलः=वनवह्निः इति खलवृन्दकन्दलदावानलः। एवं भूतः राजा नलः आसीदित्यन्वयः। अत्र भुवनमेव वलयमिति रूपकम्, भुवनं वलयमिवेति उपमा, एकतरसाधकाभावात् तयोः संकरः। विश्वम्भरा, इत्यारभ्य, भागीरथी सहितः इत्यन्तं श्लेषानुप्राणिता उपमा। चिन्तामणिरित्यारभ्य अचरमश्चा-तुर्यः इत्यन्तं रूपकानुप्राणितोल्लेखः। शालभञ्जिकायमान अत्र क्यङुपमा। समस्तेत्यारभ्य परम्परितरूपकम्॥

हिन्दी— उस नगरी में नल नाम का राजा रहता था। उसने अपनी दोनों भुजाओं के बल से समस्त शत्रुओं का विनाश कर दिया था, 'इसी लिये' शत्रुओं की सुन्दरियों के नेत्र रूपी नीलकमलों से (निरन्तर) गिरते हुए आँसुओं के प्रवाह में (नल का) प्रतापरूपी राजहंस तैर रहा था। 'और उसने' सारे सागरों के तट के वनों में गाड़े गए कीर्तिस्तम्भों से भुवन मण्डल को अलंकृत कर रखा था। विश्व का भरण-पोषण करने वाली पृथिवी का विस्तार जैसे बहुत सी वस्तुओं (सभी) को धारण करने में समर्थ है वैसे ही राजा नल भी बहुधा अनेक प्रकार के युद्धों में समर्थ है। अर्थात् सर्व प्रकार के युद्ध करने में परम कुशल था। और वह उस प्रासाद (भवन) के सदृश था जो कि ताजे चूने से पोतने के कारण मनोहर होता है। राजा भी किसी की भूमि का हरण न करने से मनोहारी था। अर्थात् देवता तथा ब्राह्मणों की भूमि नहीं छीनता था। अथवा भूमि पर नई सुधा=सुख शान्ति लाने वाला था। अनेक तेजों के आश्रय सूर्य के समान राजा भी अनेक प्रकार से मा-लक्ष्मी का आश्रय स्थान था। अर्थात् राज्य के सात अंग होते हैं, उन सभी से उस की आय (राज्यलक्ष्मी) थी। दनुजलोक (दैत्य लोक) जैसे दानवों-राक्षसों से युक्त

है, वैसे ही नल भी स्त्रीजनों के लिये सदा नव-नूतन है। अर्थात् सुन्दर होने के कारण अपूर्व है। और विश्वामित्र महर्षि को त्रास (भय) देने वाले वसिष्ठ जी के समान, वह संसार के शत्रुओं को त्रास देने वाला था। जनमेजय जैसे राजा परीक्षित का पुत्र है वैसे राजा नल भी परीक्षित नीति वाला (परीक्षित कर लिया है अपने न्याय को जिसने ऐसा) था। जैसे परशुराम फरसे (कुठार) से शोभित थे, वैसे ही नल दूसरों के शुभ (कल्याण) में आस्था वाला था। अर्थात् सब का कल्याण चाहता था। जैसे रामचन्द्र जी विशाल शिव धनुष को तोड़ कर राजा जनक को आनन्दित करने वाले थे वैसे नल भी अलघुक-(गौरवपूर्ण)तथा मृतयुदण्ड आदि को क्षमा करके प्रजा को प्रसन्न करने वाला था। अर्थात् वह किसी को कठोर दण्ड नहीं देता था। सुमेरु पर्वत जैसे सुवर्ण सम्पत्ति वाला है। वैसे ही नल भी सुन्दरता रूप सम्पत्ति वाला था। और हिमालय जैसे पवित्र भागीरथी गंगा से युक्त है वैसे नल भी पुण्य का भागी तथा महारथी तथा हितैषी था। अर्थात् वह पुण्यात्मा महारथी और सबका शुभचिन्तक था। राजा नल प्रणयीजनों (मांगने वालों) का चिन्तामणि (चिन्तित पदार्थों का दाता) था योद्धाओं के आगे चलने वाला था। अध्ययनविदों का अध्यापक (अध्ययनाध्यापन के प्रकार का ज्ञाता था। और दर्शनशास्त्रों का वह दर्पण था। वीरता से सुशोभित वीरों का आचार्य था। शस्त्र तथा शास्त्र विद्याओं का शिक्षक था। सफल (मजबूत) प्रहार करने वालों का प्रभु था। अर्थात् ऐसे वीरों का भी अग्रसर था। पुण्य करने वाले पुण्यात्माओं का अग्रणी था। और विद्वानों में उत्तम (प्रथम) विद्वान् था। त्यागियों में सर्वप्रथम था। चतुरता के आचार्यों में सर्वोत्कृष्ट था। समस्त पृथिवी मण्डल के भार को धारण करने में स्तम्भभूत उसके भुजदण्ड (दोनों भुजाओं) में विजयलक्ष्मी कील से जड़ी कठपुतली के समान थी। वह राजा वीरसेन का पुत्र था। समस्त संसार रूपी राज भवन के ऊपरी भाग (मस्तक) पर उसकी सुन्दर यशःपताका मुकुट (शिरोभूषण) रूप थी। राज्यलक्ष्मी रूपी हथिनी की चंचलता को बांधने की वह शृंखला थी। और दुष्टों के समूहरूपी अंकुर (घास-फूंस) को भस्म करने के लिए वह दावानल वन की आग था।

यस्येन्दुकुन्दकुमुदकान्तयः सकललोककर्णप्रियातिथयो गुणाः सततमेकब्रह्माण्डसंपुटकसंकीर्णनिवासव्यसनविषादिनः पुनरनेकब्रह्माण्डकोटिघटनामभ्यर्थयमाना इव भगवतो विश्वसृजः कमलसंभवस्य कर्णलग्नाः स्वर्गलोकमधिवसन्ति स्म।

(क) व्याख्या—यस्य=राज्ञः नलस्य गुणाः=शौर्यदयादाक्षिण्यादयः स्वर्गश्चासौ लोकश्चेति स्वर्गलोकः तं स्वर्गलोकम्=देवलोकम् अधिवसन्ति स्म=आश्रयन्तिस्म, कथंभूताः गुणाः इत्याह—इन्दुः=चन्द्रमा कुन्दः=माघ्यपुष्पं कुमुदम्=श्वेतपद्मं च, इति तानि, तेषां कान्तिः इव कान्तिः=औज्ज्वल्यं ते तथोक्ताः। सकलाः=समग्राः च ते लोकाः=जनाः, तेषां कर्णाः=श्रोत्राणि, इति सकललोककर्णाः, तेषां प्रियाः=स्निग्धाः अतिथयः=आगन्तवः प्राघुणिका इत्यर्थः। "प्राघुणस्त्वतिथिर्द्वयोः" इति त्रिकाण्डशेषः। पुनः सततम्=निरन्तरम् ब्रह्माण्डम्=भूलोकः एव सम्पुटकः=समुद्गकः इति ब्रह्माण्डसम्पुटकः। एकः=केवलः चासौ ब्रह्माण्डसम्पुटकः इति एकब्रह्माण्डसम्पुटकः, तस्मिन् संकीर्णः=संकुलः यः निवासः=स्थितिः, स एव व्यसनम्=विपत्तिः तेन विषादिनः=विषादवन्तः, दुःखिताः इति सततमेकब्रह्माण्डसम्पुटकसंकीर्णनिवासव्यसनविषादिनः। अत एव पुनरपि=भूयोऽपि ब्रह्माण्डस्य कोटयः इति ब्रह्माण्डकोटयः अनेकाः=बह्वयश्च ताः ब्रह्माण्डकोटयः=जगत्कोटयः इति अनेकब्रह्माण्डकोटयः तासां घटना=रचना, निर्माणम् ताम् अनेकब्रह्माण्डकोटिघटनाम् अभ्यर्थयमानाः=प्रार्थयमानाः इव=यथा भगवतः=ऐश्वर्यमाहात्म्यवतः, श्रीमतः इत्यर्थः। विश्वं सृजतीति विश्वसृट् तस्य विश्वसृजः=विधातुः कमलात् सम्भवोऽस्य स कमलसभवः तस्य कमलसंभवस्य=कमलासनस्य ब्रह्मणः इत्यर्थः। कर्णेषु=श्रोत्रेषु लग्नाः=संसक्ताः सन्तः।

(ख) हिन्दी—राजा नल के गुण चन्द्रमा, बेलाफूल, कुमुद की कान्ति के समान निर्मल, तथा समस्त संसार के लोगों के कानों के प्रिय अतिथि थे। और सदा एक ब्रह्माण्ड रूपी दोनें या छोटे से सन्दूक में संकीर्णतापूर्वक रहने की विपत्ति से दुःखी होकर मानों अनेक करोड़ ब्रह्माण्ड की रचना (बनाना) करने के लिये प्रार्थना करते हुए, विश्वनिर्माता भगवान कमलयोनि (ब्रह्मा) के कानों में लगकर स्वर्गलोक में रहते थे। अर्थात् राजा

नल के गुण अधिक होने के कारण ब्रह्माण्ड में न समा सके, अतः ब्रह्माण्ड निर्माता से अनेक ब्रह्माण्डों को बनाने की प्रार्थना करने के लिए स्वर्ग में रहते थे।

यस्मिंश्च राजनि जनितजनानन्दे नन्दयति मेदिनीम्, गीतेषु जातिसंकराः, तालेषु नानालयभङ्गाः, नृत्येषु विषमकरणप्रयोगाः, वाद्येषु दण्डकरप्रहाराः, पुण्यकर्मारम्भेषु प्रबन्धाः, सारिद्यूतेषु पाशप्रयोगाः, पुष्पितकेतकीषु हस्तच्छेदाः, न्यग्रोधेषु पादकल्पनाः, कञ्चुकमण्डनेषु नेत्रविकर्तनानि आसन्, न प्रजासु।

(क) व्याख्या—यस्मिन् च जनितः=उत्पादितः जनानाम्=लोकानाम् आनन्दः=हर्षः येन स जनितजनानन्दः तस्मिन् जनितजनानन्दे। राजनि= =भूपाले नले मेदमस्ति अस्यां सा, मेद्यते वा मेदिनी मेदिनीम्=पृथिवीं नन्दयति=आह्लादयति सति गीतेषु=गानेषु जातीनाम्=नन्दयन्तीप्रभृतीनामष्टादशानां संकराः=मिश्रप्रतीतयः आसन्=विद्यन्ते स्म। प्रजासु=जनेषु जातिषु= ब्राह्मणादिषु संकराः=वर्णसंकराः न आसन्। तालेषु=तालवादनेषु, गीतकालक्रियमानेषु, इत्यर्थः। नानालयानाम्=द्रुतमध्यविलम्बितरूपाणामनेकलयानां भंगाः=वीचयः, विभिन्नस्वराणामारोहावरोहाः आसन्। प्रजासु नानालयानाम् =बहुविधगृहाणां भंगाः=संधिच्छेदाः नासन्। तथा नृत्येषु=नर्तनेषु विषमाणि= वक्रीकृतानि करणानि=हस्तपादाद्यंगानि तेषां प्रयोगाः=प्रयुक्तयः। अथवा नृत्यशास्त्रोक्ताष्टोत्तरशतसंख्यकतलपुष्पपदादीनां प्रयोगाः आसन्। प्रजासु विषमा एव विषमकाः स्वार्थे कः। विषमकाणाम्=भयंकराणां नीतिशास्त्रविरुद्धानां रणानाम्=संग्रामाणां प्रयोगः प्रकृष्टयोगा घटनाः नासन्। तथा वाद्यन्ते= ध्वन्यन्ते इति वाद्यानि तेषु वाद्येषु=ततादिचतुर्विधवाद्येषु वीणाडिण्डिमादिषु इत्यर्थः। दण्डाः=कोणाश्च कराश्च हस्ताः इति दण्डकरास्तैः प्रहाराः=ताडनानि आसन्। पुण्यानि=पुण्यजनकानि यानि कर्माणि=कार्याणि तेषाम् आरम्भाः=प्रारम्भाः तेषु प्रबन्धाः=सातत्यानि, आसन्। प्रजासु प्रबन्धाः= प्रकृष्टबन्धनानि नासन्।

सरतीति सारिः=प्राशकः "इति शब्दरत्नावली। सारीणां=पाशकानां द्यूताः=अक्षवत्यः तेषु सारिद्यूतेषु द्यूतक्रीडनेष्वित्यर्थः। पाशानाम्=पाशकानाम्,

अक्षाणां प्रयोगाः=प्रयुक्तयः इति पाशप्रयोगाः आसन्। प्रजासु पाशस्य=शरीरे रज्जुबन्धनस्य प्रयोगाः=व्यापाराः नासन्। पुष्पाणि=कुसुमानि संजातानि यासु ताः पुष्पिताः=कुसुमिताः याः केतक्यः=केतकलताः इति पुष्पितकेतक्यः तासु पुष्पितकेतकीषु हस्तानाम्=केतकीगर्भाणां केतकशाखानामित्यर्थः। छेदाः=कर्तनानि इति हस्तच्छेदाः आसन्। प्रजासु हस्तानां कराणां शरीरावयवानामित्यर्थः। छेदाः=कर्तनानि नासन्। न्यक् रुन्धन्तीति न्यग्रोधाः, न्यग्रोधेषु=वटवृक्षेषु पादानाम्=मूलानां कल्पनाः=रचनाः आसन्। प्रजासु पादानाम्=चरणानां कल्पनाः=कर्तनानि नासन्। कञ्चुकानाम्=वस्त्रविशेषाणां मण्डनानि=भूषाः तेषु कञ्चुकमण्डनेषु नेत्राणाम्=अंशुकानां विकर्तनानि=देहप्रमाणानुसारं कर्तनानि इति नेत्रविकर्तनानि, नेत्राकारच्छिद्ररचना वा भूषार्थम्। आसन्। प्रजासु नेत्राणाम्=नयनानां विकर्तनानि=भंगाः नासन्। अत्र सर्वत्र श्लेषानुप्राणितः शाब्दः परिसंख्यालंकारः।

हिन्दी—(**ख**) प्रजा जन को आनन्दित करने वाले जिस राजा नल के पृथिवी को आनन्दयुक्त करने पर, अर्थात् नल के राज्यकाल में गीतों में ही नन्दयन्ती आदि अठारह जातियों में सांकर्य्य (गाने की जाति का मिश्रण) था। प्रजाओं में वर्णसंकरता नहीं थी। संगीत के मौके पर ताल देते समय अनेक प्रकार के स्वरों का भंग=उतार चढ़ाव होता था। प्रजा के घरों का विनाश नहीं होता था तथा नाच के अवसर पर ही विषम करणों=हाथ-पैर आदि अंगों का प्रयोग होता था, अथवा विषमकरण=तल पुष्प पट आदि १०८ नृत्यशास्त्र प्रसिद्धों का प्रयोग होता था। प्रजा में विषमक, रण,=भयंकर युद्ध नहीं होता था। बाजा बजाते समय ही डण्डे और हाथ का प्रहार होता था। प्रजाओं में मृत्युदण्ड तथा लगान-टैक्स आदि से उत्पीडन नहीं होता था। यज्ञादि पुण्यजनक कार्यों के आरम्भ करने में ही प्रबन्ध होते थे, या बड़े-बड़े भागवतादि प्रबन्धों का पाठ होता था। प्रजा का कठोर बन्धन, शूली फांसी आदि नहीं होता था। जुआ खेलने में पाशों (गोटी) का प्रयोग होता था। प्रजा को फंसाने के लिये जालसाजी नहीं होती थी। खिले हुए केवड़े में ही शाखा या मध्यभाग का छेदन (तोड़ना) होता था। किसी प्रजाजन का हाथ नहीं काटा जाता था। वटवृक्ष में ही पाद की

कल्पना नई-नई जड़ों का निकलना होता था। किसी का पैर नहीं काटा जाता था। चोली या अंगरखा के सजाने में (सुन्दर बनाने के लिये) सूक्ष्म (महीन) वस्त्र (दरजी के द्वारा) काटे जाते थे या उनमें नेत्राकार काज बनाए जाते थे। प्रजा के नेत्र (आंख) नहीं फोड़े जाते थे।

यश्च कोऽप्यन्यादृश एव लोकपालः। तथा हि, अपूर्वो विबुधपतिः, अदण्डकरो धर्मराजः, अजघन्यः प्रचेताः, अनुत्तरो धनदः।

व्याख्या—(क) यश्च=राजा नलः कोऽपि=लोकोत्तरः आश्चर्यहेतुः लोकम्=प्रजां पालयति=रक्षतीति लोकपालः अर्थात् लोकपालेभ्यः=दिग्पालेभ्यो भिन्नः अयं प्रजापालकः। एतदेव स्पष्टयति कविः तथाहीति। विशेषेण बुध्यन्ते, यद्वा विशिष्टः बुधः येषां ते विबुधाः विबुधानाम्=देवानां पतिः=इन्द्रः। पूर्वः=पूर्वदिग्स्थितत्वात् पूर्वः, अयंतु विबुधानाम्=विदुषां पतिः इति विबुधपतिः नास्ति पूर्वः यस्य सः अपूर्वः=सर्वोत्कृष्टः। तथा धर्मश्चासौ राजा च धर्मराजः=यमः, दण्डः करे=हस्ते यस्य स दण्डकरः, नलस्तु नास्ति दण्डः=वध्यादिः करः=राजग्राह्योंऽशः यस्य सः अदण्डकरः धर्मेण राजते इति धर्मराजः=धर्मप्रधानो राजा नलः। प्रचेतयति इति प्रचेताः प्रकृष्टं चेतोऽस्य स इति वा प्रचेताः=वरुणः जघन्यया=पश्चिमया दिशा सह वर्तते। नलस्तु जघने भवः जघन्यः न जघन्यः अजघन्यः=अकुत्सितः "जघन्यं चरमे शिश्ने जघन्यं गर्हितेऽन्ववत्" इति विश्वः। प्रकृष्टचेताः चेति वैलक्षण्यम्। तथा धनानि ददातीति धनदः=कुबेरः, उत्तरया=दिशा सह वर्तते। अयं तु नास्ति उत्तरम्=प्रधानं यस्मात् सः अनुत्तरः=प्रकृष्टः तथा धनद इति वैलक्षण्यम्। अत्र नले इन्द्रत्वाद्यारोपात् रूपकम्। नलस्य पूर्वादिदिक्षु निवासाभावात् न्यूनाभेदरूपकमिति कुवलयानन्दः। श्लेषश्च॥

हिन्दी—(ख) यह राजा नल दूसरे ही प्रकार का अलौकिक लोकपाल था। अर्थात् जगत के पालक इन्द्र, यम कुबेर वरुण लोकपालों से भिन्न प्रजापालक लोकपाल था। इसलिये कि-देवताओं का स्वामी इन्द्र पूर्वदिशा के साथ रहता है। और राजा नल तो विबुधः विद्वानों का पति होते हुए भी

अपूर्व-लोकोत्तर अद्भुत था। तथा धर्मराज-यमराज सदा दण्डकर-हाथ में दण्ड लिये रहता है। किन्तु राजा नल, दण्ड=मृत्यु नहीं देता था, और न कर-लगान टैक्स ही लगाता था, फिर यह धर्मप्रधान राजा था। तथा प्रचेता=वरुण जघन्य=पश्चिम दिशा के साथ रहता है। और नल तो अकुत्सित सर्वोत्तम तथा उत्कृष्ट चित्तवाला था। धनदेने वाला कुबेर उत्तरदिशा में स्थित है। किन्तु नल अनुत्तर=सर्वोत्कृष्ट धनदेने वाला है। अर्थात् इन्द्र सपूर्व है, नल अपूर्व था। और यम दण्डपाणि है नल अदण्डकर था। वरुण जघन्य है नल जघन्य नहीं था। कुबेर उत्तर है नल अनुत्तर था। अतः यह लोकपालों से भिन्न ही लोकपाल था।

येन प्रचण्डदोर्दण्डमण्डलीविश्रान्तविजयश्रिया श्रवणोत्पलदलायमानमानिनीमानलुण्टाकलोचनेन पृथ्वी प्रिया च कामरूपधारिणी सातेन भुक्ता। यस्याः सकलजनमनोहारिविशेषकं पृथुललाटमण्डलम्, अभिलषणीयकान्तयःकुन्तलाः, श्लाघनीयो नासिक्यभागः बहुलवलीकः सरोमालिकालंकारश्च मध्यदेशः, प्रकटितकामकोटिविलासः काञ्चीप्रदेशः। किं बहुना, यस्याः कृष्णागुरुचन्दनामोदबहुलकुचाभोगभूषणा नृत्यतीवाङ्गरङ्गे रमणीयतया निरुपमा नवा यौवनश्रीः।

व्याख्या (क)—दोष्णी=भुजौ एव दण्डौ तयोः मण्डली=समूहः इति दोर्दण्डमण्डली, प्रचण्डा=तीव्राः बलशालिनीत्यर्थः चासौ दोर्दण्डमण्डली इति प्रचण्डदोर्दण्डमण्डली, तस्यां विश्रान्ता=कृतविश्रमा विजयश्रीः=विजयलक्ष्मीः यस्य स तेन इति प्रचण्डदोर्दण्डमण्डलीविश्रान्तविजयश्रिया, श्रवणयोः=नेत्रयोः उत्पलम्=कमलं तस्य दलम्=पत्रमिव आचरतः इति श्रवणोत्पलदलायमाने, लुण्ठतीति लुण्टाकः। मानिनीनाम्=मानवतीनां मानम्=कोपः तस्य लुण्टाके=अपहारके इति मानिनीमानलुण्टाके श्रवणोत्पलदलायमाने मानिनीमानलुण्टाके च लोचने=नयने यस्य स तेन श्रवणोत्पलदलायमानमानिनीमानलुण्टाकलोचनेन येन=राज्ञा नलेन (वयङ्गुपमा) काम्यते इति कामम्=मनोज्ञम् अभिलषणीयं रूपम्=स्वरूपं धरतीति कामरूपधारिणी, प्रिया=कामिनी, मूलप्रकृतिर्भगवती कामरूपिणी सती यत्र देशे विराजमाना स देशः कामरूपः=प्राग्ज्योतिषः तस्य धारिणी

इति कामरूपधारिणी पृथ्वी च सातेन=सुखेन भुक्ता=कृतोपभोगा, पालिता च। "शर्मशातसुखानि च" इत्यमरः। अत्र खण्डे भूमिप्रिययोः द्वयोरपि प्रकृतत्वात्, भोगरूपैकधर्मसम्बन्धाच्च तुल्ययोगितालंकारः। तत्र सातमितिदन्त्याद्यपि। यस्याः=पृथिव्याः सकलाः=समस्ताश्च ते जनाः=लोकाः इति सकलजनाः, तेषां मनांसि=चित्तानि हरति=वशीकरोतीति सकलजनमनोहारी विशेषकः=पुण्ड्रको देशविशेषः यस्मिन् तत् सकलजनमनोहारिविशेषकम्, पृथु=विशालं लाटस्य=देशविशेषस्य मण्डलम्=प्रान्तः इति पृथुलं विशालं लाटमण्डलम् वर्तते। तथा यस्याः कुन्तलाः=कुन्तलनामानः देशाः =अभिलषणीया कान्तिः=शोभा येषां ते अभिलषणीयकान्तयः सन्ति। श्लाघितुं योग्यः श्लाघनीयः=प्रशंसनीयः नासिका एव नासिक्यं तस्य भागः नासिक्यभागः=नासिकाप्रदेशः विशेषः अस्ति। तथा यस्याः लवम्=लेशं लान्तीति लवल्यः=सुगन्धमूलाः फलवृक्षविशेषा इत्यर्थः। बह्व्यः=बहुलाः लवल्यः यस्मिन् स बहुलवलीकः, सरसाम्=तडागानां मालिका=पङ्क्तिः अलंकारः=भूषणं यत्र स सरोमालिकालंकारः मध्यदेशः=मध्यप्रदेशः विद्यते। तथा यस्याः पृथिव्याः प्रकटितः=प्रकाशितः कामकोट्याः=कामकोटिदेव्याः विलासः=विलसनं येन स प्रकटितकामकोटिविलासः काञ्च्याः=नगरविशेषस्य प्रदेशः=प्रान्तः इति काञ्चीप्रदेशः अस्ति। किं बहुना=अधिककथनेन किम्, यस्याः=पृथिव्याः कृष्णः वर्णः अस्याः अस्तीति कृष्णा=पिप्पली अगुरुः=वनद्रुमः चन्दनः=मलयजद्रुमः एषामितरेतरयोगः कृष्णागुरुचन्दनाः तेषाम् आमोदः=सौरभम्, लक्यन्ते=आस्वाद्यन्ते इति लकुचाः। बहूनाम्=असंख्यानां लकुचानाम्=लिकुचवृक्षाणाम् आभोगः=विस्तारः च इति कृष्णागुरुचन्दनामोदबहुलकुचाभोगौ, तौ भूषणम्=अलंकारः यस्याः सा कृष्णागुरुचन्दनामोदबहुलकुचाभोगभूषणा। एवं भूता वनानाम्=अरण्यानां श्रीः=शोभा इति। वनश्रीः उपमानात् निर्गतः निरुपमानः। निरुपमानः=उपमारहितश्चासौ वायुः=पवनः इति निरुपमानवायुः तस्मिन् निरुपमानवायौ वाति=प्रचलति सति रमणीयस्य भावः रमणीयता तया रमणीयतया=मनोहरतया अंगः=अंगदेशः रंगः=रंगस्थलमिव इति अंगरंगः तस्मिन् अंगरंगे नृत्यति=नृत्यं करोति इवेति उत्प्रेक्षायाम्।

प्रिया पक्षे--यस्याः=प्रियायाः विशिनष्टीति विशेषकम् सकलानां जनानां मनोहारि विशेषकम्=तिलकम्, यस्मिन् तत् ललम्=ईप्साम् अटति=ज्ञापयतीति ललाटम्=भालः पृथु=विशालं ललाटस्य=भालस्य मण्डलमिति पृथुललाटमण्डलम् विद्यते, कुन्तम्=कुन्ताग्राकारं लान्तीति कुन्तलाः=केशाः अभिलषणीया कान्तिः येषां ते तथाभूताः सन्ति। तथा यस्याः प्रियायाः नासिकायां भवः नासिक्यः, स चासौ भागः= अंशः प्रदेशः इत्यर्थः। नासिक्य भागः श्लाघनीयः=अतिमनोहरः। तथा बहुलाः=बहवः वल्यः=उदररेखाः यस्मिन् स बहुलवलीकः रोम्णाम् =लोम्नाम् आलिका=पंक्तिः एव अलंकारः=भूषणं तेन सह वर्तमानः इति सरोमालिकालंकारः च मध्यदेशः=मध्यमः=नाभिप्रदेशः वर्तते। कामस्य= मदनस्य कोटिः=उत्कर्षः इति कामकोटिः तस्याः विलासः=विभ्रमः इति कामकोटिविलासः प्रकटितः कामकोटिविलासः येन स प्रकटितकामकोटिविलासः काञ्च्याः=मेखलायाः प्रदेशः=भागः श्रोणीप्रान्त इत्यर्थः अस्ति। तथा यस्याः प्रियायाः न गुरुः यस्मात् तदगुरु, कृष्णं च तदगुरु चेति कालागुरु, कालागुरुणः=श्यामागुरुसुरभिद्रव्यविशेषस्य चन्दनस्य=मलयजस्य, च आमोदः= सौरभं, तेन बहुलः=व्याप्तः कुचयोः=स्तनयोः आभोगः=मण्डलम् इति कालागुरुचन्दनामोदबहुलकुचाभोगः, स एव भूषणम्=आभरणं यस्याः सा तथोक्ता निरुपमा=उपमाशून्यासर्वातिसुन्दरीत्यर्थः। नवा=नूतना यौवनस्य=तारुण्यस्य श्रीः=शोभा इति यौवनश्रीः रमणीयस्य भावः रमणीयता तया रमणीयतया अंगम्=शरीरमेव रंगः=रंगस्थलम् तस्मिन् नृत्यति इव=उत्प्रेक्षायाम्। अत्र सर्वत्र श्लेषः, अंगरंगः इत्यत्र च रूपकम्॥

हिन्दी (ख)—पृथिवी पक्ष में—जिस राजा नल ने अपने बलशाली भुजदण्ड मण्डल पर विजयलक्ष्मी को विश्राम दिया था। अर्थात् विश्राम करने को अवसर दिया था। और कानों में (शोभा के लिये पहने हुए) कमल के पत्तों के समान (कमल दल के समान लग रहे) एवं अभिमानवती नायिकाओं के अभिमान को लूटने वाले उसके नेत्र थे। ऐसे राजा नल ने कामरूप देश (आसाम का पश्चिमी भाग) की पृथिवी का और अतीव सुन्दरी स्त्री का भोग किया था। जिस पृथिवी का सब मनुष्यों के मनों को

हरण करने वाला विशेषक पुण्ड्रक नामका देश था। तथा उस में विशाल लाट देश(प्रान्त) था। और स्पृहा के योग्य शोभा वाला कुन्तल देश था। तथा उस पृथिवी का नासिक्य प्रदेश बड़ा ही प्रशंसनीय था। तथा लवली-हरफा-रेवड़ी के वृक्षों से युक्त और तालाबों की पंक्ति से सुशोभित मध्यप्रदेश था। और जिस पृथिवी का काञ्चीनगर कामकोटि नाम की देवी से सुशोभित था। अधिक क्या कहना अगर तथा चन्दन की सुगन्ध और प्रायः लकुच—बड़हर के वृक्षों के विस्तार से अलंकृत, जिस पृथिवी के वनों की शोभा सुन्दरता पूर्वक अनुपम पवन के चलते रहने पर मानो अंगदेशरूप रंगमञ्च पर नाचती है।

प्रिया पक्ष—जिस प्रिया का तिलक सब लोगों के मन को हरने वाला था। तथा मस्तक विशाल था। तथा अत्यन्त स्पृहणीयशोभा वाले कुन्तल केश थे। नासिका का अग्र भाग बड़ा ही सुन्दर था। और मध्यप्रदेश (उदर) बहुत सी वली वाला था, अर्थात् त्रिवली से युक्त था और रोमराजि से शोभित था। और काञ्चीप्रदेश (कटि भाग) करोड़ों कामदेवों के विलास (हाव-भाव) को प्रकट करने वाला था। तथा अगर और चन्दन की सुगन्ध एवं विशाल स्तनों के विस्तार से अलंकृत, सुन्दरता के कारण अनुपम तथा नवीन यौवन की शोभा जिस प्रिया के शरीर रूपी रंगस्थल पर मानो नाच रही थी।

किं चान्यत्। अन्य एव नवावतारः स कोऽपि पुरुषोत्तमो यो न मीनरूपदूषितः, नाङ्गीकृतविश्वंभराभारोऽपि कूर्मीकृतात्मा, न वराहवपुषा क्लेशेन पृथ्वीं बभार, न च नरसिंहः समुत्सन्नहिरण्यकशिपुः, न बलिराजबन्धनविधौ वामनो दैन्यमकरोत्, नापि रामो लङ्केश्वरश्रियमपाहरत्, नापि बुद्धः कलिकुलावतारी।

व्याख्या—(क)—किं चान्यत्=अपरं किम्, अधिकं वक्तव्यमित्यर्थः। सः=नलः अन्यः=अपरः एव=विलक्षणः एव कोऽपि=लोकोत्तरः, अपूर्वः, अपरिच्छेद्यमहिमा इत्यर्थः। नवः=नूतनः, पूर्वेभ्यो विलक्षणः इत्यर्थः। अवतारः=अवतरणं, जन्म यस्य स नवावतारः पुरुषेषु=नरेषु उत्तमः—श्रेष्ठः, विष्णुः आसीत्। यः=विष्णुः मीनस्य=मत्स्यस्य रूपम्=स्वरूपम्, अवतार

इत्यर्थः। तेन दूषितः=विकृतः इति मीनरूपदूषितः न=नास्ति, विष्णोः सर्वातिसुन्दरत्वात्। नलपक्षे तु—यः राजा नलः पुरुषोत्तमः=नरश्रेष्ठः अमः=रोगः अस्यास्तीति अमी=रोगी, न अमी अनमी=अरोगी, यद्वा नमयति शत्रून् इति नमी=प्रतापाक्रान्तशत्रुसमूह इत्यर्थः। तथा रूपे=आकृतौ दूषितः=विकृतः न, नलस्यातिसुन्दरत्वात्।

विश्वं बिभर्तीति विश्वम्भरा, अंगीकृतः=स्वीकृतः विश्वम्भरायाः=पृथिव्याः भारः=भरः, पालनपोषणरूपः येन सः अंगीकृतविश्वम्भराभारः अपि, कुत्सितः, कौ=पृथिव्यां वा ऊर्मिः=वेगः यस्य स कूर्मः=कच्छपः। न कूर्मः अकूर्मः, अकूर्मः कूर्मः सम्पद्यमानः इति कूर्मीकृतः=कच्छपीकृतः आत्मा=स्वरूपं येन कूर्मीकृतात्मा न=नहि इतिवैलक्षण्यम्। भगवतः विष्णोः पृथिवीधारणार्थम् धृतकच्छपावतारत्वात्। नलपक्षे च-कुत्सिता ऊर्मिः=पीडा यस्य स कूर्मिः, स्वीकृतराज्यपालनभारः अपि कूर्मीकृतः=पीडया भग्नः, आकुंचितः आत्मा=शरीरं यस्य स न, अर्थात् समग्रभूभारमनायासेनैव सुखं बभार। तथा वरम्=श्रेष्ठम् आहन्तीति वराहः=सूकरः तस्य वपुः=शरीरं तेन वाराहवपुषा=धृतवराहरूपेण अक्लेशेन=अनायासेन पृथ्वीम्=धरणीं बभार=दध्रे। भगवतः पृथिवीरक्षणार्थं धृतसूकररूपत्वादिति वैलक्षण्यम्। नलस्तु वरम्=श्रेष्ठम् आहवम्=युद्धं पुष्णातीति तेन वराहवपुषा क्लेशेन=कष्टेन न=नहि अपि तु सुखेनैव राज्यं पालयामास। न च=नापि समुत्सन्नः=उच्छिन्नः नाशितः इत्यर्थः हिरण्यकशिपुः=एतन्नामा दैत्यः, प्रह्लादपिता येन स समुत्सन्नहिरण्यकशिपुः तथापि, नर इव सिंह इव च आकृतिः यस्य स नरसिंहः=चतुर्थः पूर्णावतारः विष्णुः, इति वैलक्षण्यम्। नलपक्षे नरः सिंहः इव इति नरसिंहः=पुरुषश्रेष्ठः सन् अपि हर्य्यति=दीप्यते इति हिरण्यम् समुत्सन्नम्==उच्छिन्नं हिरण्यम् = सुवर्णं कशिपुः==भोजनाच्छादनादि च येन स इति समुत्सन्नहिरण्यकशिपुः न, राज्ञा नलेन कस्यापि-सुवर्णभोजनाच्छादनादिकं न विनाशितमित्यर्थः। "एकोक्त्या कशिपुर्भक्ताच्छादने च द्वयोः" इति विश्वः। वामयतीति वामनः=वामनावतारः सन्नपि बलिः चासौ राजा बलिराजः तस्य बन्धनम्=निगडनं तस्य विधिः=विधानं तस्मिन् बलिराजबन्धनविधौ दैत्यराज विजयकर्मणीत्यर्थः। दीनस्य

भावः कर्म वा दैन्यम्=दीनताम्, ब्राह्मणवटुर्भूत्वा पादत्रयभूमियाचनरूपमित्यर्थः न अकरोत्=न स्वीकृतवान्, इति वैलक्षण्यम्। भगवता-विष्णुना तथाकरणात्। नलपक्षे-बलमस्ति येषां ते बलिनः, बलिनाम्=शूरवीराणां राज्ञाम्=भूपतीनां बन्धनस्य=संयमनस्य विधिः=कर्म तस्मिन् दैन्यम्=दीनतां, मनोदैन्यं न अकरोत् अर्थात् स्वबाहुबलेनैव सर्वान् भूपालान् स्वायत्तीकृतवान् तथा रामः=राघवेन्द्ररामचन्द्रः सन्नपि रमन्ते यस्यां सा लंका, (बाहुलकात् कः लत्वं च) लंकायाः=राक्षसनगर्याः ईश्वरः=स्वामी लंकेश्वरः=रावणः, तस्य श्रीः=लक्ष्मीः तां लंकेश्वरश्रियम् न अपाहरत्=न अच्छिनत्। विष्णुना तु रामावतारे तथा कृतत्वात्। नलपक्षे रामः=सुन्दरः नलः, अलम्=अत्यर्थं कस्य=ब्रह्मणः ईश्वरस्य=महादेवस्य च श्रियं=लक्ष्मीम् न अपाहरत्=न आदत्तवान्। देवस्वापहारी न आसीत् नलः। ब्रह्मेश्वरौ देवानामुपलक्षणम्। कथमेतत् तथा प्रशस्ता बुद्धिः अस्य स बुद्धः, बुध्यते वा बुद्धः=सुगतः सन् अपि कल्केः=भाविनः दशमावतारस्य कुलम्=वंशः तत्र अवतरति तच्छीलः इति कल्किकुलावतारी न=नहि, नलस्तु बुद्धः=विद्वान् अथ च कल्कीनाम्=पापिनां कुलं तत्र अवतारी=उत्पन्नः न। पुराणपुरुषात् विष्णोः दशावतारात् विलक्षणः एवायं नवावतारः=नवसंख्यकावतारः इत्यर्थः। यदि तु रामः=परशुरामः तदा अलमिति पृथक्पदम् कु=ईषत् ईश्वरः केश्वरः=सहस्रार्जुनः तस्य श्रियम् नापाहरत्। रामः=कृष्णः इति पक्षे तु केन=वायुना इष्टे=समर्थो भवति वायुभक्षकत्वात् यद्वा कस्य=जलस्य यमुनाह्लदरूपस्य ईश्वरः=स्वामी केश्वरः=कालियनागः तस्य श्रियम् च नापहरत्।

अत्र नले पुरुषोत्तमत्वारोपेऽपि मीनादिदूषितत्वाद्यभाववर्णनात् न्यूनाभेदरूपकम्, विरोधाभासः तत्रान्यतरस्य साधकबाधकप्रमाणाभावात् सन्देह संकरः।

हिन्दी (ख)—और अधिक क्या कहें ! वह राजा नल, कोई और ही नवीन पुरुषोत्तम=विष्णु था। जो कि मीन रूप (मत्स्यावतार) से दूषित नहीं था। और पृथिवी के भार को (उठाने को) स्वीकार करके भी, अपने को कछवा नहीं बनाया था अर्थात् कच्छपावतार नहीं लिया था। और न वराह=शूकर का शरीर धारण कर के दुःख के साथ पृथिवी को धारण किया था। और नरसिंह (नृसिंहावतार लेकर) होकर भी हिरण्यकशिपु

नाम के दैत्य का विनाश नहीं किया था। तथा राजा बलि को बाँधने के लिये वामन रूप धारण कर दीनता नहीं प्रकट की थी। और राम होकर लंका के राजा रावण की राज्यलक्ष्मी को नहीं लिया था। एवं राम=परशुराम होकर कुत्सित=दुष्ट ईश्वर=राजा सहस्रार्जुन की लक्ष्मी को नहीं लिया था, राम=कृष्ण होकर केश्वर=जलसे समर्थ=पुष्ट कालीय नाग की लक्ष्मी का अपहरण नहीं किया था। वुद्ध होकर भी कलिक कुल में अवतार नहीं लिया था। राजा नल के पक्ष में—प्रसिद्ध राजा नल अपने पूर्व राजाओं की अपेक्षा नवीन विलक्षण जन्म वाला कोई पुरुष श्रेष्ठ था। जो रोग रहित था, अथवा शत्रुओं को नवाने वाला था। अदूषितरूपवाला, अर्थात् परम सुन्दर था। नल ने पृथिवी का राज्यभार अपने ऊपर उठाया था, किन्तु पीडा=कष्ट से अपने शरीर को झुकाया नहीं था, कछवे की तरह अपने शरीर को सिकोड़ा नहीं था, अर्थात् अनायास ही राज्यभार को वहन कर रहा था। और बड़े-बड़े युद्धों को जन्म देने वाले क्लेश से पृथिवी भार को धारण नहीं किया था। अर्थात् नल ने बिना बडा युद्ध लड़े ही सुखपूर्वक शत्रुओं को दबा रखा था। नल मनुष्यों में सिंह के समान था, किन्तु वह किसी के धन और अन्नवस्त्रादि को नष्ट नहीं करता था। अर्थात् छीनता नहीं था। और न राजा नल बड़े-बड़े बलशाली शत्रुओं को बाँधने के लिये (अपने अधीन करने के लिये) मानसिक दीनता ही प्रकट करता था। और राजा नल अतीव सुन्दर था, किन्तु व्यर्थ ही ब्रह्मा तथा शिव की सम्पत्ति का हरण नहीं करता था, अर्थात् नल ब्राह्मणों एवं देवताओं को समर्पित सम्पत्ति को नहीं लेता था। राम से परशुराम भी ले सकते हैं तब परशुराम होकर भी दुष्टराजा सहस्रबाहु की सम्पत्ति (राज्यलक्ष्मी) का अपहरण नहीं किया था। अथवा राम-कृष्ण होकर भी यमुना जल के राजा कालीयनाग की श्री का अपहरण नहीं किया था। राजा नल विद्वान् था, उसका जन्म पापी कुल में नहीं हुआ था। इस खण्ड में दशावतार का वर्णन किया गया है, राजा नल को सबसे विलक्षण कहा है—

किं बहुना।

धन्यास्ते दिवसाः स येषु समभूद् भूपालचूडामणि-
र्लोकालोकगिरीन्द्रमुद्रितमहीविश्रान्तकीर्तिर्नलः।

लोकास्तेऽपि चिरंतनाः सुकृतिनस्तद्वक्त्रपङ्केरुहे
यैर्विस्फारितनेत्रपत्रपुटकैर्लावण्यमास्वादितम् ॥३४॥

अन्वयः—ते दिवसाः धन्याः येषु सः भूपालचूडामणिः लोकालोकगिरीन्द्रमुद्रितमहीविश्रान्तकीर्तिः नलः समभूत्। ते चिरन्तनाः सुकृतिनः लोकाः अपि धन्याः 'आसन्' यैः विस्फारितनेत्रपत्रपुटकैः तद्वक्त्रपंकेरुहे लावण्यम् आस्वादितम्।

व्याख्या—ते—प्रसिद्धाः नलेन उपभुक्ता इत्यर्थः दीव्यन्ति येषु ते दिवसाः=वासराः धनं लब्धारः धन्याः=पुण्याः आसन्। येषु=दिवसेषु सः=प्रसिद्धः भुवं पालयन्ति इति भूपालाः=राजानः तेषां चूडायाः मणिः=शिरोरत्नम् इति भूपालचूडामणिः "चूडामणिः शिरोरत्नम्" इत्यमरः। लोक्यते असौ लोकः। न लोक्यते असौ अलोकः। लोकश्चासौ अलोकश्चेति लोकालोकौ। अन्तर्लोक्यते, सूर्यरश्मिभिः स्पृश्यमानत्वात् इति लोकः। बहिः सूर्यकिरणस्पर्शात् न लोक्यते इति अलोकः। लोकश्चासौ अलोकश्चेति लोकालोकौ=स्वनामख्यातपर्वतौ गिरीणाम=पर्वतानाम् इन्द्रौ=स्वामिनौ इति गिरीन्द्रौ। लोकालोकौ च तौ गिरीन्द्रौ लोकालोकगिरीन्द्रौ, ताभ्यां मुद्रिता=अंकिता, समाच्छन्ना चासौ मही=भूमिः तस्यां विश्रान्ता=स्थिता कीर्तिः=यशः यस्य स लोकालोकगिरीन्द्रमुद्रितमहीविश्रान्तकीर्तिः नलः= नैषधः समभूत्=समुत्पन्नः।

तथा सुकृतमस्ति येषां ते सुकृतिनः=पुण्यात्मानः चिरंभवाः चिरन्तनाः=पुरातनाः ते लोकाः=ते जनाः अपि धन्याः आसन्। यैः=चिरन्तनजनैः पुटा एव पुटकानि। पत्रैः=पर्णैः रचितानि पत्रपुटकानि, इति पत्रपुटकानि। विस्फारितानि=प्रकाशितानि नेत्राणि=नयनानि एव पत्रपुटकानि=चषकाणि तैः विस्फारितनेत्रपुटकैः विकसितनेत्रपानपात्रैरित्यर्थः। पंके रोहतीति पंकेरुहं=कमलम्। तस्य=राज्ञो नलस्य वक्त्रम् एव पंकेरुहं तस्मिन् तद्वक्त्रपंकेरुहे लवणा त्विट् विद्यते यस्य स लवणः तस्य भावः लावण्यम्=सौन्दर्यातिशयः आस्वादितम्=पीतम्॥ अत्रपद्ये शार्दूलविक्रीडितं छन्दः नलोत्पत्तिवर्णनद्वारा तदीयदिवसमाहात्म्यकथनात् उदात्तालंकारः, भूपालचूडामणिरिवेति लुप्तोपमा। वक्त्रमेव पंकेरुहमित्यत्र रूपकम्, नेत्रेषु पत्रपुट-

कत्वारोपः शाब्दः, लावण्ये तु मधुरत्वारोपः आर्थः इति एकदेशविवर्ति सांगं रूपकमिति विवेकः ॥ ३४ ॥

हिन्दी—अधिक क्या कहना! वे दिन धन्य थे जबकि लोक तथा आलोक नामक पर्वतराजों से घिरी हुई भूमि पर विश्रान्त (फैली हुई) कीर्तिवाला, तथा राजाओं के शिरोरत्न (अर्थात् राजाओं में रत्न के समान) राजा हुआ था। और वे पुण्यात्मा पुराने लोग भी धन्य थे, जिन्होंने अपने खिले हुए नेत्र रूपी पत्तों के दोनों में राजा नल के सौन्दर्य्य का खूब स्वाद लिया था ॥

अपि च।

ये कुन्दद्युतयः समस्तभुवनैः कर्णावतंसीकृता
यैः सर्वत्र शलाकयेव लिखितैर्दिग्भित्तयश्चित्रिताः।
यैर्वक्तुं हृदि कल्पितैरपि वयं हर्षेण रोमाञ्चिता-
स्तेषां पार्थिवपुंगवः स महतामेको गुणानां निधिः ॥३५॥

अन्वयः—अपि च। कुन्दद्युतयः ये समस्तभुवनैः कर्णावतंसीकृताः, यैः सर्वत्र शलाकया इव लिखितैः दिग्भित्तयः चित्रिताः, वक्तुं हृदि कल्पितैः अपि हर्षेण वयं रोमाञ्चिताः, तेषां महतां गुणानां सः पार्थिवपुंगवः एकः निधिः।

व्याख्या—कुम्=भुवं दायति, द्यति वा कुन्दम्। कुन्दम्=माध्यकुसुमम् इव द्योतन्ते इति कुन्दद्युतयः=माध्यपुष्पवद्धवलकान्तयः कुन्दस्य द्युतिरिव द्युतिः=कान्तिः येषां ते कुन्दद्युतय इति वा। ये=गुणाः=दयादाक्षिण्यशौर्यादयः भवन्ति येषु तानि भुवनानि। समस्तानि च तानि भुवनानि, समस्तभुवनानि तैः समस्तभुवनैः=सम्पूर्णलोकैः कर्णानाम्=श्रोत्राणाम् अवतंसाः=भूषणानि, कर्णावतंसाः, न कर्णावतंसाः अकर्णावतंसाः, अकर्णावतंसाः कर्णावतंसाः संपद्यमानाः कृताः इति कर्णावतंसीकृताः=कर्णपूरीकृताः। तथा यैः=गुणैः सर्वत्र=सर्वेषु स्थानेषु "सर्वत्र शलाकयेव लिखितैर्यैर्दिग्मित्तयः चित्रिताः" इत्यन्वयः कार्यः। शलाकया=तूलिकया चित्रकारोपकरणेनेत्यर्थ इव=लिखितैः= अंकितैः दिशः=काष्ठा एव भित्तयः=कुड्यानि इति दिग्भित्तयः चित्रिताः= चित्रैः शोभिताः। तथा यैः=गुणैः वक्तुम्=कथयितुं हृदि=चित्ते कल्पितैः=

विचारितैः सङ्कल्पितैरित्यर्थः। अपि हर्षेण=आनन्देन "वक्तुं हृदि कल्पितैः अपि यैः वयं हर्षेण रोमाञ्चिताः" इत्यन्वयः कर्तव्यः। वयम्=श्रोतारः सर्वे जनाः, रोम्णाम् अञ्चनम्=पूजनं रोमाञ्चः=रोमहर्षणं संजातः येषां ते रोमाञ्चिताः=पुलकिताः भवामः। तेषाम्=प्रसिद्धानां महताम्=विपुलानाम् गुणानाम्=दयादाक्षिण्यादीनाम् सः=प्रसिद्धो नलः=पृथिव्याः ईश्वराः पार्थिवाः= "पार्थिवपुंगवः सः महतां तेषां गुणानामेकः निधिः आसीत्।" इत्यन्वयः। राजानः। पुमांश्चासौ गौश्चेति पुंगवः=पार्थिवेषु पुंगवः=श्रेष्ठः इति पार्थिव-पुंगवः नलः एकः=केवलः अद्वितीयः नितरां धीयते, नितरां दधाति=पोषय-त्यनेनेति वा निधिः=शेवधिः "निधिर्ना शेवधिः" इत्यमरः। आसीदिति। अत्र कुन्दद्युतय इति समासगा लुप्तोपमा, कर्णावतंसीकृताः, दिग्भित्तयः, इति च रूपकम्, शलाकया इवेति उत्प्रेक्षा, वक्तुं चिन्तितमात्रैरित्यत्र च कैमुति-कन्यायेनार्थसंसिद्धिरूपार्थापत्तिरिति।

हिन्दी—और भी—कुन्द-माधीय फूल की कान्ति (सफेदी) के समान जिन गुणों को सारे भुवनों के लोगों ने अपने कानों के आभूषण बना लिया। और जिन गुणों से सर्वत्र दिशारूपी दीवारें ऐसी सुशोभित हो रही हैं मानों शलाका (चित्रकार की तूलिका—ब्रश) से दीवार पर चित्र लिख दिया है। और जिन गुणों से कथन करने के लिये मन में विचार करते ही आनन्दाति-रेक से हम रोमाञ्चित हो जाते हैं ऐसे विशाल, महान् गुणों का राजाओं में सर्वश्रेष्ठ वह नल एक मात्र खजाना (स्थान) था ॥३५॥

यस्य च युधिष्ठिरस्येव न क्वचिदपार्थो वचनक्रमः, मरुमण्डलमिवा-पापं मानसम्, महानसमिव सूपकारसारं कर्म, कार्मुकमिव सत्कोटिगुणं दानम्, दानवकुलमिव दृष्टवृषपर्वोत्सवं राज्यम्, राजीवमिव भ्रम-रहितं सर्वदा हृदयम्। यश्च परमहेलाभिरतोऽप्यपारदारिकः। शान्त-नुतनयोऽपि न कुरूपयुक्तः।

व्याख्या—यस्य=नलस्य च वचनस्य=वचसः कथनस्येत्यर्थः क्रमः=रीतिः इति वचनक्रमः युधि=संग्रामे तिष्ठतीति युधिष्ठिरः तस्य युधिष्ठिरस्य इव=यथा क्वचिदपि=कुत्रापि अपगतः अर्थः=सारः यस्मात् सः अपार्थः=निरर्थकः न

आसीत्। पक्षे पृथायाः अपत्यं पुमान् पार्थः न पार्थः अपार्थः=पार्थोक्तिविरुद्धः न, युधिष्ठिरस्य पृथापत्यत्वात्। यस्य च=नलस्य मन्यतेऽनेनेति मानसम्=चित्तम् म्रियतेऽस्मिन्निति मरुः=निर्जलप्रदेशः तस्य मरोः मण्डलम्=प्रान्तः इति मरुमण्डलम्=मरुस्थलम् इव=यथा नास्ति पापम्=कलंकं यस्मिन् तत् अपापम्=निष्कलंकम् आसीत्। मरपक्षे तु अपगताः आपः=जलानि यत्र तत् अपापम्=जलरहितमित्यर्थः। तथा यस्य नलस्य कर्म=क्रियाकलापः महच्च तदनश्चेति महानसम्=पाकस्थानम् इव=यथा सु=सुष्टु, शोभनः उपकारः=परोपकरणं सारः=तत्त्वं यस्मिन् तत्=सूपकारसारम् शोभनपरार्थसाधनपरमेवेत्यर्थः आसीत्। महानसपक्षे तु **शोभना आपः** यस्मिन् इति सूपम्, तत् कुर्वन्तीति सूपकाराः=औदनिकाः पाचकाः इत्यर्थः। साराः= श्रेष्ठांशाः यस्मिन् तत्। यस्य नलस्य दानम्=विश्राणनम्, त्याग इत्यर्थः। कर्मणे प्रभवति तत् कार्मुकम्=चापम् इव=यथा सन्तः=विद्यमानाः कोटिगुणाः=कोटिसंख्यकलाभाः यत्र तत् सत्कोटिगुणम् आसीत्। कार्मुकपक्षे तु-कोटी अटन्यौ च धनुषोऽग्रभागौ अटनी गुणः=मौर्वी चेति कोटिगुणाः। सन्तः=विद्यमानाः कोटिगुणाः यस्मिन् तत्। यस्य नलस्य राज्ञो कर्म वा राज्यम् =राष्ट्रम्। राज्यम्=आधिपत्यम्। दनोः अपत्यानि दानवाः=दैत्याः तेषां कुलम्=वंशः इति दानवकुलम् इव वर्षति फलमिति वृषः=धर्मः च पर्व=पौर्णमास्यादि च उत्सवः=पुत्रोत्पत्तिविवाहादिश्चैषाम् इतरेतरयोगः दृष्टाः=अवलोकिताः वृषपर्वोत्सवाः यत्र तत् दृष्टवृषपर्वोत्सवम् आसीत्। दानवकुलपक्षे तु दृष्टः वृषपर्वणः=दैत्यविशेषस्य उत्सवः=आनन्दः यत्र तत् दृष्टवृषपर्वोत्सवम्। "उत्सवो महः उत्सेक इच्छाप्रसवकोपयोः" इति मेदिनी। यस्य हृदयम्=मानसम् सर्वस्मिन् काले सर्वदा राजी=पत्रश्रेणी अस्यास्तीति राजीवम्=कमलम् इव भ्रमेण=भ्रान्त्या रहितम्=शून्यम् इति भ्रमरहितम् आसीत्। राजीवपक्षे च-भ्रमन्तीति भ्रमराः, भ्रमराणाम्=द्विरेफाणां हितम्=हितकरम् इति भ्रमरहितम्। तथा यश्च=राजा नलः, महस्य=उत्सवस्य इला=भूमिरिति, महेला=स्त्री। परेषाम्=अन्येषां पुरुषाणाम् महेलाः=स्त्रियः तासु अभिरतः=आसक्तः इति परमहेलाभिरतः अपि परेषां दारेषु अनासक्तः अपारदारिकः इति विरोधः। यद्वा

अपाराः=अनन्ताः दारिकाः=कन्यकाः यस्य सः। यः परदारानुरक्तः तस्य अपारकन्यकाः कथमिति विरोधः। परमाः हेलाः=शृंगारचेष्टाः विलासक्रीडाः तत्र अभिरतः। यद्वा परः=उत्कृष्टः महः=उत्सवः यस्यां सा चासौ इला=पृथिवी तस्याम् अभिरतः, अपाराः दारिकाः=कन्यकाः यस्य सः। परिहारः। प्रजाजनस्य कन्याः पालयितुः राज्ञ एव कन्याः इति दारिकाणामपारत्वमिति भावः। तथा यः शान्तनोः=चन्द्रवंशीयप्रतीपराजपुत्रस्य तनयः=आत्मजः भीष्मः सन्नपि कुरूणाम्=धार्तराष्ट्राणाम् उपयुक्तः=उपयोगीति न विरोधः। शान्तः=दान्तः नुतः=स्तुतः नयः=नीतिः यस्य स शान्तनुतनयः अपि कु=कुत्सितेन रूपेण=आकृत्या युक्तः=युतः न अपि तु सर्वांगसुन्दरः इति परिहारः। अत्र विरोधाभासोऽलंकारः॥

हिन्दी (ख)—और जिस राजा नल का वचन (क्रम, कहने की परिपाटी) युधिष्ठिर की तरह कभी निरर्थक (व्यर्थ) नहीं होता था। पक्षे युधिष्ठिर का वचन अपार्थ–पृथा के पुत्र से भिन्न नहीं होता था, पृथा के पुत्र होने से। तथा उसका मन पापरहित था, जैसे कि मरुमण्डल=मारवाड़ आप=जल शून्य रहता है। और नल का कर्म सुन्दर शुभ उपकार से सार=तत्व से युक्त रहता था, जैसे कि महानस=रसोई घर पाचक=पकाने वाले रसोइया से सार वाला होता है। किनारों में जैसे धनुष कोटियों में बंधी प्रत्यंचा=डोरी युक्त होता है। वैसे ही नल का दान "अन्यों की अपेक्षा" करोड़ों गुना होता था। और दैत्यों के कुल ने जैसे वृषपर्वा नामक दैत्यराज का उत्कर्ष या उत्सव देखा था, वैसे ही नल के राज्य में वृष=धर्म पर्व=पूर्णिमादि उत्सव=विवाह, जन्मादि देखे गये थे। जैसे कमल सदा भौंरों के लिये हितकारी रहता है वैसे ही राजा नल का हृदय भ्रान्ति—सन्देह से रहित रहता है। राजा नल दूसरों की स्त्रियों में अनुरक्त था, फिर भी अपार=अनेक कन्या वाला था। विरोध। अथवा वह दूसरे की स्त्रियों में अनुरक्त है किन्तु परदारा=परस्त्री में अनुरक्त नहीं। विरोध। परम उत्सव वाली इला=पृथिवी में अनुरक्त है प्रजापालक है अतः इसकी अनन्त कन्या हैं अर्थात् सारी प्रजा नल की पुत्र-पुत्री हैं रक्षक होने से। परिहार। शान्तनु का पुत्र भीष्मपितामह है फिर भी कौरवों के उपयोग में नहीं है। विरोध। राजा नल

शान्त=जितेन्द्रिय तथा नुत=स्तुत्य प्रशंसनीय नीति वाला है। और कुत्सित-खराब रूप वाला नहीं है। अर्थात् परम सुन्दर है॥

किं बहुना।

सदाहंसाकुलं बिभ्रन्मानसं प्रचलज्जलम्।
भूभृन्नाथोऽपि नो याति यस्य साम्यं हिमाचलः॥३६॥

अन्वयः—सदा हंसाकुलं प्रचलज्जलम् मानसं बिभ्रत् भूभृन्नाथः अपि हिमाचलः, यस्य साम्यं नो याति॥

व्याख्या—किं बहुना=अधिक कथनेन व्यर्थम्–सदा=सर्वस्मिन् काले हंसैः=राजहंसैः, कलहंसैरित्यर्थः आकुलम्=संकुलं व्याप्तमित्यर्थः इति हंसाकुलम्, प्रकर्षेण चलत्=चंचलं तरंगितं जलम्=अम्भः यस्मिन् तत् प्रचलज्जलम् एवंभूतं मानसम्=मानससरोवरम् बिभ्रत्=धारयन् भुवम्=पृथिवीं बिभ्रतीति भूभृतः, तेषां भूभृताम्=पर्वतानां नाथः स्वामी, इति भूभृन्नाथः अपि हिमस्य=तुहिनस्य अचलः=पर्वतः इति हिमाचलः=हिमालयः, दाहेन=सन्तापेन सहितं सदाहं आकुलम्=व्याकुलम्, प्रचलत्=भयेन कम्पमानम् जलम्=जडं डलयोरभेदात्। एवंभूतं मानसम्=चित्तं बिभ्रत्=धारयन्निवाप्रतीयमाना उत्प्रेक्षात्र। भूभृताम्=भूपालानां नाथः=स्वामीति भूभृन्नाथः अर्थात् भूपालानां नाथत्वात् भूभृन्नाथस्य नलस्य साम्यम्=तुलनां नो, याति, न प्राप्नोति। यद्यपि भूभृन्नाथशब्दवाच्यत्वं नलहिमाचलयोः समानं तथापि हिमवान् नलस्य तुलां नाधिरोहति। नले सदाहं, साकुलं, जडं प्रचलच्च मानसं नास्तीति भावः अत्र हि सिद्धान्तपक्षे–सदा इति पृथक् पदम्, प्रचलज्जलमिति च समस्तम्। "भूभृद् भूमिधरे नृपे" इत्यमरः। साम्यं नास्तीति नलस्याधिक्यवर्णनेन व्यतिरेकालंकारः, बिभ्रदिवेति श्लेषमूलाप्रतीयमानोत्प्रेक्षा। तयोः संकरः। अनुष्टुप् छन्दश्च।

हिन्दी—सदा हंसों से व्याप्त–भरा हुआ, और चंचल तरंग युक्त जल वाले मानससरोवर को धारण करने वाला भूभृन्नाथ=पर्वतों का राजा हिमालय भी राजा नल की समानता को प्राप्त नहीं कर सका। क्योंकि पर्वतराज हिमालय को मानस-सदाह=दाहयुक्त और साकुल—व्याकुलता व्यग्रता युक्त, तथा काँपता हुआ और जल=जड़ मानस=मन को धारण करता है। तथा

पृथिवी का पालन करने वाले राजाओं का स्वामी नल, सदाह तथा व्याकुल, तथा कांपने वाले और जड़ मन को धारण नहीं करता, अर्थात् नल की ऐसी स्थिति नहीं है।

अपि च

नक्षत्रभूः क्षत्त्रकुलप्रसूतेर्युक्तो नभोगैः खलु भोगभाजः।
सुजातरूपोऽपि न याति यस्य समानतां कांचन काञ्चनाद्रिः॥३७॥

अन्वय—नक्षत्रभूः न भोगैर्युक्तः सुजातरूपः अपि काञ्चनाद्रिः क्षत्रकुलप्रसूतेः भोगभाजः यस्य कांचन समानतां न याति।

व्याख्या—जातं रूपम् यस्य तत् जातरूपम्=सुवर्णम्। सुष्टु=शोभनं जातरूपम्=सुवर्णं यत्र स सुजातरूपः=सुवर्णवान् नलपक्षे तु सुष्ठु जातम्=उत्पन्नं रूपम्=सौन्दर्यं यस्य स सुजातरूपः अपि अर्थात् सुजातरूपतायां द्वयोः साम्येऽपीत्यर्थः। काञ्चते इति काञ्चनं काञ्चनस्य=सुवर्णस्य अद्रिः=पर्वतः इति काञ्चनाद्रिः सुमेरुपर्वतः कर्तृपदम् क्षत्राणाम्=क्षत्रियाणां कुलम्=वंशः, तस्मात् प्रसूतिः=जन्म यस्य स तस्य क्षत्रकुलप्रसूतेः, क्षत्रियकुलोत्पन्नस्येत्यर्थः। भुज्यन्ते इति भोगाः, भोगान्=सुखानि भजतीति भोगभाक् तस्य भोगभाजः भोगैर्युक्तस्येत्यर्थः। नलस्य कांचन—किमपि समानस्य भावः समानता तां समानताम्=तुल्यतां न याति=न गच्छति। यतो हि सुजातरूपः सुमेरुपर्वतः भोगैः न युक्तः, तथा क्षत्त्रात् भवतीति क्षत्त्रभूः क्षत्त्रकुलोत्पन्नः न=नहि। सुजातरूपत्वे साम्येऽपि द्वयोर्वैषम्यम् वर्तते एव। सिद्धान्त तु नक्षत्राणाम्=अश्विनी भरणी कृत्तिकादिताराणां भूः=उत्पत्तिस्थानम्, तथा नभसि=आकाशे गच्छन्तीति नभोगाः तैः नभोगैः=देवैः युक्तः=सहितः काञ्चनाद्रिः, क्षत्त्रियकुलप्रसूतेः भोगभाजः नलस्य सुजातरूपत्वे साम्येऽपि कांचन समानतां न यातीति।

अत्र पद्ये नक्षत्रभूः, नभोगैः, सुजातरूपः, एते शब्दाः श्लिष्टाः। कांचनाद्रेः सुजातरूपविशेषणस्य साभिप्रायत्वात् परिकरः, एवंभूतोऽपि समानतां न यातीति विशेषोक्तिमुत्थापयति। अत्र पद्ये परिकरालंकारः। विशेषणानां सभिप्रायत्वं परिकरलक्षणम्।

हिन्दी—राजा नल सुन्दर रूप वाले थे, और सोने वाला सुमेरु पर्वत था। अर्थात् दोनों सुजातरूप थे। फिर भी सुमेरुपर्वत राजा नल की कुछ भी बराबरी न कर पाया। क्योंकि राजा क्षत्रियकुल में उत्पन्न था और ऐश्वर्य्य सुखादि भोगों से युक्त था। सुमेरु क्षत्रियकुल में नहीं जन्मा था, और न भोगों से युक्त ही था। यही दोनों में वैषम्य था। वस्तुतः सुमेरु सुवर्णमय था, और नक्षत्र=तारागण के विचरण का स्थान था, और आकाश में विहार करने वाले देवताओं से युक्त था।

महामन्त्रि-वर्णनम्

तस्य च महामहीपतेरस्ति स्म प्रशस्तिस्तम्भः सकलश्रुतिशास्त्रशासनाक्षरमालिकानाम्, न्यग्रोधपादपः पुण्यकर्मप्ररोहाणाम्, आकरः साधुव्यवहाररत्नानाम्, इन्दुः पार्थिवकीर्तिज्योत्स्नायाः, कन्दः सकलकलाङ्कुरकलापस्य, सागरः समस्तपुरुषगुणमणीनाम्, आलानस्तम्भश्चपलराज्यलक्ष्मीकरेणुकायाः, सकलभुवनव्यापारपारावारनौकर्णधारः, सुधाम्भोनिधिडिण्डीरपिण्डपाण्डुरयशःकुशेशयखण्डमण्डितसकलसंसारसराः, सरागीकृतसमस्तपार्थिवानुजीवी, जीवितसमः, प्राणसमः, हृदयसमः, शरीरमात्रभिन्नो द्वितीय इवात्मा, कुलक्रमागतः संक्रान्तिदर्पणः सुख-दुःखयोः, स्वभावानुरक्तः, शुचिः, सत्यपूतवाक् कृतज्ञो ब्राह्मणः सालङ्कायनस्य सूनुः श्रुतशीलो नाम महामन्त्री।

व्याख्या—(क)-तस्य च=प्रसिद्धस्य च मह्याः पतिः महीपतिः, महान् चासौ महीपतिः=राजा, तस्य महामहीपतेः=नलस्य सालंकायनस्य=एतन्नामकस्य सूनुः=पुत्रः श्रुतशीलः=श्रुतशीलनामा कृतं जानातीति कृतज्ञः=उपकारज्ञः ब्रह्म=वेदः तदधीते, जानाति वा ब्राह्मणः=विप्रः, महान् चासौ मंत्री=अमात्यः इति महामंत्री अस्तिस्म=आसीदित्यन्वयः। तमेव विशिनष्टि—श्रुतयः=वेदाः शास्त्राणि=मन्वादिधर्मशस्त्राणि शासनानि=नीतिग्रन्थाः इति श्रुतिशास्त्रशासनानि, सलानि=सम्पूर्णानि यानि श्रुतिशास्त्रशासनानि तेषु या अक्षराणाम्=अकारादिवर्णानां मालिकाः=पंक्तयः तासां प्रशस्यतेऽनया सा प्रशस्तिः=कीर्तिः तस्याः स्तम्भः=स्तूपविशेषः। इति प्रशस्तिस्तम्भः स श्रुतशीलः।

पुनः किंभूतः-न्यक् रुणद्धि, इति न्यग्रोधः=वटवृक्षः। पादैः पिबतीति पादपः। न्यग्रोधश्चासौ पादपः इति न्यग्रोधपादपः, पुण्यानि=सुकृतानि यानि कर्माणि= क्रियाः इति पुण्यकर्माणि तेषां प्ररोहाः=अंकुराः तेषां पुण्यकर्मप्ररोहाणां न्यग्रोध-पादपः, यथा वटवृक्षात् अनेकाः नूतनाः प्ररोहाः उत्पन्नाः भवन्ति, दृढमूलाश्च जायन्ते तथैव अस्मात् श्रुतशीलादपि अनेकानि पुण्यकार्याणि जायन्ते इति भावः। तथा साधवः=शोभनाः च ते व्यवहाराः=शिष्टाचाराः एव रत्नानि= हीरकादयः तेषां साधुव्यवहाररत्नानाम् आकीर्यन्ते धातवोऽत्र आकरः= खनिः, रत्नाद्युत्पत्तिस्थानम्। पृथिव्याः ईश्वराः पार्थिवाः=भूपालाः तेषां नीतिः=नयः एव ज्योत्स्ना=चन्द्रिका तस्याः पार्थिवनीतिज्योत्स्नाया इन्दुः= चन्द्रः आसीदिति संबन्धः। सकलाः=समग्राः च ताः कलाः=विद्याः इति सकल-कलाः, सकलकलाः एव अंकुराः=प्ररोहाः, तेषां कलापः=समूहः, तस्य सकल-कलांकुरकलापस्य कन्दयति कन्द्यते वा कन्दः=अंकुरमूलम्। तथा समस्ताः= अखिलाः ये पुरुषाणाम्=मनुष्याणां गुणाः=दयादाक्षिण्यशौर्यादयः एव मणयः=रत्नानि, तेषां समस्तपुरुषगुणमणीनां सगरस्य राज्ञः अयं सागरः, गिरति जीवमिति गरम्=विषं न गरमिति अगरम् अगरेण=अमृतेन मणिना वा सह सागरः=समुद्रः। तथा चपला=चंचला अस्थिरा इत्यर्थः, या राज्यस्य= राष्ट्रस्य लक्ष्मीः=श्रीः इति चपलराज्य-लक्ष्मीः, सा एव करेणुका=हस्तिनी, तस्याः चपलराज्यलक्ष्मीकरेणुकायाः आलीयते=संश्लिष्यतेऽत्र इति आलानम्। आलानस्य=बन्धनस्य स्तम्भः=स्थूणा इति आलानस्तम्भः। 'आलानं बन्धस्तम्भे" इत्यमरः। पुनः कथं भूतः-पारमावृणोतीति पारावारः सकलः =सम्पूर्णः यः भुवनानाम्=लोकानां व्यापारः=कार्यमिति सकलभुवनव्यापारः, सः एव पारावारः=समुद्रः, तस्मिन् या नौ=तरणी=नौका तस्याः=कर्णम् =अरित्रं धरतीति कर्णधारः। नाविकः इति सकलभुवन-व्यापार-पारावारनौकर्णधारः स श्रुतशीलः। "कर्णधारस्तु नाविकः" इत्यमरः। पुनः कथंभूतः-सुखेन धीयते=पीयते सा सुधा। अम्भांसि निधीयन्तेऽत्रेति अम्भोनिधिः, सुधायाः=अमृतस्य अम्भोनिधिः=सागरः इति सुधाम्भोनिधिः। कुशे=जले शेते इति कुशेशयम् सुधाम्भोनिधेः डिण्डीराः=हिण्डीराः=फेनाः, तेषां पिण्डानि==पटलानि इति सुधाम्भोनिधिडिण्डीरपिण्डानि, तद्वत्

पाण्डुराः = धवलाः यशसः = कीर्तेः कुशेशयानाम् = कमलानां खण्डाः = समूहाः, तः मण्डितम् = सुशोभितं सकलः = अखिलः संसारः = जगत् एव सरः = कासारः येन स तथोक्तः "हिण्डीरो" डिण्डीरः डिण्डीरोऽब्धिकफः फेनः" इत्यमरः । पुनः रागेण = अनुरागेण सहिताः सरागाः न सरागाः असरागाः, असरागाः सरागाः संपद्यमानाः सरागीकृताः अनु = पश्चात् जीवन्तीति अनुजीविनः । पृथिव्याः ईश्वरः पार्थिवः । सरागीकृताः समस्ताः = सम्पूर्णाः पार्थिवस्य = राज्ञः अनुजीविनः = आश्रितजनाः येन स सरागीकृतसमस्तपार्थिवानुजीवी । (तथा स श्रुतशीलः राज्ञो नलस्य) जीवितेन = जीवनेन समः = समानः इति जीवितसमः, प्राणैः = असुभिः समः = तुल्यः इति प्राणसमः, हृदयेन = चेतसा समः इति हृदयसमः, शरीरम् एव इति शरीरमात्रम् शरीरमात्रेण = देहमात्रेण भिन्नः = पृथग्भूतः इति शरीरमात्रभिन्नः, द्वाभ्यां पूर्णः द्वितीयः = अपर इव आत्मा = जीवात्मा, कुलस्य = वंशस्य क्रमः = परम्परा तेन आगतः = संप्राप्तः इति कुलक्रमागतः, न तु स्वेच्छया-येन केनापि कारणेन संगृहीतः इत्यर्थः । एतेन राज्यहितैषित्वं सूचितमस्येति भावः । तथा सुखम् = अभ्युदयानन्दः दुःखम् = प्रातिकूल्ये विषादः इति सुखदुःखे तयोः सुखदुःखयोः राज्ञो नलस्येत्यर्थः, संक्रान्तौ = स्थितौ दर्पणः = आदर्शः इति संक्रान्तिदर्पणः अर्थात् नलस्य सुखे श्रुतशीलोऽपि सुखी, तथा नलस्य दुःखे सोऽपि दुःखीतिभावः । तथा स्वभावेन = प्रकृत्यैव अनुरक्तः = स्नेहयुक्तः इति स्वभावानुरक्तः नलविषये इत्यर्थः शुचिः = शुद्धा । सत्येन = सत्यभाषणेन पूता = पवित्रा वाक् = वाणी यस्य स सत्यपूतवाक् = सत्यवक्ता । इत्येवं विशेषणविशिष्टः श्रुतशीलः नलस्य महामंत्री आसीदिति । अत्र हि परम्परितरूपकम्, उल्लेखश्चवालंकारः तयोः संकरः । द्वितीय इवात्मा इति च उत्प्रेक्षा ।

हिन्दी (ख)—और उस महान् महीपाल-महाराज नल का महामन्त्री सालंकायन का पुत्र, श्रुतशील नामक ब्राह्मण था । श्रुतशील के विशेषण—वह सारे वेद, शास्त्रों तथा नीतिविद्याओं का प्रशस्ति स्तम्भ था । (जैसे प्रशंसनीय कीर्तिवाले की प्रशस्तिवाक्य पत्थर या ताम्रपत्र पर लिखकर स्तम्भ बना दिया जाता है वैसे ही यह ब्राह्मण, चारों वेद समस्तशास्त्र एवं राजनीति का प्रशंसनीय आधार था) और वह पुण्य कर्म रूपी अंकुरों का वट

वृक्ष था, (अर्थात् जिस प्रकार वटवृक्ष से जटाएँ निकलकर बढ़ते-बढ़ते जमीन का सम्बन्ध पाकर फिर से नया वृक्ष बन जाती हैं। वैसे ही इस महासचिव से भी नए-नए पवित्र पुण्यकर्म प्रतिदिन होते रहते हैं) तथा वह सद्व्यहार (सुन्दरवर्ताव) रूप रत्नों का आकर-खान था। तथा राजाओं की राजनीति रूपी चाँदनी का वह चन्द्रमा था। अर्थात् नीति का वह प्रकाशक था। और सम्पूर्ण (चौंसठ) कला रूपी अंकुरों के समूह का मूल (जड़ था) अर्थात् अन्यलोगों में एक दो चार ही कला एक मनुष्य में रहती हैं। किन्तु श्रुतशील में समस्त कलाएँ थी।

और मनुष्यों के सारे गुण रूप रत्नों का वह सागर था। तथा चंचल राज्य लक्ष्मी रूपी हथिनी का वह आलान खूंटा था। सारे संसार के व्यापार रूपी समुद्र की नौका का वह कर्णधार (खिवैया) था। और उसने सुधा (अमृत) सागर के फेन (झाग) के समान शुभ्र यश रूपी (अपनी निर्मलकीर्ति रूपी) कमलों के समूह से सम्पूर्ण संसार रूपी सरोवर को सजा रखा था। और सम्पूर्ण राजा के अनुगामी (भृत्य सामन्त आदि) जनों को अपने प्रति अनुरक्त (स्नेही) कर रखा था। (राजा नल के लिए वह) जीवन के समान था। प्राणों के समान था। हृदय के समान था। केवल शरीर से भिन्न था किन्तु वह राजा का दूसरा आत्मा ही था। वह कुल परम्परा (कई पीढ़ियों) से मंत्रीपद पर था। राजा के सुख-दुःख की स्थिति में वह दर्पण था। अर्थात् राजा का सुख-दुःख उसमें साफ दीखता था। वह स्वभाव से ही प्रेम रखने वाला था। वह पवित्र और सत्य से पवित्रवाणी बोलने वाला तथा कृतज्ञ-उपकार मानने वाला था।

मित्रं च मन्त्री च सुहृत्प्रियश्च विद्यावयःशीलगुणैः समानः।
बभूव भूपस्य स तस्य विप्रो विश्वंभराभारसहः सहायः॥३८॥

अन्वय—विद्यावयशीलगुणैः समानः सः विप्रः तस्य भूपस्य, मित्रं च मंत्री च सुहृत् प्रियः च विश्वम्भराभारसहः सहायः बभूवेति सम्बन्धः॥

व्याख्या—विद्या=ज्ञानं शास्त्रं च वयः=आयुः च शीलम्=स्वभावः चरित्रं च गुणाः दयादाक्षिण्यादयः चैतेषाम् इतरेतरयोगः, विद्यावयःशील-

गुणाः तैः समानः=तुल्यः "शीलं स्वभावं सद्वृत्ते" इति विश्वः। सः=श्रुतशीलः विप्रः=ब्राह्मणः तस्य=प्रसिद्धस्य भुवं पातीति भूपः तस्य भूपस्य=राज्ञो नलस्य मेद्यति=स्नेहं करोतीति मित्रम्=सखा, अवश्यं मंत्रयते इति मंत्रो गुप्तभाषणमस्यास्तीति वा मंत्री=अमात्यः, सु=शोभनं हृदयमस्य स सुहृत् प्रियः=स्निग्धः च विश्वं बिभर्तीति विश्वम्भरा विश्वम्भरायाः=पृथिव्याः भारम्=भरं सहते=वहतीति विश्वम्भराभारसहः, राज्यभारवहनसमर्थः इत्यर्थः। सह=साकम् अयते, एति=गच्छतीति वा सहायः=सहायकः बभूव=जातः। अस्मिन् पद्ये विद्यावयःशीलगुणैः समानत्वं पृथिव्याः भारसहत्वं च राज्ञो मित्रत्वस्य सुहृत्त्वस्य निष्पत्तौ हेतुतयोक्तत्वात् काव्यलिंगम्। एकस्य चानेकधोल्लेखादुल्लेखः, तयोश्च संकरः। उपजातिर्वृत्तम्॥

हिन्दी—विद्या=शास्त्रज्ञान, वयः (अवस्था) स्वभाव, गुणों में समान (नल के बराबर) वह श्रुतशील ब्राह्मण, उस राजा नल का मित्र, मंत्री, प्रिय, सुहृत् था। और पृथिवी के भार (बोझ) को वहन करने में सहायक था॥३८॥

ब्रह्मण्योऽपि ब्रह्मवित्तापहारो स्त्रीयुक्तोऽपि प्रायशो विप्रयुक्तः।
सद्वेषोऽपि द्वेषनिर्मुक्तचेताः को वा तादृग्दृश्यते श्रूयते वा॥३९॥

अन्वय—ब्रह्मण्यः अपि ब्रह्मवित्तापहारी स्त्रीयुक्तः अपि प्रायशः विप्रयुक्तः सद्वेषः अपि द्वेषनिर्मुक्तचेताः तादृक् कः वा दृश्यते श्रूयते वा॥

व्याख्या— अपि च=अन्यत् च ब्रह्मभ्यः=ब्राह्मणेभ्यः हितः=हितकारी, इति ब्रह्मण्यः अपि ब्रह्मणाम्=विप्राणां वित्तस्य=धनस्य अपहारी=अपहर्त्ता, वित्तम् अपहरति तच्छीलः ब्रह्मवित्तापहारी ब्रह्मस्वहर्त्ता इत्यर्थः। विरोधः। ब्रह्म=वेदः आत्मा च वेत्ति=जानातीति ब्रह्मवित् तथा तापम्=सन्तापं हरति तच्छीलः तापहारी, परिहारः। स्त्रिया=भार्यया युक्तः=सहितः इति स्त्रीयुक्तः अपि प्रायशः=प्रायेण विगतं प्रयुक्तम्=विप्रयोगः यस्मात् स विप्रयुक्तः=विश्लिष्टः, वियुक्त इत्यर्थः। इति विरोधः। स्त्रीयुक्तोऽपि प्रायशः विप्रैः=ब्राह्मणैःयुक्तः=सहितः समन्वितः। इति परिहार। द्वेषेण=वैरेण-विरोधेन सहितः सद्वेषः अपि द्वेषेण=विरोधेन निर्मुक्तम्=रहितं चेतः=चित्तं यस्य स द्वेषनिर्मु-

वतचेताः, इति विरोधः। सन्=शोभनः वेषः=प्रसाधनं नेपथ्यमित्यर्थः यस्य स सद्वेषः, इति परिहारः। तादृक्=तथाविधः कः वा=कोऽन्यः दृश्यते=अवलोक्यते श्रूयते=आकर्ण्यते वा। श्रुतशीलेन सदृशः न दृश्यते नापि श्रूयते इति सर्वविलक्षणः एव स इति। अत्राद्ये शालिनी छन्दः, विरोधाभासोऽलंकारः॥

हिन्दी—और भी-वह ब्राह्मणों का हितैषी होते हुए भी, ब्राह्मणों के धन को छीनने वाला था। विरोध। ब्राह्मणों का हितचिन्तक था, ब्रह्मवित्-ब्रह्मज्ञानी और प्रजा के सन्ताप को हरण करने वाला था। परिहार। स्त्री से युक्त होते हुए भी प्रायः वियोगी था। विरोध। विप्रयुक्त-सदा ब्राह्मणों से युक्त(घिरा रहता)था। परिहार। वह द्वेष-वैर भाव से युक्त होते हुए भी, उसका चित्त द्वेष से रहित था। विरोध। वह सुन्दर स्वच्छ वेष=परिधानसे युक्त और निर्मलचित्तवाला था। परिहार। ऐसा श्रुतशील के समान दूसरा कौन देखा या सुना जाता है। अर्थात् न देखने में और न सुनने में ही कोई आता है। ऐसा वह विलक्षण ही था॥३९॥

राज्ञो नलस्य-विलासवर्णनम्

अथ स पार्थिवस्तस्मिन्नमात्ये परिजनपरिवृढे प्रौढप्रेमणि निगूढमन्त्रे मन्त्रिणि तृणीकृतस्त्रैणविषयरसे सौराज्यरागजनने जननीप्रमाने जनस्य, सर्वोपधाशुद्धबुद्धौ निधाय राज्यप्राज्यचिन्ताभारमभिनवयौवनारम्भरमणीये रम्यरमणीजननयनहृदयप्रिये प्रियङ्गुभासि जितमदनमहस्यपहसितसुरासुरसौभाग्ययशसि विस्मापितसमस्तजनमनसि लसल्लावण्यपुञ्जपराजितसकलसमुद्राम्भसि कान्तिकटाक्षितचन्द्रमसि वयसि वर्तमानो मानितमानिनीजनयौवनसर्वस्वः स्वयमनवरतसकलसंसारसुखसंदोहमन्वभूत्।

व्याख्या—अथ=अनन्तरम् सः=प्रसिद्धः पृथिव्याः ईश्वरः=स्वामी पार्थिवः=राजा नलः तस्मिन्=श्रुतशीले अमा=सह, समीपे वा भवः अमात्यः तस्मिन् अमात्ये=सचिवे, प्रवीयो, प्रकर्षेण अज्यते=काम्यते वा प्राज्यम्। राज्यस्य=आधिपत्यस्य प्राज्यम्=प्रचुरं चिन्तायाः=आध्यानस्य, चिन्तनस्येत्यर्थः।

भारः=धूः, तं राज्यप्राज्यचिन्ताभारम् निधाय=संस्थाप्य स्वम्=स्वकम् नास्ति अवरतं यत्रेति अनवरतम्=निरन्तरम् सकलानि=सर्वाणि यानि संसारस्य=जगतः सुखानि=विषयानन्दाः, तेषां सन्दोहः=समूहः तम् सकलसंसारसुख-सन्दोहम् अन्वभूत्=आस्वादितवान् इत्यन्वयः। कथं भूते अमात्ये—परिगताः जनाः परिजनाः, परिवर्हति, परिवृंहति वा परिवृढः "प्रभौ परिवृढः" इति साधुः "प्रभुः परिवृढोऽधिपः" इत्यमरः, परिजनेषु=परिवारेषु, नियतसन्निधिवर्तिपरि-चारकेषु च परिवृढः=प्रभुः तस्मिन् परिजनपरिवृढे। तथा प्रोह्यते स्म इति प्रौढम्=प्रवृद्धं प्रेम=स्नेहः यस्य स तस्मिन् प्रौढप्रेमणि। "प्रवृद्धं प्रौढमेधितम्" इत्यमरः। तथा नितरां गूढः=सुगुप्तः मंत्रः=गुह्यवादः, रहस्यमित्यर्थः। यस्य स तस्मिन् निगूढमंत्रे। तथा न तृणमिति अतृणम्, अतृणं तृणं संपद्यमानं कृतमिति तृणीकृतम्। स्त्रीणां समूहः स्त्रैणम्, स्त्रैणस्य विषयः तस्य रसः=आस्वादः, इति स्त्रैणविषयरसः=स्त्रीसम्भोगस्वादः। तृणीकृतः=तुच्छीकृतः स्त्रैणविषयरसः येन स तस्मिन् तृणीकृतस्त्रैणविषयरसे। शोभनः राजा सुराजः, तस्य भावः कर्म वा सौराज्यं, सौराज्ये रागः=प्रीतिः, भक्तिरित्यर्थः। सौराज्यरागः तं जनयतीति सौराज्यरागजननः तस्मिन् सौराज्यरागजनने। सुव्यवस्थितराज्ये लोकानां भक्त्युत्पादके इत्यर्थः। तथा जनस्य=लोकस्य जनयति या सा जननी=माता, जननी इवाचरतीति जननीयते, जननीयते इति जननीयमानः तस्मिन् जननीयमाने सर्वाः च ताः उपधाः=उत्कोचाः, उपाय-पूर्वारम्भाः इत्यर्थः। इति सर्वोपधाः, ताभ्यः शुद्धा=स्वच्छा कपटरहिता, इत्यर्थः। बुद्धिः=प्रज्ञा यस्य स तस्मिन् सर्वोपधाशुद्धबुद्धौ, एवं भूते मंत्रिणि। कथं भूतः पार्थिवः इत्याह मन्यते=बुद्ध्यतेऽनेनेति मानः=चित्तसमुन्नतिः अस्ति यासां ताः मानिन्यः, मानिन्यश्च ताः जनाः मानिनीजनाः। मानितम्=सत्कृतम् संमानपूर्वकं स्वीकृतमित्यर्थः। मानिनीजनानाम्=मानवतीनां कान्तानां यौवनस्य=तारुण्यस्य सर्वस्वम्=धनं येन स मानितमानिनीजनयौवनसर्वस्वः, वयसि=यौवने वर्तमानः=विद्यमानः स्थित इत्यर्थः "वयः पक्षिणि बाल्यादौ यौवने पुंनपुंसकम्" इति मेदिनी कथंभूते वयसि, इत्याह यूनोर्भावः यौवनम्। अभिनवम्=नवीनं यत् यौवनम्=तारुण्यं तस्य आरम्भः=उदयः तेन रमणीयम्=मनोहरं तस्मिन् अभिनवयौवनारम्भरमणीये, रम्यः=मनोहरः यः

रमणीजनः=सुन्दरीजनः तस्य नयनानि=नेत्राणि हृदयानि=चेतांसि चेति रम्यरमणीजननयनहृदयानि तेषां प्रियः=अभीष्टः, वल्लभ इत्यर्थः। तस्मिन् रम्यरमणीजननयनहृदयप्रिये। प्रियं गच्छतीति प्रियंगुः, प्रियंगुः इव=श्यामालता इव भासते=दीप्यते इति प्रियंगुभाः तस्मिन् प्रियंगुभासि। तथा जितम्=विजितं मदनस्य=कामस्य महः=तेजः येन स तस्मिन् जितमदनमहसि, सुरन्तीति सुराः, समुद्रोत्था सुरा अस्ति येषां ते वा सुराः=देवाः असुराः=दैत्याः च ते सुरासुराः, सुरासुराणां सौभाग्यम्=सौन्दर्यं तस्य यशः=कीर्तिः, इति सुरासुर-सौभाग्ययशः, अपहसितम्=तिरस्कृतं सुरासुरसौभाग्ययशः येन स तस्मिन् अपहसितसुरासुरसौभाग्ययशसि तथा-विस्मायितानि=आश्चर्यं चकितीकृतानि समस्तानाम्=सकलानां जनानाम्=लोकानां मनांसि=चित्तानि येन स तस्मिन् तथोक्ते। लुनाति जाड्यमिति लवणः। लवणस्य भावः लावण्यम्। पुञ्ज्यते इति पुञ्जः यद्वा उन्नतया पुनांसः जयति, इति पुञ्जः। लसन्=देदीप्यमानः यः लावण्यस्य=सौन्दर्यस्य पुञ्जः=समूहः, तेन पराजितानि=तिरस्कृतानि सकलानाम्=सम्पूर्णानां समुद्राणाम्=सागराणाम् अम्भांसि=जलानि येन स तस्मिन् तथोक्ते, समुद्रपक्षे तु लसन् यो लावण्यस्य=क्षारत्वस्य पुञ्जः इति। तथा कटौ=अतिशयितौ अक्षिणी=नेत्रे यत्र, कटम् अक्षतीति वा कटाक्षः=अपांगदर्शनम्। कटाक्षः संजातः अस्य स कटाक्षितः=तिरस्कृतः पराजित इत्यर्थः। कान्त्या=सौन्दर्यातिशयेन कटाक्षितः चन्द्रमाः=इन्दुः येन स तस्मिन् कान्ति-कटाक्षितचन्द्रमसि। इत्थंभूते वयसि वर्तमान इति। इत्थंविशेषणविशिष्टेऽमात्ये राज्यभारं निवेश्य, इत्थंभूते वयसि वर्तमानः पार्थिवः संसारसुखमा-स्वादयामासेति॥

हिन्दी (ख)—इनके पश्चात् वह राजा नल, परिजन=अपने परिवार तथा सदा साथ रहने वाले सेवकों का प्रभु, प्रगाढ़ प्रेम रखने वाले, एवं राजकीय मंत्रणाओं को गुप्त रखने वाले, तथा सम्भोग सुख को तुच्छ मानने वाले, सुन्दर=उत्तम राजा में अनुराग रखने वाले, अर्थात् हमारा राज्य सर्व-श्रेष्ठ प्रजा को सुख समृद्धि देने वाला हो, इस विचार वाले प्रजाजनों के प्रति माता की तरह आचरण करने वाले और सारी उपधाओं=छल-कपट,

घूंस आदि, से शुद्धबुद्धि वाले (इनसे शून्य बुद्धि वाले) उस श्रुतशील नामक मंत्री पर राज्य के विशाल चिन्ता-भार को, रखकर-सौंपकर स्वयं निरन्तर सम्पूर्ण सांसारिक सुखों का अनुभव करने लगा। वह राजा—नई जवानी की शुरुआत (नूतन यौवन के प्रकट होने) से रमणीय, और मनोहर सुन्दरियों के नेत्रों तथा हृदयों की प्रिय तथा प्रियंगुलता के समान देदीप्यमान, कामदेव के सौन्दर्य को भी जीतने वाली और देवताओं तथा दानवों के सौभाग्य=सौन्दर्य कीर्ति को तिरस्कृत करने वाली। सारे संसार के लोगों के मन को आश्चर्य चकित करने वाली, और अपने चमचमाते सौंदर्य पुन्ज से सारे सागरों के जल को तिरस्कृत करने वाली, तथा अपनी कान्ति से चन्द्रमा को भी कटाक्षकरने वाली अर्थात् चन्द्र को तिरछी नजर से तर्जित करने वाली जवानी अवस्था में स्थित था तथा मानिनी सुन्दरियों के यौवन धन का ही सम्मान करता था। अर्थात् ऐसी जवानी में वर्तमान ऐसा राजा, ऐसे मंत्री पर राज्यभार रखकर सांसारिक सुख का अनुभव करने लगा था।

विशेष—समुद्र ने लावण्य=लवण युक्त नमकीन खारे जल से तथा राजा ने लावण्य=सौन्दर्यातिशय से सबको पराजित किया।

तथा हि, कदाचिदनुत्पन्नविषमरणो गरुड इवाहितापकारी हरिवाहनविलासमकरोत्। कदाचिच्चन्द्रमौलिरिव मदनबाणासनातिमुक्तशरसंछादितायां पर्वतभुवि विजहार। कदाचिदच्युत इव शिशिरकमलाकरावगाहनोत्पन्नपुलककोरकिततनुरनन्तभोगभाक् सुखमन्वतिष्ठत्। कदाचिन्नलिनयोनिरिव राजसभावस्थितः प्रजाव्यापारमचिन्तयत्।

व्याख्या—कथं सुखमन्वभूदित्याह—तथाहि कदाचित् च अनयोः समाहारः कदाचित्=कस्मिश्चित्काले गरुद्भिः=पक्षैः डयते=आकाशे गच्छतीति गरुडः=वैनतेयः इव=यथा न उत्पन्नः अनुत्पन्नः=न संजातः विषमः=भयङ्करः रणः=संग्रामः यस्य सः अनुत्पन्नविषमरणः, न हिताः=हितैषिणः अहिताः, अहितानाम्=अरीणाम् अपकारी=अपकारकरणशीलः इति अहितापकारी सन् हरेः=अश्वस्य वाहनम्=प्रवहणं रथः एव विलासः=सौख्यम्, हरिवाहनेन=

तुरगसंयुक्तरथेन वा विलासः विहारः तम् अकरोत्=कृतवान्। गरुडपक्षे—अनुत्पन्नम्=न संजातम् विषेण=गरलेन मरणम्=मृत्युः यस्य सः अनुत्पन्नविषमरणः, तथा अहीनाम्=सर्पाणां तापम्=सन्तापं करोति तच्छीलः अहितापकारी=भुजंगमानां सन्तापजनकः सन् हरेः=विष्णोः वाहनविलासः=यानलीला तम् अकरोदिति। कदाचित् चन्द्रः=इन्दुः मौलौ=मस्तके यस्य स चन्द्रमौलिः=चन्द्रशेखरः शिवः इव=यथा मदयतीति मदनः=धत्तूरः बकुलो वा बाणः=पुष्पविशेषः असनः=अतिमुक्तकः शरः=मुञ्जः एषामितरेतरयोगः, मदनबाणासनातिमुक्तशराः तैः संच्छादिता=आच्छादिता व्याप्ता तस्यां मदनबाणासनातिमुक्तशरसंच्छादितायाम्=एतन्नामकवृक्षविशेषैः आच्छन्नायां पर्वतस्य=अद्रेः भूः=पृथिवी तस्यां पर्वतभुवि=पर्वतसंबन्धिभूमौ विजहार=विहरणं कृतवान्। चन्द्रमौलिपक्षे तु बाणाः=शराः अस्यन्ते=क्षिप्यन्तेऽनेनेति बाणासनम्। मदनस्य=कन्दर्पस्य बाणासनम्=धनुः, तेन अतिमुक्ताः प्रक्षिप्ताः ये शराः=बाणाः इति मदनबाणासनशराः तैः संच्छादिता=व्याप्ता=पीडिता इत्यर्थः तस्यां मदनबाणासनातिमुक्तशरसंच्छादितायाम्, पर्वाणि सन्त्यत्र पर्वति=पूरयतीति वा पर्वतः पर्वतात्=हिमालयात् भवतीति पर्वतभूः तस्यां पर्वतभुवि=पार्वत्यां विजहार=रेमे। कदाचित् नास्ति च्युतम्=स्खलनं स्वपदात् यस्य सः, नाच्योप्ट इति वा अच्युतः=विष्णुः इव=यथा कम्=जलम् अलन्ति=भूषयन्तीति कमलानि कमलानाम्=पद्मानाम् आकरः=उत्पत्तिस्थानमिति कमलाकरः। कोरकाः संजाताः अस्याः सा कोरकिता। शिशिरः=शीतलः यः कमलाकरः=पद्माकरः=सरः, तस्मिन् अवगाहनम्=स्नानं तेन उत्पन्नाः=संजाताः ये पुलकाः=रोमाञ्चाः, तैः कोरकिता=कुड्मलिता कण्टकिता इत्यर्थः "स्त्रियां मूर्तिस्तनुस्तनूः" इत्यमरः। तनुः=शरीरं यस्य स शिशिरकमलाकरावगाहनोत्पन्नपुलककोरकिततनुः, अनन्ताः=असंख्याताः ये भोगाः=विलासाः=सुखानीत्यर्थः। इति अनन्तभोगाः, तान् भजति=प्राप्नोतीति अनन्तभोगभाक् सन् सुखम्=आनन्दम् अन्वतिष्ठत्=अनुबभूव अनुभवति स्म। अच्युतस्तु शिशिरः=शीतलः यः कमलायाः=लक्ष्म्याः करः=हस्तः तस्य अवगाहनम्=संस्पर्शः तेन उत्पन्नाः ये पुलकाः=रोमाञ्चाः, तैः कोरकिता=कण्टकिता तनुः यस्य स

तथोक्तः। न अन्तः यस्य सः अनन्तः तस्य अनन्तस्य=शेषनागस्य भोगं=शरीरं भजतीति अनन्तभोगभाक् सन् सुखमन्वतिष्ठत्। कदाचित् नलिनम्=पद्मं योनिः=उत्पत्तिस्थानं यस्य स नलिनयोनिः=ब्रह्मा इव राज्ञाम्=नृपाणां सभा=संसत् तस्याम् अवस्थितः=विराजमानः, इति राजसभावस्थितः सन् प्रकर्षेण जायन्ते इति प्रजाः=लोकाः तासां व्यवहारः=कार्यमिति प्रजाव्यवहारः तं प्रजाव्यवहारम् अचिन्तयत्=विचारयतिस्म। नलिनयोनिपक्षे—रजसा=रजोगुणेन निवृत्तः राजसः राजसश्चासौ भावः तस्मिन् राजसभावे स्थितः=वर्तमानः इति राजसभावस्थितः रजोगुणप्रधानः सन् प्रजानाम्=जनानां व्यवहारम्=संसारोत्पत्तिरूपकार्यं भुवननिर्माणमित्यर्थः अचिन्तयत्॥ अत्रगद्ये श्लिष्टोपमालंकारः॥

हिन्दी--(ख) जैसे गरुड़ विष (सांप के विष) से मरण (मृत्यु) को न प्राप्त होकर तथापि सांपों को सन्ताप करने वाला होकर विष्णु के वाहन की लीला को प्राप्त करता है, वैसे ही राजा नल भी भयंकर विकराल युद्ध को उत्पन्न न कर के, भी शत्रुओं को सन्ताप देने वाला होकर घोड़े की सवारी का आनन्द लेता था। और कभी, भगवान चन्द्रमौलि शिव जैसे कामदेव के धनुष से छूटे हुए वाणों से पीडित हिमालय पुत्री में विहार करते थे। वैसे ही नल भी मदन (धतूरा व बकुल) वाण (एक पुष्प व नीलझिण्टी) असन, अतिमुक्त, और शर (मूञ्ज) के पौधे व वृक्षों से आच्छादित घिरी हुई पर्वत की भूमि पर भ्रमण करता था। और कभी शीतल (ठण्डे) तथा कमलों से भरे तालाब में नहाने से उत्पन्न हुए रोमाञ्च से कण्टकित शरीर वाला होकर अनेक तथा असंख्य सुखों का भोग करता था। जैसे कि भगवान् विष्णु शीतल कमला=लक्ष्मी के हाथ के स्पर्श से उत्पन्न रोमाञ्च से पुलकित शरीर वाले होकर अनन्त फणों वाले शेषनाग पर (शेषशय्या पर) सुखों का अनुभव करते हैं।

और किसी समय राजाओं की सभा में बैठ कर प्रजा कार्य के संबन्ध में विचार करता था।' जैसे कि कमलासन ब्रह्मा जी रजोगुण के भाव से युक्त होकर (रजोगुणविशिष्ट होकर) प्रजा की सृष्टि के विषय में विचार करते हैं।

७

कदाचिन्मयूर इव कान्तोन्नमत्पयोधरमण्डलिविलासेन हर्ष-मभजत्। कदाचिन्नक्षत्रराशिरिवाश्विन्या सेनया समन्वितो मृगा-नुसारी बहुशष्पवनमार्गं बभ्राम। कदाचिदाञ्जनेय इवाक्षविनोद-मन्वतिष्ठत्। कदाचिद्वानरेश्वर इव सुग्रीवो वैदेहीति ब्रुवाणस्याल-घुकाकुस्थस्यार्थिनः प्रार्थना क्रियतां सफलेति वानरपुंगवानादिदेश।

व्याख्या—कदाचित्-मयते इति मह्यां रौति, इति वा मयूरः=डप्रत्ययः पृषोदरादित्वात्साधुः। बर्ही इव=यथा धरतः इति धरौ, पयसः=दुग्धस्य धरौ पयोधरौ=स्तनौ। पयसां जलानां धराः पयोधराः=मेधाः। काम्यते स्म इति कान्ता। कान्तायाः=कामिन्याः उन्नमन्तौ=उद्गच्छन्तौ यौ पयोधरौ तत्र मण्डलिविलासः=आलिगनसुखम् वक्रक्रीडा वा तेन कान्तोन्नमत्पयोधरमण्डलि-विलासेन हर्षम्=मुदम् अभजत्=प्राप्तवान्। मयूरपक्षे तु कान्ताः=रम्याः मनोहरा इत्यर्थः उन्नमन्तः=उपरिगच्छन्तः ये पयोधराः=मेधाः, तैः मण्डलि-विलासः=मण्डलाकारनृत्यं तेन तथोक्तेन हर्षम्=आनन्दम् अभजत्। मेघं विलोक्य मयूरः मण्डलाकारेण नृत्यतीति प्रसिद्धम्। कदाचित् न क्षत्राणीति नक्षत्राणि देवत्वात् क्षत्रभिन्नत्वात्। नक्षत्राणाम्=ताराणाम् राशिः=समूहः इति नक्षत्रराशिः इव=यथा अश्वाः=तुरंगमाः सन्ति यस्यां सा तया अश्विन्या सेनया=सैन्येन समन्वितः=सहितः मृग्यन्ते व्याधैः ये ते मृगाः। मृगान्=हरिणान् अनुसरति तच्छीलः मृगानुसारी सन् वहु=अत्यधिकं शष्पम्=घासः यस्मिन् तत् बहुशष्पं तच्च तद्, वनम्=अरण्यं तस्य पन्थाः=मार्गः तं बहुशष्प-वनमार्गं बभ्राम=भ्रमति स्म। नक्षत्रराशिपक्षे तु इनेन=सूर्येण सहिता सेना तया सेनया=सूर्यसहितया अश्वं युनक्ति=रूपेणानुकरोति, अश्वस्वरूपमस्ति अस्याः सा वा अश्विनी तया अश्विन्या=अश्विनीनामकनक्षत्रेण समन्वितः=युक्तः मृगम्=मृगशीर्षं नक्षत्रम् अनुसरति स मृगानुसारी बहुशः=प्रायेण, बहुधा पवनस्य=वायोः मार्गः=अध्वा तम् बहुशः पवनमार्गम्=आकाशमार्ग-मित्यर्थः भ्रमतिस्म। "शष्पं बालतृणं घासः" "इनः सूर्ये प्रभौ च" इत्यमरः। अत्र बहुशष्पवनमार्गमिति एकं पदम्, नलपक्षे। बहुशः इति भिन्नं पदं नक्षत्र पक्षे, एकत्र पकारः अपरत्र च पकारात् पूर्वं विसर्जनीयः उपध्मानीयो वा, इत्थं रूपभेदेऽपि श्रुतिसाम्यात् न दोषः इति कविसिद्धान्तः, इति। कदाचित्

अंजनवत् वर्णत्वात् अंजना=वानरी, तस्याः अपत्यं पुमान् आञ्जनेयः= हनुमान् इव=यथा अक्षैः=पाशकैः विनोदम्=क्रीडाम् अन्वतिष्ठत्=कृतवान् द्यूतपाशकैः क्रीडितवानित्यर्थः। अंजनापुत्रस्तु अक्षस्य=अक्षकुमारस्य रावण-पुत्रस्य विनोदः=वधः तम् अक्षविनोदम् अन्वतिष्ठत्। कदाचित् वनें भवं फलादि वानं वानं रान्तीति वानराः, वा=किंचित् नरा वा वानराः। वानराणाम्= मर्कटानाम् ईश्वरः=राजा, वानरेश्वरः सु=शोभना ग्रीवा=कन्धरा यस्य स सुग्रीवः=वालिभ्राता इव=यथा नरेश्वरः सुग्रीवः नलः वै इति पृथक् पदं स्पष्टार्थे, निश्चयार्थे वा। वै=नूनम्, अवश्यं देहि=मह्यं याचकाय धनं प्रयच्छ, इति=एवं ब्रुवाणस्य=प्रार्थयमानस्य तथा आ=समन्तात् लघ्व्याम्=अतिनम्रायां कव्यते इति काकुः, तस्यां काकौ=भीत्या विकृतकण्ठध्वनौ तिष्ठतीति काकुस्थः तस्य काकुस्थस्य अर्थिनः=याचकस्य जनस्य प्रार्थना=याचना सफला=परिपूर्णा क्रियताम्=विधीयताम्, इति=एवम् नरेषु=पुरुषेषु पुंगवाः=श्रेष्ठाः तान् नरपुंगवान् आदिष्टवान्=आदिदेश, अस्मिन् पक्षे वा इति भिन्नं पदं समुच्च-यार्थे। सर्वेभ्योऽर्थिभ्यः अभिलषितं द्रव्यं दीयतामिति श्रेष्ठराजपुरुषान् आदिष्ट-वानित्यर्थः। वानरेश्वरपक्षे तु विदेहस्य=जनकस्यापत्यं वैदेही=सीता इति= इत्थं ब्रुवाणस्य=प्रलपतः न लघुः अलघुः तस्य अलघोः=गुरोः महतः काकुस्थस्य=रामस्य प्रार्थना सफला=फलवती क्रियतामिति वानरेषु=कपिषु पुंगवाः=श्रेष्ठाः हनूमदंगदादयः तान् आदिदेश=नियुक्तवान् सुग्रीवः इति। श्लिष्टोपमालंकारः।

हिन्दी—जिस प्रकार मोर सुन्दर मनोहर उमड़ते मेघों के आने पर मण्डलाकार (चारों तरफ घूम-घूम कर) नाचता हुआ आनन्द को पाता है। वैसे ही नल भी किसी समय, रमणी के उभरे हुए (ऊंचे उठे हुए) स्तनों के मण्डल-विलास=आलिंगन से परमसुख का सेवन करता था। अर्थात् आनन्दानुभव करता था। और कभी घुड़सवार सेना को साथ लेकर मृगों का पीछा करते हुए, खूब घास-फूंस से भरे जंगल में घूमता-फिरता था। जैसे कि नक्षत्रों का समूह सूर्य से युक्त अश्विनी नामक नक्षत्र से मिलकर मृगशिरा नक्षत्र का अनुसरण करता हुआ प्रायः आकाश में भ्रमण करता है। और कभी जैसे अंजनीपुत्र हनुमान् जी ने अक्षयकुमार–रावण के पुत्र का

वध किया था। वैसे ही नल भी पाशों से द्यूतक्रीड़ा करके मनोरञ्जन करता था।

और कभी वानरों के राजा सुग्रीव के समान नरेश्वर सुन्दर गले वाला नल, अवश्य दीजिये इस प्रकार कहने वाले अति नम्र दीन वचन वाले याचक की प्रार्थना को सफल करो (इस गरीब को दो) यह आज्ञा श्रेष्ठ कर्मचारियों को देता था। सुग्रीव ने भी, सीता सीता ऐसा प्रलाप करने वाले महान् श्री रामचन्द्र रूपी प्रार्थी की प्रार्थना को सफल करो यह आदेश बन्दरों में श्रेष्ठ हनुमान् अंगदादि को दिया था। अर्थात् राम के कहने पर सीता जी को ढूँढकर लाओ–यह आज्ञा दी थी॥

कदाचिन्मकरकेतन इव सुमनसो मार्गणान् विधाय स्वगुणं कर्णपूरीचकार। कदाचिदम्भोनिधिरिवोच्चैः स्तननाभिरम्याः, कृतानिमेषनयनविभ्रमाः, सकंदर्पाः सिषेवे वेलाविलासिनीः। कदाचिद्दशरथ इवायोध्यायां पुरि स्थितः सुमित्रोपेतो रममाणरामभरतप्रेक्षणेन क्षणमाह्लादमन्वभूत्। एवमस्य सकलजीवलोकसुखसंतानमनुभवतो यान्ति दिनानि।

व्याख्या (क)—कदाचित्, मंकते इति मकम्। मकं रातीति मकरः। यद्वा कृणातीति करः, मनुष्यां करः मकरः=पृषोदरादित्वात् साधुः। मकरः=मीनः केतनम्=ध्वजः यस्य स मकरकेतनः=कामः इव=यथा मार्गणान्=याचकान् सु=शोभनं मनः येषां ते सुमनसः तान् सुमनसः=मनोरथपूरणेन सौमनस्ययुक्तान् विधाय=कृत्वा "मार्गणं याचनेऽन्वेषे मार्गणस्तु शरेऽर्थिनि" इति हैमः। स्वस्य=आत्मनः नलस्येत्यर्थः। गुणम्=त्यागरूपम्, कर्णम्=श्रोत्रं पूरयति =अलंकरोति इति कर्णपूरः, न कर्णपूरः अकर्णपूरः, अकर्णपूरं कर्णपूरं संपद्यमानं कृतवान् इति कर्णपूरीचकार, सर्वस्य जगतः इति शेषः। मकरकेतनस्तु सुमनसः=कुसुमानि मार्गणान्=शरान् विधाय=कृत्वा स्वस्य=निजस्य गुणम्=ज्यां कर्णपूरीचकार=श्रोत्रान्तिकं चकार। कदाचित् अम्भांसि=जलानि निधीयन्तेऽत्र अम्भोनिधिः। अम्भसां वा निधिः अम्भोनिधिः=समुद्र इव=यथा उच्चैः=उन्नताभ्यां स्तनाभ्याम्=कुचाभ्यां, नाभ्या=प्राण्यंगविशेषेण च रम्याः=मनोहराः यास्ताः उच्चैस्तननाभिरम्याः, नास्ति निमेषः=चक्षुः स्पन्दनं येषां

तानि । कृताः=विहिताः अनिमेषैः=पक्ष्मपातशून्यैः नयनैः=नेत्रैः विभ्रमाः=विलासाःयाभिःताःकृतानिमेषनयनविभ्रमाः, केन=सुखेन दृप्यतीति, कम्=कुत्सितः दर्पः यस्य स इति वा कन्दर्पः=कामः, तेन सहिताः=युक्ताः इति सकन्दर्पाः, कमिति कुत्सितवाचकमव्ययम् । विलासः=विभ्रमः अस्ति यासु ताः विलासिन्यः विलसन्ति अभीक्ष्णं याः ताः इति वा विलासिन्यः । वेलायाम्=वारके विलसन्ति=संभोगार्थमुपतिष्ठन्त इति वा ताः वेलाविलासिनीः=वारस्त्रीः सिषेवे=सेवितवान् अम्भोनिधिपक्षे तु उच्चैः=उन्नतेन दीर्घेणेत्यर्थः स्तननेन=गर्जितेन अभिरम्याः=रमणीयाः,इति उच्चैःस्तननाभिरम्याः, कृतम्=विहितम् अनिमेषाणाम्=मत्स्यानां नयनम्=इतस्ततः प्रापणं यैः ते कृतानिमेषनयनाः विभ्रमाः=विविधाः भ्रमाः=आवर्ताः यासु ताः तथोक्तास्ताः । कं जलं तस्य दर्पेण=औद्धत्येन सहिताः ताः सकन्दर्पाः, अभीक्ष्णं विलसन्तीति विलासिन्यः ताः विलासिनीः=विलसनशीलाः वेलाः=कूलविकारान्, अम्भोवृद्धिः (कर्म) सेवते, कदाचित् दशसु दिक्षु गतः रथो यस्य स दशरथः=राजा दशरथः इव न योद्धुं शक्या अयोध्या, अयोध्यायाम् पुरि=स्वनगर्यां स्थितः=वर्तमानः सुमित्रैः=सुसुहृद्भिः उपेतः=परिवृतः=व्याप्तः सन्मित्रवर्गेण सहितः इत्यर्थः । इति सुमित्रोपेतः, रममाणाः=क्रीडन्त्यः रामाः=सुन्दर्य्यः यत्र तत् रममाणरामम्, यत् भरतम्=भरतसंगीतं तस्य प्रेक्षणम्=अवलोकनं तेन रममाणरामभरतप्रेक्षणेन=किंचित्कालं यावत् आह्लादम्=आनन्दम् अन्वभूत्=प्राप्तवान् । दशरथपक्षे तु अयोध्यायाम्=साकेते पुरि=नगर्य्यां स्थितः, सुमित्रया=लक्ष्मणमात्रा उपेतः=सहितः इति सुमित्रोपेतः, रामश्च भरतश्चेति रामभरतौ=भ्रातरौ, रममाणौ=क्रीडन्तौ च तौ रामभरतौ, तयोः प्रेक्षणम् तेन रममाणरामभरतप्रेक्षणेन क्षणम् आह्लादम्=परमानन्दम् अन्वभूत् । अत्र गद्ये श्लिष्टोपमालंकारः । एवम्=पूर्वोक्तवर्णितप्रकारेण अस्य=राज्ञो नलस्य, सुखस्य=आनन्दस्य सन्तानः=परम्परा, इति सुखसन्तानः, सकलः=समग्रः यः जीवलोकः=संसारः तस्य यः सुखसन्तानः तम् सकलजीवलोकसुखसन्तानम्, अनुभवतः=अनुभवं कुर्वतः दिनानि=दिवसाः यान्ति व्यतीताः भवन्तीति ॥

हिन्दी—(ख) और किसी समय जैसे मीन की पताका वाला कामदेव पुष्पों को बाण बनाकर अपने गुण (धनुष की डोरी) का

कान तक खींच कर वाण छोड़ता है। अर्थात्, वैसे ही राजा नल मार्गण=मांगने वाले भिक्षुकों को सन्तुष्टमन करके अर्थात् उनकी इच्छा को पूर्ण करके अपने त्याग रूपी गुण को संसार के कानों का भूषण बनाता है। अर्थात् सबके कानों तक अपने गुणों को पहुंचाता है। और कभी, जैसे समुद्र ऊँचे गर्जन (गड़गड़ाहट) से रमणीय एवं मछलियों के नेत्र से आमोद-प्रमोद करने वाली, और जल के औद्धत्य (ज्वार) से सुशोभित विलासिनी तरंगों वाली वेला=तट (या किनारा रूपी नायिका) का सेवन करता है। वैसे ही नल भी उन्नत कुच तथा नाभि से सुन्दर और निर्निमेष (एकटकदृष्टि) आंखों से विलास को प्रकट करने वाली कामवासना से युक्त, समय पर वारांगनाओं का सेवन करता था, अर्थात् वारागनाओं के साथ रंगरेलियां करता था। और कभी जैसे राजा दशरथ अयोध्या नगरी में रहते हुए सुमित्रा (नामकी) पत्नी सहित, खेलते हुये राम तथा भरत को देखकर कुछ समय तक परम आनन्द का अनुभव करते थे वैसे ही नल भी अपनी अजेय नगरी में रहते हुये, अच्छे मित्रों के साथ उस भरतसंगीत का कुछ काल तक आनन्द लेता था, जिसमें कि रमणियां सुहावना नृत्यसंगीत करती थी। इस प्रकार समग्र संसार के सुखों की परम्परा का अनुभव करते हुए इस राजा नल के दिन व्यतीत हो रहे थे॥

अथ वर्षावर्णनम्

अथ कदाचिदुन्नमत्पयोधरान्तरपतद्धारावलीविराजिताः, कमलदलकान्तनयनाः, सुरचापचक्रवक्रभुवः, विद्युन्मणिमेखलालंकारधारिण्या; शिञ्जानामुक्तकलहंसकाः, प्रौढकरेण संचारहारिण्यः, कम्रकंधराः, तिरस्कृतशशांकान्तिकलापोच्चमुखमण्डलाः सकलजगज्जेगीयमानगुणमिममनुपमरूपलावण्यराशिराजितं राजानमवलोकयितुमिवावतरन्ति स्म वर्षाः।

व्याख्या (क)अथ=अनन्तरम् कदाचित् कस्मिन्नपि समये इमम् अमुम् =राजानम्=नृपं नलम् अवलोकयितुम्=द्रष्टुम् इव उत्प्रेक्षायाम् वर्षम्-वर्षणमस्त्येनि वर्षाः=वार्तवः "स्त्रियां प्रावृट् स्त्रियां भूम्नि वर्षाः" इत्यमरः।

तेन वर्षाशब्दः बहुत्वे, नित्यबहुवचनश्च । अवतरन्ति स्म=अवातरन् कथंभूताः वर्षाः, उन्नमन्तः=उद्गच्छन्तः, घटाटोपेनागच्छन्तः इत्यर्थः । ये पयोधराः= जलधराः, मेघाः इति उन्नमत्पयोधराः तेषाम् अन्तरात्=मध्यात् पतन्त्यः= वर्षन्त्यः या धारावल्यः=धाराश्रेणयः, जलप्रवाहसमूहाः इत्यर्थः ताभिः विराजिताः=सुशोभिताः, इति उन्नमत्पयोधरान्तरतयद्धारावलीविराजिताः । अत्र च वर्षाशब्दस्य स्त्रीलिंगत्वेन वर्षासु नायिकात्वमध्यवसितं ततश्चैतत्पक्षे- उन्नमन्तौ=उद्गच्छन्तौ पयोधरौ=स्तनौ, तयोः, अन्तरे=मध्ये पतन्तः= लम्ब- मानाः-संहतत्वेन अप्रविशन्तः इत्यर्थः हाराः=मुक्तावल्यः-यासां ताः, तथा वलीभिः=उदररेखाभिः विराजिताः=शोभिताः इति तथोक्ताः । "ह्रियते मनः यैः ते हारयन्ति मनः इति वा हाराः" 'हारा मुक्तावली' 'इत्यमरः ।" पुनः—कम्=जलम् अलन्ति=भूषयन्तीति कमलानि । तेषां कमलानाम्=पंकजानां दलानि=पत्राणि इति कमलदलानि तेषां कान्तम्= इष्टम्=नयनम्=आगमनं, अतिवाहनं यासां ताः कमलदलकान्तनयनाः । नायिकापक्षे तु कमलदलवत्=कान्तानि=रम्याणि, सुन्दराणि नयनानि यासां ताः तथोक्ताः । तथा सुष्ठु राति=ददाति, अभीष्टमिति सुरः, चपस्य=वंश- भेदस्य विकारः चापः, सुरस्य=देवस्य, इन्द्रस्य चापः=धनुः, इति सुरचापः सुरचापस्य चक्रम्=वलयमेव वक्रे=कुटिले भ्रुवौ=दृग्भ्यामूर्ध्वे यासां ताः सुर- चापचक्रवक्रभुवः । नायिकापक्षे-सुरचापचक्रवत्=इन्द्रधनुष्चक्रवत् वक्रे=कुटिले भ्रुवौ यासां ताः, पुनः विशेषेण द्योतन्ते इति विद्युतः=तडितः । मखम्=गति- लातीति मेखला, मणिभिः=मौक्तिकादिभिः जडिता मेखला, इति मणिमेखला =काञ्चीगुणम् । विद्युत एव मणिमेखलाः अलंकाराः=भूषणानि इति विद्यु- न्मणिमेखलालंकाराः, तान् धारयितुं शीलं यासां ताः विद्युन्मणिमेखलालंकार- धारिण्यः यद्वा विद्युदेव मेखला तां तथा अलम्=अत्यर्थं कस्य=जलस्य अरम्=वेगं धारयन्ति तच्छीलाः । नायिकापक्षे तु विद्युतः इव मणिमेखलालंकाराः तेषां धारिण्यः । पुनः कलः=मधुरवाक् हंसः कलहंसः स एव कलहंसकः । शिञ्जानाः=अव्यक्तशब्दं कुर्वाणाः मुक्ताः=मानससरोवरम्प्रति प्रस्थापिताः कलहंसकाः=कादम्बाः याभिः ताः शिञ्जानामुक्तकलहंसकाः "कादम्बः कल- हंसः स्यात्" इत्यमरः । वर्षासमये हंसाः मानससरोवरं प्रति समुत्सुकीभूय

गच्छन्तीति कविसमयः। नायिकापक्षे तु हंस इव कायतीति हंसकः=नूपुरः कलः=मधुरः हंसकः इति कलहंसकः। शिञ्जानौ=अव्यक्तशब्दं कुर्वाणौ आमुक्तौ=धृतौ, बद्धौ कलहंसकौ=पादकटकौ नूपुरौ इत्यर्थः यासां ताः शिञ्जानामुक्तकलहंसकाः। "हंसकः पादकटकः" इत्यमरः। प्रकर्षेण ऊढं प्रौढम्, प्रौढेन=प्रवृद्धेन केन=जलेन रेणूनाम्=धूलीनां सञ्चारम्=उत्पतनं हरन्ति=निवारयन्ति, तच्छीलाः इति प्रौढकरेणुसंचारहारिण्यः, प्रावृट्काले जलवर्षणेन धूलीनामवरोधो भवतीति। नायिकापक्षे-प्रौढायाः=प्रगल्भायाः करेण्वाः=हस्तिन्याः संचारम्=गमनं हरन्ति तच्छीलाः। गजगामिन्यः इत्यर्थः। धरन्तीति धराः, कस्य=जलस्य धराः कन्धराः=मेघाः। कम्=शिरो धारयतीति कन्धरा=ग्रीवा। कस्य=शिरसः वा धरा कन्धरा कम्राः=मनोहराः कन्धराः= मेघाः यासु ताः कम्रकन्धराः, कम्रा=कमनीया कन्धरा=ग्रीवा यासां ताः कम्रकन्धराः नायिकाः। तथा शशति=उत्प्लुत्य गच्छतीति शशः=मृगः अंकः= चिह्नम् अस्य स शशांकः=चन्द्रः तस्य कान्तिः=चन्द्रिका इति शशांककान्तिः। तिरस्कृता=जलधरैरवरुद्धा शशांककान्तिः यासु ताः तिरस्कृतशशांककान्तयः, तथा काय=जलाय लापाः=आलापाः कलापाः=स्वकुटुम्बिवर्गगीयमानशब्दाः, कलापैः=उच्चमुखाः=मेघदर्शनायोन्मुखाः मण्डलाः प्रदेशाः यासु ताः कलापोच्चमुखमण्डलाः, तिरस्कृतशशांककान्तयः च ताः कलोच्चमुखमण्डलाः इति तिरस्कृतशशांककान्तिकलापोच्चमुखमण्डलाः। नायिकापक्षे-तिरस्कृतः शशांकस्य=चन्द्रस्य कान्तेः=ज्योत्स्नायाः कलापः=समूहः येन तत् तिरस्कृतशशांककान्तिकलापम्, तथाभूतम् उच्चम्=उत्कृष्टम्=उन्नतकपोलं वा मुखमण्डलम्= आननबिम्बं यासां ताः तिरस्कृतशशांककान्तिकलापोच्चमुखमण्डलाः, एवं भूताः वर्षाः। नायिकाश्च। कथं भूतं राजानमित्याह पुनः पुनः अतिशयेन वा गीयते इति जेगीयमानः, सकलम्=समग्रं च तत् जगत्=संसारः इति सकलजगत्, सकलजगता जेगीयमानाः=भूयोभूयः प्रशस्यमानाः गुणाः= दयादाक्षिण्यशौर्यादयः यस्य स तं सकलजगज्जेगीयमानगुणम्, तथा नास्ति उपमा=सादृश्यं यस्य तत् अनुपमम्=लोकोत्तरं यत् रूपम्=सौन्दर्यम् लावण्यम् =कान्तिश्चेति अनुपमरूपलावण्यम्, तस्य राशिः=समूहः तथा विराजितः= सुशोभितः त तथोक्तम् इमम्=अमुम् राजानं नलमवलोकयितुमिति संबन्धः।

अत्र गद्यभागे समानकार्यलिंगविशेषणैः प्रस्तुतासु वर्षास्वप्रस्तुतनायिकानां व्यवहारसमारोपात् समासोक्तिः। उपमा रूपकं च समासोक्त्यंगम्। अवलोकयितुमिवेति हेतूत्प्रेक्षा च।

हिन्दी (ख)—इस के अनन्तर किसी समय सारा संसार जिसके दया दाक्षिण्य पराक्रमादि गुणों का बार-बार तथा प्रशंसापूर्वक गान कर रहा था, और जो अद्वितीय सौन्दर्य तथा लावण्य (सलोनापन) के पुञ्ज (आधिक्य) से सुशोभित था, ऐसे इस राजा नल के मानों दर्शन करने के लिये वर्षाएं अवतीर्ण हुई थीं। यहां पर वर्षा के स्त्रीलिंग होने से अप्रस्तुत वर्षा रूप नायिका का भी ग्रहण है। अर्थात् मानों वर्षारूप नायिका नल को देखने के लिये उतर आई थी। अतः विशेषण दो पक्ष में लगेंगे। वर्षा कैसी है। उमड़ते बादलों के बीच से गिरती हुई मूसलधारा के समूह से सुशोभित थी। तथा कमल पत्रों के लिये जिसका आगमन अभीष्ट-प्रिय था। (क्योंकि वर्षा में ही कमल खूब तैयार होते हैं) इन्द्र के धनुष (चक्राकार तिरछा) रूपी तिरछी भौंहों वाली थी, और विजली रूपी मणि जडित करधनी (तगड़ी) रूप भूषण को पहने थीं, तथा गर्जन रिमझिम व गड़गड़ाहट करने वाली और हंसों को मानस सरोवर की ओर छोड़ने वाली, अर्थात् मानस सरोवर जाने के लिये उत्कण्ठित करने वाली, मूसलधार जल वर्षने से धूधी के उड़ान को रोकने वाली, मनोहर जल को धारण करने वाले बादलों वाली, चन्द्रमा की कान्ति-प्रकाश को आच्छादित करने वाली एवं क= जल के लाप=शब्द गर्जना से लोगों के मुखमण्डलों को (मेघों को देखने के लिये।) ऊपर को उठा देने वाली,

नायिका पक्ष में—ऊँचे उठे हुए स्तनों के बीच में लटकती हुई मोतियों की माला से सुशोभित, और कमल के पत्रों के समान नेत्र वाली, कमलाक्षी इन्द्र धनुष के समान तिरछी भौंहों वाली, विजली की तरह चमकीली मणि जटित करधनी आभूषण को पहने हुई। (छमछम) बजते हुए नूपुरों को पहनने वाली, अच्छी विशाल हथिनी की गति को अपनी गति से तिरस्कृत करने वाली अर्थात् सुन्दर मस्तगति से गजगमन को जीतने वाली। सुन्दर गरदन वाली, चन्द्रमा की कान्ति को अपनी सुन्दरता से जीतने वाली एवं

उन्नत मुख मण्डल वाली अर्थात् सुन्दर मुख मण्डल वाली नायिकाएँ मानों इस राजा नल को देखने के लिए आई थीं ।

यत्र च ।

आकर्ण्य स्मरयौवराज्यपटहं जीमूतनूत्नध्वनिं
नृत्यत्केकिकुटुम्बकस्य दधतं मन्द्रां मृदङ्गक्रियाम् ।
उन्मीलन्नवनीलकन्दलदलव्याजेन रोमाञ्चिता
हर्षेणेव समुच्छ्रिता वसुमती दध्रे शिलीन्ध्रध्वजान् ॥ ४० ॥

अन्वयः—नृत्यत्केकिकुटुम्बकस्य मन्द्रां मृदंगक्रियाम्, दधतम्, स्मरयौवराज्यपटहं जीमूतनूत्नध्वनिम् आकर्ण्य, उन्मीलन्नवनीलकन्दलदलव्याजेन रोमाञ्चिता, हर्षेण इव समुच्छ्रिता वसुमती शिलीन्ध्रध्वजान् दध्रे ॥

व्याख्या—यत्र च=वर्षासमये च के=मूर्ध्नि कायतीति केका=मयूरस्य वाणी अस्यास्तीति केकी । कुटुम्ब्यते=पाल्यते, संबध्यते वा कुटुम्बः=ज्ञातिः । केकीनाम्=मयूराणां कुटुम्बः=ज्ञातिसमूहः इति केकिकुटुम्बः, नृत्यन्=नर्तनं कुर्वन् यः केकिकुटुम्बः, तस्य नृत्यत्केकिकुटुम्बस्य मन्द्राम्=गम्भीराम्, मृद्यते, मृत् अंगमस्यास्तीति वा मृदंगः=मुरजः तस्य क्रिया=व्यापारः ताम्, इति मृदंगक्रियां दधतम्=धारयन्तम् । युवा=तरुणः चासौ राजा युवराजः, तस्य भावः कर्म वा यौवराज्यम् । स्मरस्य=कामस्य यौवराज्यम्=युवराजत्वं तस्य पटहः=आनकः, डिण्डिमघोषः इत्यर्थः, तम् स्मरयौवराज्यपटहम्, जलं मूतम्=बद्धमेभिः ते जीमूताः । जीमूतानाम्=मेघानां नूत्नः=नवः ध्वनिः=शब्दः गर्जनमित्यर्थः । तम् जीमूतनूत्नध्वनिम् आकर्ण्य=श्रुत्वा, उन्मीलन्ति=विकसन्ति यानि नवानि=नवीनानि नीलानि=हरितानि, नीलवर्णानि कन्दलानाम्=नवांकुराणां दलानि=पत्राणि इति उन्मीलन्नवनीलकन्दलदलानि तेषां व्याजः=छलं तेन तथोक्तेन रोमाञ्चिता=पुलकिता, संजातरोमाञ्चा हर्षेण=प्रमोदेन, आनन्देनेत्यर्थः समुच्छ्रिता=प्रवृद्धा वसु=धनमस्ति अस्यां सा वसुमती=वसुधा, शिलीं धरन्तीति शिलीन्ध्रन्=गोमयच्छत्रिका एव ध्वजाः=पताकाः, तान् शिलीन्ध्रध्वजान् दध्रे=अधारयत् । अत्र पद्ये शार्दूलविक्रीडितं छन्दः ।

जीमूतध्वनौ पटहत्वारोपात्, शिलीन्ध्रे च ध्वजत्वारोपाच्च रूपकम्, कन्दलदलव्याजेन इति अपह्नुतिः, हर्षेणेवेति च उत्प्रेक्षा । मेघशब्दे च मृदंग-

क्रिया न सम्भवतीति असम्भववस्तुवर्णनेन विम्बप्रतिबिम्बभावे निदर्शना चालंकाराः सन्ति ॥

हिन्दी—और जिस वर्षा काल में–बादलों की नवीन ध्वनि (गड़गड़ाहट) को सुनकर निकलते हुए नवीन तथा हरे हरे अंकुरों के पत्तों के बहाने से रोमाञ्च वाली, मानों आनन्द से भर कर (फूल कर) सांप-छत्री रूपी पताकाओं को धारण कर रही थी। अर्थात् फहरा रही थी। वह मेघों की ध्वनि, कामदेव के यौवराज्य काल की (युवराज के पद पर अभिषेक के समय की) नगाड़ा थी। और नाचते हुए मोरों के परिवार (झुण्ड) की गम्भीर ध्वनि मृदंग का वजना था। अर्थात् वर्षा के समय काम युवराज बन रहा है। मेघगर्जन नगाड़ा है। और मोरों के लिये मृदंग का काम कर रही है वह ध्वनि। और नए अंकुरों के बहाने से पृथिवी रोमांचित होकर आनन्द से गोबर छत्तों की पताकाएं फहरा रही थी ॥ ४० ॥

पर्णैः कर्णपुटायितैर्नवरसप्राग्भारविस्फारितैः
शृण्वन्तो मधुरं द्युमण्डलमिलन्मेघावलीर्गाजतम् ।
शाखाग्रग्रथमानसौरभभरभ्रान्तालिपालिध्वजा-
स्तोषेणेव वहन्ति पुष्पपुलकं धाराकदम्बद्रुमाः ॥ ४१ ॥

अन्वय—नवरसप्राग्भारविस्फारितैः कर्णपुटायितैः पर्णैः मधुरं द्युमण्डलमिलन्मेघावलीर्गाजतम् शृण्वन्तः, शाखाग्रग्रथमानसौरभभरभ्रान्तालिपालिध्वजाः धाराकदम्बद्रुमाः तोषेण इव पुष्पपुलकं वहन्ति ॥

व्याख्या—अपि च=अन्यत् च प्रकृष्टो भारः प्राग्भारः। नवः=नूतनः रसः=वर्षणजलमिति नवरसः। नवरसस्य=नूतनवर्षणजलस्य प्राग्भारः= प्राचुर्य्यम्, आधिक्यमित्यर्थः, तेन विस्फारितानि=विस्तारितानि तैः नवरस-प्राग्भारविस्फारितैः, कीर्य्यते=क्षिप्यते वायुना शब्दो यत्रेति कर्णः, यद्वा किरति= शब्दग्रहणेन मनसि सुखं क्षिपति ददातीत्यर्थः, कर्णः। कर्णानाम्=श्रोत्राणाम् पुटानि, इति कर्णपुटानि तद्वत् आचरन्तीति कर्णपुटायितानि तैः कर्णपुटायितैः= श्रवणपुटीभूतैः पर्णैः=पत्रैः मधुरम्=सरसम् द्युमण्डले=आकाशमण्डले मिलन्ती= संगच्छन्ती या मेघानाम्=पयोदानाम् अवली=पंक्तिः तस्याः गर्जितम्

=स्तनितमिति द्युमण्डलमिलन्मेघावलीगर्जितम् तत् शृण्वन्तः=आकर्णयन्तः, शाखानाम्=स्कन्धानाम् अग्राणि=अग्रभागाः तत्र ग्रथमानाः=संश्लिष्टाः मिलन्त्य इत्यर्थः इति शाखाग्रग्रथमानाः, सुरभेः भावः सौरभम् सौरभस्य=सद्गन्धस्य भरः=भारः=आधिक्यं तेन भ्रान्ताः=भ्रमन्तः संचलिताः,इति सौरभभरभ्रान्ताः, शाखाग्रग्रथमानाः सौरभभरभ्रान्ताः च अलीनाम्=भ्रमराणाम् पालयः=पंक्तयः एव ध्वजाः=पताका येषां ते शाखाग्रग्रथमानसौरभभरभ्रान्तालिपालिध्वजाः, "पालिकर्णलताग्रेऽश्रौ पंक्तावेकप्रभेदयोः" इति मेदिनी। द्रुः=शाखा विद्यते येषां ते द्रुमाः। धाराकालोपलक्षिताः कदम्बाः इति धाराकदम्बाः, धाराकदम्बाः च ते द्रुमाः इति धाराकदम्बद्रुमाः। प्रावृषेण्याः=नीपवृक्षाः। ये वर्षासु पुष्प्यन्ति ते धाराकदम्बाः, ये च वसन्ते पुष्पन्ति ते धूलीकदम्बाः इति विवेकः। तोषेण=सन्तोषेण, प्रीत्या इव=यथा पुष्पाणि=कुसुमानि एव पुलकम्=रोमाञ्चमिति पुष्पपुलकं वहन्ति=धारयन्ति। अत्र च पर्णेषु कर्णपुटत्वारोपेण पुष्पेषु पुलकत्वारोपेण च रूपकालंकारः। तोषेणेव इति चोत्प्रेक्षा। शार्दूलविक्रीडितं वृत्तम् ॥ ४१ ॥

हिन्दी—नूतन रस (वर्षा के नए जल) के प्रचुर भार से प्रस्फुटित (फैले हुए) कर्णपुट की बने पत्तों (पत्र रूपी कानों) से, आकाश मण्डल में मिलती हुई (घुमड़-घुमड़ कर आती हुई) बादलों की पंक्ति की मधुर गर्जना को सुनते हुए, अर्थात् मेघों की गड़गड़ाहट सुनकर, टहनियों के अग्रभाग में गुथी हुई, (लगी हुई) सुगन्धि की प्रचुरता के कारण (ऊपर) मण्डराती हुई, भौंरों की पंक्ति पताका वाले, धाराकदम्ब=वर्षाऋतु में फूलने वाले कदम्ब के वृक्ष (कर्ता) मानों प्रसन्नता से पुष्परूप रोमाञ्च को प्राप्त हो रहे हैं।

अभिप्राय यह है कि–वर्षा काल में कदम्ब सरस हरे हरे हो गए हैं। और वे आकाश में मेघों की गर्जना को अपने पत्ते रूपी कानों से सुनते हैं। वृक्षों की टहनियों की फुंगलों पर अत्यन्त सुगन्धित फूलों के कारण भ्रमर पंक्ति मंडरा रही है। और वह पताका के समान दीख पड़ रही है। वे कदम्ब पुष्पित क्या हुए मानों प्रसन्नता से रोमाञ्चित हो रहे हैं। वसन्त में खिलने वाले धूली कदम्ब, और वर्षा ऋतु में खिलने वाले धाराकदम्ब कहाते हैं।

अथ क्रमेण,

नीरं नीरजनिर्मुक्तं नीरजस्कं भुवस्तलम् ।
जातं जातिलतापुष्पगन्धान्धमधुपं वनम् ॥ ४२ ॥

अन्वय—नीरम् नीरजनिर्मुक्तम् जातम्, भुवः तलम् नीरजस्कम्, वनम् जातिलतापुष्पगन्धान्धमधुपम् जातम् ॥

व्याख्या—अथ=अनन्तरम् क्रमेण=क्रमशः—

निर्गतं रान्=अग्नेः इति, निर्गतः रः=अग्निः यस्मादिति वा । यद्वा नयति=प्रापयति स्थानात् स्थानान्तरमिति नीरम्=जलम् नीरे=जले जातानि नीरजानि, नीरजैः=कमलैः निर्मुक्तम्=रहितमिति नीरजनिर्मुक्तम् जातम्=अभूत् । तथा भुवः=पृथिव्याः तलम्=पृष्ठं निर्नास्ति रजः=धूलिः, परागो वा यत्र तत् नीरजस्कं धूलिरहितं निर्मलं जातमित्यर्थः । वनम्=अरण्यम् मधूनि पिबन्तीति मधुपाः । जातीनाम्=मालतीनां लता=व्रततिः तस्याः पुष्पाणि=कुसुमानि तेषां गन्धः=सौरभं तेन अन्धाः=उन्मत्ताः मधुपाः=द्विरेफाः यत्र तत् जातिलतापुष्पगन्धान्धमधुपम् जातमिति ॥ अत्र पद्येऽनुष्टुप् छन्दः । यमकच्छेकानुप्रासतुल्ययोगितानां संकरः ॥

हिन्दी—इसके अनन्तर धीरे-धीरे जल, कमलों से शून्य हो गया । और पृथिवी तल, धूलि से रहित हो गया । अर्थात् वर्षा के कारण तालाबों में कमल और जमीन में धूलि नहीं रही । और वन मालती (चमेली) की लता के फूलों की सुगन्धि से मस्त भौरों वाला हो गया था ॥ ४२ ॥

अपि च ।

धुतकदम्बकदम्बकनिष्पतन्नवपरागपरागममन्थराः ।
हृततुषारतुषा रतिरागिणां प्रियतमा मरुतो मरुतो ववुः ॥४३॥

अन्वय—धुतकदम्बकदम्बकनिष्पतन्नवपरागपरागममन्थराः हृततुषारतुषाः, रतिरागिणां प्रियतमाः मरुतः, मरुतः ववुः ॥

व्याख्या—अपि च अन्यत् च मंथति पादौ इति-मन्थं रातीति वा मन्थरः । परा गच्छतीति परागः=पुष्परजः । कद्यते-दर्शनात् वियोगिना चित्तवैकल्यं जायतेऽनेन स कदम्बः=नीपः । कदम्ब एव कदम्बकं समूहः ।

कदम्बानाम्=नीपानां कदम्बकम्=समूहः इति कदम्बकदम्बकम्। धुतम्=कम्पितं यत् कदम्बकदम्बकम् इति धुतकदम्बकदम्बकं तस्मात् निष्पतन्तः=निर्गच्छन्तः ये नवाः=नूतनाः परागाः=पुष्परजांसि तेषां परागमः=सम्पर्कः तेन मन्थराः=मन्दगामिनः इति धुतकदम्बकदम्बकनिष्पतन्नवपरागपरागममन्थराः। हृताः=अपहृताः तुषारस्य=हिमस्य तुषाः=कणाः यैः ते हृततुषारतुषाः रतौ=सम्भोगे रागिणः=रागवन्तः तेषां रतिरागिणाम् अतिशयेन प्रियाः प्रियतमाः=दयिततमाः म्रियन्ते एभिः प्रवृद्धैः, विना वा इति मरुतः=वायवः भ्रियन्तेऽस्मिन् भूतानि इति मरुः मरोः इति मरुतः=पर्वतात् ववुः=वान्ति स्म। "मरुर्ना धन्वधराधरौ" इति मेदिनी। पद्येऽत्र यमकालंकारः छन्दश्च द्रुतविलम्बितम् ॥ ४३ ॥

हिन्दी—हिलते कदम्ब के वृक्षों के समूह से निकलते हुए, ताजे पराग (पुष्परज) के सम्पर्क से मन्द (धीरे-धीरे=मन्दगति वाले) तथा ओस के कणों को लिए हुए (अर्थात् शीतल) और कामियों के अति प्रिय पवन मरु नामक पर्वत से बहने लगे ॥ ४३ ॥

ततश्च तिरस्कृततरणित्विषि, विगलद्वारिविप्रुषि, शान्तचातकतृषि, निर्वाणवारणवपुषि, मानिनीमानग्रहग्रन्थिमुषि जनितजवासकशुषि, विधवबधूविद्विषि, वर्धितमण्डूकहृषि, मुद्रितचन्द्रमसि, विदाणपङ्कजसरसि, स्वाधीनप्रियप्रेयसि, प्रोषितकलहंसवयसि, नष्टनक्षत्रमण्डलमहसि, मेचकितनभसि, निष्पतन्नीपरजसि, स्फुटकुटजरजःपुञ्जपिञ्जरिताष्टदिग्भासि, भासुरसुरचापचक्रभृति, मयूरमदकृति, महिषशोषहृति, विस्तरत्सरिति, विद्योतमानविद्युति, वहन्मन्दमेघंकरमरुति, हृष्यत्कृषाणयोषिति, पुष्प्यत्केतकीगन्धपानमत्तमधुकृति, प्रोद्भूतभूरुहि, दरिद्रनिद्राद्रुहि, सगर्वगोदुहि, कदम्बस्तम्बालम्बिमधुलिहि, मुदितमदनाट्टहासायमानघननादमुचि, पच्यमानजम्बूफलश्यामलितवनान्तररुचि, रचितपान्थसार्थशुचि, श्रूयमाणमदमधुरमयूरवाचि, विनिद्रकोशातकीशालिनि, यूथिकाजालिनि, नवमालिकामालिनि, कन्दलभाजि, पच्यमानजम्बूतरुवनराजभ्राजि, भिक्षाक्ष-

णक्षपितपरिव्राजि, शान्तसारङ्गरुजि, नीडनिर्माणाकुलबलिभुजि, सान्द्रेन्द्रगोपयुजि, श्च्योतत्तमालधारागृहसदृशि, श्यामायमानदर्शदिशि, दिवापि श्रूयमाणरजनिशङ्काकुलचक्रवाकचक्रकुशि, शकटसंचाररुधि, पल्लवितवीरुधि, विश्रान्तजिष्णुक्ष्मापालयुधि, क्षीणोक्षक्षुधि, क्षीरसमुद्रनिद्राणवीणबाहुच्छिदि, सिन्धुरोधोभिदि, दवदहननुदि, विरहिमनस्तुदि, जनितजनमुदि, तापिच्छच्छायानुच्छेदिनि, छन्नकुटीमध्यबध्यमानवाजिनि, विकसितबकुलवनविराजिनि, सीरसीमन्तितग्रामसीमनि, विजयमानमनोजन्मनि जाते जगज्जीविनि जीमूतसमये कदाचिदम्भसि दिवसे मृगयावनपालकः प्रविश्य राजानं विज्ञापयामास ।

व्याख्या (क)—ततश्च=तदनन्तरं च जीवनम्=जलं मूतम्=बद्धमेभिस्ते जीमूताः=मेघाः तेषां समयः=कालः इति जीमूतसमये वर्षाकाले कदाचित्=जातु अम्भसि=जलमये दिवसे=दिने मृग्यन्ते पशवः अस्यां सा मृगया। मृगयायाः=आखेटस्य वनम्=अरण्यमिति मृगयावनं तस्य पालकः=रक्षकः इति मृगयावनपालकः प्रविश्य=अभ्यन्तरागत्य राजानम्=भूपालं नलं विज्ञापयामासं=निवेदयामास इत्यन्वयः। कथं भूते जीमूतसमये। तरन्ति संसारमनेनेति तरणिः। तिरस्कृताः=दूरीकृताः शान्ता इत्यर्थः तरणेः=सूर्यस्य त्विषः=कान्तयः येन स तस्मिन् तिरस्कृततरणित्विषि विशेषेण प्रोषन्ति=दहन्ति पापानि ता विप्रुषः, विगलन्त्यः=पतन्त्यः वारीणाम्=जलानां विप्रुषः=विन्दवः यत्र तस्मिन् विगलद्वारिविप्रुषि। शान्ता=अपगता चातकानाम्=स्तोककानां तृट्=पिपासा यत्र तस्मिन् शान्तचातकतृषि। "शारंगः स्तोककश्चातकः समाः" इत्यमरः। वारयन्ति=निवारयन्ति शत्रुबलं ये ते वारणाः। निर्वाणानि=निर्वृत्तानि प्रसन्नानीत्यर्थः वारणानाम्=हस्तीनां वपूंषि=शरीराणि यत्र तस्मिन् निर्वाणवारणवपुषि।

मत्समः नास्तीति मननं मानः=गर्वः मानिनीनाम्=मानवतीनां मानः=गर्वः तस्य ग्रहः=ग्रहणं स्वीकारः तस्य ग्रन्थिः=बन्धः दार्ढ्यमित्यर्थः इति मानिनीमानग्रहग्रन्थिः, तं मुष्णाति=अपहरति, शिथिलयतीत्यर्थः। तस्मिन् मानिनीमानग्रहग्रन्थिमुषि। यवासः एव यवासकः, जनिता=उत्पादिता यवासकानाम्=बहुकण्टकानां शुट्=शोषः येन स तस्मिन् जनितयवासकशुषि।

विगताः=मृताः धवाः=पतयः यासां ताः विधवाः, विधवाः च ताः बध्वः=स्त्रियः इति विधववध्वः तासां विद्विट्=शत्रुः, तस्मिन् विधववधूविद्विषि। मण्डयन्ति जलाशयमिति मण्डूकाः। वर्धिता=वृद्धिं नीता, मण्डूकानाम्=भेकानां हृद्=हर्षः येन स तस्मिन् वर्धितमण्डूकहृषि। मुद्रितः=संकुचितः, मेधैः आच्छादितः चन्द्रमा=इन्दुः येन स तस्मिन् मुद्रितचन्द्रमसि। तथा विद्राणानि=विकसितानि, म्लानानि पंकजानाम्=कमलानां सरांसि=तडागानि यस्मिन् स तस्मिन् विद्राणपंकजसरसि। स्वस्य अधीनाः स्वाधीनाः=निजवशे स्थिताः प्रियाः=भर्तारः यासां ताः, तासां प्रेयान्=अतिप्रियः तस्मिन्, स्वाधीनप्रियप्रेयसि। कलः=मधुरवाक् हंसः इति कलहंसः, कलहंसाः च तानि वयांसि=पक्षिणः इति कलहंसवयांसि प्रोषितानि=मानससरोवरं गन्तुम् कृतप्रवासानि कलहंसवयांसि=कादम्बपक्षिणः यस्मिन् स तस्मिन् प्रोषितकलहंसवयसि। "कादम्बः कलहंसः" इत्यमरः। नष्टम्=अपगतं नक्षत्राणाम्=ताराणां मण्डलस्य=समूहस्य महः=तेजः कान्तिः यस्मिन् तस्मिन् नष्टनक्षत्रमण्डलमहसि। मचति=वर्णान्तरेण मिश्रीभवतीति मेचकः। "मेचकः श्यामले कृष्ठो तिमिरे बर्हिचन्द्रके" इति हैमः। मेचकः संजातः अस्य तत् मेचकितम्=कृष्णीभूतं नभः=आकाशं यस्मिन् तस्मिन् मेचकितनभसि। निष्पतन्ति=निर्गच्छन्ति नीपानाम्=कदम्बानां रजांसि=परागाः यत्र तस्मिन् निष्पतन्नीपरजसि। कूटे=शृंगे जाताः कुटजाः पृषोदरादित्वात् ह्रस्वः। पिञ्जम्=वर्णविशेषं रातीति पिञ्जरम्। पिञ्जरं संजाताः पिञ्जरिताः। स्फुटानाम्=विकसितानां कुटजानाम्=गिरिमल्लिकानां रजसाम्=परागाणां पुञ्जः=राशिः, तेन पिञ्जरिताः=हरितालिताःपीतवर्णमापादिता इत्यर्थः। याः अष्टौ दिशः=काष्ठाः, ताभिः भासते=दीप्यते यः स तस्मिन् स्फुटकुटजरजःपिञ्जरितदिग्भासि। तथा चपस्य=वंशविशेषस्य विकारः चापम्, बिभर्तीति भृत्। चापस्य=धनुषः चक्रम्=मण्डलमिति चापचक्रम्, भासुरम्=देदीप्यमानं यत् सुरस्य=इन्द्रस्य चापचक्रम्, तस्य भृत्=धारकः, तस्मिन् भासुरसुरचापचक्रभृति। मयते, मह्यां रौतीति मयूरः। मयूराणाम्=शिखावलानां मह्यम्=आनन्दं करोतीति मयूरमदकृत् तस्मिन् मयूरमदकृति। महिषाणाम्=सैरिभाणां शोषम्=शोषणं, कार्श्यमित्यर्थः हरति=नाशयतीति महिषशोषहृत् तस्मिन् महिषशोषहृति।

विस्तरन्त्यः=विस्तारं गच्छन्त्यः सरितः=नद्यः यस्मिन् तस्मिन् विस्तरत्सरिति। विशेषेण द्योतन्ते इति विद्योतमानाः=परिस्फुरन्त्यः विद्युतः=सौदामिन्यः यस्मिन् तस्मिन् विद्योतमानविद्युति। मेघं कुर्वन्तीति मेघंकराः=घनोत्पादकाः। वहन्तः=संचरन्तः मन्दं यथा तथा मेघंकराः=मरुतः=पवनाः यस्मिन् तस्मिन् वहन्मन्दमेघंकरमरुति। हृष्यन्त्यः=प्रसीदन्त्यः कृपाणानाम्=कृषकानां योषितः=स्त्रियः यस्मिन् तस्मिन् हृष्यत्कृपाणयोषिति। तथा मधु कुर्वन्ति ते मधुकृतः। पुष्प्यन्तीनाम्=विकसन्तीनां केतकीनाम्=क्रकचच्छदानां सूचिकापुष्पाणामित्यर्थः गन्धः=आमोदः, तस्य पानम्=आस्वादः तेन मत्ताः=उन्मत्ताः मधुकृतः=भ्रमराः यस्मिन् तस्मिन् इति पुष्प्यत्केतकीगन्धपानमत्तमधुकृति। भुवि रोहन्तीति भूरुहः। प्रोद्भूताः=उत्पन्नाः भूरुहः=वृक्षाः यस्मिन् तस्मिन् प्रोद्भूतभूरुहि। दरिद्रातीति दरिद्रः दरिद्राणाम्=निर्धनानां निद्रा=स्वापः द्रुह्यति=द्वेष्टि इति दरिद्रनिद्राद्रुट् तस्मिन् दरिद्रनिद्राद्रुहि, निर्धनानां गृहाद्यभावात् वर्षर्तौ निद्राद्रोह युज्यते एव। गाः दुहन्तीति गोदुहः=गोपाः यस्मिन् तस्मिन् संगर्वगोदुहि। मधु=पुष्परसं लिहन्तीति मधुलिहः, कदम्बानाम्=नीपानां स्तम्बाः=तरुगुल्माः, तेषु आलम्बिनः=आश्रिताः मधुलिहः=भ्रमराः यस्मिन् तस्मिन् कदम्बास्तम्बलम्बिमधुलिहि। अट्टहासम्=अतिशयेनोच्चहासमिव आचरन्तीति, अट्टहासायन्ते अट्टहासायन्ते इति अट्टहासायमानाः। मुदितः=प्रसन्नः यः मदनः=कामदेवः तस्य अट्टहासायमानानां घनानाम्=मेघानां नादम्=गर्जनं मुञ्चति=त्यजति करोतीत्यर्थः इति तस्मिन् तथोक्ते। पच्यन्ते इति पच्यमानानि, पच्यमानैः=परिपाकं प्राप्नुवद्भिः जम्बूनां फलैः=जाम्बवैः श्यामलिता=मेचकिता बनान्तरस्य=अरण्यभागस्य रुक्=कान्तिः यस्मिन् तस्मिन् पच्यमानजम्बूफलश्यामलितवनान्तररुचि। पन्थानं नित्यं गच्छन्तीति पान्थाः, पान्थानाम्=पथिकानां सार्थः=संघः समूह इत्यर्थः। इति पान्थसार्थः, रचिता=समुत्पादिता पान्थसार्थस्य शुक्=शोकः=कान्तावियोगजन्यशोक इत्यर्थः। येन तस्मिन् रचितपान्थसार्थशुचि। तथा—श्रूयमाणा=आकर्ण्यमाना मदेन=आनन्देन मधुरा मनोहरा मयूराणाम्=बर्हिणां वाक्=वाणी, केकावाणी यत्र तस्मिन् श्रूयमाणमदमधुरमयूरवाचि। "केकावाणी मयूरस्य," इत्यमरः। विगता निद्रा यस्याः

८

सा विनिद्रा=उन्मीलिता, विकसिता इत्यर्थः। कोशमततीति कोशातकी=पटोली, घोषकः, फलशाकविशेषः, इत्यर्थः। विनिद्राभिः=विकसिताभिः कोशातकीतिः=घोषकैः शालते=शोभते यः स तस्मिन् विनिद्रकोशातकीशालिनी। यूथमस्ति अस्याः सा यूथिका। यूथिकानाम्=मागधीलतानां जालम्=समूहः अस्यास्तीति, स तस्मिन् यूथिकाजालिनि।

नवाः=स्तुत्याः मालाः सन्ति यासां ताः नवमालिकाः नवमालिकानाम्=सप्तलालतानां माला=पंक्तिः, अस्ति अस्य स तस्मिन् नवमालिकामालिनि। "सप्तला नवमालिका" इत्यमरः। कन्दलानि=नवांकुरान् भजतेऽसौ तस्मिन् कन्दलभाजि। पच्यन्ते इति पच्यमानाः=परिपाकं गच्छन्तः। वनानाम्=अरण्यानां राजयः=परम्पराः इति वनराजयः। पच्यमानाः जम्बूतरवः=जाम्बवृक्षाः यासु तासु ताः तथोक्ताः पच्यमानजम्बूतरवश्च ताः वनराजयः=वनमालाः, ताभिः भ्राजते=शोभतेऽसौ तस्मिन् पच्यमानजम्बूतरुवनराजिभ्राजि। भिक्षणं भिक्षा, भिक्षायाः=भैक्ष्यस्य क्षणम्=उत्सवः, आनन्दः, अवसरो वा, इति भिक्षाक्षणं तत्र क्षपिताः=क्लेशिताः परिव्राजः=संन्यासिनः यत्र तस्मिन् भिक्षाक्षणक्षपितपरिव्राजि। सर्वं परित्यज्य व्रजन्तीतिपरिव्राजः। वर्षासु एकस्मिन्नेव स्थाने निवसन्तीति तत्र नानाविधानि व्यंजनानि प्राप्नुवन्तीति, अथ च वर्षणकाले भिक्षामेव न प्रायः प्राप्नुवन्तीति तेषां खेदः। इत्यर्थः। शान्ता=नष्टा सारंगाणाम्=मृगाणां रुक्=रोगः यस्मिन् तस्मिन् शान्तसारंगरुजि। सारम् अंगं यस्य, सारंगच्छति, सह रंगेण इति वा सारंगः शकन्ध्वादित्वात्। नितराम् ईड्यते,। निश्चिताः इलन्ति यत्र ते वा नीडम्। नीडस्य=कुलायस्य निर्माणम्=रचना तत्र आकुलाः=व्यग्राः बलिभुजः=काकाः यस्मिन् तस्मिन् नीडनिर्माणाकुलबलिभुजि। इन्द्रः गोपः=रक्षकः येषां ते इन्द्रगोपाः=रक्तवर्णकीटाः, वर्षाभुवः। सान्द्रैः=बहुलैः इन्द्रगोपैः=शक्रगोपैः, युज्यते=युक्तो भवतीति तस्मिन् सान्द्रेन्द्रगोपयुजि।

पुनः—श्च्योतन्तः=क्षरन्तः तमालाः=तापिच्छाः, तमालवृक्षाः इत्यर्थः। इति श्च्योतत्तमालाः, ते एव धारायाः=प्रवाहस्य गृहाः=धारायंत्रगृहतुल्याः यत्र तस्मिन् श्च्योतत्तमालधारागृहसदृशि। श्यामा इवाचरन्ते इति श्यामायमानाः=कृष्णायमानाः दश=दशसंख्याकाः दिशः=काष्ठाः यस्मिन् तस्मिन

श्यामायमानदशदिशि। दिवापि=दिनेऽपि=दीव्यन्ति अत्रेति दिवा= अधिकरणप्रधानमव्ययम्। चक्रशब्देन उच्यन्ते इति चक्रवाकाः। रजन्याः= रात्रेः शंका=भ्रमः इति रजनिशंका, तया आकुलाः=भीताः ये चक्रवाकाः= रथांगनामानः, कोकाः तेषां चक्रम्=समूहः रजनिशंकाकुलचक्रवाकचक्रम्, तस्य क्रुशः=रुदितानि, इति रजनिशंकाकुलचक्रवाकचक्रक्रुशः श्रूयमाणाः=आकर्ण्यमानाः रजनिशंकाकुलचक्रवाकचक्रक्रुशः यस्मिन् तस्मिन् तथोक्ते। शक्नोति भारं वोढुं जीवयितुं वा शकटः। शकटानाम्=अनसां, बलीवर्दवाह्ययानानामित्यर्थः। संचारम्=गमनं रुणद्धि=निवारयतीति, तस्मिन् शकटसंचाररुधि। पल्लवाः=किसलयानि संजाताः यासु ताः पल्लविताः वीरुधः=लताः यत्र तस्मिन् पल्लवितवीरुधि। तथा—जेतुमिच्छन्ति तच्छीलाः जिष्णवः क्षमते इति क्ष्मा-पृथिवी तां पालयन्तीति क्ष्मापालाः। विश्रान्ताः= शान्ताः जिष्णूनाम्=जयशीलानां क्ष्मापालानाम्=भूपालानां युधः=युद्धानि यस्मिन् तस्मिन् विश्रान्तजिष्णुक्ष्मापालयुधि। क्षीणा=मन्दा जाता उक्ष्णाम्= वृषभाणां क्षुत्=क्षुधा यत्र तत्र क्षीणोक्षक्षुधि। वर्षाकाले प्रायः सर्वेषामेव मन्दाग्निः भवतीति प्रसिद्धम् घासस्य वर्षासु बाहुल्याद्वा। सम्=समीचीनाः उद्राः=जलचरविशेषाः, मुद्रया=मर्यादया सह वर्तते वा समुद्रः क्षीरस्य= दुग्धस्य समुद्रः=सागरः, इति क्षीरसमुद्रः। बाणस्य=बाणासुरस्य बाहू=भुजौ छिनत्तीति बाणबाहुच्छित्। क्षीरसमुद्रे शयानः शयितः बाण-बाहुच्छित्=विष्णुः यत्र तस्मिन् तथोक्ते। "शयानशयितौ समौ" इत्यमरः। सिन्धूनाम्=सरितां रोधांसि=तटानि भिनत्ति=विदारयतीति सिन्धुरोधोभित् तस्मिन्। दवस्य=वनस्य दहनः=अग्निः, तं नुदति=निवारयतीति दवद-हननुत् तस्मिन् दवदहननुदि। विरहः=स्त्रीवियोगोऽस्ति येषां ते विरहिणः। विरहिणाम्=वियुक्तानां मनांसि=चित्तानि तुदति=व्यथते इति विरहिमनस्तुद् तस्मिन् विरहिमनस्तुदि। जनिता=उत्पादिता जनानाम्=नराणां मुत् आनन्दः येन स तस्मिन् जनितजनमुदि।

तापिनं छादयन्तीति तापिच्छाः, तापिच्छानाम्=तमालानाम् छाया= अनातपं तस्याः अनुच्छेदः=सातत्यमस्ति यत्र तस्मिन् तापिच्छच्छायानुच्छे-दिनि। तमालतरुच्छायावत् निविडच्छायावत्, इत्यर्थः। छन्नाः=आच्छादिताः

याः कुट्यः=वासगृहाः तासां मध्ये=अभ्यन्तरे बध्यमानाः=नियंत्रिताः वाजिनः =तुरंगाः यत्र तस्मिन छिन्नकुटीमध्यवध्यमानवाजिनि ।

बकुलानाम्=केसराणां वनानि=आरामाः इति बकुलवनानि, विकसितानि=प्रफुल्लानि यानि बकुलवनानि, तैः विराजते=सुशोभते तच्छीलः तस्मिन् विकसितबकुलवनविराजिनि । सीरेण=हलेन सीमन्तिताः=सीमया निर्धारिताः ग्रामाणाम्=आवसथानां सीमानः=मर्यादाः यस्मिन् तस्मिन् सीरसीमन्तितग्रामसीमनि । "समौ संवसथग्रामौ" इत्यमरः । तथा-विजयमानः=सर्वोत्कर्षेण वर्तमानः मनोजन्मा=कामः यत्र तस्मिन् विजयमानमनोजन्मनि । जगत् =संसारं जीवयति=पावयतीति इति ।

हिन्दी (ख)—और इसके पश्चात् वर्षा के समय (वर्षा ऋतु में) किसी समय जलमय (निरन्तर वर्षा वाले) दिन में शिकार-बन के रक्षक ने राजभवन में भीतर आकर राजा नल से निवेदन किया । कैसा दिन है सूर्य की कान्ति तिरस्कृत करने वाला, ढकने वाला, जिसमें जल की बून्दें झर रही हैं, चातक की प्यास को शान्त करने वाला, हाथियों के शरीर को शान्त करने वाला अर्थात् गरमी को शान्त करने वाला, मानवती स्त्रियों के अभिमान स्वीकार रूपी गांठ चुराने वाला-खोलने वाला । जवासे के पौधों को सुखा देने वाला, विधवा वधुवों का शत्रु, एवं मेंढकों के आनन्द को बढ़ाने वाला । चन्द्रमा को आच्छादित करने वाला । जिसमें तालाबों के कमल म्लान हो गए हैं । या विकसित कमलों के तडाग हैं । और जो स्वाधीन पतिवाली स्त्रियों का अतीव प्रिय है । कलहंस पक्षियों को मानससरोवर में भेजने वाला । अर्थात् मानससरोवर के लिये प्रस्थान कराने वाला । जिसमें तारासमूह का तेज नष्ट हो गया है । आकाश को काला कर देने वाला । तथा जिसमें कदम्ब का पराग गिर रहा है । खिले हुवे कुटज के पुष्प पराग के समूह से पिञ्जरित पीली आठों दिशाओं को खिला देने वाला । चमचमाते इन्द्रधनुष को धारण करने वाला । मयूरों को मतवाला करने वाला । भैंसों के शोष (दुर्बलता) को हरने वाला । नदियों को विस्तृत करने वाला । तथा जिसमें बिजली चमक रही है । जिसमें मेघोत्पादक वायु मन्द मन्द चल रहा है । जिसमें किसानों की स्त्रियां प्रसन्न हो रही हैं । विकसित केवड़े

की गन्ध को पान करने से भौंरों को मदमस्त बनाने वाला। जिसमें वृक्ष उगने लगे हैं। गरीबों की नींद से द्वेष करने वाला, अर्थात् नींद हराम करने वाला (क्योंकि रात भर भीगने से गरीब को नींद कहां) ग्वालों को गर्वयुक्त करने वाला। और जिसमें कदम्ब की डालियों पर भौंरे लटक रहे हैं। प्रसन्न कामदेव के अट्टहास के समान मेघों की गर्जना (गड़-गड़ाहट) करने वाला। और जिसमें पके हुवे जामुन के फलों से बन के भीतर की कान्ति श्यामल (काली) हो गई है। पथिकों के समूह को शोक (दुःख) पैदा करने वाला। और जिसमें मद से मधुर मोर की वाणी सुनी जारही है। जो खिली हुई कोशातकी (तोरियों) से सुशोभित हैं। जो यूथिका (जुही) के जाल वाला है। अर्थात् जुही खूब खिल उठी है। जिसमें नव मालिका लाइन छा गई है। तथा नए-नए अंकुर निकलने लगे हैं। और जो पके हुवे जामुन के वृक्षों के वन की पंक्ति से सुशोभित है। और जिसमें भिक्षा के आनन्द या समय में संन्यासी लोग दुःखी हो रहे हैं। (संन्यासी चतुर्मास में एक ही स्थान में रहते हैं अतः नाना व्यंजन नहीं मिलते हैं। अथ च भिक्षा समय वर्षा होने से भिक्षा भी दुर्लभ हो जाती है। अतः खिन्नता होती है) मृगों के रोगों को शान्त करने वाला। और जिसमें घोंसले बनाने में कौवे व्याकुल हो रहे हैं। अर्थात् घोंसले बनाने लगे हैं।

और जिस में बीरबहूटी (छोटी-छोटी लाल मखमली वर्षा ऋतु का कीट) अत्यधिक हो गई हैं। तथा चूते हुए तमाल के वृक्ष धारागृह (फुहारे) के जैसे लग रहे है। तथा दशों दिशाएं श्याम (काली) हो गई हैं। और दिन में भी रात की आशंका से व्याकुल चकवा चकवी का रोना सुनाई पड़ रहा है। गाड़ियों के आने-जाने को रोक देने वाला। कीचड़ के कारण लताओं को पल्लवित (पत्तों वाली) करने वाला। विजय की अभिलाषा वाले राजाओं के युद्ध को रोक देने वाला। बैलों की भूख को क्षीण करने वाला। तथा बाणासुर की बाहु को काटने वाले विष्णु को क्षीर सागर में सुलाने वाला। तथा नदियों के किनारों को उखाड़ने वाला। बन की अग्नि को प्रेरित (शान्त) करने वाला। और वियोगियों के मन को दुःखी करने वाला। मनुष्यों को आह्लादित करने वाला। तमाल वृक्षों की छाया को

निरन्तर गाढी करने वाला। और जिसमें छाई हुई छप्परों के भीतर घोड़े बाँधे जा रहे हैं। और खिले हुवे मौलश्री वन से सुशोभित है। तथा हल से ग्राम की सीमाओं का विभाग कर दिया है। और जिसमें कामदेव विजयी हो रहा है। तथा संसार को जीवन देने वाला है ऐसे दिन, मेघों का समय आ जाने पर राजा से निवेदन किया।

शूकरोत्पातवर्णनम् ।

देव,

> **किं स्यादञ्जनपर्वतः स्फटिकयोर्द्वन्द्वं दधद्दीर्घयो-**
> **रम्भोमेदुरमेघ एष किमुत श्लिष्यद्बलाकाद्वयः।**
> **शून्यः किं नु करेण कुञ्जर इति भ्रान्तिं समुत्पादयन्**
> **दंष्ट्राद्वन्द्वकरालकालवदनः कोलः कुतोऽप्यागतः ॥४४॥**

अन्वय—किम् एषः दीर्घयोः स्फटिकयोः द्वन्द्वं दधत्, अंजनपर्वतः स्यात् उत किम् श्लिष्यद्बलाकाद्वयः अम्भोमेदुरमेघः स्यात्, किं नु करेण शून्यः कुञ्जरः स्यात्, इति भ्रान्तिम् समुत्पादयन् दंष्ट्राद्वन्द्वकरालकालवदनः कोलः कुतः अपि आगतः ॥

देव !=महाराज !

व्याख्या- किम्=आर्य=प्रश्ने एषः=अयम् दीर्घयोः=आयतयोः विशाल-योरित्यर्थः। स्फटिकयोः=सितोपलयोः श्वेतप्रस्तरयोरित्यर्थः। द्वन्द्वम्=युग्मम् दधत्=धारयन् अनक्ति=स्वकान्त्या शोभते, इति अंजनम्=कज्जलं तस्य पर्वतः=गिरिरिति अंजनपर्वतः स्यात्=भवेत् उत=यद्वा किम् बलाकयोः=विस-कण्ठिकयोः, बकविशेषयोरित्यर्थः। द्वयम्=युगलमिति बलाकाद्वयम्, "बलाका विसकण्ठिका" इत्यमरः। श्लिष्यत्=संमिलत् बलाकाद्वयं यत्र स श्लिष्यद्ब-लाकाद्वयः, अम्भसा=जलेन मेदुरः=सान्द्रस्निग्धः चासौ मेघः=जलधरः इति अम्भोमेदुरमेघः स्यात्। नु=अथवा किम् करेण=शुण्डादण्डेन शून्यः=रहितः, अनिशयितः कुञ्जः=हनुः अस्य स कुञ्जरः=हस्ती स्यात्। इति=एवं प्रकारेण भ्रान्ति=सन्देहं समुत्पादयन्=जनयन्, दंष्ट्रयोः=आशिषोः, दन्तविशेषयो-रित्यर्थः। द्वन्द्वम्=युगलमिति तेन दंष्ट्राद्वन्द्वेन करालम्=भीषणं कालम्=

कृष्णं वदनम्=मुखं यस्य स तथोक्तः कोलति पीनत्वात्, कोलन्ति अंगानि यत्र स कोलः=सूकरः बनवराहः कुतोऽपि कस्मादपि देशात् आगतः=समागतः, इति। पद्येऽस्मिन् शार्दूलविक्रीडितं छन्दः। मेघस्य शुण्डरहितगजस्य, अंजनपर्वतस्य सूकरे सन्देहात् सन्देहालंकारः।

हिन्दी—महाराज ! क्या यह लम्बे लम्बे दो स्फटिकों सुफ़ेद पत्थरों को धारण किये (आगे को निकाले हुवे) कज्जल का पर्वत है। अथवा दो बगुलों को लिये हुए, जल से भरा चिकना बादल है या फिर सूंड से रहित=बिना सूंड का हाथी है। इस प्रकार भ्रान्ति=सन्देह को उत्पन्न करता हुआ, तथा दो दंष्ट्रा (दाढ़ों) से भयंकर काले मुख वाला, कोई सूअर कहीं से आ गया है ॥ ४४ ॥

ततश्चासौ,

भिन्दन् कन्दकसेरुकन्दलभृतः स्निग्धप्रदेशान् भुवो
भञ्जन्नञ्जनशैलश्रृङ्गसदृशः फुल्लल्लतामण्डपान्।
मन्दं मन्दरलीलयाब्धिसदृशं मथ्नंश्च लीलासरः
क्रोडः क्रीडति भाययन्निव भवत्क्रीडावने रक्षकान् ॥ ४५ ॥

अन्वयः—कन्दकसेरुकन्दलभृतः भुवः स्निग्धप्रदेशान् भिन्दन्, फुल्लल्लतामण्डपान् भञ्जन्, लीलासरः मन्दरलीलया अब्धिसदृशं मन्दम् मथ्नन् च, अंजनशैलश्रृंगसदृशः क्रोडः भवत्क्रीडावने रक्षकान् भाययन् इव क्रीडति ॥

व्याख्या:—ततश्च=आगमनानन्तरं च असौ=क्रोडः, सूकरः कन्दयति=जिह्वायाः वैक्लव्यं जनयतीति कन्दः==शूरणः, शस्यमूलं च। कं जलं शृणातीति कशेरुः=तृणकन्दः। कन्दान्=शूरणान्, शस्यमूलानि च कशेरून्==तृणकन्दान् कन्दलानि==नवांकुरान् च बिभ्रति=धारयन्तीती कन्दकसेरुकन्दलभृतः तान् तथोक्तान् भुवः=पृथिव्याः स्निग्धाः=चिक्कणाः मनोहराश्च ते प्रदेशाः=स्थलानि इति स्निग्धप्रदेशाः तान् स्निग्धप्रदेशान् भिन्दन्=विदारयन्। फुल्लन्त्यः=विकसन्त्यश्च ताः लताः=व्रततयः इति फुल्लल्लताः तासां मण्डपाः=निकुञ्जाः, तान् फुल्लल्लतामण्डापन्

मञ्जन्=मर्दयन् त्रोटयन्नित्यर्थः। लीलार्थम्=क्रीडार्थं सरः=तडागः इति लीलासरः तत् लीलासरः=क्रीडातडागम् मन्दरस्य=मन्दरपर्वतस्य लीला=क्रीडा तया मन्दरलीलया आपः=जलानि धीयन्तेऽत्र अब्धिः. अब्धिना=समुद्रेण-सदृशम्=तुल्यमिति अब्धिसदृशं मन्दम्=शनैः शनैः मथनन्=विलोडयन् च अञ्जनशैलस्य=कज्जलपर्वतस्य शृंगम्=शिखरं तेन सदृशः=समानः, इति अञ्जनशैलसदृशः क्रोडः=वराहः भवतः=तव राज्ञः क्रीडायाः=लीलायाः वनम्=अरण्यं तस्मिन् भवत्क्रीडावने=तव विहारोद्याने रक्षकान्=वनपालान् माययन्=भीतियुक्तान् कारयन् इव=उत्प्रेक्षायाम् क्रीडति=क्रीडां करोति। इतस्ततः तत्र भ्रमति इत्यर्थः। अत्र पद्ये शृंगसदृशमिति उपमा, मन्दरलीलयेति निदर्शना माययन्निव. इति उत्प्रेक्षा, सर्वाण्येतानि स्वभावोक्तेरंगमिति संकरः। वृत्तञ्च पूर्ववत् ॥ ४८ ॥

हिन्दी—और इसके बाद कन्द (सूरण आदि) कसेरु तथा नए कोमल अंकुरों से भरे और चिकने रम्य, पृथिवी के सुन्दर प्रदेशों का विदारण=(खोदना) करता हुआ, तथा खिली हुई लताओं को कुचलता हुआ, और लीला=विहार सरोवर को समुद्र के समान मन्दराचल की लीला से धीरे-धीरे मथता हुआ, आपके बिहार बन में रक्षकों को डराता हुआ अंजन पर्वत के समान काला वह सूकर खेलरहा है ॥

आखेटविहारवर्णनम्

राजा तु तदाकर्ण्य चिन्तितवान्—

'अच्छाच्छैः शुकपिच्छगुच्छहरितैश्छन्ना वनान्तास्तृणैः
सेव्याः सम्प्रति सान्द्रचन्द्रकिकुलैरुत्ताण्डवैर्मण्डिताः।
येषु क्षीरविपाण्डुरस्खलपयः कल्लोलयन्तो मनाग्
वाता वान्ति विनिद्रकेतकवनस्कन्धे लुठन्तः शनैः ॥४६।

अन्वय—अच्छाच्छैः शुकपिच्छगुच्छहरितैः तृणैः छन्नाः उत्ताण्डवैः सान्द्रचन्द्रकिकुलैः मण्डिताः वनान्ताः संप्रति सेव्याः, येषु क्षीरविपाण्डु-

पल्वलपयः मनाक् कल्लोलयन्तः, विनिद्रकेतकवनस्कन्धे लुठन्तः वाताः शनैः वान्ति ॥

राजा=नलनृपः तु तस्य=वनपालकस्य वचनं श्रुत्वा=आकर्ण्य चिन्तितवान्=विचारितवान् ।

व्याख्या—न छयति=संमुखत्वात् दृष्टिं नावृणोतीति अच्छम्=निर्मलम् । अच्छानि, अच्छानि चेति, तैः अच्छाच्छैः=अतिनिर्मलैः शुकानाम्=कीराणां पुच्छा=वर्हाणि तेषां गुच्छाः=स्तम्बाः, इति शुकपिच्छगुच्छाः तद्वत् हरितानि=हरितवर्णास्तैः तथोक्तैः । तृणैः=शष्पैः घासैरित्यर्थः । छन्नाः=आच्छादिताः व्याप्ता इत्यर्थः । तण्डुना प्रोक्तं ताण्डवम्, उद्गतं श्रेष्ठं वा ताण्डवम्=नृत्यं येषां ते तैः उत्ताण्डवैः । चन्द्र इव कायति=प्रकाशते इति चन्द्रकः । चन्द्रकाः विद्यन्ते येषु ते चन्द्रकिणः=मयूराः । सान्द्राः=घनीभूताः ये चन्द्रकिणः=मयूराः, तेषां कुलानि=समूहाः तैः सान्द्रचन्द्रकिकुलैः । मण्डिताः=भूषिताः सुशोभिताः इत्यर्थः । वनस्य=विहाराख्यस्य अन्ताः=प्रान्ताः इति वनान्ताः सम्प्रति=अस्मिन्काले सेव्याः=सेवनीयाः सन्तीति । येषु=वनान्तेषु क्षीरमिव=दुग्धवत् विपाण्डु=धवलं पल्वलानाम्=अल्पजलाशयानां पयः=जलमिति क्षीरविपाण्डुपल्वलपयः तत् तथोक्तम् । मनाक्=ईषत् अल्पमित्यर्थः । कल्लोलयन्तः=तरंगयन्तः, केतकानाम्=सूचिकापुष्पाणां, केतकीवृक्षाणामित्यर्थः वनानि=अरण्यानि, इति केतकवनानि विनिद्राणि=विकसितानि च तानि केतकवनानि, तेषां स्कन्धः=प्रकाण्डः, समूहो वा इति विनिद्रकेतकवनस्कन्धः, तस्मिन् तथोक्ते । लुठन्तः=सञ्चरन्तः वाताः=वायवः शनैः=मन्दं मन्दम् वान्ति=प्रवहन्ति । अत्रालंकारः शुकपिच्छगुच्छहरितैः क्षीरविपाण्डुचेत्युपमयोः संसृष्टिः । अनुप्रासश्चेति । छन्दश्च पूर्ववत् ॥४६॥

हिन्दी—वनपाल की बात सुनकर राजा ने सोचा सुग्गों के पंखों के गुच्छों के सदृश हरे हरे अतिस्वच्छ कोमल तृणों=घासों से भरे हुए, तथा सुन्दर उद्धत नाच करने वाले, घने (बहुत सारे मिलकर) मोरों के कुल झुण्ड से, सुशोभित वन का प्रान्त इस समय सेवनीय (विहार करने योग्य) है। जिन प्रान्तों में दूध के समान धवल (सफेद) छोटे-छोटे सरोवरों को जल को

थोड़ा सा तरंगित (तरंगवाले) करते हुए, खिले हुए केवड़े के वन में लोटते (टकराते) हुए पवन धीरे-धीरे बह रहे हैं। अर्थात् इस समय वन में शीतल, मन्द, सुरभि वायु बह रहा है। अतः सेवनीय है। शिकार योग्य है॥

माद्यन्ति च तेषु संप्रति प्रोथिनः तद्युज्यते विहर्तुम्'।

इत्यवधारयन्नाहूय बाहुकनामानं सेनापतिमादिदेश—'भद्र द्रुतमनुष्ठीयताम्, समादिश्यन्तां कृतवैरिविपत्तयः पत्तयः, पर्याण्यन्तां मनस्तुरगास्तुरगाः सज्जीक्रियन्तां निजवेगनिर्जितमातरिश्वानः श्वानः, समारोप्यन्तामपनीताहितायूंषि धनूंषि, गृह्यन्तां निर्मथित-प्रोथियूथ-पाशाः पाशाः' इति।

व्याख्या (क)—तेषु=वनान्तेषु सम्प्रति=इदानीम् प्रोथः=नासास्ति येषां ते प्रोथिनः=सूकराः माद्यन्ति=मत्ता जायन्ते। तत्=तस्दात् कारणात् विहर्तुम्,=विहारं कर्तुम्, आखेटेन क्रीडितुमित्यर्थः। युज्यते=युक्तमस्ति। इति=एवम् अवधारयन्=निश्चयं कुर्वन् बाहुकः इति नाम यस्य स बाहुकनामा तं बाहुकनामानं सेनायाः=सैन्यस्य पतिः=नायकः, तं सेनापतिम् आहूय=आकार्य आदिदेश=आदिष्टवान्। भद्र !=कल्याणिम् ! द्रुतम्=त्वरितम् अनुष्ठीयताम्=क्रियताम्, कृता=विहितां वैरिणाम्=अरीणां विपत्तिः=आपत्तिः=व्यसनमित्यर्थः यैः ते कृतवैरिविपत्तयः पत्तयः=पादचारिणः सैनिकाः समादिश्यन्ताम्=आज्ञाप्यन्ताम्। तुरेण=वेगेन गच्छन्तीति तुरगाः। मनः=चित्तम् इव तुरं गच्छन्तीति मनस्तुरगाः==मानसवत्वेगवन्तः तुरगाः=तुरंगाः घोटकाः परितो यान्ति=गच्छन्ति अनेनेति पर्य्याणम्=अश्वपल्ययनम् पर्याणमस्ति येषां ते पर्याणवन्तः तान् करोतीति पर्याणयति, णिचि मतुपो लोपः। कर्मणि यकि सति पर्याण्यन्ताम्=पर्याणवतः क्रियन्ताम। मातरि=अन्तरिक्षे श्वयति=गच्छतीति मातरिश्वा=वायुः, निजस्य=स्वकीयस्य वेगेन=जवेन निर्जितः=विजितः मातरिश्वा=पवनः यैः ते निजवेगनिर्जितमातरिश्वानः, श्वानः=कुक्कुराः सज्जीक्रियन्ताम्=संनद्धा विधीयन्ताम्। न हिताः अहिताः=शत्रवः। अपनीतानि=विनाशितानि अहितानाम्=शत्रूणाम् आयूंसि=वयांषि, जीवितकाला इत्यर्थः। यैः तानि अपनीताहितायुंषि धनूंषि=शरासनानि, समारोप्यन्ताम्=समारोपितज्यानि अधिज्यानीत्यर्थः क्रियन्ताम्। प्रोथाः==नासाः सन्ति येषां ते

प्रोथिनः । प्रोथिनाम्=शूकराणां यूथं=समूहं पान्ति=रक्षन्तीति प्रोथियूथपाः । निर्मथिताः=उन्मथिताः नाशिता इत्यर्थः प्रोथियूथपानाम्=शूकरराजानाम् आशाः=अभिलाषाः यैस्ते निर्मथितप्रोथियूथपाशाः, पश्यते=बध्यते यैस्ते पाशाः=जालानि गृह्यन्ताम्=आदीयन्ताम्। अत्र मनस्तुरगा इत्यत्रोपमा। अनेकासु क्रियासु एककारकस्य सावात् दीपकम्। यमकञ्चेति ॥

हिन्दी—और उस वनस्थली में इस समय सूअर उन्मत्त हो रहे हैं। इस कारण शिकार खेलना उपयुक्त है। ऐसा निश्चय करते हुए, बाहुक नाम के सेनापति को बुलाकर आदेश दिया कि–हे भद्र! जल्दी करो, वैरियों पर विपत्ति ला देनेवाली पैदल सेना को आज्ञा दे दो मनो वेग से (अतीव शीघ्र) चलने वाले घोड़ों पर जीन कस दो। अपने वेग से वायु को भी जीतनेवाले (शिकारी) कुत्तों को तैयार कर लो। अहित चाहने वाले (शत्रुओं) की आयु को समाप्त (नाश) करने वाले धनुषों पर प्रत्यञ्चा (डोरी) चढ़ा दो। और शूकर समूह के रक्षक सूकर राज की आशा को निर्मूल करने वाले जालों को ले लो ॥

अथ मौलिमिलन्मुकुलितकरकमलयुगलेन सेनापतिना 'यदाज्ञापयति देवः' इत्यभिधाय त्वरया तथा कृते सति स्वयमपि,

व्याख्या—(क) अथ=नृपादेशानन्तरम् करौ=हस्तौ कमलयुगलम्=पद्मयुग्मम् इव मौलौ=मस्तके मिलत्=संगतम् मुकुलितम्=बद्धं सम्पुटितमित्यर्थः इति करकमलयुगलम्—यस्य स तेन मौलिमिलन्मुकुलित-करकमलयुगलेन सेनायाः=सैन्यस्य पतिः=नायकः तेन सेनापतिना देवः =महाराजः यदाज्ञापयति=यदादिशति, (तत्सर्वं क्रियते) इति=एवम् अभिधाय =उक्त्वा, तथा=राजोक्तप्रकारेण कृते=अनुष्ठिते सति स्वयमपि=राजा नलः अपि।

हिन्दी—(क) इसके पश्चात् माथे पर अंजलीबांधे (हाथ जोड़े) कर कमल युगल वाले सेनापति के जैसी महाराज की आज्ञा यह कह कर और वैसा करने पर राजा नल भी।

निर्मांसं मुखमण्डले परिमितं मध्ये लघुं कर्णयोः
स्कन्धे बन्धुरमप्रमाणमुरसि स्निग्धं च रोमोद्गमे।

पीनं पश्चिमपार्श्वयोः पृथुतरं पृष्ठे प्रधानं जवे
राजा वाजिनमारुरोह सकलैर्युक्तं प्रशस्तैर्गुणैः ॥ ४७ ॥

अन्वयः—राजा मुखमण्डले निर्मांसम्, मध्ये परिमितम्, कर्णयोः लघुम्, स्कन्धे बन्धुरम्, उरसि अप्रमाणम्, रोमोद्गमे स्निग्धं च पश्चिमपार्श्वयोः पीनम्, पृष्ठे पृथुतरम्, जवे प्रधानम्, सकलैः प्रशस्तैः गुणैः युक्तं वाजिनम्, आरुरोह ॥

व्याख्या—राजा=नृपः, नलः मुखस्य=आननस्य मण्डलम्=बिम्बम्, तस्मिन् मुखमण्डले निर्मांसम्=मांसरहितम् मध्ये=मध्यभागे परिमितम्=स्वल्पप्रमाणम्, कर्णयोः=श्रोत्रयोः लघुम्=ह्रस्वम्, स्कन्धे=अंसे बन्धुरम्=उन्नतोन्नतम्=मनोहरमित्यर्थः, उरसि=वक्षस्थले न प्रमाणं यस्य स तम् अप्रमाणम्=विशालम्, रोम्णाम्,=लोमानाम् उद्गमः=उदयः तस्मिन् रोमोद्गमे च स्निग्धम्=चिक्कणम्, पश्चिमस्य=चरमस्य पार्श्वौ=भागौ इति पश्चिमपार्श्वौ तयोः पश्चिमपार्श्वयोः पीनम्=पृथुलम्, पृष्ठे=पृष्ठभागे अतिशयेन पृथुः, तं पृथुतरम्=अतिविस्तृतम्, जवे=वेगे धावने इत्यर्थः प्रधानम्=मुख्यम्, इति सकलैः=सर्वैः प्रशस्तैः=प्रशंसनीयैः गुणैः=अश्वगुणैः युक्तम्=उपेतम् वाजिनम्=घोटकम् आरुरोह=आरूढवान्। शार्दूलविक्रीडितपद्येऽस्मिन् स्वभावोक्तिरलंकारः ॥

हिन्दी—राजा स्वयं भी, जिसका मुखमण्डल मांसल नहीं था अर्थात् मोटा नहीं था। बीच का भाग परिमित (पतला) था। कानों से हल्का था। याने कान छोटे छोटे थे। गर्दन और कंधे सुडौल सुन्दर थे। छाती चौड़ी विशाल थी। तथा रोम-बाल चिकने मुलायम थे। पीछे के दोनों भाग मोटे मोटे थे। और दौड़ने में (वेगमें) प्रधान था। और जिसकी पीठ मोटी विस्तृत थी। इन समस्त प्रशंसनीय गुणों। (घोड़े के शुभ लक्षणों) से युक्त ऐसे घोड़े पर सवार हो गये ॥ ४७ ॥

मृगयावर्णनम्—

आरुह्य च क्रमेण कार्दमिककर्पटावनद्धमूर्धजैर्दण्डखण्डपाणिभिः क्रूरकर्मोचिताकारैर्वागुरावाहिभिरनन्तैः कृतान्तदूतैरिव पाशहस्तैः पापर्द्धिकैरनुगम्यमानः, दूरादुन्नमितकन्धरैस्तथोर्ध्वकर्णसंपुटैरकाण्डो-

ड्डीनप्राणैरिव वनप्राणिभिराकर्ण्यमानहर्षितहयहेषारव, पवनकम्पित-तरुशाखाग्रपल्लवव्याजेन दूरादेवोत्क्षिप्तहस्ताभिरुड्डीयमानशकुनिकु-लकोलाहलच्छलेन भयान्निवार्यमाण इव वनदेवताभिः अभिमुखागतै-रुन्मिषत्तरुपुष्पप्रकरमकरन्दबिन्दुवर्षवाहिभिर्वनविनाशशंकितैरर्घ्यमि-वोपपादयद्भिरुपरुध्यमान इव वनमारुतैः, उन्निद्रसान्द्रकुसुमकेसराङ्-कुरजालजटिलाभिर्भयादुद्गतरोमाञ्चप्रपञ्चाभिरिवोद्भ्रान्तभृङ्गरव-गद्गदरुदितेन निषिध्यमान इव वनवीरुद्भिः, उद्भिन्नभास्वदमन्दक-न्दलावलोकनेनानन्द्यमानः श्वानुगतोऽप्यश्वानुगतः सगजमप्यगजं तद्वनमाससाद ।

(क) व्याख्या—आरुह्य=अश्वारोहणं कृत्वा क्रमेण=क्रमशः तत्=प्रसिद्ध वनम्=अरण्यमिति तद्वनम् आससाद=प्राप इत्यन्वयः । कथंभूतः सन् इत्याह—कर्दमेन=नीलीलोहमलादिना रक्तमिति कार्दमिकः, कार्दमिकश्चासौ कर्पटः=वस्त्रम्, मलिनजीर्णवस्त्रमित्यर्थः, इति कार्दमिककर्पटः, तेन अनद्धाः =संयमिताः, बद्धाः मूर्धजाः=केशाः यैस्ते तैः कार्दमिककर्पटावनद्धमूर्धजैः, दण्डस्य खण्डः=लगुडः पाणौ=हस्ते येषां ते तैः दण्डखण्डपाणिभिः, क्रूराणि=मारणादीनि च यानि कार्याणि=कर्माणि तैः उचितः=योग्यः आकारः=आकृतिः येषां ते तैः क्रूरकर्मोचिताकारैः, वागुरते इति वागुरां मृगबन्धनीं वहन्ति=धारयन्तीति तैः वागुरावाहिभिः अनन्तैः=असंख्यकैः कृतान्तस्य=यमराजस्य दूताः=सन्देशहराः, इति तैः कृतान्तदूतैः इव=यथा पाशः=मृगपश्वादिबन्धनं हस्ते=करे येषां ते तैः पाशहस्तैः, पापानाम् ऋद्धिः=वृद्धिः, अत्र सा पापर्द्धिः,=मृगया, तया कायन्ति=प्रकाशन्ते ये ते पापर्द्धिकाः तैः पापर्द्धिकैः==मृगयालुभिः अनुगम्यमानः==अनुस्त्रियमाणः सन् । कं शिरः धारयतीति कन्धरा । धरतीति धरा, कं=शिरसः धरा कन्धरा । दूरात्=विप्रकृष्टात् एव उन्नमिता=ऊर्ध्वीकृता कन्धरा=ग्रीवा यैस्ते तैः उन्नमितकन्धरैः तथा=तेनैव प्रकारेण ऊर्ध्वौ=उद्गतौ कर्णयोः =श्रोत्रयोः सम्पुटौ=सम्पुटकौ येषां ते तैः ऊर्ध्वकर्णसम्पुटैः अकाण्डे=अनवसरे उड्डीनाः=उत्पतिताः प्राणाः=पञ्चवायवः येषां ते तैः अकाण्डोड्डीनप्राणैः

इव=यथा वनस्य=अरण्यस्य प्राणिनः=जीवाः तैः वनप्राणिभिः, अरण्यवासिभिरित्यर्थः। आकर्ण्यतेऽसौ आकर्ण्यमानः=श्रूयमाणः हर्षितानाम्=प्रसन्नानाम् हयानाम्=तुरंगाणां हेषायाः=ह्रेषायाः रवः=ध्वनिः यस्यः सः आकर्ण्यमानहर्षित हयहेषारवः। अत्र हेषा शब्दस्य अश्वध्वनिरित्यर्थः, आम्रवृक्षवदपोतरुक्षत्यम्। तथा तरूणाम्=वृक्षाणां शाखाः=विटपाः तासाम् अग्रं तत्र ये पल्लवाः=किसलयानि इति, तरुशाखाग्रपल्लवाः पवनेन=वायुना कम्पिताः=आन्दोलिताः, चालिता इत्यर्थः ये तरुशाखाग्रपल्लवाः तेषां व्याजः=कपटस्तेन पवनकम्पिततरुशाखाग्रपल्लवव्याजेन, दुरादेव=विप्रकृष्टादेव, दूरत एवेत्यर्थः। उत्क्षिप्ताः उपरिकृताः=हस्ताः करा याभिस्ताः उत्क्षिप्तहस्ताः ताभिः उत्क्षिप्तहस्ताभिः वनस्य=अरण्यस्य देवताः=अधिष्ठात्र्यः ताभिः बनदेवताभिः कोलनं कोलः=एकीभावः तमाहलतीतिकोलाहलः। उड्डीयमानाः=आकाशे गच्छन्तः ये शकुनयः=पक्षिणः तेषां कुलानि=समूहाः, इति उड्डीयमानशकुनिकुलानि तेषां कोलाहलः=कलकलः तस्य छलम्==व्याजस्तेन उड्डीयमानशकुनिकुलकोलाहल छलेन भयात्=भीतेः निवार्यतेऽसौ निवार्यमाणः =निरुध्यमान इव=यथा अभिमुखम=सम्मुखम् आगताः=प्राप्तास्तैः तथोक्तैः मकरमपि द्यति, कामजनकत्वात् इति मकरन्दः=पुष्परसः तस्य बिन्दवः=कणाः इति मकरन्दबिन्दवः, उन्मिषन्ति=विकसन्ति यानि तरूणाम्=वृक्षाणां पुष्पाणि=कुसुमानि तेषां प्रकराः=समूहाः, तेषां वर्षम् =वृष्टिं वहन्ति=धारयन्तीति तैः तथोक्तैः। वनस्य विनाशम्=नाशमिति वनविनाशं तस्य शंका=सन्देहः संजाता येषां ते तैः वनविनाशशंकितैः, अतएव अर्घ्यम्=पूजनसामग्रीम् इव=उत्प्रेक्षायाम्। उपपादयद्भिः=उपहरद्भिः वनस्य मारुतैः=पवनैरिति वनमारुतैः उपरुध्यतेऽसौ उपरुध्यमानः आव्रियमाण इव=यथा। तथा कुसुमानाम्=पुष्पाणां केसराः=किंजल्काः तेषामंकुराः=नवोद्भिदः, इति कुसुमकेसरांकुराः उन्निद्राणाः=नवोद्गताः सान्द्राः=निविडाः घना इत्यर्थः, ये कुसुमकेसराङ्कुराः, तेषां जालम्=समूहस्तेन जटिलाः=सघनाः व्याप्ता इत्यर्थः, ताभिः उन्निद्रसान्द्रकुसुमकेसरांकुरजजालजटिलाभिः भयात्=साध्वसात् उद्गतः=प्रकटीभूतः रोमाञ्चानाम्=रोमोद्गमानां प्रपञ्चः=समूहः =यासां ताः, ताभिः उद्गतरोमाञ्चप्रपञ्चाभिः इव=यथा। विशेषेण रुणद्धि

अन्यान् वृक्षानिति वीरुध्। वनस्य=विपिनस्य वीरुधः=प्रतानिन्यः लताः, ताभिःवनवीरुद्भिः, उद्भ्रान्ताः=मण्डलाकारेणोपरि संचरन्तः ये भृङ्गाः=भ्रमराः तेषां रवः=शब्दः=गुञ्जनमित्यर्थः, एव गद्गद्रुदितम्=अस्पष्टध्वनिविलपितं तेन उद्भ्रान्तभृङ्गरवगद्गद्रुदितेन, हर्षशोकादिनास्पष्टध्वनिः गद्गद् इत्युच्यते। निरुध्यमानः=निवार्यमाणः इव। आनन्द्यतेऽसौ आनन्द्यमानः उद्भिन्नानि=उद्गतानि भास्वन्ति=परिस्फुरन्ति अमन्दानि=तीव्राणि च यानि कन्दलानि=नूतनांकुराः=शिलीन्ध्रपुष्पाणि वा इति उद्भिन्नभास्वदमन्दकन्दलानि, तेषाम् अवलोकनम्=विलोकनं, दर्शनमित्यर्थः, तेन तथोक्तेन, आनन्द्यमानः=आह्लाद्यमानः, हर्षितः सन् श्वभिः=कुक्कुरैः अनुगतः=अनुसृतः इति श्वानुगतः अपि न श्वानः अश्वानस्तैः अनुगतः, इति विरोधः, परिहारस्तु श्वानुगतः अपि अश्वैः=तुरंगैः अनुगतः राजा नलः गजैः=हस्तिभिः सहितम्=युतमिति सगजं तत् सगजम्, न गजाः अगजा तैः अगजैः सहितमिति विरोधः। परिहारस्तु न गच्छतीति अगः पर्वतस्तत्र जातमिति तत् अगजमिति, पर्वते जातं वनम्=अरण्यम् आससाद=प्राप। अत्रखण्डे अन्ते विरोधाभासः। अन्यत्र च उत्प्रेक्षापह्नुतीत्यादिः।

हिन्दी (क)—वह राजा नल घोड़े पर सवार होकर क्रमसे, कीचड़सने कपड़े से जिनके केश बंधे हैं, ऐसे, लकड़ी के टुकड़े हाथ में लिये हुए, भयानक कार्यों के अनुरूप आकृतिवाले, (मृगों को पकड़ने के लिये) जाल थामे हुए, असंख्य यमदूतों जैसे पाशधारी शिकारियों से अनुसरण किया जाता हुआ; दूर से ही ऊपर उठी गर्दनवाले तथा दोनों कानों को खड़े किये हुए जिसके घोड़ों की हिनहिनाहट असमय में ही जिनके प्राण उड़ रहे हों ऐसे वनप्राणियों द्वारा सुनी जारही है ऐसा, वायु से हिलाये हुए वृक्षशाखाओं के पल्लवों के बहाने से जैसे दूर से ही हाथ उठाए हुए वनदेवताओं द्वारा उड़ते हुए पक्षिनमूह के कोलाहल रूपसे भयसे रोका जाता हुआ सा, सामने से आते हुए तथा खिलते फूलों के समूह के परागबिन्दुओं की वर्षा को धारण किये हुए एवं बन के विनाश की आशंका वाले वनवायुद्वारा अर्घ्य देकर रोका जाता हुआ सा, खिलेहुए घने फूलों के परागाङ्कुरसमूह से जटिल तथा भय से रोमांचित हुई बनलताओं द्वारा घूमते हुए भौंरों के गुंजाररूप गद्गद रुदन से मना

किया जाता हुआ सा, खिले हुए और चमकते हुए शिलीन्ध्रकुसुमों को देखकर मनमें आनन्द का अनुभव करता हुआ, श्वानों (कुत्तों) से अनुसृत होने पर भी अश्वानुगत (जो कुत्तों से अनुसृत नहीं है ऐसा (विरोध), अश्वों (घोड़ों) से अनुसृत (परिहार) तथा सगज (हाथियों से युक्त) होने पर भी अगज (हाथियों से रहित)। विरोध। अगों (पर्वतों से जन्य परि०।) उस बन में प्राप्त हुआ ॥

ततश्च केचिदुद्यत्परश्वधा गणपतयः, केऽपि दृष्टसिंहिकासुतविक्रमाः शशधराः केऽपि पाशपाणयो जम्बुकदिक्पालाः, केऽपि हरिमार्गानुसारिणो बलभद्राः, केऽपि चक्रपाणयो मधुसूदनाः, केऽपि शिवागमावर्तिनो रौद्राः, केऽप्याहिताग्नयो विप्रलोकाः, केऽपि खण्डिताञ्जनाधरप्रवालाः प्रभञ्जनाः, केऽप्युत्खातद्वन्तिदन्तमुष्टयो निस्त्रिंशाः तस्य पृथ्वीपतेराकुलितश्वापदाः पदातयो वनं रुरुधुः।

व्याख्या—ततश्चेति। ततः=तदनन्तरं च तस्य पृथिवीपतेः=राज्ञो नलस्य, आकुलिताः=उद्वेजिताः श्वापदाः=हिंस्रजन्तवो यैस्ते, पदातयः=पद्भ्यामतन्तीति पदातयः=पादचारिणः (सैनिकाः आखेटसहायाश्च) वनम्=अरण्यं रुरुधुः=वेष्टयामासुः। तानेव पदातीन् विशिनष्टि—केचित् उद्यन्तः=पलायमानाः परे=उत्कृष्टाः श्वानः ये ते उद्यत्परश्वानः, तान् धारयन्तीति उद्यत्परश्वधाः=वेगवतो वलिनश्च कुक्कुरान् धारयन्तः, गणानां पतयः=सेनाया कस्यचिद् विभागस्याधिपाः। गणेशपक्षेतु—उद्यन्तः=सन्नद्धाः, परश्वधाः=आयुधविशेषाः येषां ते उद्यत्परश्वधाः गणपतयः=हेरम्बाः। केऽपि=अपरे, दृष्टः=अवलोकितः सिंहिकासुतस्य=केसरिकिशोरस्य विक्रमः=पराक्रमः यैस्ते एवं भूताः शशान् धरन्तीति शशधराः=मृगग्राहिणः, पक्षे दृष्टः सिंहिकासुतस्य=राहोः विक्रमः=ग्रहणरूपः यैस्ते एवं भूताः शशधराः=चन्द्रमसः। केऽपि=अन्ये पाशः पाणौ येषां ते पाशपाणयः=पाशहस्ताः। जम्बुकानां=फेरूणां (शृगालानां) दिशं=काष्ठां पालयन्ति=प्रतीक्षन्ते इति जम्बुकदिक्पालाः। पक्षे जम्बुकदिक्=पालाः=वरुणाः, "प्रचेता वरुणः पाशी" इत्यमरः। "जम्बुकः फेरवे नीचे प्रतीचीदिक्पतावपि" इति विश्वः, केऽपि=अपरे, हरेः=श्रीकृष्णस्य मार्ग=

पन्थानम् अनुसरन्तीति हरिमार्गानुसारिणः। पक्षे हरीणां=मृगाणां मार्गमनुसरन्तीति, मृगाणां पादादिचिह्नानि दृष्ट्वा तदन्वेषिण इत्यर्थः। बलभद्राः=कृष्णाग्रजाः, पक्षे बलेन भद्राः अतिबलशालिन इत्यर्थः। केऽपि=इतरे, चक्रं पाणौ येषान्ते चक्रपाणिनः=रथाङ्गहस्ताः सुदर्शनधारिण इत्यर्थः। मधुं=तन्नामकं दैत्यं सूदयन्ति नाशयन्ति इति मधुसूदनाः= कृष्णाः। "विष्णुः कृष्णो हृषीकेशो माधवो मधुसूदनः। रथाङ्गपाणिरक्षोभ्यः" इत्यमरः। पक्षे चक्रहस्ताः मधुं=क्षौद्रं सूदयन्ति=क्षारयन्तीति। अरण्ये मधुनिःसारका इत्यर्थः। केऽपि=परे शिवानां=शृगालीनाम् आगमं=गतिं आवर्तन्ते=प्रतीक्षन्ते इति शिवागमावर्तिनः=शृगालीनामाखेटतत्परा इत्यर्थः। अतएव रौद्राः=भयङ्कराः, पक्षे शिवागमानां=शैवशास्त्राणाम् आवर्तिनः=पुनः पुनः पाठशीला अतएव रौद्राः=रुद्रभक्ताः। केऽपि=अन्ये आहिताः=गृहीता अग्नयः=वह्नयः (मगाल इति लोकभाषायां) यैस्ते एवं भूताः, वीन्=पक्षिणः प्रलोकयन्ति=पश्यन्तीति विप्रलोकाः पक्षीणामाखेटका इत्यर्थः। पक्षे गृहीताः=स्वीकृताः अग्नयः=दक्षिणगार्हपत्यादयः यैस्ते तादृशाः विप्रलोकाः=ब्राह्मणजनाः, केऽपि=इतरे। खण्डिताः=त्रोटिताः, अञ्जनस्य=पक्षिविशेषस्य अधरप्रवालाः=अधोलम्बमानपुच्छाग्राः यैस्ते, यद्वा अञ्जनवृक्षस्य पल्लवाः यैस्ते, अतएव प्रकर्षेण भंजन्ति=विनाशयन्तीति प्रभंजकाः। पक्षे खण्डितः=दष्टः अञ्जनायाः=स्वप्रियायाः=अधरः प्रवाल इवेति अधरप्रवालः=अधरोष्ठविद्रुमः यैस्ते, एवं भूताः प्रभञ्जनाः=वायवः। "नभस्वद्वातपवनपवमान प्रभञ्जनाः" इत्यमरः। अञ्जना वायुपत्नी हनुमतः जननीति पुराणेषु प्रसिद्धम्। दन्ताः सन्ति येषां ते दन्तिनः=गजाः तेषां दन्ताः=दशनाः उत्खाताः=उच्छिन्नाः दन्तिदन्ताः मुष्टिषु=संग्राहेषु येषां ते एवंभूताः, निस्त्रिंशाः=क्रूराः, पक्षे उत्खातानां=उत्पाटितानां दन्तिदन्तानां=गजदशनानां मुष्टयः=त्सरवः येषां ते एवं भूताः निस्त्रिंशाः=खड्गाः। अत्र पदातीनां गणपतय एवेत्यादिविषयाध्यवसानादतिशयोक्तिरलङ्कारः।

हिन्दी—तब उस राजा नल के, हिंस्रक जन्तुओं को व्याकुल करनेवाले पैदल शिकारियों ने वनको घेर लिया। उन पैदलों में कोई तेज दौड़ने वाले शिकारी कुत्तों को साथ लिए उनके गणनायक (दलपति) थे (पक्ष में—

९

परशु उठाये हुए साक्षात् गणेश जी थे)। कोई सिंहिकासुत (शेरनी के बच्चों) का पराक्रम देखे हुए खरगोशधारी थे (पक्ष में-सिंहिकासुत=राहु) के पराक्रम को देखे हुए शशधर (चन्द्रमा) थे। कोई पाश हाथ में लिये हुए सियारों की बाट जोहने वाले थे (पक्ष में-पाशधारी पश्चिम दिशा के दिक्पाल वरुण थे)। कोई मृगों के मार्ग खोजते हुए बलिष्ठ थे (पक्ष में–हरि =श्रीकृष्ण के पीछे चलते हुए बलराम थे)। कोई रथ का पहिया लिये शहद चुआने वाले थे (पक्ष में–सुदर्शनधारी विष्णु थे)। कोई गीदड़ों की प्रतीक्षा करनेवाले भयंकर आकृति के थे(पक्ष में–शैवशास्त्रों का पाठ करनेवाले रुद्रभक्त थे)। कोई मशाल लिए हुए पक्षियों को खोजते थे (पक्ष में-अग्निहोत्र करने वाले ब्राह्मण लोग थे)। कोई अंजननामक पक्षी की लम्बी पूंछ नोचनेवाले या अंजनवृक्ष के पत्तों को नष्ट करने वाले विध्वंसी थे (पक्ष में–अञ्जना नामक अपनी प्रिया के अधरों का चुम्बन लेने वाले प्रभञ्जन (वायु) थे। कोई उखाड़े हुए हाथियों के दांतों को मुट्ठी में दबाये क्रूर आकृति के थे (पक्ष में–हाथीदांत की मूठ वाले खड्ग थे)।

टि०–यहां पर यद्यपि विशेष्य और विशेषण दोनों में श्लेष है, विषय (पदाति) का ग्रहण करने पर भी उसकी प्रतीति बाद में होती है और गणपति आदि की प्रतीति पहले हो जाती है इसलिए अतिशयोक्ति अलंकार है, साथ ही राजा नल की महत्ता का भी द्योतन होता है।

ततश्च तैः क्रियन्ते विकलभा वननिकुञ्जाः कुञ्जराश्च, ध्रियन्तेऽनेकधारयातिपातिनः खड्गाः खड्गिनश्च, कृष्यन्ते कूजन्तः कोदण्डदण्डा गण्डकाश्च; निक्षिप्यन्ते परितः शराः शरभाश्च, भज्यन्ते तरवस्तरक्षवश्च।

व्याख्या—ततश्चेति। ततः=तदनन्तरं च तैः=पदातिभिः वनानां निकुञ्जाः=अरण्यगुल्माः विकला भा येषां ते विकलभा=म्लानकान्तयः (मर्दनात् इत्यर्थः), कुञ्जराः=करिणश्च विगताः=विनष्टाः कलभाः=शावकाः येषां ते विकलभाः एवंभूताः क्रियन्ते=कृता इत्यर्थः। भूतार्थे लट्। अनेकया धारया=उभयतो धारतयेत्यर्थः। अतिपतन्तीति अतिपातिनः=आक्रामकाः

खड्गाः=करबालाः अनेकधा=बहुप्रकारेण रयेण=वेगेन अतिपतन्ति=आक्रमन्ते इति अनेकधारयातिपातिनः खड्गिनः=प्रौढगण्डकाश्च ध्रियन्ते=गृह्यन्ते, कूजन्तः=शब्दायमानाः कोदण्डानां=धनुषां दण्डाः गण्डकाः=बालखड्गिनश्च कृष्यन्ते=कर्षणेन स्वायत्तीक्रियन्ते। शराः=बाणाः शरभाः=अष्टापदजन्तुविशेषाश्च परितः=इतस्ततः विक्षिप्यन्ते=विप्रकीर्यन्ते। तरवः=वृक्षाः तरक्षवः=चित्रकाश्च भज्यन्ते=भग्नाः क्रियन्ते।

हिन्दी—इसके बाद उन पैदल शिकारियों द्वारा जंगल की झाड़ियों को मरोड़कर (विकल-भा) कान्तिविहीन और हाथियों को (वि-कलभा) बच्चों से हीन किया जा रहा था। दोनों ओर धारवाले आक्रामक खड्गों (तलवारों) को तथा अनेक प्रकार के वेग से आक्रमण करने वाले खड्गियों (गैंडों) को पकड़ा जा रहा था। शब्द करते हुए धनुष के दण्डों को और चीखते हुए छोटे-छोटे गैंडों को खींचा जा रहा था। बाण और शरभों (जन्तुविशेष जिसके ८ पैर होते हैं) इधर-उधर फेंका जा रहा था। वृक्षों और तरक्षुओं (चीतों) को मरोड़ा जा रहा था।

क्षणेन च पतन्ति पीवरा वराहाः, सीदन्ति दन्तिनः, विरसं रसन्ति सातङ्का रङ्कवः, प्रकाशैलं शैलं भयादारोहन्ति रोहिताः, शरसंघातघूर्णिता यान्ति महीं महिषाः, दुर्गसंश्रयं श्रयन्ते तरलितनेत्राश्चित्रकाः, त्वरिततरं तरन्तीवोत्पतन्तो नभसि निजजवनिर्जिततुरङ्गाः कुरङ्गाः।

व्याख्या—क्षणेन च=सहसैवेत्यर्थः, पीवराः=स्थूलाः, प्यायते इति ओप्यायी वृद्धौ धातोः "छित्वर छत्वर......" (उ० ३।१) इति ष्वरच् निपात्यते। वराहाः=शूकराः पतन्ति=भूमिस्था भवन्ति। आखेटकैर्हताः सन्तः भूमौ पतन्तीति तात्पर्यम्। दन्ताः सन्ति येषां ते दन्तिनः=हस्तिनः "दन्ती दन्तावलो हस्ती" इत्यमरः। सीदन्ति=क्लिश्यन्ते। आतङ्केन सहिताः सातङ्का=सभयाः। रङ्कवः=रङ्कुनामका मृगाः। विगतः रसो यस्य तत् विरसं =नीरसं रोदनात्मकमिति भावः। रसन्ति=शब्दायन्ते। रोहिताः=तन्नामका मृगाः। भयात्=त्रासात्, प्रकाशाः=प्रकटिता एलाः=तदाख्यलताः यस्मिन् स

प्रकाशैलः तं शैलं=पर्वतम् आरोहन्ति=आरूढा भवन्तीत्यर्थः। महिषाः=लुलायाः। शराणां=बाणानां संघातेन=पीडनेन, चूर्णिताः=भग्नाः सन्तः महीं=पृथ्वीं यान्ति=गच्छन्ति, भूमौ पतन्तीत्यर्थः। तरलानि संजातानीति तरलितानि=चञ्चलानि नेत्राणि येषां ते तरलितनेत्राः=कातराक्षाः चित्रकाः=तरक्षवः, दुर्गाणां संश्रयं दुर्गसंश्रयं=कोटसंरक्षणं श्रयन्ते=आश्रयं गच्छन्ति। भयेन कातराक्षाः सन्तो गिरिगुहास्वाश्रयं गच्छन्तीति भावः। निजेन=स्वीयेन जवेन=वेगेन निर्जिताः=पराजिताः तुरङ्गाः=अश्वाः यैस्ते एवंभूताः कुरङ्गाः=मृगाः अतिशयेन त्वरितमिति त्वरिततरं=अतिशीघ्रं, उत्पतन्तः=उच्छलन्तः नभसि=आकाशे तरन्ति इव=प्लवनं कुर्वन्तीव। यमकालंकारः, तरन्तीवेत्युत्प्रेक्षा च।

हिन्दी—थोड़ी ही देर में मोटे मोटे वनवराह (शिकारियों की मार से) भूमिपर गिरने लगे, हाथी खिन्न होने लगे, डरे हुए से रंकु मृग नीरस शब्द (रोने का सा) करने लगे। रोहित मृग डर के मारे उन पर्वतों पर चढ़ गये जहां इलायची की लताएँ दीख रही थीं। बाणों की चोट खाकर घायल हुए भैंसे भूमि पर गिरने लगे। भय से त्रस्त आँखों वाले चीते गुफाओं के भीतर छिपने लगे। अपने वेग से घोड़ों को मात करने वाले हरिण इतनी जल्दी उछलने लगे कि आकाश में तैरते से दीखते थे। अर्थात् उनके पैर भूमि पर टिकते दीखते ही नहीं थे।

तत्र च व्यतिकरे,

जाताकस्मिकविस्मयैः किमिदमित्याकर्ण्यमानः सुरैः
संत्रासोज्झितकर्णतालचलनान् दिग्दन्तिनः कम्पयन्।
जन्तूनां जनितज्वरः च मृगयाकोलाहलः कोऽप्यभूद्
येनेदं स्फुटतीव निर्भरभृतं ब्रह्माण्डभाण्डोदरम्॥४८॥

अन्वय—जाताकस्मिकविस्मयैः सुरैः किम् इदम् इत्याकर्ण्यमानः संत्रासोज्झितकर्णतालचलनान् दिग्दन्तिनः कम्पयन्, जन्तूनां जनितज्वरः सः कोऽपि मृगयाकोलाहलः अभूत्, येन निर्भरभृतम् इदं ब्रह्माण्डभाण्डोदरं स्फुटति इव॥

व्याख्या—तत्र च व्यतिकरे=तथाविधे व्यापारे, एवंविधायां घटनायामित्यर्थः। जातेति। अकस्मादागतः आकस्मिकः, जातः=उत्पन्नः आकस्मिकः=सहसोपस्थितः विस्मयः=आश्चर्यं येषां ते जाताकस्मिकविस्मयाः तैः। सुरैः=देवैः। इदं किम्=किमर्थकमिदं कोलाहलमित्यर्थः। इति। आकर्ण्यते इत्याकर्ण्यमानः=श्रूयमाणः, (मृगया कोलाहलेनान्वयः) संत्रासो=भयः तेन उज्झितानि=परित्यक्तानि कर्णतालानां=तालपत्रसदृशानां कर्णानामित्यर्थः, चलनानि=संचाराः यैस्ते, तान् एवं भूतान्, दिशां=काष्ठानां दन्तिनः=गजाः तान् दिग्दन्तिनः=दिग्गजान्, कम्पयन्=त्रेपयन्। जन्तूनां=प्राणिनां जनितः ज्वरो येन सः जनितज्वरः=उत्पादितसन्तापः, सः=पूर्वोक्तः कोऽपि=विलक्षण एव। मृगयायाः कोलाहलः मृगयाकोलाहलः=आखेटकलकलः, अभूत्=जातः, येन=कोलाहलेन। निर्भरम्=अत्यन्तम् यथा स्यात्तथा भृतं=पूरितम्, अतिशयेन व्याप्तमित्यर्थः। इदं=दृश्यमानं, ब्रह्माण्डं=जगत् भाण्डं=भाजनं पात्रमिति यावत्, इवेति ब्रह्माण्डभाण्डं=जगद्रूपं पात्रमित्यर्थः तस्य उदरं=जठरः। स्फुटति इव=विदीर्यत इव, अत्र स्फुटतीवेत्युत्प्रेक्षा सा च स्वभावोक्त्या अङ्गाङ्गिभावेन संकीर्णा इति संकरालंकारः, शार्दूलविक्रीडितं च वृत्तम्। लक्षणं परिशिष्टे द्रष्टव्यम्।

हिन्दी—ऐसी घटना होने पर—एकाएक आश्चर्य से चकित हुए देवताओं द्वारा 'यह क्या हो गया" करके सुना जाता हुआ, भय के कारण जिनके तालपत्रों जैसे कान खड़े हो गये हैं (अर्थात् जिनके कानों का फड़फड़ाना बन्द हो गया है) ऐसे दिग्गजों को कम्पित करता हुआ, संसार के प्राणियों को संताप उत्पन्न करनेवाला वह एक अद्भुत ही मृगया का कोलाहल था जिससे इस त्रिभुवन रूप पात्र का भीतरी भाग अत्यन्त भर जाने से फटने-सा लगा, जैसे किसी बरतन में आवश्यकता से अधिक वस्तु ठूंस दी जाय तो वह फट जाता है ऐसे ही इस ब्रह्माण्ड रूप बरतन में यह मृगया का कोलाहल इतना अधिक व्याप्त हो गया (जैसे इसका पेट फट जायगा)।

शूकर-दर्शनम्

राजाप्येकशरप्रहारपातितमत्तमातङ्गः सर्वतो विहारिहरिहरिणशशकशम्बरवराहहननहेलया विचरन्नितस्ततस्तरुणतरतमालमञ्जरी-

जालनीलोद्घुषितस्कन्धकेसरम्, ऊर्ध्वस्तब्धकर्णसंपुटम्, अश्वचक्राय क्रुध्यन्तम्, आघूर्णितघोणम् अनवरतकृतघनघोरघर्घररवम्, उत्क्षिप्त-पुच्छगुच्छम्, अभिमुखमेकस्मिन्नतिसान्द्रभद्रमुस्तास्तम्बभाजि पङ्किल-पल्वलप्रदेशे तं शूरशूकरमपरमिव दवदहनदग्धाद्रिमद्राक्षीत् ।

व्याख्या— राजा=नलः अपि एकस्यैव शरस्य=बाणस्य प्रहारेण=पातनेन पातिताः=भूमिसात्कृताः मत्ताश्च ते मातङ्गाः मत्तमातङ्गाः=उन्मदवारणाः येन सः एवं भूतः, सर्वतः=सर्वदिक्षु, विहरन्तीति विहारिणः=विहरणशीलाः ते च ते हरय=सिंहाः हरिणाः=मृगाः शशकाः=मृदुलोमानः, शम्बराः= तज्जातीयमृगविशेषाः "कृष्णसाररुरुन्यङ्कुरङ्कुशम्बररौहिषाः" इत्यमरः । वराहाः=शूकराश्चेति हरिहरिणशशकशम्बरवराहाः तेषां हननस्य हेला हननहेला तया=वधक्रीडयेत्यर्थः, इतस्ततः विचरन्=भ्रमन्, अतिशयेन तरुणाः तरुणतराः=परिपक्वाश्च ताः तमालस्य=तापिच्छतरोः मञ्जर्यः=वल्लर्यः तासां जालेन=समूहेन नीलाः=श्यामलाः उद्घुषिताः=ऊर्ध्वमुखा इत्यर्थः, स्कन्धस्य= ग्रीवायाः केसराः=सटाः "जटासटाकेसरयोः" इत्यमरः । यस्य तम्, एवं भूतं तथा ऊर्ध्वं=उपर्युत्थितं स्तब्धं=निश्चलं च कर्णयोः संपुटं=युगलं यस्य तम् । अश्वानां चक्रमश्वचक्रं तस्मै अश्वचक्राय=अश्वसमूहाय क्रुध्यन्तं=कोपं कुर्वन्तं, "क्रुध द्रुहेर्ष्य" त्यादिना क्रुधयोगे सम्प्रदानत्वाच्चतुर्थी । आसमन्तात् घूर्णिता= निरन्तरं चलायमाना घोणा=नासा यस्य तं आघूर्णितघोणम्, अनवरतं= निरन्तरं कृतः घनः=सान्द्रश्च घोरः=भीषणश्च रवः=शब्दः येन तम्, उत्क्षिप्तः=उत्थापितः पुच्छस्य=बालधेः गुच्छः=स्तबकः चरमो भाग इति यावत्, येनैवंभूतं, अपरम्=द्वितीयम् इव, दवस्य दहनं दवदहनं=वनाग्निः तेन दग्ध-श्चासौ अद्रिश्चेति दवदहनदग्धाद्रिः तम्, वनाग्निना प्रज्वलितेनेङ्गालीकृतं कृष्णवर्णं पर्वताकारमित्यर्थः, तम्=एवं प्रकारं, शूरश्चासौ शूकरश्चेति शूर-शूकरः तम्=वीरवराहं, अभिमुखं=पुरतः, एकस्मिन्=कस्मिंश्चित् । अतिसान्द्रायाः=गाढ़तमायाः, भद्रमुस्तायाः=तन्नामकस्य वनस्पतेः, स्तम्बं=गुच्छं भजतीति अतिसान्द्रभद्रमुस्तास्तम्बभाक् तस्मिन्, पङ्कः=कर्दमः संजातोऽस्य पङ्किलः=पङ्कयुक्तः तस्मिन्, पल्वलानां=अल्पसरसां प्रदेश=भूमिः तस्मिन् पङ्किलपल्वलप्रदेशे अद्राक्षीत्=अपश्यत् । प्रायः सर्वत्र स्वभावोक्तिरलङ्कारः ।

हिन्दी—राजा नल ने भी एक ही बाण से उन्मत्त हाथियों को मार गिराते हुए, चारों ओर घूमने वाले सिंह, हरिण, खरगोश, शंबरमृग, वराह आदि की आसानी से वधक्रीड़ा करने में, इधर-उधर घूमते हुए, सामने किसी एक अत्यन्त घनी नागरमोथे की झाड़ी वाले दलदल प्रदेश में उस वीर शूकर को देखा जिसके कन्धे पर की सटाएँ (बाल) पकी हुई तमाल की मंजरियों के गुच्छों की तरह नीले और ऊपर को उठे हुए थे, जिसके दोनों कान निश्चल होकर खड़े थे, जो घोड़ों के समूह पर क्रुद्ध जान पड़ता था, जिसके नाक के थूंथने बज रहे थे, जो लगातार भीषण घर्घर ध्वनि कर रहा था, जिसने पूंछ ऊपर को उठा रखी थी, और जो वनाग्नि से जलाये हुये पहाड़ की भांति काला और विशाल था।

शरवर्षणं द्वन्द्वयुद्धं च

दृष्ट्वा च रचितशरसन्धानलाघवो राघव इव राक्षसेश्वरस्य तस्योपरि परिणद्धविविधपत्त्रैः पतत्त्रिभिरभ्यवर्षत्। तत्र च व्यतिकरे,

व्याख्या—तं शूकरं दृष्ट्वा=अवलोक्य च शरस्य=बाणस्य सन्धानं=आरोपणं शरसन्धानम् तस्य लाघवः=तत्परता, रचितः=कृतः शरसन्धानलाघवः येन सः एवंभूतः, राघवः=रामः राक्षसेश्वरस्य=रावणस्य उपरि इव, तस्य=शूकरस्योपरि, परिणद्धानि विविधानि पत्त्राणि येषां तैः परिणद्धविविधपत्त्रैः=बद्धानेकविधपक्षैः पतत्त्रिभिः=बाणैः अभ्यवर्षत्=वर्षां चकार, तदुपरि बाणान् ववर्षेत्यर्थः। तत्र च व्यतिकरे=एवंविधव्यापारे—

हिन्दी—उस शूकर को देखकर फुर्ती से धनुष पर बाण चढ़ाता हुआ राजा नल, राम ने रावण पर जैसे बाणों की वर्षा की थी ऐसे ही उसपर बहुत से पंख जिनमें बंधे हैं ऐसे बाणों की वर्षा करने लगा। ऐसी स्थिति में—

किमश्वः पार्श्वेषु प्लवनचतुरः किं नु नृपतिः
शरान्मुञ्चन्नुच्चैश्चलतरकराकृष्टधनुषा।
किमालोलः कोलः परिहृतशरः शौर्यरसिको
न जानीमस्तेषां क इह परमो वर्ण्यत इति॥ ४९॥

अन्वय—किम् पार्श्वेषु प्लवनचतुरः अश्वः, किं नु चलतरकराकृष्टधनुषा उच्चैः शरान् मुंचन् नृपतिः, किम् परिहृतशरः शौर्यरसिकः आलोलः कोलः, न जानीमः इह तेषां कः परमः इति वर्ण्यते ।

व्याख्या—किमिति । किम् (प्रश्नार्थकम्) पार्श्वेषु=अन्तिकेषु "पार्श्व-मन्तिके" इति हैमः ! स्पृश्यते इति पार्श्वम् स्पृशस्पर्शने इतिधातोः "स्पृशेः श्वण् शुनौ पृच" (उ० ५।२७) णित्वाद्वृद्धिः, प्लवने=उच्छलने चतुरः=कुशलः अश्वः=तुरगः (परमो वर्ण्यते इत्यनेनान्वयः)। किं नु=अथवा अतिशयेन चलौ इति चलतरौ, चलतराभ्यां कराभ्यां आकृष्टं च तद्धनुः तेन चलतरक-राकृष्टधनुषा=अतिचञ्चलकरारोपितचापेन उच्चैः=अत्यधिकं शरान्=वाणान् मुञ्चन्=वर्षन् नृपतिः=राजा नलः। किम् परिहृताः=वञ्चिताः शराः=वाणाः येन स परिहृतशरः=निवारितेषुः शूराणां भावो शौर्यम् शौर्ये रसं गृह्णातीति शौर्यरसिकः=पराक्रमप्रदर्शनपरः आलोलः=चञ्चलः कोलः=शूकरः, (वयं) न जानीमः=न निर्णेतुं समर्था इत्यर्थः । यत् तेषाम्=अश्वनृपतिकोलानां मध्ये इह=अत्र स्थले परमः=श्रेष्ठः कः वर्ण्यते=क उच्यते इति । अत्र त्रयाणां कः परम इत्यनिर्णयात् सन्देहालंकारः। विशेषणानां च साभिप्रायतया परिकरश्च तयोरङ्गाङ्गिभावतया संकरालंकारः। शिखरिणी वृत्तम् लक्षणं तु परिशिष्टे द्रष्टव्यम् ।। ४९ ।।

हिन्दी—अगल-बगल से कूदकर निकल जाने में चतुर घोड़ा अथवा फुर्तीले हाथों से धनुष खींचकर अत्यन्त बाण बरसाता हुआ राजा या राजा के बाणों से अपने को बचाते हुए शूरता प्रदर्शित करता हुआ चंचल वराह, इन तीनों में से किसे उत्कृष्ट माना जाय यह हमारी समझ में नहीं आता ।।

अपि च—

> अजनि जनितपृथ्वीमण्डलोत्पादकम्पं
> किमपि चलितशैलं द्वन्द्वयुद्धं तयोस्तत् ।
> स्खलिततुरगवेगो विस्मयेनैव यस्मिन्
> दिनपतिरपि शौर्याश्चर्यसाक्षी बभूव ।। ५० ।।

अन्वय—जनितपृथ्वीमण्डलोत्पादकम्पं चलितशैलं तयोः तत् किमपि द्वन्द्वयुद्धम् अजनि, यस्मिन् विस्मयेन एष स्खलिततुरगवेगः दिनपतिः अपि शौर्याश्चर्यसाक्षी बभूव ।

व्याख्या—जनितः=उत्पादितः, पृथ्व्याः मण्डलं पृथ्वीमण्डलं=भूवलयं तस्मिन् पृथ्वीमण्डले उत्पादैः=पादताडनैः कम्पः=वेपथुः येन तत्, चलिताः शैलाः यस्मिन् तत् चलितशैलं=कम्पिताद्रि तयोः=नृपवराहयोः किमपि= अवर्णनीयमित्यर्थः । तत्=पूर्वोक्तं द्वन्द्वयुद्धम् अजनि=जातम् । यस्मिन्=युद्धे विस्मयेन=आश्चर्येण एष=पुरोवर्ती दिनपतिः=सूर्यः अपि स्खलितः=निरुद्धः तुरगाणाम्=अश्वानां वेगः=गतिः येन सः एवंभूतः सन्, शौर्यं च आश्चर्यं च शौर्याश्चर्ये तयोः साक्षी शौर्याश्चर्यसाक्षी=पराक्रमकौतुकयोः प्रत्यक्षद्रष्टा बभूव । चमत्कारकारि तद्युद्धं द्रष्टुं सूर्योऽपि निरुद्धतुरगवेगः सन् समुत्सुकोऽभवदित्यर्थः । अत्र दिनपतेः स्खलिततुरगवेगत्वासंबन्धेऽपि तत्संबन्ध-वर्णनादतिशयोक्तिरलंकारः । मालिनी छन्दः, लक्षणं परिशिष्टे द्रष्टव्यम् ॥५०॥

हिन्दी—पादप्रहारों से पृथ्वीमंडल को कम्पित कर देने वाला, पहाड़ों को भी हिला देने वाला उन दोनों का वह कोई अद्भुत ही द्वन्द्वयुद्ध हुआ । जिसमें यह सूर्य भी अपने घोड़ों का वेग रोक कर आश्चर्य से जैसे इन दोनों के शौर्य और कौतूहल का साक्षी हो गया ॥ ५० ॥

शूकरजयो राज्ञो विश्रामश्च

अथ कथमपि नाथं प्रोथियूथस्य जित्वा
ज्वरित इव विशालं सालसः सालमूले ।
सुखमभजत राजा राजमानः श्रमाम्भः-
कणकलितकपोलालोललीलालकेन ॥ ५१ ॥

अन्वय—अथ विशालं प्रोथियूथस्य नाथं कथमपि जित्वा ज्वरित इव सालसः सन् राजा श्रमाम्भः कणकलितकपोलालोललीलालकेन राजमानः सालमूले सुखमभजत ॥

व्याख्या—अथ=द्वन्द्वयुद्धानन्तरं विशालं=पृथुलं 'विसृतार्थवृत्तेर्विशब्दाच्छालच् प्रत्ययः। प्रोथति इति "प्रोथृपर्याप्तौ धातोरच्" प्रोथः=घोणा, प्रोथः एषामस्तीति प्रोथिनः=घोणावन्तः तेषां यूथः=समूहः तस्य प्रोथियूथस्य=शूकरसमूहस्येत्यर्थः, नाथं=स्वामिनं श्रेष्ठमित्यर्थः, कथमपि=महता प्रयासेन जित्वा=पराजित्य, ज्वरः संजातोऽस्येति ज्वरितः=संजातज्वरः इव अलसेन सहितः सालसः=श्रान्तः राजा=नलः श्रमस्य=श्रान्तेः श्रमजनिता इतिभावः, ये अम्भःकणाः=स्वेदबिन्दवः, तैः कलितौ=युक्तौ च तौ कपोलौ=गण्डस्थलौ तयोः आलोलः=चलायमानः यः लीलालकः=विलासपूर्णः कुन्तलः तेन श्रमाम्भःकणकलितकपोलालोललीलालकेन। राजते इति राजमानः=शोभमानः सन् राजा नलः सालस्य=सर्जतरोः मूले=अधस्तात् छायायामित्यर्थः। सुखम्=आनन्दम्, अभजत्=लेभे। अत्र यमकवृत्त्यनुप्रासयोः संसृष्टिरलंकारः, मालिनी च वृत्तम्।

हिन्दी—उस विशाल शूकरराज को किसी प्रकार जीतकर, ज्वरपीड़ित मनुष्य की तरह अलसाया हुआ सा राजा नल, परिश्रम के कारण उत्पन्न पसीने की बूँदों वाले गालों पर लटकते घुँघराले बालों से सुन्दर लगता हुआ एक सालवृक्ष के नीचे आराम करने लगा॥ ५१॥

तत्र च स्थितं श्रममुकुलितनयनारविन्दम्, आन्दोलयन्तः कुसुमिततरून्, तरलयन्तः शिखिशिखण्डमण्डलानि, ताण्डवयन्तस्तनुलतापल्लवनिवहान्, वहन्तो वहन्निर्भरजलशिशिरशीकरनिकरान्, करालयन्तः कुटजकुड्मलानि, मकरन्दबिन्दुमुचो मन्दमानन्दयामासुः कम्पितनीपवनाः पवनाः।

व्याख्या—तत्रेति, तत्र=सालमूले स्थितं=निषण्णं नयने अरविन्दे इवेति नयनारविन्दे, श्रमेण=युद्धजनितया क्लान्त्या मुकुले इव संजाते इति मुकुलिते=अर्धनिमीलिते नयनारविन्दे=कमललोचने यस्य सः तम् राजानं पवनाः=वायवः मन्दं=शनैः शनैरित्यर्थः। आनन्दयामासुः=आनन्दितं चक्रुः, कथंभूतास्ते पवनाः इति तान् विशिनष्टि—कुसुमानि संजातानि येषु ते कुसुमिताः कुसुमिताश्च ते तरवः तान् कुसुमिततरून्=पुष्पितपादपान्, आन्दोलयन्तीति

आन्दोलयन्तः—चालयन्तः, शिखा अस्ति येषां ते शिखिनः=मयूराः, शिखण्डानां=बर्हाणां मण्डलानि=चक्राणि, शिखिनां शिखण्डमण्डलानि इति शिखिशिखण्डमण्डलानि, तरलयन्तीति तरलयन्तः=चञ्चलीकुर्वन्तः। पल्लवानां निवहाः पल्लवनिवहाः तन्वीनां लतानां पल्लवनिवहाः तान्=लघुवल्लरीपलाशसमूहान्, ताण्डव इवाचरन्ति ताण्डवयन्ति ताण्डवयन्तीति ताण्डवयन्तः=नर्तयन्तः। शिशिराः=शीतलाश्च ते शीकराणां=जलकणानां निकराः समूहाः शिशिरशीकरनिकराः वहतां=प्रवाहवतां निर्झराणां=जलस्रोतसां, निर्झरणं निर्झरः झृष धातोः "ऋदोरप्" इति अप्, ये शिशिरशीकरनिकराः तान् वहन्तः=धारयन्तः। कूटे शृङ्गे जायते इति कुटजः "सप्तम्यां जनेर्डः" इति डः पृषोदरादित्वात् ह्रस्वम्। कुडयते इति कुड्धातोः बाहुलकत्वात् कुमलच् प्रत्यये कुड्मलम्। कुटजानां=गिरिमल्लिकानां कुड्मलानि=मुकुलानि करालयन्तः=संचालयन्तः। मकरमपि द्यतीति मकरन्दः दो अवखण्डने धातोः कः, मकरन्दस्य=पुष्परसस्य विन्दून्=पृषतः मुञ्चन्तीति मकरन्दबिन्दुमुचः=परागवर्षुकाः, कम्पितानि=ईषदान्दोलितानि नीपानां=कदम्बानां वनानि=काननानि यैस्ते एवंभूताः पवनाः आनन्दयामासुरित्यर्थः।

हिन्दी—अत्यन्त परिश्रम के कारण थका होने से उस सालवृक्ष की छाया में विश्राम करते हुए अधमुंदी आँखों वाले राजा को, फूले हुए वृक्षों को हिलाती हुई, मोरों के पिच्छसमूह को खोलती हुई, वृक्षों तथा लताओं के पल्लवों को जोर से नचाती हुई, बहते हुए झरनों के शीतल जलकणों को धारण करती हुई, कुरैया की कलियों को विकसित करती हुई, फूलों के परागविन्दुओं को चुआती हुई तथा कदम्बवनों को हिलाती हुई (अर्थात् शीतल, मन्द और सुगन्धित) हवायें धीरे-धीरे आनन्दित करने लगी।

अनन्तरमनवरतकरालकाककौलेयककुलकवलनाकुलितकोलकरि-कुरङ्गकण्ठीरवकिशोरदृषत्पृष्ठधाविते परितः परिजने, जनितविविध-मृगवधूवधव्याधीन् व्याधान् निवारयितुमिवान्तरान्तरा प्रसा-रितकरे मध्यस्थतां गतवति गभस्तिमालिनि, सहसंवर्धितमृगविनाश-शोकभरादिव वनवीरुधां पतत्सु पुष्पलोचनेभ्यो वाष्पेष्विव मध्या-

ह्लोष्णविलीनमकरन्दबिन्दुषु, श्रूयमाणेषु वनदेवतानां वनविमर्दोपालम्भेष्विव तरुखण्डोड्डीनविविधविहङ्गविरुतेषु, विघट्टितार्भककुरङ्गकुटुम्बिनीकरुणकूजितव्याजेनान्यायमिव धूर्तकुर्वतीषु वनराजिषु, इतस्ततः संचरच्चटुलतरतुरङ्गखुरशिखरशिखोत्खातधरणिमण्डलाद् वनविनाशवार्तां गगनचरेभ्यः कथयितुमिवोत्पतितेऽम्बरतलम् अकृतपरित्राणे च मूर्छित इव पुनः पुनः पतति भुवि भवनपारावतपतत्रिपत्रधूसरे धूलिपटले, सकम्पकपिकलापोल्ललनलुलिततरुतरुणमञ्जरीपुञ्जनिकुञ्जाद् उद्वेजिते मञ्जु गुञ्जति वनान्तरस्परमुच्चलिते चञ्चलचञ्चरीकचक्रवाले, चङ्क्रमणक्रमेण च संपन्ने सैन्यस्य श्रमावसरे तस्यैव सरससरलशालद्रुमस्याधस्तान्निषण्णे श्रमभाजि राजनि।

व्याख्या—अनन्तरमिति। अनन्तरं=पश्चात् राज्ञो विश्रामानन्तरमित्यर्थः। परितः=सर्वप्रकारेणेतस्ततः परिजने=आखेटकजनसमूहे अनवरतं=निरन्तरं करालानि=भयानकानि काकानां=वायसानां, कुलेभवाः कौलेयकाः "कुलकुक्षि···", इति ढकञ् प्रत्ययः तेषां कौलेयकानां=सारमेयाणां च कुलानि=समूहाः करालकाककौलेयककुलानां कवलनाय=ग्रासीकरणाय भक्षणायेत्यर्थः आकुलाः संजाता इति आकुलिताः=व्याकुलाः ये कोलाः =शूकराः, करिणः=गजाः कुरङ्गाः=मृगाः, कण्ठीरवाणां किशोराः कण्ठीरवकिशोराः=सिंहशावकाः ते च ते दृषद इव=पाषाणा इवेति कोलकरिकुरङ्गकण्ठीरवकिशोरदृषदः तेषां पृष्ठे धावितः पृष्ठधावितः तस्मिन् पृष्ठधाविते=ताननुसृत्य पलायिते इत्यर्थः। परिजने इत्यनेनान्वयः। जनितः उत्पादितः विविधानाम्=अनेकेषां, मृगाणां वध्वः मृगवध्वस्तासां मृगवधूनां=मृगीणां, वधस्य=हननस्य व्याधिः यैस्ते जनितविविधमृगवधूवधव्याधयः तान्। एवं भूतान् व्याधान्=लुब्धकान्, निवारयितुमिव=मैवं कुर्वन्त्विति निषेद्धुमिव, अन्तरान्तरा=मध्ये मध्ये "अथान्तरेऽन्तराअन्तरेण च मध्ये स्युः" इत्यमरः। प्रसारिताः=विस्तारिताः कराः=किरणाः करा इव=हस्ता इव येन सः प्रसारितकरः तस्मिन् प्रसारितकरे=हस्तानिव किरणान् प्रसारितवतीत्यर्थः। गभस्तीनां=किरणानां माला अस्यास्तीति गभस्तिमाली तस्मिन् गभस्तिमालिनि=सूर्ये,

मध्ये तिष्ठतीति मध्यस्थः, मध्यस्थस्य भावः मध्यस्थता तां मध्यस्थतां= गगनमध्यवर्तित्वं व्याधमृगयोर्विग्रहे मध्यस्थतां च गतवति=कुर्वतीत्यर्थः। विनाशस्य शोकः तस्य भरः विनाशशोकभरः। सह=आत्मना साकं संवर्धितानां=पोषंगतानां मृगाणां=हरिणानां विनाश-शोकभरः= विध्वंस-जनितदुःखभारः, तस्मादिव, वनस्य वीरुधः तासां वनवीरुधां=वनलतानां पुष्पाण्येव लोचनानि तेभ्यः पुष्पलोचनेभ्यः=कुसुमनेत्रेभ्यः, बाष्पेषु=अश्रुषु इव, अह्नो मध्यं मध्याह्नः तस्य उष्णः=घर्म तेन विलीनाः=लयं गताः ये मकरन्दानां=पुष्परजसां "मकरन्दः पुष्परसः" इत्यमरः,। बिन्दवः=पृथुकाः तेषु, पतत्सु=निष्यन्दमानेषु वनदेवतानां=वनाधिष्ठात्रिदेवीनां विमर्दः विशेषेण मर्दनं विमर्दः, वनस्य विमर्दः वनविमर्दः=वनविध्वंसः तस्य उपालम्भेषु। =साक्षेपवचनेषु इव, तरूणां खण्डेभ्यः=पादपसमूहेभ्यः उड्डीनानां= उत्पतितानां विविधानां=बहुप्रकाराणां, विहायसा गच्छन्तीति विहङ्गाः तेषां= पक्षिणां विरुतेषु=कलकलेषु श्रूयमाणेषु=कर्णगोचरीभूतेषु, वनानां राज्यः वनराज्यः तासु वनराजिषु=वनश्रेणीसु, विघट्टिताः अर्भकाः यासां ताः विघट्टि-तार्भकाः=विमर्दितबालकाः याः कुरङ्गाणां=मृगाणां कुटुम्बिन्यः=वध्वः इतिकुरङ्गकुटुम्बिन्यः=मृग्य इत्यर्थः तासां करुणं यत्कूजितं करुणकूजितं= आक्रन्दनं तस्य व्याजेन=मिषेण, अन्यायं न न्यायमन्यायं=अनाचारम् इव धूत् कुर्वन्तीति धूत्कुर्वत्यः तासु फूत्कुर्वत्यः तासु धूत्कुर्वतीषु=घोषयन्तीषु सतीषु। भवने ये पारावताः त एव ते पतत्रिणः तेषां पत्त्राणि तद्वत् धूसरं तस्मिन् भवनपारावतपतत्रिपत्रधूसरे=गृहकपोत पक्षिपक्षवद्धूम्रवर्णे, धूलीनां-पटलं धूलीपटलं तस्मिन् धूलीपटले=रजः समूहे, पुनः कथंभूते इति विशेषयति— इतस्ततः स्थानात्स्थानान्तरमिति यावत्, संचरन्तीति संचरन्तः, अतिशयेन चटुलाः चटुलतराः ते च ते तुरङ्गाः संचरच्चटुलतरतुरङ्गाः=धावमानाति-चपलाश्वाः तेषां, खुरशिखराणां=शफाग्राणां याः शिखाः=मुखभागाः ताभिः उत्खातं=उत्पाटितं यत् धरणिमण्डलं=भूवलयं तस्मात्, गगनेषु चरन्तीति गगन-चराः=आकाशचारिणः तेभ्यः आकाशस्थग्रहनक्षत्रादिभ्य इत्यर्थः। वनस्य विनाशः वनविनाशः तस्य वार्ता तां=अरण्यध्वंसकथां, कथयितुं=गदितुम् इव अम्बरतलं=गगनतलं उत्पतिते=उद्गते, परितः त्राणं परित्राणं न कृतं परित्राणं

यस्य तत् तस्मिन् अकृतपरित्राणे=अविहितरक्षणे च मूर्च्छा संजाता अस्य मूर्च्छितं तस्मिन् मूर्च्छिते=मोहं प्राप्त इव पुनः पुनः=भूयोभूयः भुवि=भूमौ पतति=आयाति सति। चञ्चतीति चञ्चलाः बाहुलकादलच्, चञ्चलानां चञ्चरीकाणां चक्रवालं तस्मिन् चञ्चलचञ्चरीकचक्रवाले=चपलभ्रमरसमूहे, कम्पेन सहितः सकम्पः सकम्पश्चासौ कपीनां कलापः सकम्पकपिकलापः=कम्पायमानवानरसमूहः तस्य यत् उल्ललनम्=कूर्दनं तेन लुलिताः=त्रुट्यमानाः तरूणां=वृक्षाणां तरुणाः=पूर्णविकसिताः ये मञ्जरीणां पुञ्जाः=वल्लरीगुच्छाः यस्मिन्, स चासौ निकुञ्जः, तस्मात्=लतादिपिहितस्थानात्, उद्वेजिते=व्याकुलीकृते मञ्जु=रम्यं यथास्यात्तथा गुञ्जति=शब्दायमाने अपरम्=इतरद्, अन्यद्वनं वनान्तरं=वनप्रदेशम् उच्चलिते=उड्डीय गतवति सति। चङ्क्रमणस्य क्रमः तेन चङ्क्रमणक्रमेण=पर्यटनरीत्या सैन्यस्य=आखेटकसमूहस्य श्रमावसरे=विश्रामकाले संपन्ने=संजाते, तस्यैव=पूर्वोक्तस्य, सरसश्च सरलश्चासौ सालद्रुमः तस्य सरससरलसालद्रुमस्य=सुन्दराकुटिलसर्जवृक्षस्य अधस्तात्=छायायामित्यर्थः श्रमं भजतीति श्रमभाक् तस्मिन् श्रमभाजि=श्रमाक्लान्ते राजनि=नले निषण्णे=उपविशति सति। (अकस्मात् कुतोऽपि पथिकः समागतः इत्यग्रेणान्वयः) अत्र गद्यांशे "जनित···गभस्तिमालिनि" इत्यंशे निवारयितुमिवेति उत्प्रेक्षालङ्कारः, "सहसंवर्धित···मकरन्दविन्दुषु" इत्यंशे उपमारूपकोत्प्रेक्षाणां सङ्करः। "विघट्टित···वनराजीषु" अत्र सापह्नवोत्प्रेक्षा। "संचरत्···धूलीपटले" इत्यंशेचोत्प्रेक्षोपमयोः सङ्करालङ्कारः।

हिन्दी—इसके बाद निरन्तर भयंकर कौओं एवं कुत्तों को काटखाने के लिये आकुल सूअरों, हाथियों, हरिणों तथा सिंहशावकों के पीछे-पीछे पत्थर लेकर (उन्हें भगाने के लिये) सेवकों के दौड़ने पर, बहुत-सी मृगाङ्गनाओं (हरिणियों) को पतिवधरूप व्याधि जिन्होंने उत्पन्न कर दी है ऐसे व्याधों को रोकने के लिये जैसे बीच-बीच में करों (हाथों की तरह किरणों) को फैलाकर भगवान् मरीचिमाली (सूर्य) के मध्यस्थता करने पर (जैसे किसी को रोकने के लिये कोई व्यक्ति हाथ बढ़ाकर मध्यस्थता करता है ऐसे ही भगवान् सूर्य के किरणों को फैलाकर मध्याकाश में पहुँच जाने पर अर्थात् दोपहर हो जाने पर, यह तात्पर्य है।) अपने साथ-साथ पल कर बड़े हुए

मृगों के विनाशजन्य शोकभार से बन लताओं के पुष्परूप नेत्रों से परागरूप आंसुओं की बूँदों के गिरकर मध्याह्न की गर्मी में सूखजानेपर, बन के सूने जाने से वृक्षों के झुण्डों से चीत्कार करके उड़ते हुए पक्षियों द्वारा मानों वन-देवताओं से उलाहना-सा दिये जाने पर, जिनके बच्चे मार डाले गये हैं ऐसी हरिणियों के करुण क्रन्दन के बहाने से जैसे वनपंक्तियों द्वारा अन्याय का हल्ला मचाने पर, इधर-उधर तेजी से दौड़ते हुए घोड़ों के खुरों की नोक द्वारा खोदी गई धरती से जङ्गल के विनाश की बातको आकाश के ग्रहों तक पहुँचाने के लिये उड़ी हुई किन्तु कहीं शरण न पाकर मूर्च्छित हुए की तरह और पालतू कबूतर की तरह धूसर वर्ण वाले धूलिसमूह के बार बार भूमि में गिर पड़ने पर, कांपते हुए वानरयूथों की उछल कूद से टूट कर गिर रहे हैं वृक्षों के बड़े-बड़े मंजरियों के गुच्छ जिनमें ऐसी झाड़ियों से मधुर गुंजार करते हुए चपल भौरों के झुण्डों के दूसरे वनों को चले जाने पर, थकावट के कारण सेना की भाग-दौड़ क्रमशः समाप्त हो जानेपर और सुन्दर सीधे सालवृक्ष की छाया में थके हुए राजा के बैठ जाने पर, (अकस्मात् कहीं से एक पथिक आ गया—इस आगे के पद्य से अन्वय है।)

अकस्मात्कुतोऽपि,

वल्लीवल्कपिनद्धधूसरशिराः स्कन्धे दधद्दण्डकं
ग्रीवालम्बितमृन्मणिः परिकुथत्कौपीनवासाः कृशः।
एकः कोऽपि पटच्चरं चरणयोर्बद्ध्वाऽध्वगः श्रान्तवा-
नायातः क्रमुकत्वचा विरचितां भिक्षापुटीमुद्वहन् ॥५२॥

अन्वय—वल्लीवल्कपिनद्धधूसरशिरः, स्कन्धे दण्डकं दधत् ग्रीवालम्बितमृन्मणिः, परिकुथत्कौपीनवासाः, कृशः, श्रान्तवान्, क्रमुकत्वचा विरचितां भिक्षापुटीम्, उद्वहन्, चरणयोः पटच्चरं बद्ध्वा एकः कोऽपि अध्वगः आयातः।

व्याख्या—अकस्मात्=सहसा कुतोऽपि=अज्ञातस्थानात् वल्ली=लता "वल्ली तु व्रततिर्लता" इत्यमरः। तस्या वल्केन=त्वचा, वलति संवृणोतीति औणादिकः कन्, 'वल्कं वल्कलमास्त्रियाम्' इत्यमरः। पिनद्धं=बद्धं धूसरं=

धूम्रवर्णं मलिनमिति यावत्, शिरः=मस्तकं येन स एवं भूतः। स्कन्धे=अंसे कुत्सितो दण्डः दण्डकः तं दण्डकं=लगुडखण्डं दधत्=धारयन्, ग्रीवायाम् आलम्बितः मृन्मणिः येन सः ग्रीवालम्बितमृन्मणिः=ग्रीवासक्तमृण्मयगुलिकः। परितः कुथतीति परिकुथत् सर्वतो विदीर्णं जीर्णमिति यावत्। कुथि हिंसायां धातोः शतृ प्रत्ययः। कूपपतनमर्हतीति कौपीनं "शालीनकौपीने अधृष्टाकार्ययोः" इति साधुः, "कौपीनं स्यादकार्येऽपि चीरगुह्यप्रदेशयोः" इत्यमरः। गुप्ताङ्गाच्छादकं वासः=वस्त्रं यस्य सः। कृशः=क्षीणकायः, श्रान्तवान्=क्लान्तः। क्रमुकः=पूगीफलं तस्य त्वक्=वल्कलं तया क्रमुकत्वचा विरचितां=निर्मितां भिक्षापुटीं=भिक्षापात्रं उद्वहन्=धारयन् चरणयोः=पादयोः पटच्चरं पटत् इति अव्यक्तं शब्दं चरतीति पटच्चरं=जीर्णवस्त्रम् "पटच्चरं" जीर्णवस्त्रम्" इत्यमरः। बद्ध्वा=आवेष्ट्य एकः कोऽपि=कश्चन अध्वानं गच्छतीति अध्वगः=पथिकः आयातः=(तत्र) आगतः। अत्र स्वभावोक्तिरलंकारः शार्दूलविक्रीडितं च छन्दः।

हिन्दी—(इसी समय) अकस्मात् कहीं से—लताओं के वल्कलों से अपने मैले-कुचैले सिर को बाँधे, कन्धे पर डण्डा रखे, गले में मिट्टी के मनकों को लटकाये, चारों ओर से फटी और सिली गई कौपीन पहने, दुबला थका हुआ सुपारी की छाल के बने भिक्षापात्र को लिए हुए, पैरों में फटे चीथड़े लपेट कर कोई एक बटोही आ गया ॥५२॥

आगत्य च राजानमवलोक्य सविस्मयमेष चिन्तयांचकार।

'अब्जश्रीसुभगं युगं नयनयोर्मौलिर्महोष्णीषवा-
नूर्णारोमसखं मुखं च शशिनः पूर्णस्य धत्ते श्रियम्।
पद्मं पाणितले गले च सदृशं शङ्खस्य रेखात्रयं
तेजोऽप्यस्य यथा तथा सजलधेः कोऽप्येष भर्ता भुवः॥५३॥

तदेवंविधाः खलु महनीया महानुभावा भवन्ति' इत्येवमवधार्य समुपसृत्य 'स्वस्ति स्वकान्तिनिर्जितमकरध्वजाय तुभ्यम्' इत्यवादीत्।

अन्वय—नयनयो युगं अब्जश्रीसुभगं, मौलिः महोष्णीषवान् ऊर्णारोमसखं, मुखं च पूर्णस्य शशिनः श्रियं धत्ते, पाणितले पद्मं, गले च शङ्खस्य

रेखात्रयं, अस्य तेजः अपि यथा तथा (मन्ये) एषः कोऽपि सजलधेः भुवः भर्ता (वर्तते)।

व्याख्या—आगत्य च एष पथिकः राजानं=नलम् अवलोक्य=दृष्ट्वा विस्मयेन सहितं यथास्यात्तथा सविस्मयम्=आश्चर्ययुक्तमिव चिन्तयाञ्चकार=विचारयामास (मनसीति शेषः)।

एष=परिदृश्यमानो जनः कोऽपि=अपरिज्ञात इत्यर्थः। जलधिभिः सहिता सजलधिः तस्याः सजलधेः=समुद्रपर्यन्तायाः भुवः=पृथिव्याः भर्ता=प्रभुः प्रतीयते इति शेषः। तत्र हेतुमाह-यथेति, यथा=यतो हि अस्य=नरस्य नयनयोः युगं=नेत्रयुगलं, अप्सु जातमब्जं तस्य श्रीः तद्वत् सुभगम् अब्जश्रीसुभगम्=कमलकान्तिसुन्दरं (वर्तते)। अस्य च मौलिः=मस्तकं महच्चतदुष्णीषं च महोष्णीषं, तदस्यास्तीति महोष्णीषवान्=बृहत्किरीटयुतः। उष्णमीषते हिनस्तीति उष्णीषम् ईषधातोः कः। "उष्णीषं तु शिरोवेष्टे किरीटे लक्षणान्तरे" इतिविश्वः। ऊर्णायाः=भ्रूमध्यवर्तिन आवर्तस्य लोमानि सखायः यस्य तत् ऊर्णालोमसखं=भ्रूमध्यवर्तिन आवर्तस्य लोमयुक्तम् अस्य मुखं=वदनं च पूर्णस्य=समग्रकलायुतस्य सुधांशोः=चन्द्रमसः। श्रियं=शोभां धत्ते=धारयति। "ऊर्णा मेषादिलोम्नि स्यादवर्ते चान्तरा भ्रुवोः" इत्यमरः। अस्य पाणितले=करतले च पद्मं=कमलचिह्नम् अस्ति। अस्य गले=कण्ठे च शंखस्य=कम्बोः सदृशं=तुल्यं रेखाणां त्रयं=तिस्रो रेखाः सन्ति, अस्य तेजः=प्रतापोऽपि यथा=यादृशं प्रतीयते तथा तेनैतदनुमीयते। निदर्शनानुमानयोरङ्गाङ्गिभावेन सङ्करः। शार्दूलविक्रीडितं च वृत्तम्।

तत्=तस्मात् एवं विधाः=एतत्प्रकारकाः जनाः खलु=निश्चयेन महनीयाः=पूज्याः श्लाघ्या वा महान् अनुभावो एषां ते महानुभावाः=उदाराशयाः भवन्ति। इत्येवम् अवधार्य=निश्चित्य समुपसृत्य=समीपं गत्वा, स्वस्य कान्तिः-स्वकान्तिः तया निर्जितः मकरध्वजः येन सः तस्मै स्वकान्तिनिर्जितमकरध्वजाय=निजसौन्दर्येण परास्तमन्मथाय तुभ्यं=भवते स्वस्ति=मङ्गलं भवतु इत्यवादीत्=इत्युक्तवान्॥

हिन्दी—आकर इस पथिक ने राजा को देखकर आश्चर्य से जैसे अपने मन में सोचा कि—(इस व्यक्ति के) दोनों नेत्र कमल जैसे सुन्दर हैं,

१०

मस्तक पर विशाल मुकुट है, भौंहों के बीच लोमयुक्त आवर्त (भौंर) है, मुख पूर्ण कलावाले चन्द्रमा के समान कान्तिवाला है, हथेली पर कमलों के चिह्न हैं, गले में शंख की जैसी तीन रेखायें हैं, और इसका तेज ऐसा (प्रभावशाली) है जिससे ज्ञात होता है कि यह कोई समुद्रपर्यन्त पृथ्वी का स्वामी है ॥५३॥

अतः इस प्रकार के लक्षणों वाले महानुभाव बड़े आदरणीय होते हैं, ऐसा निश्चय करके राजा के पास जाकर (वह पथिक) "अपनी कान्ति से कामदेव को जीतने वाले तुम्हारा कल्याण हो" ऐसा बोला ।

राज्ञः कुतूहलम्

राजापि सविस्मयमना मनागुन्नमितमस्तकः स्वागतप्रश्नेनाभिनन्द्य 'तीर्थयात्रिक, कुतः ? प्रष्टव्योऽसि, क्व च कियच्चाद्यापि गन्तव्यम् ? उपविश । विश्रम्य कथय काञ्चिदपूर्वां किंवदन्तीम् । अनेकदेशदृश्वानः किलाश्चर्यदर्शिनो भवन्तीति । न चाकस्मिकं दर्शनमपूर्वः परिचयः स्वल्पा प्रीतिरित्येकमप्याशङ्कनीयम् । अपूर्वदर्शनेऽपि न जात्या मणयः स्वच्छतामपह्नुवते । तदेहि । मुहूर्तमेकत्र गोष्ठीसुखमनुभवावः' इत्येनमवादीत् ।

व्याख्या—राजाऽपि=नृपोऽपि विस्मयेन सहितं सविस्मयं सविस्मयं मनः यस्य सः सविस्मयमनाः=कुतूहलितचित्तः मनाक्=ईषत् उन्नमितः=ऊर्ध्वीकृतः मस्तकः=मौलिः येन सः=ऊर्ध्वग्रीवः सन्नित्यर्थः, स्वागतप्रश्नेन=शुभागमनपृच्छया अभिनन्द्य=सत्कृत्य तीर्थयात्रां करोतीति तीर्थयात्रिकः तत्सम्बुद्धौ हे तीर्थयात्रिक ! =तीर्थभ्रमणशील प्रष्टव्योऽसि=त्वामहं पृच्छामीत्यर्थः। यत् त्वं कुतः=कस्मात्स्थानात् (आगतोऽसीति शेषः) क्व च=कुत्र च कियच्च=कियद्दूरं यावत् च अद्यापि गन्तव्यम्=यातव्यम् त्वया, उपविश=निषीद, विश्रम्य=विश्रामं कृत्वा कांचित् अपूर्वां=अद्भुतां पूर्वं न श्रुतामित्यर्थः। किंवदन्तीं=वार्तां किंवदन्ति जना यस्यामिति किंवदन्ती ताम् । अनेकान् देशान् पश्यन्तीति अनेकदेशदृश्वानः=बहुदेशदर्शिनः "दृशे क्वनिप्" इति

क्वनिप्प्रत्ययः । जनाः किल=निश्चयेन आश्चर्यं पश्यन्तीति आश्चर्यदर्शिनः= कुतूहलद्रष्टारः भवन्ति इति प्रसिद्धमितिशेषः।अकस्माज्जातमित्याकस्मिकं=सहसा जातम् दर्शनम्=अवलोकनमिति, न पूर्वः अपूर्वः=नूतनः परिचयः=संस्तवः इति, स्वल्पा=न्यूनतमा। प्रीतिः=प्रेम इति एकमपि न आशङ्कनीयं=एकविषयेऽपि न शङ्कितव्यम्, अपूर्वं च तद्दर्शनमपूर्वदर्शनं तस्मिन् अपूर्वदर्शनेऽपि=प्रथम साक्षात्कारेऽपि जात्या=सामान्यधर्मेण मणयः=रत्नानि स्वच्छतां=निर्मलतां न अपह्नुवते=न प्रच्छादयन्ति, तत्=तस्मात्कारणात् एहि=आगच्छ, मुहूर्तम्=घटिकाद्वयम् यावत् एकत्र=एकस्मिन् स्थाने गोष्ठ्याः सुखमिति गोष्ठीसुखं=वार्ताजनितमानन्दम्, अनुभवावः=अनुभूतं कुर्वः। इति=एवं एनं=पथिकम् अवादीत्=अकथयत्।

हिन्दी—राजा भी चकित चित से थोड़ा सिर उठाकर स्वागत प्रश्न से उसका सत्कार कर "हे तीर्थयात्रिक ! कहाँ से आये हो, कहां कितनी दूर तक अभी जाना है यह मुझे तुमसे पूछना है, बैठो, सुस्ताकर किसी अद्भुत वार्ता को सुनाओ, क्योंकि अनेक जगहों में घूमने वाले लोग नए-नए कुतूहलपूर्ण दृश्य देखते हैं, । अकस्मात् दर्शन हुआ है, पहिला-पहिला परिचय है, अभी थोड़ी सी प्रीति प्रारम्भ हुई है ऐसी आशङ्का नहीं करनी चाहिये, क्यों कि पहले न देखी होने पर भी मणियां अपनी जातिगत स्वच्छता (कान्ति) को छिपाती नहीं, अर्थात् प्रथमदर्शन में ही उनकी बहुमूल्यता प्रकट हो जाती है। इसलिए आओ, घड़ी भर एक जगह बैठकर बात-चीत के आनन्द का अनुभव करें," ऐसा उस पथिक से राजा ने कहा।

विदर्भ-वर्णनम्

असावपि 'अपूर्वकौतुककथाकर्णनरसिक, श्रूयतां यद्येवम्' इत्यभिधाय सुखोपविष्टस्यास्य समीपे स्वयमुपविश्य कथयितुमारभत।

व्याख्या—असौ=पथिकः अपि अपूर्वाणां=अद्भुतानां कौतुककथानां= कुतूहलवार्तानां, कुतूनाम चर्मनिर्मितं स्नेहपात्रम्, कुत्वां भवम् इति अध्यात्मादित्वाठ्ठञ् 'इसुसु...' इतिकः 'केऽणः' इति ह्रस्वः कूतूवदाश्चर्यकारित्वा-

लक्षणया प्रयोगः। "कौतूहलं कौतुकं च कुतुकं च कुतूहलम्" इत्यमरः। कथ्यते इति कथा=वार्ता, आकर्णने=श्रवणे रसं गृह्णातीति रसिकः=रसग्राही तत्संबुद्धौ हे अपूर्वकौतुककथाकर्णनरसिक राजन् इत्यर्थः, यद्येवम्=कथाकर्णने ते मतिश्चेदित्यर्थः, तर्हि श्रूयताम्=आकर्णय। इत्यभिधाय=इत्युक्त्वा, सुखेनोपविष्टः तस्य सुखोपविष्टस्य=सानन्दं निषण्णस्य अस्य=राज्ञः समीपे स्वयं उपविश्य कथयितुं=गदितुम् आरभत।

हिन्दी—यह पथिक भी "हे अद्भुत कुतूहलपूर्ण कथाएँ सुनने के रसिक! यदि ऐसी बात है तो सुनो" यह कहकर आनन्द से बैठे हुए राजा के समीप बैठकर कहने लगा।

'अस्ति स्वर्गसमः समस्तजगतां सेव्यत्वसंख्याग्रणी-
र्देशो दक्षिणदिङ्मुखस्य तिलकः स्त्रीपुंसरत्नाकरः।
यस्मिंस्त्यागमहोत्सवव्यसनिभिर्धन्यैरशून्या जनै-
रुद्देशाः स्पृहणीयभावभरिताः कं नोत्सुकं कुर्वते ॥५४॥

अन्वय—स्वर्गसमः, समस्तजगतां सेव्यत्वसंख्याग्रणीः, दक्षिणदिङ्मुखस्य तिलकः स्त्रीपुंसरत्नाकरः, देशः, अस्ति। यस्मिन् त्यागमहोत्सवव्यसनिभिः धन्यैः जनैः अशून्याः, स्पृहणीयभावभरिताः, उद्देशाः कम् उत्सुकं न कुर्वते।

व्याख्या—स्वर्गेण समः स्वर्गसमः=देवलोकतुल्यः, समस्तानि च तानि जगन्ति तेषां समस्तजगतां=सकललोकानां, सेवितुं योग्यं सेव्यं सेव्यस्य भावः सेव्यत्वं सेव्यत्वस्य याः संख्याः तासाम् अग्रणीः सेव्यत्वसंख्याग्रणीः=सेवनीयवस्तुगणनायां प्रथमः, दक्षिणा या दिक् तस्याः मुखं दक्षिणदिङ्मुखं तस्य =याम्याशावदनस्य तिलकः=विशेषकः "तमालपत्रतिलकचित्रकाणि विशेषकम्" इत्यमरः। स्त्रीपुंसरत्नाकरः=स्त्रीरत्नानां पुरुषरत्नानां च खनिरित्यर्थः। एवंभूतः देशः=विदर्भाख्य इति अग्रिमकथाप्रसङ्गादनुमेयः, अस्ति =वर्तते, यस्मिन्=देशे, त्यागानाम्=उत्सर्गाणां महोत्सवानां=उल्लाससमारोहाणां च व्यसनं=आसक्तिः अस्ति येषां ते तैः त्यागमहोत्सवव्यसनिभिः

=सततं दानपरैरुत्सवपरैश्चेत्यर्थः। धन्यैः=श्लाघ्यैः जनैः=लोकैः, न शून्याः =रहिता इति अशून्याः=युक्ता इत्यर्थः, स्पृहयितुं योग्याः स्पृहणीयाः स्पृहणीयाश्च तेः भावाः तैः भरिताः स्पृहणीयभावभरिताः=रमणीयवस्तुभिः पूर्णाः, उद्देशाः=स्थानानि, कं जनम् उत्सुकं=उत्कण्ठितं न कुर्वते। सर्वोऽपि जनस्तान् प्रदेशान् दृष्ट्वोत्कण्ठितो भवतीत्यर्थः। उपमारूपकार्थापत्तयोऽलङ्काराः। शार्दूलविक्रीडितं वृत्तम्।

हिन्दी— स्वर्ग के समान, समस्त लोकों द्वारा सेवनीय वस्तुओं की गणना में अग्रणी, दक्षिण दिशा रूप मुख का तिलक, श्रेष्ठ स्त्रीपुरुषों से भरा हुआ (विदर्भ नामका) देश है, जिसमें निरन्तर दान और उत्सवों में आसक्त रहनेवाले, प्रशंसनीय गुणोंवाले लोगों से युक्त तथा रमणीय वस्तुओं से भरे हुए प्रदेश किस व्यक्ति को (देखने के लिए) उत्कंठित नहीं कर देते ॥५८॥

कथं चासौ न प्रशस्यते, यत्र त्रिपुरपुरन्ध्रिरोध्रतिलकहारिणा हरिविरञ्चिचूडामणिमरीचिचक्रचकोरचुम्बितचरणनखचन्द्ररुचिनिचयेन भगवता सेव्यते सेव्यतयाऽपहसितकैलासश्रीः श्रीशैलः शूलपाणिना।

व्याख्या—असौ=देशः कथं न प्रशस्यते=प्रशंसार्हो मन्यते यत्र=देशे त्रीणि पुराणि यस्यासौ त्रिपुरः=त्रिपुराख्यो दैत्यः तस्य, पुरं=गेहं धारयन्तीति पुरन्ध्रीः तासां पुरन्ध्रीणां पतिपुत्रवतीनां नारीणां "स्यात्तु कुटुम्बिनी पुरन्ध्री" इत्यमरः। रोध्रस्य=लोध्रस्य तिलकं=विशेषकं हरतीति हारी तेन त्रिपुरपुरन्ध्रिरोध्रतिलकहारिणा। हरिः=विष्णुश्च विरञ्चिः=ब्रह्मा च तयोः चूडामणिमरीचीनां=मौलिस्थमणिकिरणानां यत् चक्रं समूहः तदेव चकोरः= चक्रवाकपक्षी तेन चुम्बितः=कृतास्वादः चरणानां नखा एव चन्द्राः तेषां रुचयः=कान्तयः तासां निचयः=समूहः तेन ब्रह्मविष्णवोरपि चूडामणयः यस्य चरणनखचन्द्रकान्ति चुम्बन्तीत्यर्थः। भगवता=पूज्येन शूलं पाणौ यस्य सः तेन शूलपाणिना=शिवेन सेवितुं योग्यं सेव्यं तस्य भावः सेव्यता तया सेव्यतया=भोग्यतया अपहसिता=हास्यं प्रापिता तिरस्कृता इति यावत्। कैलासस्य=तदाख्यपर्वतस्य श्रीः=शोभा येन सः अपहसितकैलासश्रीः। "श्री वेष

रचना शोभा" इत्यमरः। एवंभूतः श्रीशैलः=तदाख्यः पर्वतः सेव्यते=आश्रीयते। अत्र रूपकं व्यतिरेकश्चालंकारः।

हिन्दी--इस (विदर्भ) देश की क्यों न प्रशंसा की जाय जहां कि त्रिपुरासुर के नगरों में रहनेवाली सुहागिनों के तिलकों को मिटाने वाले, विष्णु और ब्रह्मा की चूड़ामणियों की किरणों के समूहरूप चकोर द्वारा जिनके चरणनखरूप चन्द्रमा की चांदनी का चुम्बन किया जाता है ऐसे भगवान् शूलपाणि शिवजी द्वारा, भोग्यवस्तुओं की गणना में कैलास की भी हँसी उड़ानेवाले श्रीशैल पर्वत का सेवन किया जाता है। (अर्थात् शिवजी कैलास को छोड़कर जहाँ आ विराजते हैं वह श्री शैल जिस देश में है वह क्यों न प्रशंसनीय हो)।

यत्र च विकचविविधवनविहारसुरभिसमीरणान्दोलितकदलीदलव्यजनवीज्यमाननिधुवनविनोदखेदविद्राणनिद्रालुद्रविडमिथुनसनाथपरिसराः सरसघननिचुलतलचलच्चकोरचक्रवाककुलकपिञ्जलमयूरहारीतहारिण्यो नाकलोककमनीयतां कलयन्ति कलमकेदारसाराः सरससहकारकारस्कराः कावेरीतीरभूमयः।

व्याख्या---यत्र च=विदर्भे कावेरी नाम नदी, तस्याः तीरभूमयः=तटप्रदेशाः नाकलोकः=स्वर्गलोकः "स्वरव्ययं स्वर्गनाकौ" इत्यमरः, तस्य कमनीयतां=सौन्दर्यं कलयन्ति=धारयन्ति, कीदृश्यस्तास्तीरभूमय इति विशिनष्टि--विकचेत्यादि। विकचानि=प्रफुल्लानि यानि विविधवनानि=अनेककाननानि तेषु विहृयते इति विहारः=भ्रमणम् तेन, सुरभिः सुष्टु रमन्तेऽत्रेति सुरभिः=सुगन्धिः स चासौ समीरणः=वायुः तेन आन्दोलितानि=संचालितानि यानि कदलीदलानि=रम्भापत्राणि तान्येव व्यजनानि व्यजन्त्यनेन इति विपूर्वकात् अज क्षेपणे धातोर्ल्युट्=तालवृन्तकानि "व्यजनं तालवृन्तकं" इत्यमरः। तैः वीज्यन्ते इति वीज्यमानानि=कम्पमानानि। नितरां धुवनं हस्तपादादिचालनमत्रेति निधुवनं=सुरतं तस्य विनोदः=क्रीडा तस्य खेदः=श्रमः इति निधुवनविनोदखेदः तेन विद्राणानि=मलिनानि, निद्राशीलः निद्रालुः

निपूर्वक द्राकुत्सायां गतौ धातोः "स्पृहिगृहि–" इत्यालुच्,=शयालुः "स्वप्नक् शयालुर्निद्रालुः" इत्यमरः। एवं भूतानि यानि द्रविडमिथुनानि=द्रविडयुगलानि तैः सनाथाः=सफलीकृताः युक्ता इत्यर्थः परिसराः=प्रान्तभागाः यासां ताः, एवं विधाः, तथा च सरसाः=रसपूर्णाः घनाः=निविडाश्च ये निचुलाः=तदाख्य-तरवः तेषां तले=निम्नभुवि चलन्तः=विहरन्तःयानि चकोराणां=तन्नामकपक्षिणां, चक्रवाकानां=कोकानां च कुलानि=समूहाः, कपिञ्जलाः=तित्तिरयः, मयूराः= शिखिनः हारीताः=तदाख्यपक्षिविशेषाश्चेति सरसघननिचुलतलचलच्चकोर-चक्रवाककुलकपिञ्जलमयूरहारीताः तैः हारिण्यः=मनोहराः, कलमानां केदारा एव साराः यासां ताः कलमकेदारसाराः=शालिक्षेत्रैः रमणीयाः। "शालयः कलमाद्याश्च" इति "केदारः क्षेत्रं" इति चामरः। सरसाः सहकाराः= आम्रतरवः कारस्कराः=किंपाकद्रुमाश्च यत्र ताः एवंभूताः कावेरी तट-भूमयः। नाकलोककमनीयतायाः कावेरीतटभूमिभिर्वहनात् निदर्शनालंकारः॥

हिन्दी—और जहाँ, खिले हुए विविध वनों में संचरण करने से सुगन्धित वायु द्वारा हिलाये गये केले के पत्तों से जिन्हें पंखा झला जा रहा है, ऐसे सुरत विनोद के श्रम से थके अतएव अलसाये हुए द्रविड़ स्त्री-पुरुषों के जोड़ों से आसपास के भाग भरे पड़े हैं, तथा रसीले एवं घनी छाया वाले निचुल वृक्षों के नीचे घूमते हुए चकोरों और चक्रवाकों के समूह तथा तीतर मोर हारीत आदि पक्षियों से रमणीय, धान के खेतों से महत्त्ववाले, सरस आम और किंपाक वृक्षों से भरे कावेरी के तटवर्ती भाग स्वर्गलोक की रमणीयता को धारण करते हैं॥

किं बहुना—

अस्तु स्वस्ति समस्तरत्ननिधये श्रीदक्षिणस्यै दिशे
स्वर्गस्पर्धिसमृद्धये हृदयहृद्गोदावरीरोधसे ।
यत्र त्रस्तकुरङ्गकार्भकदृशः संभोगलीलाभुवः
सौख्यस्यायतनं भवन्ति रसिकाः कंदर्पशस्त्रं स्त्रियः ॥५५॥

अन्वयः—समस्तरत्ननिधये, स्वर्गस्पर्धिसमृद्धये, हृदयहृद्गोदावरी-रोधसे, श्रीदक्षिणस्यै दिशे स्वस्ति अस्तु, यत्र, त्रस्तकुरङ्गकार्भकदृशः, संभोग-लीलाभुवः, सौख्यस्यायतनं, कन्दर्पशस्त्रं, रसिकाः स्त्रियः भवन्ति ॥

व्याख्या—किं बहुना=किमधिकोक्तेन,

समस्तानां रत्नानां निधिः तस्यै समस्तरत्ननिधये=सकलमणिनिधान-भूतायै, स्वर्गं स्पर्धते इति स्वर्गस्पर्धिनी स्वर्गस्पर्धिनी समृद्धिः यस्याः सा तस्यै स्वर्गस्पर्धिसमृद्धये=देवलोकातिशायिसम्पत्तये, हृदयं हरतीति हृदयहृत् गोदावर्याः रोधः इति गोदावरीरोधः हृदयहृत् गोदावरीरोधः यस्यां सा तस्यै हृदयहृद्गोदावरीरोधसे=मनोमोहकगोदावरी तटवत्यै श्रीदक्षिणस्यै= दक्षिणाख्यायै दिशे=काष्ठायै स्वस्ति अस्तु=कल्याणं भवतु। यत्र=दक्षिणस्यां दिशि, अल्पः कुरङ्गः कुरङ्गकः तस्य अर्भकः=शिशुः, अर्यते=वृद्धिप्राप्यते इति ऋगतौ धातोः "अर्भकपृथुकपाका वयसि" इति उणादि सूत्रात्साधुः। त्रस्तश्चासौ कुरङ्गकार्भकः तस्य दृशे इव दृशे यासां ताः त्रस्तकुरङ्गकार्भकदृशः= भीतहरिणशावकलोचनाः अतिचञ्चलयनना इति यावत्, संभोगस्य लीलाभुवः इति संभोगलीलाभुवः=सुरतक्रीडास्थल्यः, सुखस्य भावः सौख्यं तस्य सौख्यस्य आयतनं=यज्ञस्थलं, आयतन्ते यत्रेति यती प्रयोगे धातोः ल्युट्, "चैत्यमायतनं तुल्ये" इत्यमरः। रसिकाः=रसवत्यः कन्दर्पस्य शस्त्रं कन्दर्प-शस्त्रं=कामायुधं स्त्रियः=रमण्यः भवन्ति=जायन्ते। उल्लेखालंकारः। शार्दूल-विक्रीडितं वृत्तं।

हिन्दी--और अधिक क्या कहें—

सकलरत्नों की खान, अपनी समृद्धि से स्वर्ग से स्पर्धा करने वाली, मनोहर गोदावरी के तटों वाली उस दक्षिण दिशा का कल्याण हो जहाँ, डरे हुए मृगशावक की भांति चंचल नेत्रों वाली सुरत की क्रीडा-भूमियाँ सुख की वासस्थलियाँ, रसीली और कामदेव के शस्त्र जैसी (मन को व्याकुल कर देने वाली) स्त्रियाँ होती हैं ॥ ५५ ॥

तत्र प्रणतसुरासुरशिरःशोणमरीचिचयबहलकुङ्कुमानुलेपपल्लवितपादारविन्दद्वयस्य क्रौञ्चभिदो भगवतः सुगन्धिगन्धमादनाधिवासिनः स्कन्ददेवस्य दर्शनार्थमितो गतवानस्मि। तस्माच्च निबर्तमानेन क्वचिदेकस्मिन्नध्वरोधिनी न्यग्रोधपादपतलें दीर्घाध्वश्रान्तेन विश्राम्यता मया श्रूयतां यदाश्चर्यमालोकितम्।

व्याख्या—तत्र=तस्मिन् विदर्भदेशे, सुराश्च असुराश्च सुरासुराः=देवदैत्याः, प्रणताः=नम्रा ये सुरासुराः प्रणतसुरासुराः, तेषां शिरःसु=मूर्धसु ये शोणानां=रक्तवर्णानां मरीचीनां=किरणानां चयाः=संघाः, त एव बहलकुङ्कुमाः=प्रचुरकेसराः तेषामनुलेपेन पल्लव इव संजातं पल्लवितं=किसलयितं पादारविन्दयोः द्वयं=चरणकमलयुगलं यस्य सः, तस्य, प्रणमतां सुरासुराणां मौलिस्थरत्नकिरणैः रञ्जितं यस्य चरणद्वयं प्रचुरकुङ्कुमानुलिप्तं सत् पल्लवमिव रक्तवर्णं संजातमिति भावः, एवंभूतस्य क्रौंचं=तदाख्यं पर्वतं भिनत्तीति क्रौञ्चभिद् तस्य क्रौञ्चभिदः=क्रौंचदारणस्य, भगवतः=षडैश्वर्यसंपन्नस्य शोभनः गन्धोऽस्यास्तीति सुगन्धिः=सुगन्धयुक्तः स चासौ गन्धमादनः=तदाख्यः पर्वतः तमधिवसतीति सुगन्धिगन्धमादनाधिवासी तस्य, स्कन्दश्चासौ देवश्चेति स्कन्ददेवः तस्य स्कन्ददेवस्य=कार्तिकेयस्य दर्शनार्थं=साक्षात्काराय इतः=अस्मात्प्रदेशात् अहं गतवान् अस्मि=अगमम् इत्यर्थः, अस्मीत्यव्ययम्, तस्माच्च=गन्धमादनात् निवर्तते इति निवर्तमानः तेन निवर्तमानेन=प्रत्यागच्छता, क्वचित्=कुत्रापि एकस्मिन् अध्वानं रुणद्धीति अध्वरोधी तस्मिन् अध्वरोधिनि =मार्गावरोधके न्यग्रोधस्य पादपः तस्य तले=वटवृक्षमूले, दीर्घश्चासौ अध्वा दीर्घाध्वा तेन श्रान्तः=क्लान्तः दूरमार्गगमनात्खिन्नेनेत्यर्थः। अतएव विश्राम्यता=विश्रामं कुर्वता मया=पथिकेन यदाश्चर्यं=यत्कुतूहलम् आलोकितं=दृष्टं तत् श्रूयतां=आकर्ण्यताम्। अत्र रूपकोपमयोः संकरः।

हिन्दी—वहाँ प्रणाम करते हुए देवताओं और दैत्यों के (झुके मस्तकों पर जो मुकुटों के रत्न हैं उनकी) लाल-लाल किरण समूह रूप प्रचुर कुंकुम के लेप से पल्लव जैसे हो गये हैं दोनों चरणकमल जिनके ऐसे, क्रौंच पर्वत को विदीर्ण करने वाले, सुगन्धियुक्त गन्धमादन पर्वत पर वास करने वाले

भगवान् कार्तिकेय के दर्शन के लिये मैं यहाँ से गया था, वहाँ से लौटते हुए किसी एक मार्ग में पड़नेवाले वट वृक्ष की छाया में लम्बे मार्ग पर चलने की थकान मिटाते हुए मैंने जो आश्चर्य देखा उसे सुनिये ॥

राजपुत्रीवृत्तवर्णनम्

अतिललितपदविन्याससारसाधुसिन्धुरवधूस्कन्धमधिरूढा, प्रौढसखीसहायप्राया, प्रान्तपतच्चारुचामरमरुन्नर्तितालकवल्लरी, कर्णकुवलयालङ्कारधारिणी, रुचिररुचिमच्चरणनूपुरा, पुरःसरसरागगान्धर्विककण्ठकन्दरविनिःसरत्सरसगीतप्रेङ्खोलनप्रयोगेषु दत्तावधाना, नेत्रे मनाङ्मीलयन्ती, ध्रियमाणमायूरातपत्रमण्डला मण्डलितमदनचापचक्रवक्रभ्रूः, भूपालपुत्रिका कापि क्वापि कुतोऽप्युच्चलिता तदेव न्यग्रोधपादपच्छायामण्डपमशिश्रियत् ।

व्याख्या—आश्चर्यं वर्णयति–अतीति । अतिललिताः=अत्यन्तमनोहराः पदयोः=चरणयोः विन्यासाः=प्रक्षेपाः एव सारः=प्रधानं यस्याः सा अतिललितपदविन्याससारा=आकर्षकचरणप्रक्षेपप्रधाना मत्तगामिनीत्यर्थः । सा च साधुसिन्धुरवधूः साध्वी=प्रशस्ता या, सिन्धुं=मदजलं राति=वितरतीति सिन्धुरः=गन्धगजः "सिन्धुः समुद्रे नद्यां च नदे मत्तेभदानयोः" इति विश्वः । तस्य वधूः=कामिनी हस्तिनीत्यर्थः । तस्याः स्कन्धं=अंसदेशं 'स्कन्धः स्यान्नृपतावसे" इति मेदिनी, अधिरूढा=कृतारोहा, प्रौढाः सख्यः सहायाः प्रायेण यस्याः सा प्रौढसखीसहायप्राया=प्रायेण वयस्काभिः सहचरीभिः सहिता । प्रान्तयोः पतती ये चारुचामरे प्रान्तपतच्चारुचामर=उभयपार्श्वयोर्वीज्यमानवालव्यजने तयोः मरुता=वायुना नर्तिता=आन्दोलिता अलकवल्लरी=केशलता यस्याः सा एवं भूता । कुवलयश्चासौ अलङ्कारश्च कुवलयालङ्कारः कौर्वलयमिव शोभाकरत्वात् इति कुवलयं=उत्पलं स एवालङ्कारः, इति वा कुवलयालङ्कारः । कर्णयोः कुवलयालङ्कारं धारयतीति कर्णकुवलयालङ्कारधारिणी=कर्णोत्पलवतीत्यर्थः, रुचिरस्ति ययोस्तौ रुचिमन्तौ तौ च तौ चरणौ इति रुचिमच्चरणौ=कान्तिमत्पादौ रुचिरौ=

मनोहरौ रुचिमच्चरणयोः नूपुरौ=मंजीरौ यस्याः सा रुचिररुचिमच्चरणनूपुरा-"मञ्जीरो नूपुरोऽस्त्रियाम्" इत्यमरः । पुरः । सरन्तीति पुरःसराः=अग्रगामिनः, रागेण सहिताः सरागाः=रागवन्तः, गन्धर्वं कुर्वन्तीति गान्धर्विकाः "गन्धर्वः पशुभेदे स्यात्……गायने खेचरेऽपि च" इति मेदिनी, पुरः सराणां सरागाणां गान्धर्विकाणां कण्ठकन्दरात्=गलविवरात् विनिःसरन्ति=निष्क्रम्यमाणानि सरसानि च यानि गीतानि=सुमधुरगानानि तेषां प्रेङ्खोलनप्रयोगाः=आरोहावरोहक्रमाः, तेषु दत्तम् अवधानं यया सा दत्तावधाना=दत्तचित्ता, नेत्रे=लोचने मनाक्=ईषत् मीलयन्ती=निमेषयन्ती । आतपात् त्रायते इति आतपत्रं तस्य मण्डलं=चक्रवालं, मयूरैः लक्षणया तत्पिच्छैः निर्मितं मायूरं मायूरं च तदातपत्रमण्डलं मायूरातपत्रमण्डलं, ध्रियमाणं मायूरातपत्रमंडलं यस्याः सा ध्रियमाणमायूरातपत्रमण्डला = जनैस्तदुपरिधार्यमाणशिखिपिच्छछत्रचक्रवाला इत्यर्थः । मण्डल इव संजातं मण्डलितं, मदनस्य चापचक्रं मदनचापचक्रं, मण्डलितं च यत् मदनचापचक्रं तद्वत् वक्रे=कुटिले भ्रुवौ यस्याः सा मण्डलितमदनचापचक्रवक्रभ्रूः=आरोपितमदनधनुर्वलयवत् कुटिलभ्रूः, कापि =अपरिज्ञाता भुवं पालयतीति भूपालः तस्य पुत्री एव पुत्रिका इति भूपालपुत्रिका=राजदारिका । कुतोऽपि=कस्माच्चित्स्थानात् उच्चलिता=प्रस्थिता, तदेव =पूर्वोक्तं, न्यक् रुणद्धीति न्यग्रोधः=वटः "न्यग्रोधो बहुपाद्वटः" इत्यमरः । न्यग्रोधस्य पादपः तस्य यच्छायामण्डपं तत् न्यग्रोधपादपच्छायामण्डपं=वटवृक्षच्छायावितानम्, अशिश्रियत्=अभजत् ।

हिन्दी—अत्यन्त मनोहर चरण-विक्षेप करना ही जिसका गुण है ऐसी (मत्तगामिनी) हथिनी के कन्धे पर सवार हुई, वयस्क सखियाँ ही प्रायः जिसकी सहायिका हैं ऐसी, दोनों ओर डुलते हुए चंवरों की वायु से उड़ाये हुए केश जिसके नाच जैसे रहे हैं ऐसी, कानों में उत्पल धारण की हुई, शोभापूर्ण चरणों में सुन्दर नूपुर पहिनी हुई, आगे-आगे सुन्दर रागों को गाते हुए गवैयों के कण्ठविवर से निकले गीतों के उतार-चढ़ाव पर ध्यान देती हुई, आंखें थोड़ा सा मूंदे हुई, मोरपंख का छत्र जिसके ऊपर लगा है ऐसी, चढ़ाये हुए कामदेव के धनुष की भांति टेढ़ी भौंहों वाली कोई

राजकन्या कहीं से कहीं को जाती हुई उसी वटवृक्ष की छाया में आ गई (जहां मैं विश्राम कर रहा था)।

तां चालोक्य चिन्तितवानस्मि विस्मितमनाः ।
"किं लक्ष्मीः स्वयमागता मुररिपोर्देवस्य वक्षस्थलात्
कोपात्पत्युरुतावतारमकरोद् देवी भवानी भुवि ।
श्यामाम्भोजसदृक्षपक्ष्मलचलन्नेत्रामिमां पश्यतो
धातस्तात करोषि किं न वदने चक्षुःसहस्रं मम ।।५६।।"

अन्वय—लक्ष्मीः देवस्य मुररिपोः वक्षस्थलात् स्वयं आगता किम्, उत देवी भवानी पत्युः कोपात् भुवि अवतारम् अकरोत् किम्, हे धातः! तात! श्यामाम्भोजसदृक्षपक्ष्मलचलन्नेत्राम् इमां पश्यतः मम वदने चक्षुसहस्रं किं न करोषि।

व्याख्या—तां=राजदारिकां आलोक्य च=दृष्ट्वैव विस्मितं आश्चर्यचकितं मनः=चित्तं यस्य स विस्मितमनाः अहं चिन्तितवान् अस्मि=अविचारयम्, यत्—

लक्ष्मीः=श्रीः देवस्य=भगवतः, मुरः=तन्नामको दैत्यः रिपुर्यस्य स मुररिपुः तस्य मुररिपोः=विष्णोः वक्षस्थलात्=उरसः स्वयं=साक्षात् आगता=संप्राप्ता किम्, (विष्णोर्वक्षसि लक्ष्मीस्तिष्ठतीति प्रसिद्धिः पुराणेषु, सा तद्विहायात्रागता किमित्यर्थः) उत=यद्वा देवी=भगवती भवानी=पार्वती पत्युः=भर्तुः भवस्य कोपात्=क्रोधात् भीता सती भुवि=पृथिव्यां अवतारमकरोत् किम्=अवतीर्णाऽभवत् किम्, हे धातः=दधातीति धाता तत्संबुद्धौ हे धातः=विरिञ्चे, तात=पूज्य श्यामेन=श्यामलेन अम्भोजेन=कमलेन सदृक्षे=तुल्ये च पक्ष्मले=नेत्रलोमयुते च चलती=चञ्चले च नेत्रे यस्याः सा श्यामाम्भोजसदृक्षपक्ष्मलचलन्नेत्रा ताम्=नीलोत्पलतुल्ये नेत्रलोमयुते चञ्चले च नयने बिभ्रतीमित्यर्थः। इमां=राजदारिकां पश्यतः=अवलोकयतः मम=पथिकस्येति भावः। वदने मुखे चक्षुषां सहस्रमिति चक्षुःसहस्रं=सहस्रसंख्यकलोचनानीत्यर्थः, किं न करोषि=कथं न कुरुषे ।।

अत्र किमिति सन्देहः, लक्ष्मी–भवान्योः तस्याः सादृश्यादुपमा, तयोश्च तिलतण्डुलवत्परस्परानपेक्षतया संसृष्टिरलङ्कारः। शार्दूलविक्रीडितं च वृत्तम् ॥

हिन्दी—और उसे देखकर चकित चित्त हुआ मैं सोचने लगा—कि क्या साक्षाल्लक्ष्मी भगवान् मुरारि के वक्षस्थल से चलकर यहाँ आ गई हैं? अथवा भगवती पार्वती ने अपने पति शिवजी के क्रोध से डरकर पृथ्वी पर अवतार ले लिया है क्या? हे पूज्यविधाता! नीले कमल जैसे, बरौनियां-वाले तथा चञ्चल नेत्रों वाली इस सुन्दरी को देखते हुए मेरे मुख पर तुम हजारों नेत्र क्यों नहीं बना देते। ५६॥

अपि च—

इन्दोः सौन्दर्यमास्यं कलयति कमलस्पर्धिनी नेत्रपत्रे
कालिन्द्याः कुन्तलाली तुलयति विभवं भव्यभङ्गैस्तरङ्गैः।
तस्याः किं श्लाघ्यतेऽन्यत्सुभगगुणनिधेः काप्यपूर्वैव यस्याः
पुष्पेषोर्वैजयन्ती जयति युवजनोन्मादिनी यौवनश्रीः ।५७।

अन्वय— (**अस्याः**) **आस्यं इन्दोः सौन्दर्यं कलयति, नेत्रपत्रे कमल-स्पर्धिनी, कुन्तलाली, भव्यभङ्गैः तरङ्गैः कालिन्द्याः विभवं तुलयति। सुभगगुणनिधेः तस्याः अन्यत् किं श्लाघ्यते यस्याः पुष्पेषोर्वैजयन्ती युवजन-मनोन्मादिनी कापि अपूर्वा एव यौवनश्रीः जयति।**

व्याख्या—अपि च=अन्यदपि—

तस्याः आस्यं=मुखं, अस्यन्ते वर्णाः येनेति आस्यं लक्षणया तन्मण्डल-मप्यास्यमुच्यते। "मुख मुखान्तरालं च द्वयमास्यमितीरितम्" इति शाश्वतः, इन्दोः=चन्द्रमसः सौन्दर्यं=रामणीयकं कलयति=धारयति। नेत्रपत्रे=नयनदले कमलं स्पर्धेते इति कमलस्पर्धिनी=पद्मातिशायिनी कुन्तलानामाली कुन्तलाली =केशपंक्तिः, 'चिकुरः कुन्तलो बालः कचः केशः शिरोरुहः' इत्यमरः। भव्याः भङ्गाः येषां तैः भव्यभंगैः=रमणीयभङ्गीभिः तरंगैः=वीचीभिः कलिन्दस्या-पत्यं स्त्री कालिन्दी तस्याः कालिन्द्याः=यमुनायाः वैभवम्=ऐश्वर्यं तुलयति =सादृश्यं करोति। सुभगानां गुणानां निधिः या सा तस्याः सुभगगुणनिधेः=

सुन्दरगुणानां निधानभूतायाः तस्याः=राजदारिकायाः अन्यत्=इतरत् किं श्लाघ्यते=अन्या का प्रशंसा क्रियते, यस्याः, पुष्पाण्येवेषवो यस्य स पुष्पेषुः तस्य पुष्पेषोः=मदनस्य, विजयते इति वैजयन्ती=पताका "पताका वैजयन्ती स्यात्" इत्यमरः। युवजनान् उन्मादयतीति युवजनोन्मादिनी=तरुणजन-चित्तोद्वेगकरा। कापि=अवर्णनीया, अपूर्वा एव=अद्भुता एव यौवनस्य श्रीः यौवनश्रीः=तारुण्यशोभा जयति=सर्वोत्कर्षेण वर्तते। अत्र निदर्शनारूपकयोः संसृष्टिः। स्रग्धरा वृत्तम्।

हिन्दी—और भी—जिसका मुख चन्द्रमा के सौन्दर्य को धारण कर रहा है, नेत्र कमलों से स्पर्धा करते हैं, लहराती हुई केशराशि सुन्दर भङ्गिमाओं वाली लहरों से युक्त कालिन्दी के वैभव की तुलना कर रही है, सुन्दर गुणों की निधानभूत उस राजकन्या की और क्या प्रशंसा की जाय जिसकी कामदेव की पताका के समान युवकों के चित्त को झकझोर देने वाली कोई अद्भुत ही तारुण्यप्रभा जगत् में सर्वश्रेष्ठ है ॥५७॥

अपि च—

आकारः स मनोहरः स महिमा तद्वैभवं तद्वयः
सा कान्तिः स च विश्वविस्मयकरः सौभाग्यभाग्योदयः।
एकैकस्य विशेषवर्णनविधौ तस्याः स एव क्षमो
यस्य स्यादुरगप्रभोरिव मुखे जिह्वासहस्रद्वयम् ॥५८॥

अन्वयः—तस्याः स मनोहरः आकारः; स महिमा, तद् वैभवं, तद्वयः, सा कान्तिः, स विश्वविस्मयकरः सौभाग्यभाग्योदयः च, एकैकस्य विशेषवर्णनविधौ स एव क्षमः यस्य मुखे उरगप्रभोः इव जिह्वासहस्रद्वयं स्यात्।

व्याख्या—अपि च=अन्यदपि—

तस्याः=राजदारिकायाः सः=अवर्णनीयः मनोहरः=रम्यः आकारः=आकृतिः, स महिमा=गौरवम्, तद्वैभवं=ऐश्वर्यं, तद्वयः=सा चावस्था सा कान्तिः=शोभा विस्मयं करोतीति विस्मयकरः विश्वस्य विस्मयकरः विश्वविस्मयकरः=जगदाश्चर्यंकृत्, सौभाग्यं=सौन्दर्यं तस्य भाग्योदयः=

दैवाविर्भावः। अत्र सर्वत्र तच्छब्देनानुभवविषया अर्थाः प्रतीयन्तेऽतः पदप्रकाश्यालक्ष्यक्रमव्यंग्यम्। एकैकस्य=उपर्युक्तेष्वाकारादिषु प्रत्येकस्य, वर्णनस्य विधिः वर्णनविधिः विशेषेण वर्णनविधिः तस्मिन् विशेषवर्णन-विधौ=आधिक्येनाख्यानप्रकारे स एव जनः क्षमः=समर्थः यस्य=जनस्य मुखे=वदने उरगाणां प्रभुः तस्य उरगप्रभोः=शेषनागस्य इव सहस्राणां द्वयं सहस्रद्वयं जिह्वानां सहस्रद्वयमिति जिह्वासहस्रद्वयं=द्विसहस्ररसनावत्त्वं स्याद्=भवेत्, शेषाहेः सहस्रमुखत्वात् प्रतिमुखं च तस्य द्विजिह्वत्वात् द्विसहस्रजिह्वात्वं प्रसिद्धम्। उरगप्रभोरिवेत्युपमा वर्णनक्षमत्वे संभावना च, तयोः सङ्करः। शार्दुलविक्रीडितं च वृत्तम्॥

हिन्दी (क)—उसकी वह मनोहर आकृति, वह गौरव, वह ऐश्वर्य, वह अवस्था, वह कान्ति और सबको आश्चर्य में डालने वाला वह सौन्दर्य का भाग्योदय, इनमें एक-एक का भी विशेष वर्णन करने में वही समर्थ है जिसके मुख में शेषनाग की तरह दो हजार जिह्वायें हों। (अर्थात् एक जिह्वा से हम उसका क्या वर्णन कर सकते हैं?)॥ ५८॥

सापि यथा त्वमिदानीं मामिह पृच्छसि तथार्धपथमिलितं कंचिदुदीचीनमध्वगं दक्षिणस्यां दिशि प्रस्थितमादरेण पृच्छन्ती मुहूर्तमिव तत्रैव विश्रमितुमारभत। श्रुतश्चायं मयापि तेन तस्याः पुरः कस्यचिदुदीच्यनरपतेः श्लाघ्यमानकथावशेषालापः।

व्याख्या—यथा=येन प्रकारेण इदानीं=संप्रति इह=अत्र त्वं मां पृच्छसि=यथा त्वयाऽहं पृष्टः तथैव सापि=राजदारिका पथः अर्द्धमिति अर्द्धपथं अर्द्धपथे मिलितः तम् अर्द्धपथमिलितं=मध्येमार्गं संप्राप्तं कंचित्=अज्ञातनामानं उदीच्यां भवम् उदीचीनं=उत्तरदिग्भवं, दक्षिणस्यां दिशि=याम्यकाष्ठायां प्रस्थितं=चलितम्, अध्वानं गच्छतीति तम् अध्वगम्=पथिकम्। आदरेण=ससंमानं, पृच्छन्ती मुहूर्तमिव=घटिकाद्वयमिव तत्रैव=यत्राहं स्थितः तत्रैवेति भावः। विश्रमितुं=विश्रामं कर्तुम् आरभत==प्रवृत्ता। मयापि=पथिकेन तेन=उदीचीनेनाध्वगेन तस्याः=राजदारिकायाः पुरः=अग्रे कस्यचित्=

अज्ञातस्य उदीच्यश्चासौ नरपतिः तस्य उदीच्यनरपतेः=पश्चिमोत्तरदेशाधिपस्य, अयं=निर्दिश्यमानः कथायाः अवशेषः स चासौ आलापः कथावशेषालापः श्लाघ्यमानश्चासौ कथावशेषालापः श्लाघ्यमानकथावशेषालापः=प्रशंसनीयकथायाः अवशिष्टांश इति यावत्। श्रुतः=आकर्णितः ॥

हिन्दी—जैसे तुम इस समय मुझसे पूछ रहे हो उसी प्रकार आधे रास्ते में मिले हुए, उत्तर दिशा के रहने वाले और दक्षिण की ओर जाते हुए किसी पथिक से इसी प्रश्न को पूछती हुई वह राजकन्या घड़ी भर वहीं पर विश्राम करने लगी। मैंने भी उस पथिक द्वारा राजकन्या के आगे कहे हुए, किसी पश्चिमोत्तर देश के राजा की प्रशंसनीय कथा का यह अन्तिम अंश सुना ॥

तस्मिन् स्मितमुखे यूनि यूपदीर्घभुजद्वये।
ते धन्या न्यपतन् येषां कंदर्पसदृशे दृशः ॥ ५९ ॥

अन्वयः—**स्मितमुखे, यूपदीर्घभुजद्वये, कन्दर्पसदृशे तस्मिन् यूनि स्मितमुखे (सति) येषां दृशः न्यपतन् ते धन्याः ॥**

व्याख्या—आकर्णितमवशिष्टांशं श्रावयति—तस्मिन्निति। यूपो यज्ञस्तम्भः तद्वद्दीर्घं भुजद्वयं यस्य तस्मिन् यूपदीर्घभुजद्वये=विशालबाहुयुगले, कन्दर्पेण सदृशः तस्मिन् कन्दर्पसदृशे=मदनोपमे तस्मिन् यूनि तरुणे स्मितं=मन्दहास्यं मुखे यस्यासौ स्मितमुखः तस्मिन् स्मितमुखे सति, मन्दहास्यं कुर्वति सतीत्यर्थः येषां=जनानां दृशः=नेत्राणि तत्र न्यपतन्=पतितानि ते जनाः धन्याः=भाग्यवन्तः इत्यर्थः। अनुष्टुप् छन्दः।

हिन्दी—यज्ञ स्तम्भ की भाँति लम्बी दोनों भुजाओं वाले, कामदेव जैसे सुन्दर उस तरुण के मुसकाने पर जिनकी दृष्टि उस पर पड़ जाती है वे धन्य हैं अर्थात् ऐसी स्थिति में उसकी अतुलनीय शोभा को देखने वाले भाग्यशाली हैं ॥ ५९ ॥

किं बहुना—

सा त्वं मन्मथमञ्जरी स च युवा भृङ्गस्तवैवोचितः
श्लाघ्यं तद्भवतोः किमन्यदपरं किं त्वेतदाशास्महे।

भाग्यैर्योग्यसमागमेन युवयोर्मानुष्यमाणिक्ययोः
श्रेयानस्तु विधेर्विचित्ररचनासंकल्पशिल्पश्रमः ॥ ६० ॥

अन्वयः—सा त्वं मन्मथमञ्जरी, स च युवा, तव एव उचितः भृङ्गः, तद् भवतोः किमन्यत् श्लाघ्यं किं तु एतद् अपरम् आशास्महे भाग्यैः मानुष्यमाणिक्ययोः युवयोः समागमेन विधेः विचित्ररचनासंकल्पशिल्पश्रमः श्रेयान् अस्तु ।

व्याख्या—किं बहुना=किमधिकेनोक्तेन ।

सा=पूर्वं वर्णिता त्वं=राजदारिका मन्मथस्य=कामदेवस्य मञ्जरी=वल्लरी, । मृजुत्वमिच्छतीति मृज धातोः 'अच इः' इत्यौणादिकः इः शकन्ध्वादित्वात् साधु मञ्जरिरिति ह्रस्वान्तः ङीपि सति दीर्घान्तोऽपि प्रयोगो दृश्यते यथा—"नववञ्जुलमञ्जरीसनाथकरम्" इति काव्यप्रकाशे । स च=पूर्ववर्णितः युवा=तरुणः तवैव=भवत्या एव उचितः=योग्यः । तत्=तस्मात्कारणात् भवती च भवान् च भवन्तौ 'पुमान् स्त्रिया' इत्येकशेषः तयोः भवतोः=युवयोः अन्यत्=इतरत् किं श्लाघ्यं=किं प्रशस्यतरं न किमपीति भावः, किं तु=परं तु एतदपरमाशास्महे=वयमेतदतिरिक्तमभिलषामः यत् भाग्यैः=भागधेयैः, मनुष्याणां भावः मानुष्यं मणिशब्देन काव्यते इति मणिके तन्नामके नगरे भवम् इति वा माणिक्यं=रत्नविशेषः, मानुष्ये माणिक्यमिव यौ तयोः मानुष्यमाणिक्ययोः मानवरत्नयोः युवयोः=उदीच्यनपतेः तव चेत्यर्थः, योग्ययोः समागमः तेन योग्यसमागमेन=उचितसंयोजनेन, विधेः=स्रष्टुः, विचित्राः या रचना विचित्ररचना=अद्भुतनिर्माणं तस्य संकल्पः=मानसं कर्म विचार इतियावत्, तस्य शिल्पश्रमः=निर्माणप्रयासः श्रेयान्=प्रशस्यतरः अस्तु=भवतु । रूपकसमालंकारयोः संकरः । शार्दूलविक्रीडितं च वृत्तम् ।

हिन्दी— अधिक क्या कहें —

वह तुम मदन की मंजरी हो और वह तरुण भौंरा है जो तुम्हारे ही योग्य है । अब तुम दोनों की और क्या प्रशंसा की जाय किन्तु फिर भी हम यह आशा करते हैं कि भाग्यवशात् मनुष्यों में रत्न (श्रेष्ठ) तुम दोनों के

११

उचित संमिलन से विधाता का अद्भुत रचना के संकल्प का शिल्प-प्रयास सफल हो (अर्थात् ब्रह्माजी जो मन में उत्कृष्ट रचनाएँ बनाने की सोचा करते हैं तुम दोनों का संयोग होने से उनका वह सोचा हुआ निर्माण का प्रयास सफल हो जायगा) ।

तन्न जाने स कः सुकृती तेन तस्याः श्रवणादेवोल्लसदबहुलपुलकाङ्कुरोत्तम्भितांशुकायाः पुरो विस्तरेणैव वर्णितः । न च मयाधि विस्मयविस्मृतविवेकेन केयं कस्येयं कुत्र कुतो वा प्रस्थितेति प्रश्नाग्रहः कृतः । केवलमदृष्टपूर्वरूपोत्पन्नाकस्मिककौतुकातिरेकास्तमितसमस्तान्यव्यापारेणैकाग्रतया ग्रहनिरुद्धेनेवान्धेनेव मूकेनेव मूर्च्छितेनेव विषविघूर्णितेनेव स्तोभस्तम्भितेनेव गतायामपि तस्यां तेनाध्वनीनेन सह तत्रैव न्यग्रोधतरुतले सुचिरमासितमासीत् ।

व्याख्या—तत्=तस्मात् कारणात् न जाने=नाहमवधारयामि सः=कः वर्तते (सः) पूर्वोक्तः, सुकृती शोभनाः कृतयो यस्य सः सुकृती= सुकर्मा, तेन=अध्वगेन श्रवणादेव=कथाकर्णनादेव उल्लसद्भिः=विकसद्भिः बहुलैः=प्रचुरैः पुलकाङ्कुरैः=रोमाञ्चोद्गमैः उत्तम्भितः= उत्थापितः अंशुकः=वस्त्रं यस्याः साः तस्याः उल्लसद्बहुलपुलकाङ्कुरोत्तम्भितांशुकायाः, तस्याः=राजकन्यायाः पुरः=अग्रे एवं विस्तरेण=दीर्घकालं यावत्, वर्णितः=कथितः विस्मयेन विस्मृतः विवेको येन सः तेन विस्मयविस्मृतविवेकेन=कुतूहलतया कर्तव्याकर्तव्यज्ञानं न स्मृतवता मया=अध्वगेनापि इयं=दृश्यमाना, कन्या का=किंनाम्नी, इयं कस्य=महापुरुषस्य (सुतेति शेषः) कुत्र=कस्मिन् स्थाने (गन्तुमितिशेषः) कुतः=कस्मात् स्थानात् वा प्रस्थिता=चलिता इति=एवं, प्रश्नेष्वाग्रहः प्रश्नाग्रहः=पृच्छाहठः न कृतः=न विहितः । केवलम्=अनन्यम्, पूर्वं दृष्टं दृष्टपूर्वं न दृष्टपूर्वम् अदृष्टपूर्वं तच्च तद्रूपमदृष्टपूर्वरूपं=अनवलोकितपूर्वसौन्दर्यं, तेन उत्पन्नं=संजातम् आकस्मिकं=अकस्माद्भवं यत् कौतुकं=आश्चर्यं तस्य अतिरेकेण=आधिक्येन अस्तमिताः=अस्तंगताः शान्ता इति, यावत् समस्ताः= समग्राः अन्ये व्यापाराः=इतरकार्याणि यस्य तेन (मयेत्यनेनान्वयः), एकाग्रतया=एकम् अग्रं प्रधानं यस्मिस्तदेकाग्रं एकाग्रस्य भावः एकाग्रता,

तया=अनन्यवृत्तितया, ग्रहेण निरुद्धः तेन ग्रहनिरुद्धेन=पूतनादिग्रहाविष्टेन इव, अन्धयतीति 'अन्ध दृष्टयुपघाते धातोः अच्' अन्धः, तेन अन्धेन=चक्षू रहितेन इव, न वाक् यस्येति मूकः तेन मूकेन इव, मूर्च्छा संजाता यस्य स मूर्च्छितः तेन मूर्च्छितेन=चेतनारहितेन इव, विषेण=गरलेन विघूर्णितः=उन्मादितः विषविघूर्णितः तेन इव, स्तोभेन स्तम्भितः तेन स्तोभस्तम्भितेन=चेष्टाविघाततया गतिरहितेन इव तस्यां=राजदारिकायां गतायामपि=प्रस्थितायामपि तेन=उदीच्येन अध्वगेन=पथिकेन सह तत्रैव=पूर्वोक्ते न्यग्रोधतरुतले=वटवृक्षच्छायायां सुचिरं=दीर्घकालं यावत् आसितम्=उपविष्टम् आसीत् । उत्प्रेक्षालङ्कारः ॥

हिन्दी--अतः मैं नहीं जानता कि वह कौन पुण्यात्मा है (जिसका) सुनते ही उठते हुए प्रचुर रोमांचों से ऊपर को उठ गए हैं वस्त्र जिसके ऐसी उस राजकन्या के सामने विस्तार से वर्णन किया गया । मैंने भी आश्चर्य के कारण विवेकहीन की तरह यह कौन है, किनकी कन्या है, कहाँ को या कहाँ से चली है इत्यादि प्रश्नों का हठ नहीं किया और मैं केवल कभी न देखे हुए उस सौन्दर्य से उत्पन्न आकस्मिक आश्चर्य की अधिकता से सम्पूर्ण इन्द्रियव्यापार शान्त हो जाने से, एकचित्त होने से ग्रह से रोके हुए की तरह, अन्धे की तरह, बहिरे की तरह, मूर्च्छित की तरह, विष से व्याकुल हुए की तरह, चेष्टा अवरुद्ध होने से गतिहीन व्यक्ति की तरह उस राजकन्या के चले जाने पर भी उस पथिक के साथ उसी वटवृक्ष की छाया में दीर्घकाल तक बैठा ही रह गया ॥

तदायुष्मन्नेष कथितः स्ववृत्तान्तः । तस्यां दिशि तया सकलजगज्ज्योत्स्नया, अस्मिन्नपि देशे निःशेषजननयनकुमुदेन्दुना त्वया दृष्टेन दृष्टं यद् द्रष्टव्यम् । अभूच्च मे श्लाघ्यं जन्म । जाते कृतार्थे चक्षुषी । संपन्नः सफलः परिभ्रमणप्रयासः । तदिदानीं किमन्यत् । अनुमन्यस्व स्वविषयगमनाय माम्, इत्यभिधाय व्यरंसीत् ।

व्याख्या—तत्=तस्मात्कारणात् हे आयुष्मन्=दीर्घायो ! एष=प्रस्तुतः स्वस्य वृत्तान्तः स्ववृत्तान्तः=स्वोदन्तः कथितः=वर्णितः । तस्यां दिशि=तस्यां

काष्ठायां तस्मिन् देशे इतिभावः। सकलस्य जगतः ज्योत्स्ना तया सकल-जगज्ज्योत्स्नया=सकलविश्वचन्द्रिकया, अस्मिन्नपि=एतस्मिश्च देशे=स्थाने निःशेषाणां=समग्राणां जनानां=लोकानां नयनान्येव=लोचनान्येव कुमुदानि तेषां कृते इन्दुरिव यः स तेन निःशेषजननयनकुमुदेन्दुना सकलजननयनाह्लादकेनेत्यर्थः त्वया=भवता च दृष्टेन=प्रवलोकितेन यत् द्रष्टव्यम्=द्रष्टुं योग्यमासीत् तत् दृष्टम्=अवलोकितम्। मे=मम जन्म=उत्पत्तिः श्लाघ्य=प्रशंसार्हं अभूत्=जातम्। चक्षुषी=मे नेत्रे कृतार्थे=कृतकृत्ये जाते=अभूताम्। परिभ्रमणस्य=परितः पर्यटनस्य प्रयासः=प्रयत्नः सफलः=फलवान् संजातः=अभवत्, तत्=तस्मात् इदानीं=संप्रति अन्यत् किम् अवशिष्टमितिशेषः। माम्=पथिकं स्वस्य विषयः स्वविषयः=स्वदेशः तत्र गमनं तस्मै=स्वदेशं प्रति प्रस्थानायेतिभावः। इत्यभिधाय=इत्युक्त्वा व्यरंसीत्=तूष्णीं बभूव ।।

हिन्दी—अतः हे आयुष्मन्। यह मैंने अपना वृत्तान्त कह दिया। उस देश में समग्रविश्व की चाँदनी उस राजकन्या को और इन देश में सकल लोक-लोचन-कुमुदों के विकासक चन्द्रमा जैसे तुमको देखकर मैंने देख लिया जो देखना था। मेरा जन्म धन्य होगया, नेत्र कृतकृत्य हो गये, मेरा चारों ओर घूमने का परिश्रम सफल होगया अब और क्या है, मुझे अपने देश के लिये प्रस्थान करने की आज्ञा दें।" इतना कहकर वह चुप हो गया।

राज्ञश्चिन्ता

राजाप्येतदाकर्ण्य चिन्तितवान्।

स्त्रीमाणिक्यमहाकरः स विषयः पान्थोऽप्ययं तथ्यवाग्
व्यापारोऽपि विधेर्विचित्ररचनस्तत्किं न संभाव्यते।
किं त्वाश्चर्यमदृष्टरूपविभवाप्याकर्ण्यमाना सती
कान्तेत्युन्नतचेतसोऽपि कुरुते नाम्नैव निम्नं मनः ॥६१॥

अन्वय—स विषयः स्त्रीमाणिक्यमहाकरः, अयं पान्थः अपि तथ्यवाक्, विधेः व्यापारः अपि विचित्ररचनः, तत् किं न संभाव्यते, किं तु अदृष्टरूपविभवा अपि आकर्ण्यमाना सती कान्ता इति नाम्ना एव उन्नतचेतसः अपि (मम) मनः निम्नं कुरुते (इति) आश्चर्यम् ।।

व्याख्या—राजा=नलः अपि एतत्=पथिकोक्तम् आकर्ण्य=श्रुत्वा चिन्तितवान्=मनसि विचारयामास, यत्—

सः=पथिकोक्तः विषयः=देश विदर्भः इति यावत्, स्त्रिय एव माणिक्यानि तेषां महांश्चासौ आकरश्चेति स्त्रीमाणिक्यमहाकरः=स्त्रीरत्नानां महाखनिः अस्तीति शेषः। अयं=पुरोवर्ती पान्थः=पथिकः, तथ्या वाक् यस्य सः तथ्यवाक्=सत्यवक्ता, विधेः=ब्रह्मणः व्यापारः=कर्म अपि विचित्ररचनः विचित्रा=अद्भुता रचना=निर्माणप्रकारः यस्यैवंभूतः, तत्=अतो हेतोः किं न संभाव्यते=सर्वापि संभावना कर्तुं शक्यते इत्यर्थः। किन्तु न दृष्टः अदृष्टः, रूपस्य विभवः रूपविभवः,अदृष्टः रूपविभवः यस्याः सा अदृष्टरूपविभवा=अनवलोकितरूपसंपत्तिः अपि केवलम् नाम्ना एव=नाममात्रेणैव 'कान्तः'=रमणीया इति आकर्ण्यत इति आकर्ण्यमाना=श्रूयमाणा सती\सा उन्नतं=श्रेष्ठं चेतः यस्य स उन्नतचेताः तस्य=उन्नतचेतसः=प्रशस्तमनसः अपि (ममेतिशेषः) मनः=चित्तं निम्नं=अधीरं कुरुते=विदधाति। अत्र सौन्दर्यविभवदर्शनरूपकारणाभावेऽपि मनसो निम्नत्वरूपकार्यसद्भाववर्णनात् विभावनालङ्कारः। शार्दूलविक्रीडितं च वृत्तम्।

हिन्दी—राजा भी यह सुनकर मन में विचार करने लगा—वह विदर्भ देश स्त्रीरत्नों की बड़ी खान है, यह पथिक सत्य ही बोलता है, विधाता की रचना भी विचित्र होती है, किन्तु आश्चर्य तो यह है कि पहले कभी उसके सौन्दर्य का वैभव न देखने पर भी 'कान्तिमती है' इतना सुनने मात्र से (मुझ जैसे) धीरचित्त वाले के मन को अधीर कर दे रही है ॥६१॥

तथा हि—

नो नेत्राञ्जलिना निपीतमसकृत्तस्याः स्वरूपामृतं
नो नामान्वयपल्लवोऽपि च मया कर्णावतंसीकृतः।
चित्रं चुम्बति चुम्बकाश्मकमणो यद्वद्बलाद् दूरत-
स्तद्वत्तर्जितधैर्यमेतदपि मे तस्यां मनो धावति ॥६२॥

अन्वय—मया नेत्राञ्जलिना असकृत् तस्याः स्वरूपामृतं न निपीतम्, अन्वयपल्लवोऽपि च नो नाम कर्णावतंसीकृतः, चित्रं, यद्वत् चुम्बकाश्मकं दूरतः अयः बलात् चुम्बति तद्वत् एतद् तर्जितधैर्यं मे मनः अपि तस्यां धावति ।

व्याख्या—तथाहि—अन्यच्च । मया=राज्ञा नवेन नेत्र । एवाञ्जलिः तेन नेत्राञ्जलिना=नेत्ररूपपाणिपुटेन, न सकृत् असकृत्=पुनः पुनः तस्याः=र थ-दारिकायाः स्वरूपमेवामृतम् स्वरूपामृतम्=सौन्दर्यसुधा न निपीतम्=आस्वादितम् । नाम=अभिधेयम् अपि च—तथा च अन्वय एव पल्लवः अन्वयपल्लवः =कुलकिसलयः "सन्ततिर्गोत्रजननकुलान्यभिजनान्वयौ" इत्यमरः । नो=नहि, अवतंसः अलङ्कारः, न अवतंसः अवतंसः कृतः इति अवतंसीकृतः अभूत तद्भावेच्विः । कर्णयोः अवतंसीकृतः इति कर्णावतंसीकृतः=श्रवणाभरणीकृतः श्रुत इति यावत् । नाम इत्यव्ययं वा नो नाम=नतावदित्यर्थः । चित्रं=आश्चर्यमेतद् यत् यद्वत्=यथा चुम्बकं च तदश्मकं चुम्बकाश्मकं=चुम्बकपाषाणखण्डं, अयः=लौहम् दूरतः=विप्रकृष्टादेव बलात्=हठात् चुम्बति=स्पृशति । तद्वत्=तथैव तर्जितं धैर्यं येन तत् तर्जितधैर्यं=निरस्तगाम्भीर्यं अधीरमितियावत् एतत् मे मनः अपि=मच्चित्तमपि, तस्यां=राजकन्यायां; विषयसप्तमी, धावति=वेगेन गच्छति । अत्रापि कारणासत्त्वे कार्योत्पत्तिवर्णनाद्विभावनालङ्कारः पूर्वार्धे रूपकमुत्तरार्धे उपमापि । शार्दूलविक्रीडितं वृत्तम् ॥६२॥

हिन्दी—मैंने अपने नेत्ररूप अञ्जलि से उसकी सौन्दर्यरूप सुधा का बार-बार पान नहीं किया (अर्थात् मैंने उसे आँखभर कर देखा भी नहीं) । उसके वंश-पल्लव को भी कभी कर्णभूषण नहीं ही बनाया (अर्थात् वह किस वंश की या किसकी कन्या है यह भी नहीं सुना) । जैसे चुम्बक पत्थर दूर से ही हठात् लोहे को अपनी ओर खींच लेता है उसी प्रकार मेरा मन भी गम्भीरता को छोड़कर उसके विषय में अधीर हो रहा है ॥६२॥

सोऽयं दुर्लभेष्वनुरागः पुंसाम्, अज्वरमस्वास्थ्यम्, अदौर्गत्यं दौस्थ्यम्, अविषास्वादनमाघूर्णनम्, असाध्वसं कम्पनम्, अनात्म-

विक्रयं पारवश्यम्, अजरं जाड्यम्, अनिन्धनं ज्वलनम्, अलग्नग्रहमुन्मादनम्, अवात्याघातमुद्भ्रमणम्, अमौनं मौक्यम्, अहीनश्रुति बाधिर्यम्, अनष्टदृष्टिकमन्धत्वम्, अस्खलितमनोरथं मनःस्तम्भनम्, अमन्त्र आवेशः। सर्वथा नमः सुस्थितजनदुर्जनाय मनोजन्मने, यस्यायमेवंविधो व्यापारः।

व्याख्या—सोऽयं-मनसोऽधीरभावः पुंसाम्=पुरुषाणां दुर्लभेषु=अलभ्यवस्तुषु अनुरागः=प्रेम, अज्वरम्=ज्वरहीनम्, अस्वाथ्यं=रुग्णत्वम्, दुर्गतेर्भावः दौर्गत्यं न दौर्गत्यं यस्मिंस्तददौर्गत्यं=दुर्गतिहीनं दारिद्र्यहीनमितियावत् दुःखा स्थितिः यस्मिंस्तत् दुःस्थं तस्य भावः दौस्थ्यं=दुर्दशत्त्वम् विषस्यास्वादनं विषास्वादनं न विषास्वादनमविषास्वादनं=गरलभक्षणं विनैव, आसमंतात् घूर्ण्यते यस्मिंस्तदाघूर्णनं=मूर्च्छनं भ्रान्तिर्वा, असाध्वसं=भीतिरहितं कम्पनं=वेपथुः। न आत्मनो विक्रयः यस्मिंस्तदनात्मविक्रयं=आत्मनो विपणनमकृत्वैव, पारवश्यं परस्य वशं परवशं परवशस्य भावः पारवश्यं=पराधीनत्वम्। अजरं नास्ति जरा यस्मिंस्तदजरं=स्थविरत्वं विनैव जाड्यं जडस्य भावः जाड्यं = चेतनाशून्यत्वम्। इध्यते अग्निरनेन इत्यर्थे ञिइन्धी दीप्तौ धातोः ल्युट् इन्धनम्, नास्ति इन्धनं यस्मिंस्तत् अनिन्धनं=प्रज्वलनसाधनं विनैव ज्वलनम्=वह्निः, लग्नः=संसक्तः ग्रहः=पूतनादिः यस्मिंस्तत् लग्नग्रहं न लग्नग्रहम् अलग्नग्रहं=ग्रहावेशं विनैव उन्मादनम्=उन्मत्तता, वात्यायाः=झंझावातस्य आघातः = प्रहारो यस्मिंस्तत् वात्याघातं न वात्याघातमवात्याघातं=चक्रवाताघातं विनैव उद्भ्रमणं=उद्भ्रांतिः, नास्ति मौनं=तूष्णींभावं यस्मिंस्तत् अमौनं मौक्यम्=मूकत्वं, न हीना श्रुतिः यस्मिंस्तदहीनश्रुति=श्रवणेन्द्रियराहित्यं विनैव बधिरस्य भावः बाधिर्यं=श्रवणासामर्थ्यं, न नष्टा दृष्टिः यस्मिंस्तत् अनष्टदृष्टि तदेवानष्टदृष्टिकम्=दृष्टिराहित्यं विनैव अन्धत्वम्=दर्शनासामर्थ्यम्, न स्खलितः मनोरथः यस्मिंस्तत् अस्खलितमनोरथं=इच्छावरोधं विनैव मनसः स्तम्भनम्=स्तब्धीभावः। नास्ति मन्त्रः यस्मिन् सः अमन्त्रः=मंत्रप्रयोगं विनैव आवेशः=भूताद्यग्रहः, सर्वथा=सर्वप्रकारेण शोभना स्थितिः यस्य स सुस्थितः सचासौ जनः सुस्थितजन

तस्मिन् दुर्जनः सुस्थितजनदुर्जनः तस्मै=सुजनदुर्गतिकारकाय. मनसः जन्म यस्य स मनोजन्मा तस्मै मनोजन्मने=कामदेवाय नमः अस्तु=प्रणम्यते, यस्य=कामदेवस्य अयं=उक्तप्रकारकः व्यापारः=चेष्टा अस्ति । कारणं विनैव कार्यसद्भावात् सर्वत्र विभावनालङ्कारः ॥

हिन्दी—वह ऐसा पुरुषों का (अधीर होना) दुर्लभ वस्तुओं में आसक्ति है, बिना ज्वर का रोगी होना है, बिना दुर्गति के बुरी स्थिति में रहना है, बिना विष चखे मूर्छित होना है, बिना भय के कांपना है, बिना अपने को बेचे पराधीन होना है, बिना बुढापे के इंद्रियों का जड़ होना है, बिना इन्धन के जलना है, बिना ग्रह लगे पागलपन है, बिना ववण्डर की चोट के चक्कर काटना है, बिना मौन रहे गूंगापन है बिना कानों को क्षति पहुँचे बहिरापन है, बिना आंखों के नष्ट हुए अन्धापन है, बिना किसी प्रकार की इच्छा विघात के मन का स्तब्ध हो जाना है, बिना मंत्र पढ़े भूतादि का शरीर में प्रवेश होना है। सब प्रकार स्वस्थ जनों के प्रति दुर्जनता करने वाले उस कामदेव को नमस्कार है जिसका यह इस प्रकार का धन्धा है ॥

पथिक-विसर्जनम्

इत्यवधारयन्नवतार्य सर्वाङ्गेभ्यो भूषणानि तस्मै सदयमदात्। तैस्तैरालापैः स्थित्वा च कंचित्समयमतिवाह्य यथाप्रस्थितं पान्थं कथमपि प्रेषयामास। स्वयमपि तत्कालान्तरालमिलितैर्नक्षत्रैरिव सार्द्रमृगशिरोहस्तैः सश्रवणचित्रकृत्तिकोपस्करवाहिभिः पार्षद्धिकपरिजनैरनुगम्यमानो राजा निजावासमयासीत्।

व्याख्या—इति=एवं अवधारयन्=निश्चिन्वन् सर्वाणि च तानि अङ्गानि तेभ्यः सर्वाङ्गेभ्यः सर्वावयवेभ्यः भूषणानि=आभरणानि तस्मै=पथिकाय सदयं=सकृपम् "कृपा दयाऽनुकम्पा च" इत्यमरः । अदात्=ददौ । अथ= अनन्तरं तैस्तैः=बहुविधैः आलापैः=वार्ताभिः कंचित्समयं=कंचित्कालं स्थित्वा=अवस्थाय यथाप्रस्थितं=प्रस्थानुमुद्यतं पान्थं=पथिकं कथमपि= कष्टेनेव प्रेषयामास=विसर्जयामास. स्वयमपि आत्मनापि तस्य कालस्य= समयस्य अन्तरालं=मध्यं तत्र मिलितैः=प्राप्तैः तदानीमेवागतैरित्यर्थः ।

नक्षत्रैरिव=ताराभिरिव सार्द्राणां=तत्क्षणहतानां मृगाणां=हरिणानां शिरांसि हस्तयोः येषां तैः (नक्षत्रपक्षे तु) तत्कालंमन्तराले=आकाशे मिलितैः मार्द्रा-मृगशिरा-हस्तनामकनक्षत्रैः, श्रवणैः सहिताः सश्रवणाः=सकर्णाः ते च ते चित्राः=चित्रकाः तेषां कृत्तिरिव कृत्तिका=चर्म 'अजिनं चर्म कृत्तिः स्त्री' इत्यमरः। तस्य उपस्करः=उपकरणानि वहन्तीति सश्रवणचित्रकृत्तिकोपस्करवाहिनः तैः=कर्णोपेतानां चित्रकमृगाणां चर्मनिष्कासनसामग्रीधारिभिः, नक्षत्रपक्षे तु श्रवण-चित्रा-कृतिकाख्य ताराभिः पापर्द्धिकपरिजनैः पापस्य ऋद्धिः येषामस्तीति पापर्द्धयः त एव पापर्द्धिकाः "स्वार्थे कः"=आखेटकाः त एव परिजनाः=अनुचराः तैः पापर्द्धिकपरिजनैः=आखेटकपरिवारैः अनुगम्यमानः=अनुस्त्रियमाणः राजा=नलःनिजावासम्=स्वगृहम् अयासीत्=अगच्छत्। अत्र स्वयमपीत्यारम्भ श्लेपानुप्राणितोपमालङ्कारः।

हिन्दी—यह सोचते हुए राजा ने अपने सब अंगों से आभूषण उतार कर कृपापूर्वक उस (पथिक) को दे दिये और कुछ काल वहां रुक कर चलने को उद्यत हुए उसको किसी प्रकार विदा किया। और राजा स्वयं भी इसी बीच मिले हुए अपने शिकारी अनुचरों से अनुसरण किया जाता हुआ अपने आवास की ओर चल पड़ा, वे शिकारी आर्द्र (तत्काल मारने के कारण जिससे खून चू रहा हो ऐसे) मृग का शिर हाथ में लिये हुए तथा कानसहित चीतों की खाल तथा अन्य सामग्री धारण किये हुए आर्द्रा; मृगशिर, हस्त तथा श्रवण, चित्रा, कृत्तिका नक्षत्रों के समूह को धारण किये जैसे लग रहे थे॥

राजदशा-वर्णनम्

ततः प्रभृति च।

हृद्योद्यानमरुत्तरङ्गितसरित्तीरे तरूणामध-
स्तल्पेऽनल्पसरोजिनीनवदलप्रायेऽपि खिन्नात्मनः।
धीरस्यापि मनाङ्मनस्तृणकुटीकोणान्तराले बला-
ल्लग्नोऽस्येति विभाव्यते परवशैरङ्गैरनङ्गानलः॥६३॥

अन्वयः—हृद्योद्यानमरुत्तरङ्गितसरित्तीरे तरूणामधःतल्पे अनल्पसरोजिनीनवदलप्राये अपि खिन्नात्मनः धीरस्य अपि अस्य मनस्तृणकुटीकोणान्तराले, अनङ्गानलः मनाक् लग्नः इति बलात् परवशैः अङ्गैः विभाव्यते ।

व्याख्या—अतः प्रभृति=तस्मादारभ्य—

हृद्यं=हृदयस्य प्रियं "हृदस्य प्रियः" इति यत् हृदादेशश्च, तच्च तत् उद्यानम्, उद्यान्त्यत्र इति यापप्रापणे धातोः अधिकरणे ल्युट्, उद्यानम्=उपवनम् तस्मिन् मरुता=पवनेन तरङ्गिता=तरलिता या सरित्=कृत्रिमा नदी कुल्येत्यर्थः, तस्याः तीरे=तटे, न अल्पाः अनल्पाः अनल्पाश्च ताः सरोजिन्यः तासां नवानि च तानि दलानि प्रायः सन्ति यत्र तस्मिन् अनल्पसरोजिनीनवदलप्राये=प्रचुरकमलिनीकिसलयबहुले, तरूणां=वृक्षाणामधः=छायायां तल्पे=शय्यायां, तल्पते अस्मिन् इति तल्प प्रतिष्ठायाम् धातोः "खष्पशिल्प–" इत्यौणादिकेन साधुः । "तल्पं शय्याट्टदारेषु" इत्यमरः । अपि खिन्नः आत्मा यस्य सः खिन्नात्मा तस्य खिन्नात्मन=क्लान्तमनसः धीरस्य=धैर्यवतोऽपि अस्य=नलस्य तृणैः निर्मिता कुटी तृणकुटी मन एव तृणकुटी मनस्तृणकुटी तस्याः कोणम् तस्य अन्तराले मनस्तृणकुटीकोणान्तराले=मनोरूपोटजस्य कोणमध्यभागे, अनङ्ग एव अनलः अनङ्गानलः=कामाग्निः मनाक्=ईषत् लग्नः=संपृक्तः इति अस्य=नलस्य परवशैः=पराधीनैः अङ्गैः=देहावयवैः बलात्=हठात् विभाव्यते=प्रतीयते ।

अत्र मनोविनोदहेतूनां सत्त्वेऽपि विनोदं न कुर्वन्तीति फलाभावे विशेषोक्तिः, अनङ्गानलः मनस्तृणकुटी इति च रूपकं तेन नलस्य दाहदर्शनात् परिणामः, अङ्गैः विभाव्यते इति चानुमानम्, तदेतेषामलङ्काराणां सङ्करः, शार्दूलविक्रीडितं वृत्तम् ॥

हिन्दी—मनोहर उपवनों की वायु से चंचल नदियों के तट पर तथा वृक्षों की छाया में बने हुए कमलिनी के कोमल दलों से पूर्ण शय्या पर धीर प्रकृति होने पर भी खिन्न चित्त वाले राजा नल के मनरूपी पर्णकुटी के किसी कोने में कामाग्नि लग चुकी है ऐसा इसके पराधीन (अलसाये हुए) अङ्गों (देहावयवों) से हठात् प्रतीत होजाता है ॥ ६३ ॥

एवमस्य,

पुनरपि तद्भिज्ञान् पृच्छतः पान्थसार्थान्,
प्रतिपथमथ यूनो यान्ति तस्य क्रमेण।
हरचरणसरोजद्वन्द्वमुद्राङ्कमौले-
र्मदनमदनिवासा वासराः प्रावृषेण्याः ॥ ६४ ॥

अन्वयः—पुनरपि प्रतिपथम्, तद्भिज्ञान् पान्थसार्थान् पृच्छतः, हरचरणसरोजद्वन्द्वमुद्राङ्कमौलेः तस्य यूनः मदनमदनिवासाः प्रावृषेण्याः वासराः क्रमेण यान्ति।

व्याख्या—एवमस्य=अनेन प्रकारेण राज्ञो नलस्य—

अथ=अनन्तरं पुनरपि=भूयोऽपि पथं पथं प्रतिपथं=प्रतिमार्गं तस्याः अभिज्ञाः तदभिज्ञाः, तान् तदभिज्ञान्=तद्वृत्तान्तज्ञान् पथि गच्छतीति पान्थाः पान्थानां सार्थाः पान्थसार्थाः तान् पथिकसमूहान् पृच्छतः=(तद्विषयकवार्ता) पृष्टवतः, हरस्य चरणौ एव सरोजे तयोः द्वन्द्वं तस्य मुद्रायाः अङ्कं मौलौ यस्य सः तस्य हरचरणसरोजद्वन्द्वमुद्राङ्कमौलेः=शिवपादपद्मयुगलमुद्राङ्कितमस्तकस्य यूनः=तरुणस्य तस्य=राज्ञः, मदनस्य मदः मदनमदः तस्य निवासः येषु ते मदनमदनिवासाः=कामोन्मादवन्तः, प्रावृषि भवाः प्रावृषेण्याः 'प्रावृष एण्यः" इति एण्य प्रत्ययः, प्रावृषेण्याः=वर्षाकालिकाः वासराः=दिवसाः क्रमेण=क्रमशः यान्ति=गच्छन्ति। मालिनी वृत्तम्।

हिन्दी—इस प्रकार फिर भी उस (दमयन्ती) के विषय में जाननेवाले, मार्ग पर चलते हुए प्रत्येक यात्रियों के समूह से उसका समाचार पूछते हुए शिवजी के चरण कमल युगल की मुद्रा से अङ्कित मुकुट वाले उस तरुण राजा नल के कामोन्माद से भरे हुए से वर्षाकाल के दिन क्रमशः बीतने लगे ॥६४॥

महाकवि श्रीत्रिविक्रमभट्ट विरचित नलचम्पू काव्य
की संस्कृत-हिन्दी व्याख्या में प्रथम उच्छ्वास समाप्त हुआ।

—:—:—

नलचम्पू प्रथमउछ्वास में प्रयुक्त छन्दों के लक्षण

१ मालिनी—इसके प्रत्येक चरण में १५अक्षर होते हैं, ८ और ७ पर विराम होता है।

लक्षण—न न म य य युतेयं मालिनी भोगि-लोकैः
।।।।।। ऽऽऽ ।ऽऽ ।ऽऽ (८) (७)

उदाहरण—देखिये पद्य १, २, ३२, ५०, ५१, ६४।

२ अनुष्टुप्–इसे श्लोक भी कहते हैं, प्रत्येक चरण में ८।८ अक्षर होते हैं।

लक्षण--श्लोके षष्ठं गुरु ज्ञेयं सर्वत्र लघु पञ्चमम्।
द्विचतुःपादयोर्ह्रस्वं सप्तमं दीर्घमन्ययोः॥

श्लोक (अनुष्टुप्) के प्रत्येक चरण में छठा अक्षर गुरु (ऽ) और पांचवां लघु (।) होता है. सातवां अक्षर दूसरे-चौथे चरण में ह्रस्व तथा प्रथम-तृतीय चरण में दीर्घ होता है।

उदाहरण— देखिये पद्य ३ से १४, १६ से १८, २० से २८, ३१, ३३, ३६, ४२ तथा ५९।

३ शार्दूलविक्रीडित--इसके प्रत्येक चरण में १९ अक्षर होते हैं और १२, ७ पर विराम होता है।

लक्षण-सूर्याश्वैः म स जः त ताः सगुरवः शार्दूलविक्रीडितम्।
(१२)(७) ऽऽऽ।ऽ।ऽ।।ऽऽ।ऽऽ। ऽ

उदाहरण—देखिये पद्य १५, ३४, ३५, ४०, ४१, ४४ से ४८, ५२ से ५६, ५८, ६०, ६१ से ६३।

४ मन्दाक्रान्ता—इसके प्रत्येक चरण में १७ अक्षर होते हैं और ४, ६, ७ पर विराम होता है।

लक्षण-मन्दाक्रान्ता जलधिषडगैः म् भौ न तौ ताद् गुरू चेद्

(४) (६)(७)ऽऽऽऽ।। ।।।ऽऽ। ऽऽ। ऽऽ

उदाहरण--देखिये पद्य १६।

५ आर्या--यह मात्रिक छन्द है अर्थात् प्रत्येक चरण में अक्षरों की गिनती न होकर मात्राओं की गिनती की जाती है। मात्राओं के लिए यह जानना आवश्यक है कि लघु की एक मात्रा और गुरु की दो मात्रा मानी जाती है, यदि सानुस्वार हो, विसर्गान्त हो या संयुक्ताक्षर से पूर्ववर्ती हो तो लघु भी गुरु माना जाता है, पाद के अन्त में भी आवश्यकतानुसार उसे गुरु मान लिया जाता है।

लक्षण--यस्याः पादे प्रथमे द्वादशमात्रास्तथा तृतीयेऽपि

अष्टादश द्वितीये चतुर्थके पञ्चदश साऽऽर्या।

जिस के प्रथम तथा तृतीय चरण में १२-१२ मात्रायें हों, द्वितीय चरण में १८ तथा चतुर्थ में १५ मात्रा हों उसे **आर्या** कहते हैं।

उदाहरण--देखिए पद्य २६, ३०।

६ उपजाति--यह मिश्रित छन्द होता है अर्थात् जिसमें कुछ चरण एक छन्द के हों कुछ दूसरे के उसे उपजाति कहते हैं. यह प्रायः इन्द्रवज्रा और उपेन्द्रवज्रा के चरणों से मिश्रित पाया जाता है।

लक्षण--अनन्तरोदीरितलक्ष्मभाजौ पादौ यदीयावुपजातयस्ताः

इन्द्रवज्रा--स्यादिन्द्रवज्रा यदि तौ ज गौ गः

ऽऽ।ऽऽ। ।ऽ। ऽ ऽ

उपेन्द्रवज्रा--उपेन्द्रवज्रा प्रथमे लघौ सा

अर्थात् इन्द्रवज्रा के ही प्रथम गुरु के स्थान में लघु हो तो उपेन्द्रवज्रा कहलाती है, दोनों के चरण मिश्रित जिस पद्य में हों वह उपजाति होता है।

उदाहरण--देखिए पद्य ३७, ३८।

७ शालिनी--इसके प्रत्येक चरण में ११ अक्षर होते हैं और ४, ७ पर विराम होता है।

लक्षण—मात् तौ (त-त) गौ (गु-गु) चेच्छालिनी भोगि लोकैः

SSS SSI SSI SS (४) (७)

उदाहरण--देखिये पद्य ३९।

८ द्रुतविलम्बित—इसके प्रत्येक चरण में १२ अक्षर होते हैं ८, ४ पर विराम होता है।

लक्षण—द्रुतविलम्बितमाह न भौ भ रौ

III SII SII SIS

उदाहरण--देखिये पद्य ४३।

९ शिखरिणी—इसके प्रत्येक चरण में १७ अक्षर होते हैं और ६, ११ पर विराम होता है।

लक्षण–रसै रुद्रै श्छिन्ना य म न स भ ला गः शिखरिणी।

(६)(११) ISS SSS IIIIISSII I S

उदाहरण--देखिये पद्य ४९।

१० स्रग्धरा—इसके प्रत्येक चरण में २१ अक्षर होते हैं ७, ७, ७ पर विराम होता है।

लक्षण--म् र भ् नै र्यानां त्रयेण त्रिमुनियतियुता

य य य ७-७-७

SSS SIS SII III ISS ISS ISS

स्रग्धराकीर्तितेयम्।

उदाहरण--देखिये पद्य ५७।

———

श्लोकानुक्रमणिका

श्लोक	श्लोक सं०	पृष्ठ	श्लोक	श्लोक सं०	पृष्ठ
अक्षमालापवृत्तिज्ञा	७	९	जननीति मुदितमनसा	३०	४८
अगाधान्तः परिस्पन्दं	३	४	जयति गिरिसुतायाः	१	१
अच्छाच्छैः शुकपिच्छ	४६	११९	जयति मधुसहायः	२	३
अजनि जनितपृथ्वी	५०	१३५	जाताकस्मिकविस्मयैः	४८	१३१
अत्रिजातस्य या मूर्तिः	८	११	जानन्ति हि गुणान्	१८	२२
अथ कथमपि नाथ	५१	१३६			
अप्रगल्भाः पदन्यासे	६	८	तस्मिन् स्मितमुखे	५९	१५६
अब्जश्रीसुभगं	५३	१४३	तस्य विपयस्य मध्ये	२९	४८
अस्ति स्वर्गसमः	५४	१४७	तेषां वशे विशदयशसां	१९	२३
अस्तु स्वस्ति समस्त	५५	१५०	तैस्तैरात्मगुणैर्येन	२०	२४
आकर्ण्य स्मरयौवराज्य	४०	१०५	त्रिदिवपुरसमृद्धि	३२	६०
आकारः स मनोहरः	५८	१५७	देशः पुण्यतमोद्देशः	२८	४७
इत्थं काव्यकथा	१५	१६	धन्यास्ते दिवसाः	३४	७८
इन्दोः सौन्दर्यमास्यं	५३	१०५	धुतकदम्बकदम्बक	४३	१०८
उत्फुल्लगल्लैरालापाः	२३	२६	नक्षत्रभूः क्षत्रकुल	३७	८५
उदात्तनायकोपेता	२५	२७	नास्ति सा नगरी यत्र	२६	४०
कर्णान्तविभ्रमभ्रान्त	१३	१५	निर्मासं मुखमण्डले	४७	१२२
काव्यस्याम्रफलस्येव	१७	१८	निश्चितं ससुरःकोऽपि	१०	१२
किं कवेस्तेन काव्येन	५	७	नीर नीरजनिर्मुक्तं	४२	१०८
किं लक्ष्मीः स्वयं	५६	१५५	नो नेत्राञ्जलिना	६२	१६४
किं स्यादञ्जनपर्वतः	४६	११७	पर्णैः कर्णपुटायितैः	४१	१०६
किमश्वः पार्श्वेषु	४९	१३८	पुनरपि नदभिज्ञान्	६४	१७०
चार्वी सदा सदाचार	३३	६१	प्रसन्नाः कान्तिहारिण्यो	४	६

श्लोक	श्लोक सं०	पृष्ठ	श्लोक	श्लोक सं०	पृष्ठ
ब्रह्माण्योऽपि ब्रह्म	३६	९०	वाचः काठिन्यमायान्ति	१६	१७
भङ्गश्लेपकथाबन्धं	२२	२५	व्यामः क्षमाभृतां श्रेष्ठो	१२	१४
भवन्ति फाल्गुने नागि	२७	४१	शश्वद् बाणद्वितीयेन	१४	१५
भिन्दन् कन्दकसेरु	४५	११८	सङ्गता सुरसार्थेन	२४	२६
भूमयो वहिरन्तश्च	३१	५५	सदा हंसाकुलं बिभ्रद्	३६	८८
मित्रं च मन्त्री च	३८	८९	सदूपणापि निर्दोषा	११	१३
ये कुन्दद्युतयः	३५	८०	सा त्वं मन्मथमञ्जरी	६०	१५९
रोहणं सूक्तरत्नानां	८	१०	सोऽहं हंसायितुं	२१	२८
वल्लीवल्कपिनद्ध	५२	१४२	स्त्रीमाणिक्यमहाकरः	६१	१६३
			हृद्योद्यानमरुत्	६३	१६८

— — —